中公文庫

夜の果てへの旅（下）

新装版

セリーヌ
生田耕作訳

中央公論新社

目次

上巻目次

夜の果てへの旅

下

＊＊＊

《別世界》から戻っただけで万事が終わったわけではない！　そこにかつて打ち捨ててきたままの日々の続きを、汚れた心細い姿でふたたび見いだすのだ。そいつが僕らを、待ち受けているのだ。

僕はまた振り出しにもどって、何週間も何カ月も、クリシイ広場のまわりを徘徊《はいかい》した、さらに生活のためのけちくさい仕事を求めて、近くのバチイニョル通りのあたりを。話せたものじゃない！　雨にうたれ、或いは蒸暑いトラックの中で、夏になると、フォードそっくりの、喉《のど》や鼻の奥まで焼きつける暑さの中で。人々の行き来を、黄昏どき、劇場を或いはブーローニュの森を目ざして急ぐ人々の姿を眺めて、わずかに気をまぎらすだけだ。

仕事のないときはたいていひとりぼっちで本や新聞や、それからまた、さまざまな想い出を相手に暇をつぶした。学生にもどって、食い代《しろ》をかせぎながら、どうにかこうにか、試験を乗り越えた。《学問》というやつは、まったく警戒厳重なものだ。《学府》はぴっしりしめられた箪笥《たんす》みたいなものだ。瓶《びん》の数は山ほど、ジャムはちょっぴり。それでもなんとか五、六年の苦しい学業を終えると、資格を手に入れた、ものものしい資格を。そこで場末へ割り込みに出かけた、僕に似つかわしい、ガレンヌ＝ランシイへ、パリを出はずれた、ポルト・ブランシオンのすぐ先の。

　自負も、野心も持ち合わせなかった、ただもうすこし息をつき、もうすこしましなものを食べたいだけだった。入口に看板をかかげて僕は待った。

　界隈《かいわい》の連中がそいつを、僕の看板を見にやって来た、うさん臭《くさ》げに。警察に行って僕が本物の医者かどうか確かめまでした。本物だ、と聞かされた。免状を差し出したが、まちがいないね。すると、また一人本物の医者が住みついたということが、ランシイじゅうに言いふらされた。

「やってけやしないよ！」さっそく僕の家の女管理人は予言した。「でなくたって、ここにはお医者様がありあまってるのさ！」正確な観察だった。

　場末では、朝、生活はとくに電車に乗って訪れる。まだ暗いうちから、ミノトール並木通りを、揺られて目を白黒させた人間の荷物を満載したすし詰め電車がどしどし繰り込まれる、仕事に向かう連中だ。

　若者たちは、そこへ、仕事へ、出かけるのを喜んでいるようにさえみえる。ステップにかじりついて、無邪気に笑い興じ、輸送に声援している。だが、たとえばあんまりきたなくて、いつも便所とまちがえるような酒場の電話室と二十年も前からなじんできた身には、深刻な事柄、とくにランシイを茶化したくもなるのだ。そうすれば、自分がどんなところに押し込められたかがわかるだろう。どれほど小便臭くても、この家々からのがれられはしないのだ、低い軒《のき》、家の性根までも家主のものだ、家主のほうはめったに姿を見かけない。顔を出すのは気がひけるんだろう。管理人をかわりによこす、卑怯者《ひきょうもの》め。それでも家主は会ってみるといい人間だという近所の評判だ。あてになるもんか。

ランシイの空の光は、デトロイトそっくりだ、ルバロアからこっち平野一面に氾濫《はんらん》した煤煙の濁水。廃物のような建物が黒いごみで地面にしばりつけられている。長短とりどりの煙突は、遠くからは、海辺の泥土《どろつち》の中に突き立った太い杭《くい》みたいだ。その中に、僕らがいるのだ。

ランシイではまたよっぽど勇気がなくちゃならない、とくに年をとり、もう二度とここから抜けられないことがはっきりわかっているときには。電車の終点で降りると、目の前になんでも浮かべた大きな下水のようなセーヌ河、その上にまたがった薄よごれた橋。河岸にそって、日曜日や夜には、人々が土手にはい上って小便をする。流れる水を前にして男はもの思いにふけるのだ。永遠の感情を抱いて小便をする、船乗りみたいに。女のほうは、けっしてものを考えたりしない。セーヌであろうがなかろうが。そんなわけで、朝になると市街電車が群衆を運び入れ、地下鉄にぎゅうぎゅうに押し込める。奴らがみんなこっちへ向かって逃げ出してくるさまは、それこそまるでアルジャンタイユの方角に災害が起こり、奴らの祖国が燃え上がりでもしたみたいだ。夜が明けると、じっとしちゃおれん、昇降口に、手摺《てすり》に鈴なりにしがみつく。総退却だ。なんのことはない、奴らは、腰抜けどもは、雇主をさがしにパリへ出かけるのだ、僕らを飢え死から救ってくれる男、そいつを見失うのが恐ろしくてたまらんのだ。が餌《えさ》の代償にそいつは僕らにさんざん汗をしぼらせる。十年、二十年、いやそれ以上も、汗の匂いから抜けられんほど。ただというわけにはいかんのだ。

　電車の中からもう口ならしに罵《ののし》り合う。女たちは餓鬼《がき》どもよりもまだ口やかましい。切《きっ》符《ぷ》一枚くすねられても、全線を立ち往生させかねない。女の乗客の中にはいまからもう酔っぱらいがまじっている、とくにサン＝トゥアン辺の市場で降りる連中、小金持の女たちだ。「にんじんはいくらして？」着かないうちから尋ねるのだ、買う金があることを見せびらかすために。

　芥《ごみ》くずみたいに鉄箱の中に圧《お》しこめられて、ランシイを通り抜ける、おまけにおそろしい臭気だ、ことに夏場は。パリの城壁のあたりでいがみ合い、はてはどなりちらす、やがて互いに姿を見失う、地下道がみんなを、すべてを、飲みくだすのだ、洗いざらしの背広、くたびれた婦人服、絹靴下、子宮炎、靴下同様きたない足、支払日みたいに頑固なこちこちのカラー、進行中の流産、名誉の軍人、なにもかもが真っ暗な穴目ざしてコールタールと石炭酸くさい階段をころがり落ちる、それだけ払えばプチパンが二つは買える帰りの切符を大切に懐に収めて。

容赦ない首きりのじわじわした不安、雇主が全般経費の削減を願うときは、明日にでも失業者の仲間入り（そっけない推薦状一つ添えられて）。まだ肌《はだ》になまなましい《不景気》の、最近の失業の思い出、毎回目を通さねばならなかった新聞の求人欄、そのたんびに五スウはりこんで……長い列をつくっての職さがし……そんな記憶が大の男の喉をしめつけるのだ、たとえ、《四季兼用》コートにすっぽりくるまっていようとも。

街は電燈のともった長い下水の中にきたない足の群衆を押し隠すことに懸命だ。連中は日曜日にしか表面へ浮かび上がれない。そのときは、彼らが外出するときは、顔出ししちゃだめだ。ただの一日でもこの連中が気晴らしするさまをながめれば、笑いはしゃぐ気持は永久に奪い去られてしまう。地下鉄の周囲、稜《りよう》堡《ほ》の近辺には、度重なる戦争のくすぶり、生焼けの村の悪臭、挫《ざ》折《せつ》した革命、破産した商業が、風土病のようにはびこっている。近くに巣くった屑屋たちは風よけの溝の中で年がら年じゅう同じじめじめした小さな山を燃やしつづけている。出来そこないの蛮族そっくりだ、この安葡萄酒と疲労でつまった屑屋たちは。電車を土手から突き落したり、入市税関に小便をひっかけに行ったりするかわりに、彼らは近くの《無料診療所》へ咳《せ》きこみに出かけて行く。もう血の気もない。文句を言う元気もない。また戦争が、次のやつがやってくれれば、そのときは鼠《ねずみ》の皮や、コカインや、いんちき防毒マスクを売りつけて一稼《ひとかせ》ぎできるだろうが。

僕の場合は、開業用に場末のはずれに小さな住居を見つけ出した。そこからは、斜堤がよく見えた、その上にはいつも労働者風の男の姿が見受けられた、片腕を荒い白木綿《しろもめん》で包み、なにを眺めるでもなく。職場の負傷者だ、もはや何をすればいいか、何を考えればいいかもわからないのだ。元気づけに一杯ひっかけに出かけるだけの金銭《かね》もない。

確かにモリーの言ったとおりだ、僕はやっとわかりだしたのだ。勉強は人間を変え、人間に誇りを授ける。人生の底まで踏み込むためには確かにこいつをくぐり抜けなくちゃだめだ。それまでは、ただまわりをうろつくだけだ。解放されているつもりでも、なんでもないことにつまずく。想像が勝ちすぎるからだ。言葉の裏を見抜けない。それじゃだめだ。それではただの思惑、うわつらだけにすぎない。本当にその気なら、もっと別なものが必要だ。医学を通じて、僕は、それほど天分があったわけでもないが、人間に、動物に、すべてにうんと接近できるようになったのだ、あとはもう、勇敢にその中へ突っ込んでいくだけだ。死は僕らをつけまわしている、急がねばならぬ、それにさがしつづけるあいだも食っていかねばならぬ、おまけにいつなんどき戦争をくぐりぬけるかも。やり遂げることはいっぱいある。それほど簡単じゃない。

ところで、患者のほうは、《わんさ》と押しかけては来なかった。出だしは暇がかかる、と慰められた。患者は、さしあたっては、もっぱら自分だった。

患者が来ないとなると、ガレンヌ＝ランシイほど悲惨なところはないことに、気づきだした。まったくのはなし。こういう場所ではものを考えることはまちがいなのだ、だのに僕は静かにものを考えにここへやって来たようなものだ、しかもわざわざ地球の向こう端から！　うまくしたものだ。思いあがった罰だ！　そいつは陰気に重苦しく僕の上にのしかかるのだった。笑いごとじゃない、それにそいつはもう僕から離れなかった。脳みそというやつは、とほうもない暴君だ。

僕の住居の下にはベザンというしがない古物商が住んでいた。この男は僕が彼の家の前に足をとめるたびに、言うのだった。「どっちか一つでさ、先生！　競馬にかけるか、一杯ひっかけるか、二つに一つでさあ！……いっぺんになにもかもはできませんや……わっしは、一杯ひっかけるほうにしてるんでさあ！　賭け事はきらいでね……」

この男には、お気に入りの酒は、ゲンチアナ入りのすぐり酒だった。ふだんは気むずかしい人間ではなかった、が安酒がはいると、おとなしいとは言いにくかった……蚤《のみ》の市《いち》に仕込みに出かけると、《遠征》と称して、三日は家に帰らない。連れもどされる、すると、こう予言するのだった。

「先はどうせ見えとるんだ……年じゅう博打《ばくち》で明け暮れ……あいまには映画ぐらい……今だってそうさ！……」

ついでに彼はさらに先まで見とおすのだった。「それに酒を飲む奴もいなくなるさ……

もうじき、酒飲みは、わしで、このわしで最後さ……ぐずぐずしておれるかい……おれは知ってて飲んどるんだ……」

界隈の連中は一人残らず咳きこんでいた。どちらを見ても。煤煙のせいで、お日様をおがむためには、少なくともサクレ＝クールの丘まで登らねばならないのだ。

そこまで登ればすばらしい眺望がひらける。平野の底が僕らの場所、僕らの住む家だということはよくわかる。が仔細にさがすと、わからなくなる、自分の家すらも、それほど、目にはいるものはすべてみな、同じように醜いのだ。

さらに底には、相も変わらぬセーヌ河の流れが、玉子の大きな白身のように橋から橋へ曲がりくねりながら。

ランシイに住みつくと、自分がいつしかくすんでしまったことにも気づかなくなる。もうたいしたことをしたいという望みもなくなるのだ。すべてに関して、すべてに対して、倹約しなければならないため、すべての欲望が失せてしまうのだ。

何カ月も僕はあちこち金銭《かね》を借りあるいた。界隈の連中はおそろしく貧しくおそろしく疑り深かったので、日が暮れてからでなければ、僕を診察に呼ぶふんぎりがつかないのだ。それほど高い医者でもなかったのに。そんなわけで月の光もさし込まぬ狭い中庭をぬけて十フラン、十五フランの端金を稼ぎに幾晩もかけずりまわった。

夜があけると、通りは敷物の埃《ほこり》をたたく大きな太鼓のような響きで充満する。

ある朝、僕は道でベベールに出会った、用たしに外出した伯母にかわって管理人部屋の留守番をしているところだった。やっぱり箒《ほうき》で歩道に埃の雲をたてているところだった、ベベールも。

この場所では、朝の七時ごろ、埃をたてない者があれば、町内で評判の不精者に祭り上げられてしまうのだ。絨毯をたたくのは、清潔のしるし。家の中がきちんとしているということだ。それだけやれば十分。いくら口の中が匂おうが、もう平気だ、ベベールは自分でたてる埃と、おまけに各階から舞い落ちてくる埃を残らず吸い込んでいた。舗道の上にはそれでも幾筋かの日光が差し込んでいた、もっとも、教会の内部みたいに、その光は蒼白く薄められ、神秘的な趣を帯びてはいたが。

ベベールは僕がやって来るのを見つけた。僕は角《かど》っこのお医者さんだったのだ、バス停近くの。蒼白すぎる顔色、まるでいつまでも熟《う》れない林檎《りんご》そっくりだ、ベベールは。体をぼりぼりかきむしっていた、見ているとこっちまでむずがゆくなる。実を言えば、僕もやっぱり、そいつに、蚤に、たかられていた、夜間往診のあいだに患者からうつされたのだ。そいつは好んで僕らの外套に跳び込む、そこがいちばん暖かくて、いちばんじめじめした場所だからだ。このことはちゃんと《医学部》で教えてくれる。

ベベールは絨毯を手放して挨拶した。窓という窓から僕らの立ち話を観察していた。

なにかを愛さねばならないとすれば、大人を相手よりは子供を相手のほうが危険は少ない、将来自分たちほどにはやくざになるまいと期待する救いがあるだけでも。海のものとも山のものとも知れんだけでも。

　ベベールの血の気のない顔の上には、永久に忘れられない純粋な情愛のこもった小さな無限のほほえみが素朴に踊り跳ねていた。世界全体に向けられた明るさ。

　二十歳《はたち》を越すと、こういうものを、こんな素直な情愛を、動物のような情愛を、わずかでも保っている人間はほとんどいなくなる。世間は最初考えていたようなものじゃない！　なんだ！　そこで、面《つら》を変えるのだ！　当たり前だ！　欺かれたのだ！　たちまち意地悪のかたまりに変わるのだ！　二十歳《はたち》以後、僕らの顔の上に残るのはこれだ！　当てはずれ！　僕らの顔は当てはずれにほかならない。

「やあ！」ベベールは言った。「先生！　ゆうべ《お祭り広場》で収容された男がいるんだってね？　剃刀《かみそり》で喉をやられたんだって？　先生が当番だったの？　そうなの？」

「いや、僕は当番じゃなかったよ、ベベール、僕じゃなかったよ、フロリシオン先生だよ……」

「残念だな、伯母さんが先生だといいのにと言ってたよ……すっかりお話がうかがえるから……」

「またあるさ、ベベール」

「ここじゃあしょっちゅう殺し合いが絶えないものね？」ベベールは言った。

僕はベベールの立てた埃を横切った、ところが、ちょうどそのとき、市の清掃車が、うなりをたてて、通り過ぎた、すると溝から一大旋風が猛烈な勢いで舞い上がり、通り一面を、もう一つの雲で、さらに厚い、胡椒《こしょう》のような雲でうずめつくした。互いの姿もかき消された。ベベールはくしゃみをし、わめき立てながら、右に左にはねまわって、おもしろがった。隈《くま》のできた顔も、汚れた髪も、猿のような細い足も、すべてが、箒の先で、よじれんばかりに、踊りはねるのだった。

ベベールの伯母が用たしから帰ってきた、早くも一杯きこしめしていた、それにちょっぴりエーテルをかいでいる模様だった。医者のところに勤めていたころ、親知らずがひどく痛んだとき身につけた習慣なのだ。もう前歯は二本きり残っていないが、そいつをみがくことは欠かしたことがない。「わたしみたいに、お医者様のところに奉公した者は、衛生ってことを心得ておりますからね」この女は近所や、またかなり先のブゾンあたりまで患者の診察に出かけるのだった。

この女でも、ベベールの伯母でも、たまには、ものを考えることがあるかどうか、ちょっと興味ある問題だ。いや、この女は何ひとつ考えたことなどないのだ、何も考えず、しゃべりまくっているのだ。二人きりで、周囲に気兼ねがないときは、彼女は今度は自分が僕から無料で診察をくすねる番にまわるのだった。とりようによっては名誉な話だ。

「ベベールはね、先生、聞いてくださいよ、お医者様だから申しあげますがね、ほんとにしょうのない子なんですよ……自分で《さわる》んですよ！　ふた月前から気づいたんですがね、いったいだれからあんないやらしいことを教わったんでしょうね……わたしはちゃんと育てたつもりなんだがね！　やめるように言ったんですがね……また始めるんですよ……」

「気違いになるって言ってやんなさいよ」

僕は勧めた、型にはまったやり方を。

ベベールは、僕らの話を聞いていて、不服だった。

「おれはさわりゃしないよ、嘘《うそ》だよ、ガガの奴がやってみろって言ったけど……」

「そら、思ったとおりですよ」伯母は言った。「ガガのうち、ご存じでしょ、ほら、五階にいる連中ですよ……一家じゅう色気違いですよ、爺《じい》さんまで、女曲馬師の尻を追っかけまわしているそうですよ……ほんとに、どういうことでしょう、女曲馬師だなんて？……ねえ、先生、あの子が自分でさわるのがやまるように、お薬をつくっていただけませんかね？」

ベベール坊やのために悪癖よけの飲み薬を処方しに管理人部屋まで彼女のあとについて行った。僕は見境なしに親切すぎたのだ、自分でもよくわかっていた、だれひとり僕に料金を払わなかった、僕は無料で、とりわけ好奇心から診察するのだった。まちがいだった。人間は受けた恩義に対して腹癒せするものだ。ベベールの伯母もほかの連中と同じように僕の気位の高い無欲さを利用していたのだ。恥しらずにもその弱みにつけこみさえした。僕はされるがままに、だまされるがままになっていた。連中は、患者たちは、僕をつかまえ、泣きつき、日増しに、自分たちの意のままに引きずりまわすのだった。同時に奴らはつぎつぎと醜悪さを、魂の倉庫の中に隠し持っていて僕以外のだれにも見せないものを、残らず僕の前にさらけ出しはじめた。この醜悪さが見られるためなら、いくら代価を払っても高すぎるということはないだろう。もっともそいつはぬるぬるした蛇《へび》みたいにこっちの指のあいだからすり抜けていく。

すべてを語れるだけ長生きできれば、僕はいつかすべてをぶちまけてやるつもりだ。

用心するがいい、ろくでなしども！　あと何年かおれにご機嫌をとらせておくがいい。いましばらくだけ殺《ばら》すのを見のがしてくれ。卑屈な無抵抗なふりを装っておいて、なにもかもぶちまけてやる。いまに見るがいい、そのとき貴様たちはたちまちちぢみ上がるのだ、アフリカでおれの小屋に糞《くそ》をひりにやってきた毛虫みたいにな、そして貴様たちをもっと卑屈な、汚らわしい人間に変えてやる、貴様たちがとうとう生きてはおれないほど。

「甘口《あまくち》になってんですか？」

ベベールが薬について尋ねた。

「甘くなんぞすることはないですよ」伯母は忠告した。「このばかったれには……甘くしていただく値打ちなんかありませんよ、いつもたくさん砂糖を盗んでるんだから！　悪いことならなんでもこい、まったく末恐ろしいったら！　しまいにお袋でも殺しかねないよ！」

「おれにはお袋なんかいやしないよ」ベベールは負けずにやりかえした。

「畜生！　そんな口のきき方をすると、ぶんなぐるよ！」

　鞭《むち》をはずしに行った、が、彼のほうは、もう表に逃げだしていた。「変態ばばあ！」廊下いっぱいひびきわたる声で叫び立てる。伯母は顔を赤くして、僕のほうへもどって来た。沈黙。僕は話題を変えた。

「先生、ミナール通り四番地の、中二階の奥さんを診《み》に行っていただけませんかね……公証人のところに勤めていた人のお宅ですよ、先生のことを話しておきましたよ……患者にとっても親切なお医者さんだってね」

　この女が、伯母が、嘘をついているのは見えすいていた。この女のお気に入りの医者は、フロリシオンなのだ。機会あるごとにいつも彼を推薦しているのだ、僕のことは反対におりにつけくさしている。僕のお情け主義がこの女の動物的憎悪をかきたてるのだ。こいつは獣《けだもの》なのだ、この女は。忘れちゃならん。ただ彼女の崇拝するフロリシオンは現金で取り立てる、そこで僕に診てもらうのだ、まにあわせに。僕を推薦したとすれば、どうせまた、まったくのでたらめか、でなければいかがわしい取引きかにきまっている。帰りがけにそれでも僕はベベールのことを心配した。

「外へ連れ出したほうがいいね。外へ出るのが足りんね、あの子は……」

「どこへ連れて行けるんです？　管理人部屋をかかえていたんじゃ、そんなに遠くへ出られませんよ……」

「日曜日に、せめて、公園へぐらい連れて行くんだね」

「でも公園のほうがもっと騒々しいし、埃っぽいですよ……足を踏まれに行くみたいなもんですよ」

ごもっともだった。ほかに薦《すす》められる場所をさがした。

おそるおそる、墓地をすすめてみた。

ガレンヌ＝ランシイの墓地は、この地域ですこしでも樹の植わった、すこしでも広々したただ一つの場所だった。

「なるほどそうだ、忘れてた、あそこへ行けばよかったんだ！」

ちょうどベベールが帰ってきた。

「どうだねえ、ベベール、墓地へ散歩に行きたいかい？　聞いとかなくちゃならんのですよ、先生、散歩ひとつにしたって、こいつは、とても気ままなんですからね、ほんとなんですよ！」

ベベールにはべつに意見はない。ともかくこの考えは伯母のお気に召した、それで十分だ。伯母は墓地に弱いのだ、パリの連中はみんなそうだが。この問題で彼女はやっと考えだしたようだ。可否を考慮中だ、城壁のあたりは、品が悪すぎる……公園は、まったくのところ埃が多すぎる……ところが墓地は、本当だ、悪くない……それに、日曜日にあそこへやって来るような連中は、だいたい見苦しくない、行儀のよい人たちばかりだ……おまけに、便利なのは、リベルテ大通りを通って帰れば、帰りがけに頼まれた買物もできる……あそこなら日曜でもまだ開いている店がある……

そして結論としてこう言うのだった。「ベベール、先生をミナール通りの、アンルイユの奥さんのところまで、ご案内おし……知ってるだろう、ベベール、アンルイユさんのおうちを？」

ほっつき歩くチャンスにさえなればベベールはどこだって知らんとこなしだ。

＊＊＊

ヴァントリュ通りとレーニン広場のあいだは、いまではもうほとんど間貸しの共同住宅ばかりだ。土建屋が、まだ残っていた田舎を、《兎野《ガレンヌ》》と呼ばれていた土地を、あらかた取り払ってしまったのだ。それは端のほうに、最後のガス燈のむこうの、いくつかの空《あ》き地《ち》に、ほんのちょっぴり名残りをとめているばかりだ。

そんなわけで、そういう建物のあいだにはさまれて、いくつかの頑固な一戸建て家屋がくすぶっていた、四部屋あって、下の廊下には大きなストーブが備えつけてある。もっともそれには、満足に火が入れられたためしはない、節約のためだ。しめった空気の中でくすぶっている。金利生活者《ランチエ》たちの住居、踏みとどまった連中だ。一歩家の中に踏み込んだとたん、煙で咳きこまされる。ここに残っている連中は裕福な金利生活者ではない、とんでもない、とりわけ僕の行かされたアンルイユ一家はそうだ。がとにかく多少は貯《た》め込んでいる連中にちがいない。

はいったとたん、アンルイユ家はぷーんと臭いが鼻につく、煙のうえに、さらに便所とシチューの臭いだ。彼らの家は最近買い取ったばかりだった。それは彼らにとってたっぷり五十年の倹約の結晶だったのだ。彼らの家へ入り、彼らを見たとたん、この二人がおかしいことはだれにでもぴんとくる。さよう、アンルイユ夫婦の普通でないところ、それは五十年のあいだ一スウの金もあとでそいつを悔やまずに使ったためしがないということだ。自分たちの家を手に入れることに身も心も打ち込んできたのだ、かたつむりみたいに。もっとも一方は、かたつむりのほうは、そいつを意識せずにやっているわけだが。

アンルイユ夫婦のほうは、ただ家を持つためだけに一生費やして茫然《ぼうぜん》としていた。終身懲役を解かれた連中みたいに茫然自失のていだった。地下牢から引きずり出された人間はきっとこんな妙な顔をするのにちがいない。

アンルイユ夫婦は、結婚する前からもう、そのことを、家を買うことを考えていたのだ。

最初は別々に、つぎには、二人して。半世紀のあいだ彼らはほかのことを考えることを自分に禁じてきたのだ、そして生きていくあいだにどうしてもほかのことを、たとえば戦争のこととか、とりわけ自分の息子のこととかを考えざるをえなくなったときには、それだけですっかり体をこわしてしまったほどだ。

彼らがそれぞれすでに十年の蓄《たくわ》えを持って、新婚早々、この家に移ってきたときには、それはまだすっかり出来上がってはいなかった。それは、この離れ家は、まだ野原のど真ん中にあった。そこにたどり着くためには、冬のあいだは、木靴をはかなくてはならなかった、朝、出勤するのに、ラ・レヴォルト通りの角の果物屋にそれをあずけ、六時には、料金にして二スウの、そこから三キロ離れたパリ市内行きの乗合馬車に乗り込むのだ。

この場所で一生、こんな節約の生活をもちこたえるとは、よっぽど健康だったんだ。二階の寝床の上に、二人の肖像写真がかけてあった、結婚式の日に写したものだ。それも、寝室も、支払いはすんでいた、家具ごと、とっくの昔に。十年、二十年、四十年来の受取り証が、おまけに全部ひとまとめにピンでとめて、箪笥の上の引き出しの中にしまい込まれている、それに階下の食堂にはきちんと整理した帳簿が置かれている、食堂は食事用に使われたためしはないのだ。諸君にその気があればアンルイユはこれらのものをすっかり見せてくれるだろう。土曜ごとに、食堂で金勘定をするのは亭主のほうだ。夫婦とも、食事は台所にきめている。

こういうことを僕はすっかり聞き出したのだ、すこしずつ、彼らの口から、また、ほかの連中から、さらにまた、ベベールの伯母を通して。なじみになったとき、連中は自分の口から自分たちのいちばんの気がかり、生涯の気がかりを僕に打ち明けた、つまり息子が、商売を始めた一人息子がへまをしでかしはしないかという気がかりだ。三十年このかた、そいつのおかげで、その厄介な思いのおかげで、夜もおちおち眠れないのだ。よりによって羽毛の商売を始めたのだ、その息子は。ここ三十年来の羽毛の暴落を思っただけで！羽毛くらい景気の悪い、不安定な商売なんておそらくほかにありはしない。

　借金までして資本を注ぎ込む気になれないほど景気の悪い事業もないわけではない、しかしまた、常に多かれ少なかれ借金が問題になる事業もあるものだ。そんなふうに借金のことを考えると、家もなにもかも支払いのすんだ現在でさえも、彼らは、アンルイユ夫婦は、思わず椅子からはね上がって、上気した顔を見つめ合うのだった。そんな場合はどうすればいいのか？　きっぱり断わることにしよう。

　時と場合を問わず借金の申し入れは断わることに決めていた……主義として、彼にへそくりを残してやるために、息子に遺産を、家屋敷を、《恒産》を守ってやるために。そんなふうに理屈をつけていた。なるほどまじめな青年にはちがいない、倅《せがれ》は、だが商売となると、押し流されるということもある……

　尋ねられ、僕も、まったく異議はなかった。

僕の母もまた、商売をやっていた。そいつは、彼女の商売は、僕たちにいつだって惨めさしかもたらしはしなかった、わずかばかりのパンとたくさんの心配事と。だから僕もまた、商売ってやつは好かなかった。この息子の危険、物騒な支払期日にぶつかった場合にせっぱつまって思いつくかもしれぬ借金の危険、僕にはそいつがたやすく理解できた。説明されるまでもない。この男は、アンルイユの親父《おやじ》は、五十年間セバストポール通りの公証人の店の下っぱ雇員をやってきた。だから、こういう話は、財産蕩尽《とうじん》の話は、いやというほど見聞きしていたのだ！　そのうちの派手なやつを僕に話してくれさえした。まず彼自身の親父の話だ、彼が、アンルイユが、高校《バショ》卒業のあと、大学へ進めなかったのは、そしてすぐさま書記の職に就《つ》かねばならなかったのは、まさしく彼自身の親父の破産のせいだったのだ。こういうことはいつまでたっても忘れられんものだ。

　やっと、家も買い取り、なにもかもしっかり自分のものにし、もはや一文の借金もなくなり、もはや二人とも生活の安定の面では気づかう必要はなくなったのだ！　六十六年目のことだ。

　すると待ち構えたように、亭主のほうは、妙な煩《わずらい》を感じはじめた、というより、前々からそいつを、一種のわずらいを感じてはいたのだが、これまでは家の支払いのこともあり、そこまで考えがまわらなかったのだ。そっちの一件がちゃんと片づき、了解のもとに署名もすますと、今度はこっちのほうを、妙なわずらいのほうを気にしだしたのだ。眩暈《めまい》のようなものを覚え、ついで両方の耳に汽笛が鳴りだすのだ。

　新聞を購入しだしたのもそのころからだ、もう十分新聞代が浮くようになったからだ！　新聞にはちょうど、彼が、アンルイユが、耳の中に感じていることが、すっかり、くわしく説明されていた。そこで彼は、広告欄に推薦してある薬を買った、がそいつは、彼のわずらいになんの効果もなかった、逆効果だ。耳鳴りはますますひどくなったみたいだった。気のせいだろうか？　ともかく夫婦うち連れて《無料診療所》の医者に診てもらいに出かけた。「血圧ですな」医者の答だった。

　そいつは、その言葉は、彼を仰天させた。が考えようによってはこの心配事はぐあいのよいときにやってきたわけだ。家のために、そして息子の支払期限のために、幾年も幾年も気をもんできたために、四十年来支払日になると彼をがんじがらめにしてきた不安の網の目と、似たりよったりの絶え間ない気がかりな情熱の中に、いまや突然空白みたいなものができてしまったのだ。

　医者から血圧のことを聞き込んでからは、彼は、耳の奥のほうで、それが、自分の血圧が、枕をたたきつける音に耳をすますのだった。自分で脈をとるために起き上がりさえした、そしてそのままそこに、暗がりの中に、寝台のわきに、長いこと、じっとたたずんで、心臓が鼓動するたびに、自分の体がにぶく小きざみに揺れるのを感じとるのだった。これはみな、と考えるのだった、おれの死のしるしだ。これまではたえず生を恐れつづけてきた、いまでは彼は自分の恐怖をなにものかに、死に、血圧に結びつけるのだった、家の支払いを終えないのではないかという危惧《きぐ》に四十年間それを結びつけてきたように。

いまでも不幸であることには、ちっとも変わりはなかった、が不幸であるための正当な理由を急いで見つけ直さねばならなかった。これは見かけほど容易なことじゃない。（おれは不幸だ）と考えるだけでは十分でない。さらにそいつを自分に証明し、きっぱり信じ込まなくちゃだめだ。彼の願いはひたすらそれだった。自分の恐怖に、確実な、有効な動機を与えること。医者によれば、彼の血圧は二十二だった。二十二、ちょっとしたものだ。死への道を医者から教えられたようなものだ。

問題の息子、羽細工屋はめったに顔を見せなかった。年の初めに、一度か二度。ただそれきり。いまならもう彼は、羽細工屋は、いつ来ても差しつかえなかったのに！　親父とお袋のところにはもう借りられるものは何ひとつなかったから。だから息子はもうほとんど寄りつきもしなかった。

アンルイユの女房のほうは、どんな女か知るのに、さらに暇がかかった。なんの不安もなかったのだ、この女は、死の不安すらも、そんなものは想像したことすらなかった。ただ年をこぼしていた、が本気でそれを気にしていたわけではなく、人並みに調子を合わせていただけだ、もう一つは、物価が《あがる》ことだ。彼らの大仕事は果たされたのだ。家は自分のものにした。支払いを、最後の分をすこしでも早くすますために、彼女は百貨店のために、チョッキのボタンを縫いつける仕事をやりはじめた。「百スウでどれだけ縫わなくちゃならないか、ひどいものだわ！」そして、バスで仕事をとどけに行くのだが、二等席ではいつも一騒動だった、ある晩など、ぶんなぐられた。相手は、女の外国人だった、初めての外国人、彼女が生涯に声をかけたただ一人の外国人、それもどなりつけるために。

　家の壁は以前まだ風が周囲をめぐっていたころにはまだ被害から守られていた。ところが、丈《たけ》の高い借家に取り囲まれた現在では、彼らの家ではすべてが湿気でじくじくしていた、カーテンまでが黴《かび》でしみついていた。

　家が手にはいると、アンルイユのおかみさんはまるひと月というもの、にこにこ、愛想よく、聖体拝受の後の尼さんのように陶然としていた。自分のほうからアンルイユにこう提案したくらいだ、「ねえ、ジュール、今日から毎日、新聞を買いましょうよ、それくらいできてよ……」そんな調子だ。彼女はやっと夫のことを考え、夫を眺めはじめたのだ、それから彼女は自分の周囲を眺めわたし、最後に彼の母親、姑《しゅうとめ》のアンルイユのことを考えた。すると、またたちまち、彼女は、嫁は、鬱陶《うっとう》しい様子に逆もどりしてしまった、支払いを済ます以前とおんなじに。そんなわけで、その考えといっしょにまた最初から出直しだった、なぜならまだ夫の母親のことで、節約できる余地があるからだ。これまではその老婆のことなど、他人にはもちろん夫婦間でも、ほとんど話題にのぼせたためしはなかったのだが。

老婆の住居は庭の奥にあった。古い箒《ほうき》や、古い鶏籠《とりかご》や周囲の建物の影が集まり合った囲い地の中だ。軒の低い家の中にすっこんだまま、めったに外へは出てこなかった。おまけに食事を運ぶだけでも一悶着《ひともんちゃく》だった。自分の隠れ家にだれも、自分の息子さえも、はいらせようとはしなかったからだ。殺されるのが心配、というわけだ。

新しい節約に着手することを思いつくと、嫁はまずちょっと夫にほのめかしてみた、彼の気持を打診するために。老婆をたとえばサン＝ヴァンサン派の尼さんのところへ送り込むわけにはいかないかしら、救済院でちょうどああいうもうろく婆さんたちの世話をみてくれている尼さんたちのとこへ。彼は、息子のほうは、いいとも悪いとも答えなかった。当面彼の心を占めているのはほかのことだ、相変わらず鳴りつづける耳の中の騒音。あんまり気にしすぎ、その騒音に耳をかしすぎた結果、こんなことでは、この忌わしい騒音では、眠れるわけがない、と考えはじめていた。事実また、眠るかわりに、そいつが聞こえるのだった、汽笛が、太鼓が、爆音が……新手の責苦。一日じゅう一晩じゅうそいつにかかりきりだった。自分の中にありとあらゆる物音が聞こえるのだ。

それでも、そんな調子で数カ月たつうちに、徐々に不安はすりへっていった、そしてもうそいつだけにかかりきれるだけの不安は残らなくなった。それで彼はまた妻といっしょにサン＝トゥアンの市場へ出かけてみた。そこは、噂によれば、近所じゅうでいちばん安いんだそうだ、サン゠トゥアンの市場は。二人は朝出かけて、一日じゅうかかるのだった。勘定や品物の値段について取りかわす意見や、これにせずにあれにすれば節約になるだろうといったようなことで……家に引きあげ、真夜中近くなると、彼らはまた殺害の不安にとらわれる。無理もない不安だ。亭主よりも女房のほうがひどい。亭主にとっては、むしろ耳鳴りだ、その時刻に、表通りが静まりかえると、彼が必死にしがみつくのは。「これじゃとうてい眠れん！」声に出してくりかえすのだ、苦しみを実感するために。「おまえには想像もつかんよ！」

　が女房には彼の気持を理解しようという気も、耳の故障の悩みを想像しようという気も、さっぱりない。「でもあたしの言うことは聞こえるんでしょう？」尋ねる。

「うん」と答える。

「じゃあ、いいじゃないの！……だったらあんたのおっかさんのことを考えたほうがいいわ、あのひとにはお金銭《かね》がかかるのよ、物価は毎日高くなる一方だし……それにあの住居ったら臭《くさ》いったらありゃしない！」

　通《かよ》いの女中が週に三時間、洗濯にやって来た、それがここ何年来彼らがうける唯一の訪問だった。女中はまたアンルイユの女房のベッド直しも手伝った。すると、女中が近隣に言いふらしたくなるように、いっしょに十年来のマットレスを裏返すたびごとに、アンルイユのかみさんはできるだけ大声で、こう言うのだった。「家《うち》にはお金銭なんてあったためしがないんだからね！」つまり、泥棒と人殺しの気をくじくために、暗示と用心のつもりで。

寝室にあがる前に、夫婦は二人して、互いに監督し合いながら、とびきり入念に、出口を一つ残らず戸締まりするのだった。それから、庭の奥まで、義母の離れ家をながめに行く、ランプが相変わらずついているかどうか見るために。それは老婆がまだ生きているしるしだ。彼女は油を無駄使いする！　けっしてランプを消しやしない。彼女もまた人殺しを恐れていたのだ、同時に息子夫婦をも恐れていた。そこに暮らして二十年のあいだ、冬も夏も、彼女は一度だって、窓をあけ放したこともなければ、また一度だってランプを消したこともなかった。

息子が母親の金銭を保管していた、ささやかな金利だ。めんどうをみてやっていた。食事は戸口まで運んでくれる。金銭は保管してくれる。なにも言うことはなかった。が老婆はそうしたさまざまな計らいが不満だった、それだけではなく、すべてが不満だったのだ。彼女のあばら屋に近づく者には戸口のむこうから、だれかれなしにがなりたてるのだった。「おばあさん、あんたがお年をめしたって、わたしのせいじゃあないですことよ」嫁は説得を試みてみたこともある。「あんたの悩みごとはどんなお年寄りにもあることですよ……」

「おまえだって、年寄りじゃないか！　ろくでなしめ！　あばずれめ！　わしをだまくらかして、くたばらす気だろう……」

この女は、アンルイユ婆さんは、必死で年齢を拒んでいた……そして、戸口をあいだに挟んで、一歩も退却せず、世界じゅうの禍いをむこうにまわして奮戦していたのだ。外部の生活との接触を、宿命を、あきらめを、忌わしい詐欺として拒絶していたのだ。そんなものには一切、耳をかそうとはしなかった。「いんちきさ！」彼女はわめき立てるのだった。「おまえたちの作り話さ！」


自分のあばら屋の外の一切の出来事から彼女は狂暴に自分を守っていた、さらに接近と和解の一切の試みからも。まんいち、扉を開けば敵の軍勢が家の中になだれこみ、彼女をわしづかみにして、万事おしまいと固く信じ込んでいたのだ。

「近ごろの奴は油断ならんさ」彼女は叫ぶのだった。「顔じゅうどこもかも目玉だらけだからな、それに体じゅう、尻《しり》の穴まで、口だらけさ、みんな嘘をつくためだ……そんなとこさ！……」


小気味よく啖呵《たんか》を切るのだった、若いころパリで、タンブルの市場で、母親について古物商の口のきき方を覚えたのだ……この女は庶民がまだ老いの声に耳をかすことを知らなかった時代の出だった。

「おまえさんが金銭《かね》を返してくれないんなら、わしは働きにいくさ！」義理の娘に向かって叫ぶのだ。「うそつき女め、聞いているのかよ？　わしは働きたいのさ！」

「でも、もう働けないでしょう、おばあさん！」

「なんだって！　働けないだって！　だったら、わしの巣へ入ってみるがいい！　もう働けないかどうか見せてやるさ！」

　結局いままでどおり老婆がその侘住居《わびずまい》の中で身を守るにまかせておくより仕方ないわけだ。それでも、彼らはなんとかして老婆を僕に見せたがっていた、僕はそのためにここに呼ばれたのだ、だが老婆に僕たちを迎えいれさせるには、たいへんなかけひきが必要だった。それに、正直なところ、連中が僕に何を望んでいるのかもはっきりしなかった。連中に僕のことを宣伝したのは、女管理人、ベベールの伯母だ、僕がとってもおとなしい、親切な、御しやすい医者だと……なにか薬を飲ませるだけで彼女を、老婆をしずめる手がないものか、連中は知りたがっていた……だが、腹の底で、それ以上に彼らが望んでいること（とくに嫁のほうが）、それは僕が老婆をきっぱり監禁してしまうことだった……ものの三十分も戸口をたたいたあげく、やっと彼女はうるさそうに戸口を開いた、そして、目《ま》のあたりに、僕は、老婆を見た、桃色の漿液《しょうえき》でふちどられた目。がそれでも彼女の視線は、肉のおちた黒ずんだ頰の上で威勢よく踊りはねていた、僕らの注意を引きつけ、ほかのことは忘れさせてしまう視線、見た者にひそかな悦《よろこ》びを、思わず自分の中にしまいこんでおきたくなるような悦びを覚えさせる、いうなれば青春《わかさ》に満ちみちた視線。

　ぴちぴちした視線は、暗がりの中で、若々しい悦びで、もはや僕らの手のとどかない、ささやかだが純粋な活気で、周囲に生気を与えていた。それにわめきたてると潰れたようになる声も、人並みに巧みに話そうと心がけるときには、威勢よく言葉をひっつかみ、相手の鼻面《はなづら》でそいつを、言いまわしや警句を、めまぐるしく跳《は》ねまわらせ、生き生きと面白おかしく躍動させるのだった、ちょうど、すごく巧みに、話し、また歌えないようでは、愚かで、ぶざまで、健全でないと考えられていた時代に、人々が自分の声や周囲のものを利用してやってのけたように。

　風にざわめく老樹のように、年齢は彼女を陽気な小枝の群れでつつんでいた。彼女は、アンルイユ婆さんは、快活だった、不満で、垢《あか》じみてはいたが、快活だった。この不自由な暮らし、二十年以上住みついてきた不自由な暮らしも、彼女の魂になんの被害も与えてはいなかった。逆に彼女は外部に対して身構えていた、まるで、寒気も、一切の忌わしい事柄も死も、外部からしか訪れず、内部からは訪れるわけはないみたいに。内部からは、彼女は何ひとつ恐れてはいないようだった、自分の頭脳に対しては、絶対的な確信をいだいているようだった、否定しがたい、永久に了解ずみの事柄みたいに。

　僕のほうときては、自分の頭脳を夢中で追いかけまわしているというのに、それも、世界じゅう駆けめぐって。

　《気違い女》と世間ではこの女のことを、この老婆のことを噂していた、そう言ってしまえば簡単だ、《気違い》だと。彼女はこの十二年間この侘住居から三度以上外に出たことはなかった、それだけのことだ！　この女にはおそらくそれなりの理由があるのだ！　彼女はなにものも失いたくないんだ……僕たちにその理由を打ち明けたくないだけだ、僕たちに人生なんかわかるものか。

　嫁はもう一度例の話に、監禁の計画にもどった。「先生、このひとは気が狂ってると思いませんか？……もう外へ連れ出す手がないんですよ！……たまにはそうしたほうがいいと思うんですがね！……本当ですよおばあさん、そのほうがおためですよ！……強情張らないで……そのほうがおためですよ！　本当に」そんなふうに勧めると、老婆は頭《かぶり》を振るのだった、頑《がん》として、しぶとく、狂暴に……

「人にかまわせないんですよ……すみっこで暮らすほうがいいんですって……家のなかは寒いし、火の気もないのに……こんなことで、ねえ、いられるもんじゃありませんよ……そうでしょう、先生、いられるもんじゃありませんよね……」

　僕は何もわからないふりをとおしていた。アンルイユのほうは、ストーブのそばに居残っていた、妻と母と僕とのあいだで企《たくら》まれていることを、はっきり知らないことにしておきたかったのだ……

　老婆はまた憤《おこ》りだした。

「じゃあ、わしの持物をすっかり返しておくれ、そうすりゃここから出て行くさ！……食っていけるくらいのものは持ってるさ！……きっぱりわしを厄介ばらいできるだろうさ！

……これっきりね！」

「食っていけるだけのものですって？　でもおばあさん、年三千フランのあんたのお金銭《かね》くらいで、やっていけやしませんよ、そうでしょう！……物価はあんたが最後に外へ出たときから高くなってるんですからね！　そうでしょう、先生、みんながすすめるように《尼さんたち》のところへ行ったほうがずっといいですわね……あのひとたちはよく世話をみてくれますよね、尼さんたちは……親切ですよね、尼さんはね……」

　だが尼と聞いただけで老婆は身の毛がよだつのだった。

「尼さんとこだって？……尼さんとこだって？……」たちまちやり返すのだった。「まっぴらさ、尼さんのとこなんて！……坊主のほうがまだましさ、そんなに行きたけりゃおまえが行くがいいさ！……そうだろう？　おまえの言うようにほんとに金銭《かね》が足りないんなら、そんならわしはまた働きに行くよ！……」

「働くですって？　おばあさん！　いったいどこでです？　ああ！　先生。このひとの考えることを聞いてください、働くだって！　この年で！　もうすぐ八十だっていうのに！　気違いざたですよ、そんなことは、先生！　だれが雇うもんですか！　おばあさん、気違いざたですよ！……」

「気違いだって！　めっそうもない！　どこも狂っちゃいないさ！　だけどおまえさんのほうこそ、どっか狂ってるのさ！……糞《くそ》ったれめ！……」

「お聞きになりましたか、先生、気が狂ってるんですよ、あたしのことをこんなひどい言葉で！　こんなひとを置いとけますか？」

　すると老婆は僕のほうに向きなおった、僕のほうに、彼女の新しい危険物に。

「この男に何がわかるもんか、わしが気違いかどうか？　こいつがわしの頭の中に入り込めるとでもいうのかい？　おまえさんの頭の中に入り込めるとでも？　そうでなきゃ何がわかるものか？……さあ、帰っとくれ！……二人とも！……ここから出て行っておくれ、年寄りをいじめくさって、おまえさんたちは半年続きの冬よりもまだ性悪だよ！……さあ、こんなとこで毒づいている間があったら、倅《せがれ》でも診《み》に行ってやるんだね！　あいつのほうがずっと医者が必要さ、倅のほうがね！　もう歯もありゃしない、わしが世話してたころは、あんなにきれいな歯並みをしてたのにね！……さあ、さあ、二人ともとっとと消えちまいな！」——そして老婆は僕たちの面前に扉をたたきしめた。

　彼女はまだランプのむこうから僕たちをうかがっていた、僕たちが中庭を通って遠ざかって行くのを。僕たちが中庭を横切ると、十分に遠ざかると、彼女は腹をかかえて笑いだすのだった。みごとに自分を守りとおしたわけだ。

　この不首尾な見物から引っ返したあとも、アンルイユのほうは相変わらずストーブのそばに陣どって、僕たちに背を向けたままだった。が女房のほうはいろんな質問で僕を悩ましつづけるのだった、相変わらず同じ方向の質問で……黒ずんだ、ちっぽけな、ずるそうな顔をしていた、この嫁は。喋っているあいだ肘《ひじ》はほとんど体から離れなかった。まったくの無表情だった。彼女はなんとかしてこの往診がむだにならぬよう、何かに役立てようと懸命だった……生活費はあがる一方だ……義母の年金ではもう追っつかない……自分たちだっていつまでも若くいられるわけじゃなし……老婆がだれも見とる者もなしに死んでしまうんじゃないかと心配しつづけるのは、もうこりごりだ！　まんがいち老婆が火つけでもしたら……蚤《のみ》だらけ、垢だらけで……ちゃんと世話をみてくれる気持のいい養老院に行きもしないで……

　僕がいかにもごもっともといった顔つきで拝聴していると、二人はますます愛想よくでるのだった……僕のためにいい評判を近所じゅうにうんとひろめてあげよう、と約束するのだった。もし僕が彼らの力になってくれるなら……彼らを不憫《ふびん》に思って……老婆の始末をつけてくれるなら……あのひとだって、今しがみついているような暮らし方じゃ、とっても不幸なんだから……

「それに、ばあさんの家を貸すことだってできるだろうよ」突然目がさめたように亭主が言いだした……こいつはへまだった、僕のいる前でこんなことを、口をすべらすなんて。女房はテーブルの下で亭主の足を踏んづけた。彼にはなんのことかわからなかったようだが。

　二人が言い合っているあいだ、僕は監禁証明書をつくってやりさえすれば手にはいりそうな千フラン札を頭に思い描いていた。連中はぜひとも願っている様子だった……たぶんベベールの伯母が連中に僕のことを安心させたのだろう、ランシイじゅうで僕くらいしけた医者はいないと吹き込んだのだ……僕なら思いのままだと……こんな仕事はフロリシオン先生に頼んだってだめだ！　あの方は高潔な方だから！

　そんなもの思いにふけっていたときに、僕たちが陰謀をたくらんでいる部屋の中に、とつぜん老婆がおどり込んできたのだ。まるで感づいていたみたいだった。驚いたのなんのって！　腹のまわりにぼろぼろのスカートをかき集めていた、そして、いきなり現われ、裾《すそ》をたくし上げ、僕たちをがなりつけるのだった、とりわけこの僕を。中庭の奥からただこのためだけにやって来たのだ。

「ろくでなしめ！」僕をじかに罵《ののし》るのだ。「とっとと出てうせろ！　帰れと言っただろう！　なにをぐずぐずしとるんだ！……だれが気違いどものとこへなんか、行くものか！……尼のとこへだって、わかったね！　おまえさんが何をやらかそうが、嘘っぱちを並べようが、平気さ！……おまえなんかに負けるもんか、このいぬめ！……わしよりさきにこの連中さ、そこに行く奴は、畜生め、年寄り女から盗みくさって！……おまえさんもげす野郎さ、どうせ監獄行きさ、長くはないさ！」

　まったく、僕はついてない。めずらしく、一挙に千フラン稼げようというときに！　僕は何も言わずにそそくさと退散した。

表へ飛び出ても、老婆はまだ低いバルコニーから身を乗り出し、遠くから僕を罵るのだった、僕の逃げ込んだ暗闇の中にとどろきわたるように。

「げす野郎！　げす野郎！……」老婆はわめいていた。そいつは周囲全体に反響した。ひどい降りだった！　僕は街燈から街燈へと小走りにお祭り広場の公衆便所まで走って行った。手近の避難所だ。

⁂

共同便所の中で、脛《すね》の高さのところで、ぱったりベベールと出会った。やっぱり難を避けてその中にはいっていたのだ。僕がアンルイユ家から駆け出して来るのを見ていたのだ。

「あのひとたちのとこから来たんでしょう？」と聞く。「こんどは僕んちの六階のひとんところへ行ってくださいよ、そこの娘さんなんです……」彼に言われた患者、その女を僕はよく知っていた。大きな尻……すんなりとなめらかな美しい腿《もも》……性的によく均整のとれた女たちをますます美しく見せる、どことなく思わせぶりな魅力的な物腰。下腹の病にかかって以来、彼女は何度も診察を受けに来ていた。二十五歳で、堕胎《おろ》すのはこれで三度目、併発症に悩んでいた、そして、家族の者はそいつを貧血と言いふらしていた。

頑丈で旺盛なことにかけちゃ驚くばかり、これくらい性交《やり》好きな雌《めす》もちょっと類がない。

日ごろはつつましやかで、身のこなしも表情もいたって神妙。ヒステリックなところはこれっぽっちもない。それでいて、才能十分、栄養満点、運動神経も発達、その方面《みち》での文字どおりの女選手《チャンピオン》。快楽の美しい女闘士。その点じゃ病気どころじゃない。結婚している男だけしか、相手にしない。それもそのみちの達人ばかり、自然のすばらしい成果を認め、味わうことを心得てる連中、そのへんの小便くさい不良少女にうつつをぬかしたりしない大人だけが相手。いや、彼女のしっとりした肌、やさしい微笑、物腰、上品にゆれる豊満な尻、こういったものが、目のこえた局長級の連中のあいだで、当然人気をさらっていた。

　ただし、もちろん、その連中は、役所の上役連は、だからといってそのために離婚することはできなかった。それどころか、こうするのが家庭で仕合わせにやっていく秘訣《ひけつ》だったのだ。だから妊娠して三カ月になるたびごとに（妊娠するのは毎度のことだった）、彼女は産婆のところへ出かけて行くのだった。あのみちが好きで、おまけに寝取られ亭主がそばにいないとなれば、そういつも楽しいことずくめというわけにはいかないのだ。

　人殺しでも警戒するように母親が階段の戸口を細目にあけた。彼女は、母親は、ささやき声で言った、があんまり力を入れ、あんまり激しくささやくものだから、そいつはわめき立てるよりもっと悪かった。

「いったい、なんの報いなんでしょうかね、先生、こんな娘を持つなんて！　ああ、せめて近所の人にはだれにも内緒にしといてくださいね、先生！……頼りにしてますよ！」

――いつまでも心配でたまらない様子で、隣近所の連中がなんと思うだろうかとぶつぶつつぶやくのだった。愚かしい不安に取り憑かれていたのだ。いつまでも続くものだ、こういう状態は。

そのあいだに僕のほうは廊下の薄暗さや、スープ用のにらの匂《にお》いや、壁紙の間が抜けた模様や、母親の締めつけられたような声に徐々に慣れていった。やっと、つぶやきと慨嘆をくりかえしながら、僕たちは娘の寝台のかたわらまでたどりついた。衰弱した、もうろうとした、病人。診察にとりかかろうとした、があんまりひどい出血で、すっかりどろどろにまみれて膣《ちつ》もまるきり目にはいらない始末だった。ただ血のかたまり。戦場でお目にかかった大佐のちょんぎられた首みたいに、股のあいだから《ごぼごぼ》噴《ふ》き出していた。僕は大きな脱脂綿を取りかえ、毛布を掛けなおしただけだった。

母親はなにも目にはいらず、自分の言葉以外耳にはいらなかった。「わたしは死んじまいますよ、先生！」と叫ぶのだった。「恥ずかしくて死んじまいますよ！」僕は思いとどまらせようとはしなかった、どうすればいいかわからなかったのだ。わきの小さな食堂では、父親が右往左往しているのが見えた。この際とるべき態度がまだ支度できてないのだ。事態がはっきりするのを待って態度を決めるつもりなんだろう。この男は冥府《めいふ》にとどまっているみたいなものだ。人間の暮らしは喜劇から喜劇への往復だ。芝居が始まるまでは、その輪郭も、持ち役も見当はつかない、だから出来事を前に、腕をこまぬき、本能を蝙蝠《こうもり》傘《がさ》みたいに折りたたんで、迷いでふらつき、自分だけに、つまり無に追いやられ、その場に茫然と立ちすくむのだ。先導を失った豚同然だ。

　が母親は、この女のほうは、自分の持ち役をしっかりつかんでいた、娘と僕のあいだで立ちまわる、重要な役割。芝居小屋の根太《ねだ》が抜けようが、そんなことは構っちゃいない、その中で彼女はご機嫌で、派手な、すばらしい役割を演じていた。

　この忌わしい雰囲気を打破するのに、僕はだれの援助もあてにはできなかった。思いきって、すぐさま病院へ運び早急に手術を受けさせるよう勧めてみた。ああ！　僕としたことが！　とうとう、この女にいちばん派手なせりふの機会を与えてしまったのだ、この女が待ち望んでいたせりふだ。

「なんて恥っさらしなことを！　病院ですって！　なんて恥っさらしなことを、先生！　わたしどもにそんなことが！　まだこのうえに！　あんまりですよ！」

　もはや何も言うべきことはなかった。で腰をおろし、母親が悲壮な繰り言に巻き込まれ、さらに騒々しくあがきまわるのに耳を傾けていた。あまりの屈辱《くつじょく》と、あまりの苦境は最後は無気力にいたりつくものだ。彼女が天国に祈願し、地獄にいどみ、不幸の雷をたたきつけているあいだ、僕は頭《こうべ》をたれ、とほうにくれてうなだれながら、娘の寝台の下に小さな血溜りがつくられていくのをながめていた、そこから細い溝《みぞ》が壁の裾に沿ってゆっくり扉のほうへ滲み出ていた。雫《しずく》が、寝台のスプリングから、規則的に垂れ落ちていた。ぽとり！　ぽとり！　股のあいだにはさんだタオルは赤いものであふれていた。僕はそれでも臆病《おくびょう》な声で後産《あとざん》はもうすっかり出てしまったのかと尋ねてみた。娘の両手は、先のほうが蒼白く青みを帯びて寝台の両脇に垂れていた、まるで組立式みたいに。僕の質問を引き取って、返事のかわりに胸糞の悪くなるような泣き言を並べ立てたのは、やっぱり母親のほうだった。が逆らうことは、僕には結局、大儀になりすぎていた。

　僕自身ひさしく悪運につけまわされ、夜もろくすっぽ眠れないありさまだったので、もはや少々のことはどっちへ転ぼうがまったく無関心といったあきらめの境地だった。僕が考えついたことといえば、ぼんやり突っ立っているよりは腰をおろして、この母親のわめきっぷりでもとくと見物に及んだほうがましだ、ということぐらいだった。完全にあきらめきったときには、なんでもないことにも楽しみを見いだすものだ。それに彼女が「どうやって家族の名誉を救えばいいかわからない」と言っているときに、この荒くれ女に逆らうには、どれほどの力が必要だったことか。なんて役目だ！　おまけにこの女のわめきようときては！　堕胎のたびごとに、僕は体験ずみだったが、この女は同じように派手に騒ぎたてるのだ、もちろん、そのたびごとに腕にみがきをかけて。好きなだけ続くのだ！今日のところ、彼女は効果を十倍にしてみせるつもりらしかった。

　この女もまた、と彼女をながめながら僕は考えるのだった、美しいしろものだったにちがいない、この母親のほうも、盛りの年ごろにはぽっちゃりして。が娘よりはもっと口数が多く、精力を浪費し、あけっぴろげだったにちがいない、それにひきかえ娘の内攻的な性格のほうはまさしく造化の傑作だった。こういう事柄は研究すればすばらしい結果が出るにちがいないと思えるが、まだそこまでは進んでないようだ。母親は自分に対する娘の動物的優越性を見抜いていたのだ、そして嫉妬から本能的にすべてを非難していたのだ、娘が忘れがたい深みで男に抱かれ、大陸のように快楽を味わうやり方に対して。

この災害の劇的な面にともかく彼女は有頂天になるのだった。悲壮な震え声で僕らの狭い小世界を独占し、彼女のおかげで僕らはみんなさんざんに振りまわされていたのだ。彼女を遠ざけることなど思いも及ばなかった。それでも僕は試みてみるべきだったかもしれない。なんとか試みてみるべきだったかも。それが僕の義務だった、世間で言うように。

こっちの家のほうがアンルイユ家よりはいくぶん明るかった、汚さにはかわりないが、居心地はましだった。ぐあいよかった。あっちのように陰気ではない、ただ殺風景で、ひっそり閑としているだけだ。

疲れきって、僕は部屋の中の品物の上に視線をさまよわせた。以前はどの家庭にも必ず見られた安物のこまごました家具、とくにもういまでは店でも見かけないピンク色のビロードの玉房のついたマントルピース・カバー、それに、素焼のナポリ磁器、田舎の伯母さんのところにそっくりのがあるにちがいない鏡つきの傾斜した仕事机。寝台の下につくられていく血の沼についても、相変わらず規則正しく落ちてくる血の滴《したた》りについても、僕は母親に何も知らさなかった、いっそう大声で叫び立て、僕の言うことなどますます聞きはしないだろう。母親はいっこうに嘆き憤《いきどお》ることをやめそうにない。そいつに没頭していた。

　なんにも言わずに、窓から外を眺めているほうがよい、目の前の並木通りをすでに夕暮れの灰色のビロードが包みはじめていた、建物がつぎつぎと、最初はいちばん小さな家々、やがてはほかの建物も、最後には大きな家々も、灰色に包まれてしまった、ついでそのあいだを動きまわる人間も、ますますほのかに、曖昧模糊《あいまいもこ》として、歩道から歩道へためらいながら闇の中にのみこまれていった。

　さらに先には、城壁のはるか先には、街の上に忘却の幕を張りめぐらすかのように、暗闇の沖合一面に釘のようにちりばめられた明かりの行列、ほかにもまだ緑色の明かりのあいだにきらめき明滅する小さな光、赤い光、つらなる船また船、いたるところからやって来て、震えながら、パリ監獄の尖塔《せんとう》の向こうに《夜》の大きな扉が開くのを待ち受けている大船団。

　母親がちょっとの間でも一息入れてくれれば、むろん長いこと黙っていてくれるにこしたことはないが、僕らはせめて一切に対するあきらめに身をゆだね、生活の束縛を忘れ去るべく努力することもできただろう。が彼女は僕を追いつめるのだった。

「洗滌《せんじょう》してみましょうか、先生？　どうお思いです？」僕はいいとも悪いとも答えなかった、が、発言権が手にはいったので、もう一度重ねて、すぐ病院へ送ることを勧めてみた。また金切り声だ、さらに鋭い、さらに果敢な、甲走《かんばし》った、それが返事だ。どうしようもない。

　僕はおとなしく、静かに出口のほうへ向かった。いまでは薄暗闇が僕たちをベッドから隔てていた。

シーツの上に置かれた娘の手はもうほとんど見分けがつかなかった、同じくらい蒼ざめていたのだ。

　僕はもう一度彼女の脈搏をとるために引っ返した。それはさっきよりももっと小刻みで、かすかだった。ときおり思い出したように息づいているだけだった。相変わらずはっきり耳にはいった、血が床の上に時計のような小刻みな音をたてて落ちていくのが、しだいにゆっくり、しだいに弱々しく。どうしようもない。母親は先にたって戸口のほうへ向かった。

「後生ですから」おびえて頼むのだった。「先生、だれにも何もおっしゃらないって約束してくださいますね？」――泣きつくように――「誓ってくださいますね？」

　僕は言われるがままに約束した。手を差し出した。二十フランだった。母親は僕の背中で扉をしめるのだった、そうっと。

下では、ベベールの伯母が、もっともらしい顔つきで、僕を待っていた。「じゃあ、思わしくないんですね？」と尋ねる。僕にはわかった、この女はここで、下で、もう三十分ものあいだ僕を待っていたのだ、お定まりの口きき料を受け取るために。二フランだ。のがれるわけにはいかない。「で、アンルイユさんとこのほうは、うまくいきましたかね？」知りたがった。そっちのほうでもチップをあてにしていたのだ。「払ってくれなかったよ」僕は答えた。嘘じゃなかった。彼女の、伯母の、とってつけた微笑は、仏頂面に変わった。疑っているのだ。

「払わせることができないなんて、先生、結構なこったね！　そんなことじゃ重くみられませんよ……今日払ってくれるか、さもなきゃぜったいに払っちゃくれませんよ！」確かにそのとおりだった。僕は退散した。外出するまえにいんげん豆を煮つけておいたのだ。夜も更《ふ》けたし、牛乳を買いに行くのにいい時刻だ。昼間は、牛乳瓶をさげているところを見られると、みんな薄笑いを浮かべる。当然だ。女中もいないんだ。

それから冬がだらだら続き、幾月もそして幾週も幅をきかせた。とどのつまり、もう霧と雨から脱け出せなかった。

病人にはこと欠かなかった、だが支払える連中は、支払う気のある連中は、たくさんいなかった。医者なんて考えてみれば、まったく情けない商売だ。金持から謝礼金を払われるときは召使いあつかい、貧乏人相手のときは、まったく泥棒同然だ。《謝礼金》だと？

何を言うのだ！　連中は、病人たちは、飯を食う金銭《かね》にも映画へ行く金銭にも、すでにこと欠いてるんだ、そいつをまだ《謝礼》だなどと金銭をまきあげなきゃならないのか？　よりにもよって奴らが目をまわしているおりに。どうもぐあいが悪い。つい見のがしちまう。親切気をだす。それでしくじるのだ。

一月の家賃の支払日に、僕はまず食器戸棚を売り払った、場所をあけて、食堂を体操室に変えるんだと、近所の連中に説明した。だれが信じるものか？　二月には税金を払うのに、また自転車と蓄音機をたたき売った。モリーが別れぎわにくれたやつだ。そいつで《No more worries》（くよくよしないで）をよくかけたものだ。いまでもその曲は頭にある。残っているのはそれだけだ。僕のレコードは、長いことベザンの店にあった、それでもいつかは売れたようだ。

いっそう裕福なふりをするために、近々自動車を買う予定だと話した、そしてそのためにいまから多少の現金をつくっているのだと。結局のところ、医者を本気でやっていくために僕に欠けていたのは厚かましさだ。家族にいろんな注意を与え、処方を手渡したあと、戸口まで送られると、僕はごたごた説明を並べたてるのだった、ただ支払いの瞬間をもう数分ごまかすためだけに。淫売みたいなまねができるものか。連中は、たいていの患者は、ひどく見すぼらしい、うす汚ない、おまけに目つきの悪い様子をしているので、僕はいつも連中が僕に支払う二十フランをどこで見つけてくるつもりかと心配になるのだった、そして、意趣返しに殺されるんじゃなかろうかと。それにしてもその二十フランを僕のほうもまた喉《のど》から手が出るほど欲しかったのだ。恥ずかしい話だが！　思い出しても赤面するほどだ。

《謝礼金！……》奴らはそいつを相変わらずそう名付けていた、僕の同業者どもは。平気で！　この言葉さえ持ち出せば、大義名分が成り立つみたいに……恥だ！　僕はそう思わざるをえなかった、その考えを払いのけることができなかった。なににだって言いわけはある、そんなことくらいは心得ている。だがそれにしても、貧乏人から、哀れな連中から、百スウを受け取った奴は、永遠に汚らわしい野郎であることに変わりはない！　まったくこのときからだ、僕が自分もほかの奴らと変わりない汚らわしい人間であることを、身にしみて感じだしたのは。なにもその百スウで、その十フランで乱痴気騒ぎをやらかしたわけじゃない。とんでもない。家主がほとんど引っさらえて行ってしまったんだから、がそれだって、やっぱり言いわけにはならない。言いわけになれば結構なんだが、そうはいかぬ。家主って奴は糞よりも劣る。それだけのことだ。

　さんざん気をもんだせいで、それにまた季節の冷たいどしゃぶりの中を行き来したせいで、僕のほうがこんどは、一種の肺病やみと言ったほうがいい状態になりだした。当然の成り行きだ。ほとんどすべての楽しみを思いきらねばならないとき、訪れてくるのはこいつだ。ときどき、出かけたさきざきで卵を買うこともあった。が主な食べ物は、結局、乾燥野菜類だった。そいつは煮るのに暇がかかる。診察のあと台所で何時間もそいつが煮え立つのを見張ってすごすのだった。それに僕の住居は二階にあったから、そこからは中庭の結構な眺めが見渡せた。中庭、そいつはまるで家々の連なる地下牢だ。僕はそいつを、僕の中庭を眺める時間が十分あった。とりわけ、そいつに耳をかたむける時間が。

　ここに周囲の二十軒もの家々の叫び声が、呼び声が、落下し、きしり、はね返りにやってくる、おまけに管理人たちの飼っているやけになった小鳥どもまで仲間に加わるのだ、そいつらは便所のわきの鳥籠の中で二度と会えそうにない春をぴいぴい待ちわびている。その便所ときては、そこに、暗がりの底にみんないっしょくたに集められ、扉はいつもはずれ、ぶらぶらしたままだ。百人もの男女の酔っ払いがこの煉瓦のかたまりに充満し、高慢ちきな諍いや、でたらめな、堰《せき》をきった悪口を反響《こだま》のかたちで詰め込むのだ、とくに土曜日の昼からがひどかった。こいつは家庭生活の充実した瞬間だ。大声でいどみ合う、おまけに一杯機嫌で。パパが、ほら、まさかりみたいに椅子を振り上げた、ママのほうは燃えさしの薪《まき》を剣代わりだ！　そら弱い奴は用心しろ！　とばっちりをくうのはこまい奴だ。身を守り、反撃する力のない奴はかたっぱしから壁にぺしゃんこにたたきつけられる。子供だろうと、犬だろうと、猫だろうと。三杯目の葡萄酒を、それも真っ黒なやつ、一番の安葡萄酒をあけると、こんどは犬の苦しむ番だ、踵《かかと》で犬の足を思いきり踏んづける。人間さまといっしょに食おうなんて厚かましいや。腹を裂かれたみたいにきゃんきゃん鳴きながら、寝台の下へ逃げ込むのを見て大はしゃぎだ。それが出発合図だ。動物の苦痛ほど一杯機嫌の女たちを興奮させるものはない、闘牛はそういつも見れるわけじゃない。そいつを合図にまた口論がおっぱじまる。執念深く、狂ったように猛烈に。先に立って、つぎつぎ甲高い挑戦の叫びを男にたたきつけるのは、女房のほうだ。そしてそのあとは、大乱闘だ、品物はぶっこわされ、こなみじん。中庭はその騒ぎをかき集め、薄暗がりの周囲を反響《こだま》がかけめぐる。子供たちは怯気《おじけ》づいて泣きわめく。すっかりパパとママの正体を見破っちまう！　わめき立て、落雷を自分たちのほうへ引き寄せる。

　こうした家庭騒動の果てにときおり起こることがらがもう一度起こるのを、僕は何日も待って暮らすのだった。

　そいつが起こったのは、僕の部屋の窓の真っ正面、むかいの建物の四階だった。

　何も見えなかったが、物音だけはよく聞こえた。

なにごとにも終りはあるものだ。終りは必ずしも死だとばかりはかぎらない、ときには別な、もっとひどいしろものだ、とりわけ子供たちにとっては。

　連中の、その借家人たちの住居は、中庭の暗がりがちょうど薄まりはじめるあたりの高さにあった。そいつが起こる日には、彼らは、父親と母親は、初めは二人っきりで、長いこと言い争う、それから長い沈黙がくる。準備中だ。最初の犠牲者は娘だ、娘を呼びよせる。娘は心得ている。すぐしくしく泣きだす。なにが待ち受けているか知ってるのだ。声から察して、十歳《とお》くらいにちがいなかった。何度か重ねるうちに、とうとう僕は二人が娘に対して行なっていることに見当がつきだした。

まず娘を縛りつける、時間をかけて縛りあげる、手術みたいに。そいつが刺激になるのだ。「すべため」親父は罵る。「えいっ！　このあばずれめ！」母親のほうだ。「やきをいれてやるからな、あばずれめ！」いっしょになって叫びたてる、いろんなことをいっしょくたに責め立てる、でたらめにでっち上げたにちがいない事柄を。寝台の足に縛りつけているんだろう。その間じゅう、子供は罠《わな》にかかった鼠《ねずみ》みたいにうめいていた。「あばれたってだめさ、逃げられやしないさ。そら！　逃げられるもんか！」やり返す、母親のほうが、そして、馬にでもするみたいに、罵りの言葉を浴びせかける。興奮しきって。「大きな声をたてないで、母ちゃん！」娘はおだやかに言い返す。「声をたてないで、母ちゃん！いくらでもぶって！　でも黙ってして、母ちゃん！」逃げられない、そして、めった打ちにされる。思い違いではないか、行なわれていることは確かにこのとおりなのか、はっきりと確かめるために、僕は最後まで聞き耳を立てるのだった。そいつが起こっているあいだは豆を食う気も起こらなかった。窓をしめることもできなかった。何をする力もなかった。何ひとつ手につかなかった。四方八方に、いつまでも聞き耳を立てているだけだった。そのかわり、こういう事柄を聞きつけているうちに、僕は新しい能力を、さらに遠方まで到達する能力を、奇妙な能力を身につけだしたみたいだ、だからこの次には、もっと階下《した》まで降りて行って、こんどは、まだ聞いたことのない、或いはこれまでよく理解できなかった悲鳴を聞き分けることもできるだろう、なぜならこれ以外にも、聞いたことも理解したこともない別な悲鳴がまだまだありそうに思えるからだ。

あんまりたたきのめされ、彼女は、娘は、もうわめきたてる力もなかった、それでも息をのみこむたびに、わずかに、まだすこしばかり叫び声をあげていた。

するとそのとき男が言うのが聞こえた、「おいで、おまえ！　はやく！　あっちへおいで！」すごく嬉しそうだ。

そんなふうに彼が話しかけた相手は母親だ、そしてわきの部屋の扉が二人の背後で勢いよくしめられた。別な日、彼に向かってこう言ったのは女のほうだ、僕はそれをはっきり聞いたのだ。

「ああ！　あんたが好きよ、ジュリアン、とっても。あんたのうんこが食べたいくらい、どんな大きなうんこだって……」

こんな調子で二人してあれをやるんだ、管理人が僕に教えてくれた、台所で、流しに背をもたせてやるのだ。でなくちゃできないんだ。

彼らに関するこういう情報を僕は界隈から徐々に仕入れたのだ。彼らが三人いっしょのところに出会ったときは、何ひとつ目を引くところはなかった。まことの家族連れらしく散歩していた。男のほうは、父親のほうは、僕はもう一度ポアンカレ通りの角の商店の飾り窓の前を通ったときに見かけた、《高級靴》の店で、彼はそこの販売主任だった。

ふだんは、僕らの中庭は、平凡な醜さを呈しているだけだった、とりわけ夏場は、おどしや、反響や、物の落ちる音や、聞きとりにくい罵り声でとどろきわたるのだった。日光はけっして底までとどかなかった。そいつは、中庭は、ことにすみのほうは、こってり厚い青い影で染められているようだった、管理人たちはそこに巣箱みたいな小さな便所を持っていた。夜、小便をしに出かけるとき、連中は、管理人たちは、ごみ箱にぶち当たる、すると中庭じゅうに雷みたいな音がとどろき渡る。

窓から窓へ洗濯物が乾きかねていた。

夕食後は、腕力をふるわない晩は、あたりに響きわたるのはたいてい買物についての言い合いだ。がそういうスポーツ代わりの口論もやっぱり最後は雲行きが悪くなり、さまざまな取っ組み合いに終わるのが常だった、少なくとも、いつもどこか一つの窓のむこうでは、なにかしらの原因のために、なぐり合いに終わるのだった。

夏にはまたすべてがひどく臭《にお》った。中庭にはもう空気はなく、臭いばかりだ。とびきりひどいのは、キャベツの臭いだ。キャベツ一つで便所十にも匹敵するのだ、よしんばその便所があふれ出しているとしても。こいつは言うだけやぼだ。三階の便所はよくあふれた。すると八号建物の女管理人、セザンヌ婆さんが籐《とう》のかきまわし棒を持ってやって来る。婆さんが悪戦苦闘するところを僕はよく見物した。そんなきっかけで僕たちはおしゃべりし合うようになったのだ。「わしならね」婆さんは忠告するのだった。「わしがあんたなら、内緒で孕《はら》み女のやっかいばらいをしてやるがね……この近所にゃ、腹ぼて女がいっぱいいるよ……だれも本当にしないほどさ！……あんたにやってもらえば大助かりさ！……嘘じゃありませんよ！　安月給取りの静脈瘤なんか診てるよりは、よっぽどましだよ……なんしろこのほうが現金《げんなま》取引きだし」

セザンヌ婆さんは、どういうものか、働いている連中に対して、貴族的なはげしい軽蔑心をいだいていた……

「文句ばかりぬかして、間借人なんて、懲役囚といっしょさ、みんなにいやがらせしなきゃ気がすまないんだ！……やれ便所が詰まった……やれガスが漏《も》れた……手紙が開封された！　いつも難癖ばかり……いつもいやがらせばかり！……家賃の封筒の中に唾《つば》を吐いてよこす奴までいるんだからね……どういうことです？……」

詰まった便所を通すのにも、彼女は、セザンヌ婆さんは、しばしば匙《さじ》を投げねばならなかった、それほど困難をきわめていたのだ。「いったい何を詰め込みやがったんだろう、第一、こう乾《かわ》いちまっちゃだめさ！　わかってるんだ……あいつらはいつだって手遅れになってから言いに来るんだ！……どうせわざとなんだ。……以前にいたところじゃ、あんまりかたく詰まって、管を溶かさにゃならなかったほどさ！　いったい何を食ってるんだろうね……よっぽどこちこちのを放《ひ》りやがるにちがいない……」

⁂

そいつがまた僕をとらえだしたのはやっぱりロバンソンのせいのように思えてならない。最初、僕はそいつを、その不安を、さして問題にしなかった。なんということもなく、病人から病人へと、だらだら日を送る生活が続いていた、がしだいに、ニューヨークにいたときのように、これまでにもまして不安になりだした、そして、またこれまで以上に不眠に悩まされはじめた。

奴に、ロバンソンにふたたび出くわすことは、だから僕にとっては大打撃だった、いわば病気がぶり返すようなものだ。

苦労でよごれきった奴の面《つら》、そいつは僕にとっては、いつまでたっても抜け出せない悪夢の再来みたいなものだ。僕はそいつにうなされるのだった。

奴はここに舞いもどって来ていたのだ、僕の眼前に。逃れようはない。もうここへもさがしにきた模様だった。もちろん、こっちから会いに行く気はなかった……きっともどって来るだろう、そうなればいやでもまた奴のことを考えさせられるのだ。おまけに今では目にふれるものは何から何まで、奴の汚ない正体を想い出させるのだった。窓ごしに眺める、なんでもない様子の人間までが、僕にそれを想い出させるのだった、その連中が街を歩いていようが、戸口のすみでお喋りをしていようが、なぐり合いしていようが。僕にはちゃんとわかるのだ、奴らが、その連中が、何を求めているか、さりげない様子の裏に何を隠しているか。連中が望んでいるのは、殺すこと、互いに殺し合うことなんだ、もちろん、一撃のもとにじゃない、ロバンソンみたいにじわじわ、古い悲しみだろうが、新しい惨めさだろうが、えたいの知れない憎しみだろうが、見つけしだい手段をえらばず、さもなくば、ずばり戦争だ、そのときは普段よりもそいつが手っとり早く行なわれるというだけのことだ。

　彼に出会うことを恐れて、もう外へ出るのもはばかられた。僕に病人の求めに応じる決心をさせるには、二、三度続けて呼びに来なければならなかった。出向いたときはたいてい、もう別の医者を呼びに行ったあとだった。僕の頭の中はひっくり返っていたのだ、生活そのままに。まだ一度しか行ったことのないサン＝ヴァンサン通りから、十二番地の四階の家へ呼び出しがかかった。わざわざ車で迎えに来たのだ。その男を、その爺《じい》さんを、僕は覚えていた、彼は、入口の靴拭《くつふき》でていねいにぬぐい、ひそひそ声で話すのだった。胡《ご》麻塩《ましお》頭の、背中の曲がった、おどおどした男。孫息子のために急いで来てもらいたいと言う。

　娘のほうも、この男の娘のほうも、僕はよく覚えていた、これもまた好き者だった、色香は失せていたが、旺盛で、むっつりした性格で、何度も両親の家へ堕胎《おろ》しに帰って来ていた。両親は娘を責めはしなかった。ただそのうちなんとか結婚してくれることを望んでいるふうだった。とくにこの女にはもう爺さん婆さんのところにあずけてある二歳になる男の子があったからだ。

その子供は、なにかにつけ病気しがちだった、そしてその子が病気になると、爺さん、婆さん、母親が、いっしょになって、涙にかきくれるのだった、この子にはとりわけ正式の父親がいなかったからだ。家族が非正式の境遇に最も感情を動かされるのは、こういう場合だ。彼らは、爺さん婆さんは、口にこそ出さなかったが、私生児は普通の子よりひ弱で、病気にかかりやすいと信じていた。

ところで、父親のほうは、ともかくそう見做されている男は、みごと雲隠れをきめこんでしまっていた。あんまり結婚話を持ちかけられるので、うんざりしちまったのだ。まだ逃げまわっているとしたら、今ごろはよっぽど遠くまで行ってしまったことだろう。どういうわけで捨てられたのか、だれにもさっぱり合点がいかなかった、とりわけ当の娘には、ともかく彼は彼女とやるのを大いに楽しんでいたんだから。で、男が、浮気男が姿をくらましたあと、彼らは三人して涙にくれながらこの子を見守ってきた、そしてこのありさまだ。彼女は自分で言うところでは、その男に《身も心も》与えてしまったのだ。道理で、彼女にすれば万事はそれで納得がいくのだった。坊やが彼女の体から飛び出し、たちまち彼女は腹のまわりが皺《しわ》だらけになっちまったんだ。精神は言葉で満足するが、肉体のほうはそんなわけにはいかない、そいつはもっと気むずかしい、筋肉《しまり》が必要だ。そいつは、肉体は、常に現実的な何物かだ、そのせいだ、そいつが見た目に悲しくいやらしいわけは。出産が一挙にこれほどごっそり青春を奪い去ってしまった例も、確かに、珍しい。

この内密の出産のまえは、家族は《フィーユ・デュ・カルヴェール》の地域に住まっていたのだ、それももう幾年もまえから。彼らが一家を挙げてランシイに引っ込みにやって来たのは、すき好んでではなく、身を隠すため、忘れられるため、集団で消えるためだったのだ。

妊娠を隣近所に隠しとおせなくなれば、とかくの噂《うわさ》を避けるために、その市内《パリ》の一郭を去ることに決めてあったのだ。名誉のための転居。

ランシイなら、近隣の敬意などなくてもよかった、それに第一ランシイには馴染みがいなかった。おまけに、この土地のお役所はまさにひどい町政を、ひとことで言えば無政府状態の町政を行なっていた、フランスじゅうの噂になるような、ごろつきの政治。こんな悪党の環境じゃ、他人の批判など問題になるわけはない。

この一家は進んでみずからを罰していたのだ、親戚とも、昔の友人とも一切の交際を断ってしまっていた。悲劇と言えば、まったくの悲劇だった。もうこれ以上失うものは何もない、と彼らは考えていた。階級脱落者。人は自分をいやしめたいときは、民衆に近づくものだ。

彼らはだれをも責めてはいなかった。ただ、彼らに、よりによって自分たちに、こんなひどい仕打ちをなさった日、運命の神様はいったい何を飲んでいなさったのかと、ときどき空《むな》しいささやかな憤懣《ふんまん》にかられて、いぶかるのだった。

娘がランシイでの生活に見出した慰めは一つだけだった、が、そいつはすばらしい慰めだった、つまり、今後はだれにも遠慮なく《自分の新たな責任》について語れることだ。情人《おとこ》に捨てられることで、彼女の性質の奥深く眠っていた、自己犠牲と独自の生き方に対する深い憧憬《あこがれ》が目をさましたのだ。同じ階級と境遇の一般の女たちと等しい身の上はもう一生望めないこと、それに最初の愛から踏み荒らされた小説みたいな自分の人生をいつでも思い返せること、それに気づいたとき彼女はその大きな不幸を逆手にとったのだ、いまではそいつは歓喜でもって彼女を打ちのめし、運命の被害も結局は劇的に歓迎されるのだった。私生児の母親であることを彼女はひけらかすのだった。

父親に案内された食堂の中は、照明を節約して薄暗く、人の顔は蒼白いしみほどにしか見えなかった。家じゅうの家具から発散する古い胡椒みたいな匂いの重々しくたちこめた薄暗がりの中で、いつまでも尾をひく言葉をくどくどとくりかえす肉塊。

部屋の真ん中のテーブルの上に、産着《うぶぎ》に包まれ、あおむけに寝かされて、赤ん坊は、診察を待っていた。僕は最初まず、下腹の表面を用心深く、徐々に臍《へそ》から陰嚢《いんのう》まで、おさえてみた、つぎに厳粛な表情で、聴診した。

心臓は子猫のようなリズムで鼓動していた、短く、狂おしく。そのうち、赤ん坊は僕のまさぐる指先と種々の操作に耐えられなくなったんだろう、この年齢特有のやり方で泣き叫びはじめた、とほうもない激しさで。ひどすぎた。ロバンソンがもどって来て以来、僕は頭のぐあいも体の調子もすっかり変調をきたしてしまっていた、だもんで、この罪のない赤ん坊の泣き声はやりきれない印象を与えたのだ。なんて泣き声だ、たまらん！　なんて泣き声だ！　どうにも辛抱できなかった。

もう一つの気がかりもたぶん愚かなふるまいの原因になったのだろう。精根つき果てて僕は、ずっと前から声に出さずに感じていた恨みつらみを、彼らにむかってたたきつけるのを控えることができなかった。

「うるさい！」と僕はどなり返したのだ、泣きわめく小さなしろものに向かって。「あわてるんじゃねえよ、ばかたれ小僧め、ほえる時間はいくらだってあるさ！　いくらでもな、あわてるんじゃねえよ、あほったれめ！　まだおあとが控えてるさ！　用心しないと、目玉もどたまも、なにもかもとろけちまうような、恐ろしい苦しみがな！」

「何をおっしゃったんです、先生？」婆さんは飛び上がった。僕はくりかえしただけだった。「おあとが控えてるといったのさ！」

「なんですって？　何が控えてるんです？」婆さんは問い返した、ぞっとした様子で……

「わからんかい！」僕は答えた。「わからんかね！　どこまで言やわかるんだね！　処置なしだね！　頭を使いな！　ちょっとは！」

「何が控えてるんですって？　このひと何を言ってるんです？」彼らは、三人して、尋ね合った、《責任ある》娘は変てこな目つきをした、そして、この女もまた例の長い悲鳴をあげはじめた。ヒステリーを起こすうってつけの機会を見つけたのだ。逃すわけはない。開戦だ！　けとばす！　息を詰まらせる！　目をまわす！　こっちは平気だ！　これはみものだ！「気が狂ったのよ、母さん！」息をつまらせてほえ立てる。「先生は気が狂ったわ！　赤ちゃんを取り上げて、母さん！」赤ん坊を救い出すのだ。

どういうわけかわからんが、興奮のあまり、バスク地方（フランス西南部、スペイン国境に近い地方）のアクセントになりだした。「なんてひどいことを！　母さん！……気違いよ！……」

火炎の中から救い出すみたいに僕から赤ん坊をひったくった、さっきまであれほどおどおどしていた爺さんまでが、壁からマホガニーの大きな寒暖計をひきはずした、でかいやつを、棍棒みたいなやつを……そして後ろから追い立てるようにして僕を扉のほうへ送り出した、そして背後から思いきり蹴とばして扉をたたきしめた。

もちろん、これをいいことに往診料は払わなかった。

表に出たときは、後味はよくなかった、世間への評判の見地からというよりも（そいつは僕が手をかすまでもなく、この界隈ですでにとことんまで堕《お》ちつくしてしまっていた)、やっぱりロバンソンのことが気になったからだ、結局、僕は率直な気持をさらけ出すことによって奴からのがれようとしたのだ、いわば乱暴に自分に喧嘩《けんか》を売りつけることによって、進んで鼻つまみものになることによって、奴をもう二度と寄せつけない覚悟を固めようとしたのだ。

こんなぐあいに、僕は計算したんだ。一挙にどれほど鼻つまみ者になれるものか実験してみてやれ！　ところが顰蹙《ひんしゅく》と動顚にはきりがないものだ、ざっくばらんにやればどこまで引っぱり込まれるか知れたものじゃない……連中がまだ僕らに隠しているもの……今後まだ僕らにさらけ出しそうなもの……もし僕らがそれだけ長生きできれば……奴らのたわごとの中にはいり込めば……こいつは永久にきりなしだ。

さしあたって、僕もまたいっときも早く身を隠したかった。家にもどるのにまずはじめにジベ路地を、つぎにヴァランチーヌ通りを通って家のほうへ歩きだした。このほうが遠まわりだ。途中で気が変わらぬものでもない。明かりのほうを目ざして行った。トランジトワール広場で、点燈人夫のペリドンに出会った。月並みな挨拶をかわした。「映画へお出かけですかね、先生？」彼が尋ねた。思いつきを与えてくれたわけだ。そいつも悪くはない、と思った。

バスで行けば、地下鉄よりも早くいける。こんな恥ずべき茶番劇をしでかしたうえは、できれば、ランシイからこれを最後にきっぱりおさらばしてしまいたかった。

ひとつ所にとどまっているにつれて、人も物も、だらけ、腐り、僕らに対してことさらに臭いはじめるものだ。

⁂

なにやかや言っても、翌日になると、僕はまた結局ランシイへ舞いもどって来てしまった、たまたまベベールが病気にかかったからだ。同業のフロリシオンは休暇で出かけたばかりだった、伯母はためらった、が、結局、甥《おい》の手当を僕に求めた、たぶん彼女の知っているほかの医者たちの中で僕がいちばん安かったからだろう。

復活祭のあとだった。気候はよくなりはじめていた。最初の南風がランシイの上を吹き渡っていた、その風はまた窓ガラスに工場の煤《すす》を残らずたたきつけるのだった。

そいつは、ベベールの病気は何週間も続いた。僕は日に二度診《み》に出かけた。界隈の連中は門番部屋の前で、それとなく僕を待っていた、それに家々の戸口には、近所の連中がたむろしていた。彼らにとってはまるで気晴らしみたいだった。遠くから様子を知りに来た。あんまり多くのものを通ってくる太陽は、愁《うれ》いに翳った秋のような日差ししか路上にとどめていなかった。

忠告ぜめだった、ベベールに関して、僕は山ほど忠告を授かった。まさしく、界隈じゅうが、ベベールの容態に関心を寄せていた。初めのうちは口を揃えて僕の能力を持ち上げ、やがてこきおろしはじめた。僕が管理人部屋へ入って行くと、とがめるような、憎々しげな、失敬きわまる沈黙が生じるのだった。そいつは、管理人部屋は、いつも知り合いの婆さん連で、親しい連中でいっぱいだった、そんなわけでスカートと兎《うさぎ》の小便の臭いがむんむんたちこめるのだった。みんなが贔屓《ひいき》の医者をすすめたがっていた、どれもこれも僕より手ぎわのいい、学識のある医者を。僕の取柄は、結局、一つきりだったのだ、しかもそいつは容易に許されぬ取柄、つまり、ほとんど無料《ただ》に等しいということだった、そいつは、無料の医者というものは、病人とその家族の顔に泥《どろ》を塗るものだ、たとえその家族がどれほど貧しかろうと。

ベベールはうわごとこそ言わなかったが、体を動かす気力は完全に失ってしまっていた。日ごとに痩せほそる一方だった。黄ばんだ、落ち着かない、わずかばかりの肉が、心臓が鼓動するたびに上から下まで震えながら、まだ体にくっついている程度だった。まるで皮膚の下はどこもかしこも心臓みたいに、それほど彼は、ベベールは、ひと月以上の病気ですっかり痩せほそってしまっていた。僕が診に行くと、きき分けのよい微笑を向けるのだった。そんなふうに愛想よく三十九度を越し、ついで四十度を越し、そしてそのままそこに幾日も、幾週間もとどまっていた、物思いにふけったような表情で。

ベベールの伯母はとうとう黙り込み、僕をわずらわさなくなった。知っているかぎりのことを喋りつくしてしまったのだ、そこで部屋のあちこちのすみへ出かけ、取り乱して、しゃくり泣くのだった。言葉のつき果てた先にやっと悲しみが訪れたのだ、そいつを、悲しみをどう始末していいかわからないふうだった、悲しみと洟《はな》とをいっしょにかんでしまおうとしていた、がそいつは、彼女の悲しみは、喉もとに突き上げ、涙といっしょに戻ってくるのだった、そしてまた同じことのくりかえしだ。体じゅういたるところ、涙をなすりつけ、そんなふうにして普段よりもさらにいくらか汚なくなるのだった、すると自分でも驚いて、「まあ！　まあ！」と叫びだす。それで打ちきりだ。あんまり泣きすぎたために力つき果てて両腕をだらりとたらし、とほうにくれるのだった。

それでも彼女はまたやっぱり悲しみの中へ後退するのだった、そしてもう一度むせび泣きながら引っ返す決心をするのだった。そんなふうに、何週間ものあいだ、そいつは、苦痛の中の彼女の往復は続いた。病状は悪化しそうだった。悪性チフスの一種だった、それに対して僕が試みた一切の手段は無益だった、入浴も、血清も……水も絶った食餌《しょくじ》療法も……ワクチンも……どれも効果はなかった。僕がいくら奮闘しても、すべては無益だった。ベベールは遠くへ逃れ去っていくのだった、どうしようもない手にさらわれ、微笑を浮かべながら。まるで熱のてっぺんで曲乗りしているようなものだった、そして僕のほうは下でただじたばたするばかりだった。もちろん、みんなは、ほとんどいたるところで、それも命令的に、僕を馘《くび》にして、急いで別の医者を、もっと経験を積んだ、もっとまじめな医者を呼ぶよう伯母に勧めていた。
《責任ある》娘の事件が近所の記憶に残り、いろいろに取沙汰されていた。界隈はその噂でもちきりだったのだ。

しかしベベールの症状を知らされたほかの医者連がみんな逃げをうつので、結局、僕が最後までとどまることになったのだ。その貧乏籤《くじ》を、ベベールを、引き当てたうえは、僕が続けるより仕方ない、それが連中の、同業者たちの肚だった。

もう僕に残された手段《てだて》は一つだけだった、つまり、ときどき酒場まで出かけ、遠方へ、市内《パリ》のあちこちの病院へ、顔見知りの開業医のところへ電話をかけ、その連中に、世間の尊敬を集めている、海千山千の連中に、彼らなら、僕を悩ませているような腸チフスに対してどんな処置をとるか尋ねてみることだった。返事として、連中はそれぞれ結構な助言を与えてくれた、効果のない結構な助言を。それでも僕は僕の診ている見も知らぬ小僧のために連中がそんなふうに、要するに無料《ただ》で骨折るのを聞くことに喜びを感じるのだった。人間はついにはつまらぬことに楽しみを見いだすようになるものだ、人生が僕たちにお情けに残しておいてくれるひどくつまらぬ事柄に。

僕がそんなぐあいにあがきまわっているあいだ、ベベールの伯母は、右に左に、ゆきあたりばったりに、椅子に、階段に、げんなり腰をおろすのだった、食べるときだけしか茫《ぼう》然《ぜん》自失の状態から抜け出さなかった。もっとも食事だけは一度だって欠かしたことはなかったが。第一傍《はた》がほっておかなかっただろう。近所の連中が彼女に心を配るのだった。むせび泣くあいまにむりやり彼女に食事をとらせるのだ。「元気がつきますよ！」と言って聞かせて。そんなわけで彼女は太りだしていた。

芽キャベツの匂いで、ベベールの病気の真っ最中にも、管理人部屋の中は宴会場そこのけのありさまだった。そいつの季節《シーズン》だったのだ、で彼女のところへは方々からそいつが部屋見舞いに届けられるのだった、ほかほか湯気の立つ芽キャベツが。「元気がつくよ、本当に！……」婆さんも認めていた。「それに小便《おしっこ》の出もよくなるしね！」

眠る前に、呼鈴にそなえて眠りを浅くして、呼鈴が鳴ったとたん聞こえるようにと、婆さんはコーヒーをがぶがぶあおるのだった、で借家人が二度三度たてつづけに呼鈴を鳴らしてベベールを目ざめさせる心配はなかった。夕方家の前を通りかかるついでに、僕はひょっとしてもう万事終わってしまったのではないかといぶかりながら、見に寄るのだった。「この子が病気になったのは、ラム酒入りカミルレのせいじゃないでしょうか？　自転車競走の日に果物屋で飲むといってきかなかったんですよ」伯母はそんな推測を口に出して言うのだった。最初からその考えに悩まされつづけだったのだ。愚かな女だ。「カミルレ！」熱にうかされ、おうむ返しに、ベベールは弱々しくつぶやくのだった。思いすごしだと言って聞かせたところでなんの役に立とう？　僕はもう一度、型にはまった医学的処置を二つ三つ施すふりをしたうえで、夜の街路へ飛び出すのだった、やましいような気分で、それというのが、僕のお袋といっしょで、僕は訪れてくる不幸に対して自分にまったく罪がないと感じることのできない性分だったからだ。

　その月も半ば過ぎになって、ともかく、この種の腸チフスの症状について、ビオデュレ・ジョゼフ研究所の連中の意見を聞きに出かけ、ついでに連中になにかちょっとした助言を、さらにできればなにかいいワクチンでも頼んでみたほうがよさそうだ、と考えだした。それだけやれば、僕はあらゆる手をつくし、あらゆることを、思いきった方法さえも試みたことになるだろう、そしてたとえ彼が、ベベールが死んだとしても、さよう、僕に何ひとつ咎めるわけにいかないだろう。ある朝、十一時ごろ、僕はそこへ、ラ・ヴィレットの先の、市内のはずれにある研究所へ出かけて行った。研究員を探してまず実験室から実験室へ引っぱりまわされた。まだその実験室には、だれも、研究員も一般人もいなかった、ただ乱雑にごったがえしたいろんな器具、腹をえぐられた小さな動物の死体、煙草の吸殻、こわれたガス口《ぐち》、檻《おり》、窒息しかかった鼠をいれた瓶《びん》、蒸溜器、床の上にほうり出された氷嚢《ひょうのう》、穴のあいた腰掛け、書籍、埃《ほこり》、さらにどちらを向いても煙草の吸殻、その匂いと便所の匂いが、あたりを圧していた。早く来すぎたので、そのあいだに、偉大な科学者ビオデュレ・ジョゼフの墓を訪ねてみることにした、そいつは研究所の地下室に金箔と大理石に囲まれて鎮座ましますのだ。ブルジョア・ビザンチン風の結構な趣味の思いつき。

出口のところで喜捨《きしゃ》をとられる、おまけに番人はだれかにベルギー貨幣をつかまされたと言ってぶつぶつぼやくのだった。このビオデュレを慕って半世紀来おおぜいの若者が科学の道に踏み込んだものだ。おおぜいの落伍者が出た、《芸大》の卒業生なみに。それに、成功せずに二、三年もたてばだれも結局、似たりよったりだ。大敗走の壕《ごう》の中では、《医学部卒》も《ローマ賞》（美術学校の優等卒業生に与えられる賞金）もかわりない。ただみんな一緒にバスに乗り込めないというだけだ。それだけのことだ。

　さらにかなり長い時間、研究所の庭で待たねばならなかった、刑務所と町の広場とを組み合わせたみたいな庭、悪意をこめて装われた塀に沿って念入りに植え込まれた花。

　それでも、やっと何人かの若いスタッフがまず姿を現わした、たいてい皆、大きな網袋の中に、近所の市場で買物をすませた食料品をぶら下げ、古靴をひきずっている。つぎには学者たちが鉄門をくぐって来た、下っぱ連よりもさらに力のない足どりで、不精髭《ぶしょうひげ》をはやし、二、三人連れ立ってひそひそ話し合いながら。壁をするようにして彼らは廊下沿いに散らばって行く。雨傘をぶらさげた胡麻塩頭の老書生の休暇明け、こまかしい十年一日の仕事に、やりきれないほどいとわしい操作にぼけつくし、働き盛りを安月給と引き替えにちっぽけな黴菌《ばいきん》調理台に釘付けにされ、野菜のくずや、窒息したモルモットや、その他いかがわしい腐れ物をとろ火で温《ぬく》めることに余念ない連中。

　要するに今ではもう連中自身が、外套《がいとう》を着込んだ、飼いならされた、奇形の齧歯《げっし》動物にすぎないのだ。学者だろうと、およそ現代の栄光は金持にしか微笑みかけない。《研究王国》の下層民たちの働きを支えているのは、この名のみ仰々しい、こまかく仕切られた暑苦しい塵箱の中で自分の場所を失いたくないという気持だけだ。連中が必死にしがみついているのは公認学者という肩書なのだ。この肩書があればともかく街の薬剤師が信用して、客の小便や痰《たん》の分析を頼みにくる、むろん、報酬なんてしれたものだが。みみっちい学者の臨時収入。

やって来るなり、きちょうめんな研究者は、しばらくの間、先週からの腐って黄ばんだ兎《うさぎ》のはらわたの上に慣例的にかがみこむ、部屋の片すみに、よごれた聖水容器みたいに、いつまでもほうり出しっぱなしにされているしろもの。臭いがどうにも耐えられなくなれば、代わりの兎を犠牲にする、がそれまではご法度《はっと》だ、節約のためだ、その方針のもとに研究所主任のジョニセ教授が、目下のところ狂信的な監視の目を光らせていた。

そんなわけで、節約のおかげで、いくつかの動物の腐敗は、信じられないほどの破損と延期を被っていた。なにごとも習慣の問題だ。年季をつんだ研究所員の中には使用済みの棺桶の中で料理をやってのけるくらいは平気な連中もいるだろう、それほど腐敗にもその悪臭にも慣れっこになっていたのだ。科学研究のこれら偉大な縁の下の力持ちたちは、その点で、節約の面で、当のジョニセ教授をも凌ぐまでになっていた。けちん坊で評判の教授のお株を奪って、たとえば研究所の細菌培養器のガスを利用して、私用のさまざまな肉スープや、さらに危険な、暇のかかる素人《しろうと》スープを自分用にこしらえていた。

　モルモットや兎のはらわたの気乗りのしない検査を終えると、学者たちはのんびり研究者生活の次の日課にさしかかる、煙草だ。煙草の煙による周囲の臭気と退屈の中和化の試み。次から次へ吸殻をつくり、五時ごろには、ともかく先生方は一日の終わりにたどりつく。それから、がたがたの細菌培養器に腐敗物をゆっくりしまいにかかる。小使いのオクターヴは、衛門を無事通過させるために、じっくり煮込んだえんどう豆を新聞紙に包み隠す。偽装《カムフラージ》。すっかりできあがった夕食をガルガンまで運んで行くわけだ。主人のほうは、研究員たちは、まだ実験カードの片すみに、おずおずと、自信なさそうに、なにかちょこちょこ書き込んでいる、次回の報告準備だ、そんな報告がなんの役にも立たぬことはわかりきっている、がこれは「研究所」での地位とそれに付属するけちくさい報酬を擁護してくれるのだ、つまりこの上なく公正でかつ厳正無比な《学会》を前に、近いうちにその苦役をやり遂げる覚悟をいまから固めておかねばならない。

　一部の人間の精神錯乱はけっして他の者のためにはならない、世間ではだれしも隣人の偏屈さに迷惑を蒙っているというごく簡単な事実の認識から成立つ、一つの発見を行なうにも、生え抜きの学者は平均たっぷり二十年はかかるものだ。

　なかんずく一段と理性的で冷静な学者の精神錯乱ほど許しがたいものはない。だけど追《つい》従《しょう》笑いの助けをかり、一つ場所でほそぼそにせよ生きていく便宜が得られたときは、耐えていくより仕方ない、そいつがいやならモルモットみたいにくたばる覚悟を固めるかだ。習慣というやつは勇気よりも簡単に身につくものだ、とりわけ食っていく習慣は。

さて研究所の中をあちこちパラピーヌをさがしまわった、この男に会いにわざわざランシイから出向いて来たのだ。だから辛抱強くさがしつづけるより仕方ない。簡単にはいかなかった。いくつもある廊下と扉のあいだで長いことためらいながら、何度もさがしなおした。

彼は、この独身男は、昼飯はまるきり食わなかった、それに、夕食もせいぜい週に二、三度きりしか食べなかった、そのかわりそのときは底抜けに食らうのだった、ロシアの学生の気違いじみたやり方にならっていたのだ、学生時代の気紛れな習慣をこの男は一つ残らず保存していた。

この男は、パラピーヌは、専門の領域では、最も有能な人物として認められていた。動物だろうと、人間だろうと、チフス性の病気に関することなら、何ひとつ知らぬことはなかったのだ。その名声はすでに二十年来のものだった。すなわちドイツの何人かの研究者が生後一年半の女児の膣《ちつ》の分泌物から生きたエベルト氏コンマ状菌を摘出したと主張したとき以来のものだ。これは真理の分野における一大センセーションだった。幸運にも、パラピーヌはさっそく《国立研究所》の名において反駁《はんばく》し、自分のほうは、パラピーヌのほうは、同一の胚種《はいしゅ》を、しかも純粋な状態において、七十二歳の老癈者の精液中に培養して、チュートン人の鼻柱を一挙にへし折ってしまったのである。一躍声名をはせたパラピーヌは、花形の地位を維持するためには、あとはもはや死ぬまで、いくつかの専門雑誌に内容のない記事を定期的に書きつづけるだけでよかったのだ。そしてその仕事をこの勇気と幸運の日以来彼は無事にやりとおしてきたのだ。

　専門雑誌のまじめな読者はいままでは彼を信用し信頼していた。そうすることでまじめな読者は彼の書いたものを読む手間がはぶけたわけだ。

　もしもそいつが、読者が、難癖をつけだした日には、もはやいかなる進歩も望めはしないだろう。一ページごとに一年も足踏みすることになりかねないからだ。

　彼の小部屋の前に僕がたどりついたとき、セルジュ・パラピーヌは、なにごとかと気づかわれるほどの不機嫌なしかめ面で、実験室の四すみにしきりに唾《つば》を吐き散らしているところだった。たまには髭をあたることもあった、それでもこの男は、パラピーヌは、いつ見ても頬《ほ》っぺたに脱獄囚まがいの不精髭を残していた。年じゅうぶるぶる震えているみたいだった、そのくせいろとりどりのしみや、とりわけ頭垢《ふけ》をくっつけた上っ張りを片時も脱ぎ去ったためしはなく、赤緑色の鼻の前に終始ぶらぶら揺れている髪の総《ふさ》をかきあげかきあげ、気ぜわしく爪を動かして、まわりに頭垢を撒《ま》き散らすのだった。

　医学部の実習学級で見習をやっていたあいだ、パラピーヌは僕に顕微鏡を指導し、なにかにつけて親身な世話をみてくれたものだ。もうずいぶん昔の話だが、彼が僕のことをいまも忘れずにいて、深刻な悩みの種であるベベールの症状について治療上の貴重な助言を授けてくれることを期待して、僕はやってきたのだ。

確かに、大人の場合よりもベベールの死をくいとめたい気持のほうがはるかに切実だった。大人が消えてなくなることはたいして苦にならない、この世から性悪が一人減るだけのことと思えばいい、が子供の場合は、さすがにそうは言いきれない。未来というものがある。

僕の苦境をのみ込むと、パラピーヌは喜んで僕に手をかし、困難な治療を指導しようと申し出てくれた、ただこの男は、二十年のあいだに、腸チフスに関して実に多くのことを、しかも実に多様で、かつ実にしばしば矛盾した事柄を経験してきたために、今では、このしごくありふれた疾患とその処置について、明確なあるいは絶対的な意見をわずかなりとも述べることがすっかり困難に、ほとんど不可能にさえなっていた。

「第一、君はあいつを信用しますかね、あの血清ってやつを！」まず僕にむかって尋ねるのだった。「どうです？　どう思います？……じゃワクチンはどうです？　要するに君はどう感じますか？　進んだ連中は今ではもうワクチンなんかてんで問題にしておりませんよ……そこまで割り切るのは、大胆すぎるでしょうがね……だけど、どうでしょうかね？　それにしても……この否定論にも真実があるとは思いませんか？　どう思いますね？」

威勢のいい巻き舌でつぎつぎ文句が彼の口から飛び出すのだった。

過激な絶望的な仮説のあいだを彼が獅子《しし》みたいに暴れまくっているところへ、ジョニセが、この頃はまだ生きていた、研究所主任の高名なジョニセが、ちょうど部屋の前を、取りすました気むずかしい顔つきで通りかかった。

その姿を見るなり、パラピーヌはさえない顔色をさらに真っ蒼にし、いらいらした様子で話題をかえるのだった、そして、このジョニセを毎日見させられるだけで心の中に引き起こされる嫌悪《けんお》の情を、さっそく洗いざらい僕の前にぶちまけだした。天下に聞こえた大学者ジョニセをつかまえて、頭から詐欺師、恐るべき狂人扱いし、おまけに、一つの刑務所をゆうに百年は満員にできそうなほどの、前代未聞《みもん》の、秘められた、極悪非道の罪業を彼になすりつけるのだった。

食いぶちを得るために縛りつけられねばならぬ研究者という滑稽《こっけい》な職業について、この男が、パラピーヌが、怨みつらみの数々をこまごまと際限もなく並べ立てるのを、もう僕はくいとめることができなかった、そいつは似たりよったりの条件のもとで、会社や商店に雇われている他の連中の口からもれる怨みよりは、いっそう適切で、確かにいっそう科学的な怨みだった。

そういう話を大声でやってのけるのだった。僕はその大胆さにあきれるのだった。実験室の助手の耳に僕らの話は筒抜けだった。その男もまた自分用のちょっとした料理を終わって、申しわけにまだ細菌培養器や試験管のあいだをうろうろしているところだった、がこの男は、この小使いは、パラピーヌのいわば日課のような、呪詛《じゅそ》の講義を拝聴することにすっかり慣れっこになってしまっていたので、今では、そういう言葉を、たとえそれがどんなにとほうもないしろものであろうと、完全に学術的《アカデミック》な無意味なものとみなすようになっていた。彼が、その助手が実験室の培養器の一つの中で大まじめに行なっているいくつかのささやかな個人的実験は、パラピーヌの話とは裏腹に、当人の目には非凡なやりがいのある仕事に思えていたのだ。パラピーヌの悲憤慷慨《こうがい》もそいつからこの男の気をそらさせることはできなかった。立ち去るまえに、彼は自分の細菌の上に、聖櫃《せいひつ》にでもするように、愛情をこめて入念に、培養器の扉をしめるのだった。

「あの助手を見ましたかね？　あの老いぼれのまぬけ助手を？」彼が出て行くとさっそく、パラピーヌは彼のことをあげつらいだした。「もうかれこれ三十年も、私のところでごみ掃除を続け、まわりに科学の話ばかり聞かされているんですよ、それも、いやというほど、糞おもしろくもない話をね……ところが、そいつにうんざりするどころか、いまじゃ、あの男ひとり、あいつだけですよ、ここで科学を信じている人間は！　私の培養をいじくりまわしているうちに、すばらしいものに思いだしたんですね！　なめまわさんばかりでさあ！……何から何まで私の猿《さる》まねをして悦に入ってる始末ですよ！　もっとも宗教なんてものはみなこんなもんでしょうがね？　司祭のほうはとっくの昔に神様のことなんか忘れちまってる、ところが寺男のほうはまだそいつを信じている……しかも鋼鉄のごとく強固にね……まったく、げえっとなるような話ですよ！　あのまぬけときたら、とうとう大ビオデュレ・ジョゼフの服装から山羊髭《やぎひげ》までまねだす始末でさあ！　気がつきましたか？……ところで、ここだけの話ですがね、大ビオデュレにしたところで、うちの助手とどれほどの違いもありませんよ、世界的名声と、常人ばなれしたねばり強さをのけたらね……瓶をとことんまで濯《すす》がねば気がすまんところ、服の手入れをひどく気にするところ、ああいう日常を見ていると、実験科学の巨大な天才といわれる男も、あきれるほど俗っぽい人間に見えたもんですよ……大ビオデュレから並みはずれた世帯じみたけちくささをいくらか取り除いてごらんなさい、あとにいったいどんな素晴らしいことが残るというんです？　教えてもらいたいもんですね？　口うるさい、意地悪な門番みたいな、小憎らしい面《つら》だけ。それだけですよ。おまけに《学士院《アカデミー》》で二十年を過ごすあいだに、そいつを、いやらしい根性を、すっかり丸だしにしちまったもんですよ。ほとんどだれからも嫌われ、相手かまわず喧嘩《けんか》を売りつけ、それも猛烈な喧嘩を……器用な誇大妄想患者……それだけのことですよ」

　パラピーヌはやがて、ゆっくり、帰宅の準備にとりかかった。彼が首にスカーフみたいなもの巻きつけ、さらに、いつからのものともしれぬ頭垢《ふけ》の上からマンティーリャ（スペイン婦人の用いる絹レースの髪被い）のようなものをひっかぶるのに、僕は手をかした。そのときになって彼は、僕が会いにやって来たのは、ごく具体的な緊急な用件のためだということを、思い出した。

「ああ、そうだ。つまらん話に夢中になって、君の患者のことを忘れちまいましたよ！　失敬、失敬。さっそくそっちの話にもどりましょう！　だけど、たいていのことはご承知なんだから、とりたてて申し上げるほどのこともありませんがね！　たくさんあるあやふやな学説といかがわしい実験のうちからは、結局、なにも選ばないのが賢明ということですよ！　だからまあ、なんとかやることですね！　やらないわけにいかないんだから、なんとかやることですよ！　それに、私としちゃあ、これはここだけの打ち明け話ですがね、チフス性疾患というやつにすっかり厭気《いやけ》がさしちまってるんです！　もう思っただけでもぞっとしますよ！　私の若い時分には、こいつに、腸チフスに私が手をつけたころには、この領域に目をつける探検家は、ほんの数えるほどしかいなかったもんです！　だから、結局、仲間同士、互いに立て合うことも容易だった……それが、今じゃあ、どうです？　ラプランドからも押しかける！　ペルーからも！　日ましに増える一方！　いたるところから専門家が殺到する！　日本でも大量生産！　さんざんほじくりつくされたはずのこの一つの問題について、わずか数年たらずのうちに、おびただしい数の、妙ちきりんな刊行物で、世界じゅうが文字どおりごった返すのを見てきました。私はもうあきらめて、いまの地位をなんとか守っていけさえすりゃいいと思ってますよ。そのために、学会報告や雑誌発表のたんびに、毎回毎回、同じつまらん論文に、ほんのわずか、あたりさわりのない訂正を、付けたし程度に加えるだけで、お茶をにごすことにきめています……まったく、現在じゃあ、腸チフスは、マンドリンやバンジョー同様手垢《てあか》にまみれてしまいましたからね。やりきれたもんじゃありませんよ、まったく！　みんながそいつで我流につまらん曲を演じたがるんだから。正直なところ、もうこれ以上あくせく立ちまわる気力もなくしましたよ、あとはもう、静かにひっこもって研究を続け一生終わることができたら、それ以上望むことはありませんよ、もう敵も弟子もつくらず、嫉妬をまねかぬ程度のささやかな名声に甘んじて、それが私の念願ですよ。くだらん研究の一つとして、北部および南部地方における痔《じ》におよぼすスチームの影響の比較研究というのを考えているんですがね。どう思います？　衛生学はどうでしょうね？　食餌療法は？　今の流行《はやり》ですからね、こういう題材は！　ねえ？　こういう研究は適当にあやつって、だらだら引き延ばしてさえいれば、《学士院》のお気に召すことは受け合いですよ、なにしろ顔ぶれはほとんどお年寄りばかりだし、こういうスチームや痔の問題に無関心でいられるわけはありませんからね。自分たちに切実な癌《がん》の問題のために連中がどれほどやっきになっているか、考えてごらんなさい！……《学士院》から表彰されんともかぎりませんやね、衛生賞かな？　それとも？　一万フランかな？　どうです？　それだけあればヴェニスまでの旅費は大丈夫ですよ……私は若い時分ヴェニスにいたことがあるんです……むろん！　世知辛《せちがら》いことはどこだって変わりありませんがね！　だけどおんなじ死ぬにしたところで、あそこでなら贅沢《ぜいたく》な感じがしますからね、今もって忘れられませんよ……」

表へ出ると、僕たちはまたあわてて引っ返さねばならなかった、彼が忘れたオーバーシューズを取りにだ。そんな調子ですっかり暇どってしまった。それから僕たちは道を急いだ。行き先を彼は明さなかった。

　野菜と雑踏でちらかったヴォージラールの長い通りを抜けて、マロニエと警官とに取り囲まれた、とある広場にさしかかった。小さな喫茶店の奥に忍び込むとパラピーヌはそこの裾《すそ》カーテンの陰に隠れて、伸び上がるようにして窓ガラスから外をうかがうのだった。

「おそかった！」とくやしそうに言う。「もう帰っちまった！」

「だれですか？」

「女学生ですよ……かわいい娘《こ》がいるんだ……あの娘《こ》らの脚をすっかり宙で覚えていますよ。一日の終わりの楽しみといっちゃ、今じゃこれだけですよ……さあ帰りましょう！出なおしだ……」

　僕たちはすっかり親しくなって別れを告げた。

＊＊＊

　もう二度とランシイへ帰らずにすめばありがたかったのだが。今朝そこから出て来たばかりなのに、もう僕は日常の気苦労をほとんど忘れ去ってしまっていた。そいつはまだそこに、ランシイの中に、しっかり嵌《は》め込《こ》まれていたので、ここまで僕については来なかったのだ。僕がもどらねば、そいつも、僕の気苦労も、ベベール同様、そこで打ち捨てられて、おそらく死にはててしまうことだろう。そいつは場末町の気苦労だったのだ。だが、ボナパルト通りのあたりまでさしかかると、もの思いが、悲しい思いがまた引っ返してきた。そこはむしろ道行く者に悦《よろこ》びを与えるような通りなのに。こんなになごやかな、風情《ふぜい》に富んだ通りはめったにない。だが、河岸に近づくにつれて、僕はやっぱり不安になりだした。あたりをぶらぶら歩きまわった。セーヌ河を渡る踏んぎりがつかなかった。だれもがシーザーというわけにいかない！（シーザーは紀元前四九年に「賽は投げられた」の言葉とともにルビコン河を渡り、ローマに進撃した）向かい側、対岸から、苦労が始まるのだ。でせめて夜まで、こちらの左岸で待つことにした。ともかく何時間か日なたぼっこを稼げるわけだ。

　釣糸をたれている連中のわきに河水がぴちゃぴちゃ音をたてて打ち寄せていた。僕は腰をおろして彼らの様子をながめだした。実際のところ、彼ら同様、僕もまたちっとも急ぐ身ではなかったのだ、僕はいうなれば過ぎ行く一刻ごとに何が失われつつあるかを自覚する瞬間に、おそらく、そういう年齢に達していたのだ。だが時間という道の上でぴったり歩みをとめるためにおそらく必要な叡知《えいち》の力を、まだ獲得するところまでは行きついていなかった、それに第一、歩みをとめてみたところで、青春以来謳歌《おうか》しつづけてきた、身にこびりついた気違いじみた前進欲をなくしてしまった以上、もはや何をしていいかもわからなかっただろう。もはやそいつを、自分の青春を、それほど誇るわけにもいかない。が、そうかといってまだそいつの、自分の青春のあっけない正体を、つまりやがては老い衰える活気にすぎないことを、公然と認めるだけの勇気も持ち合わさなかった。

　自分の滑稽な過去のいたるところに、あまりの滑稽さと、欺瞞《ぎまん》と、盲信ぶりを見いだしたために、僕らは若くあることをきっぱり放棄し、青春を自分から引きはなし、そいつをやり過ごし、そいつが立ち去るのを、遠ざかるのを見送りたい気持にさそわれるのだ、つまり、青春の虚《むな》しさを見きわめ、その空白を手でまさぐり、も一度そいつの姿を眼前に思い起し、そのうえでこちらから去って行きたいと、つまりそいつが、青春が、すっかり去ってしまったことを確かめ、そのうえで心安らかに、こちらは、人と物の真実の姿を見つめに《時》のかなたへ立ち去りたいと願うわけだ。

　河岸の太公望《たいこうぼう》連は何ひとつ釣れていなかった。それほどそいつを、魚を捕りたがっているふうにも見えなかった。魚のほうでもおなじみなんだろう。みんな釣るふりをしてそこにとどまっているのだ。美しい残光が僕らの周囲にまだわずかに温《ぬく》みをとどめ、水面に青と金に切りこまざかれる小さな反射を躍らせていた。風もさわやかに吹きつけていた、前方から丈《たけ》の高い木立ちを抜けてやわらかな疾風《はやて》となって、千々《ちぢ》の葉越しに身をこごめながら、いともにこやかに吹き渡るのだった。気持よかった。たっぷり二時間、そうして何も捕らず、何もせずにじっとしていた。やがて、セーヌ河は黒ずみだし、橋の一隅は夕焼けで真っ赤に染められた。河岸を行く連中はそこに、土手と水のあわいに、僕らを置き忘れたみたいだった。

橋桁《はしげた》の下から宵闇《よいやみ》がしのび寄り、ルーヴル宮殿の建物に沿って上り、正面を、窓を、しだいに包んでいった。窓は闇をまえにひときわ燃えさかるのだった。やがて、それも、窓も、また消えていった。

もう引きあげるよりしかたない。

河岸の古本屋たちは箱をしめだした。「帰りますよ！」欄干《らんかん》の上から、妻が、僕のかたわらの夫に呼びかけた、男のほうは釣道具と折りたたみ椅子と蛆《うじ》をしまいかけているところだった。彼はぶつくさ言った、そしてほかの釣師連中もみんな彼に合わせてぶつぶつ言うのだった、そして上へあがって行った、僕もいっしょに、ぶつくさつぶやきながら、通行人のあいだへ。僕は女に、女房に言葉をかけた、あたりがすっかり夕闇に包まれるまえに、なにかお愛想めいたことを言っておきたかったのだ。するとたちまち、女は僕に本を売りつけにかかった。箱にしまいこむのを忘れた本だそうだ。「だから、お安くしときますよ、ただみたいなもんですよ！」つけ加えた。古ぼけたちっぽけな《モンテーニュ》、正真正銘のがたったの一フラン。そんなわずかな金銭《かね》ですむことなら女を喜ばせてやりたかった。そいつをその《モンテーニュ》を引き受けた。

橋の下では、河の水はすっかり重苦しい様子に変わっていた。もうまるきり先へ進む気はしなかった。大通りで、コーヒーを飲み、女から売りつけられた本をひらいてみた。あけたとたんに、ちょうど、彼が、モンテーニュが、亡くしたばかりの自分たちの倅《せがれ》のことにふれて妻に宛てて書いた手紙の載っているページが目にはいった。そいつは、そのくだりはすぐさま僕の興味を引きつけた、たぶんさっそくベベールのことに関連させて考えたからだろう。モンテーニュ先生は、おかみさんに向かっておおよそこんなふうに言っていたのだ。《ああ！　くよくよしなさんなよ、かあちゃん！　あんまり思いつめちゃいかんね！……なんとかなるさ！……この世のことは万事なんとかなるものさ……ところで》と彼はさらに妻に向かって言っていた。《きのう偶然、友だちのとこの古い書類の中から手紙を一通みつけたんだがね、そいつはプルターク（古代ギリシアの道学者、歴史家）がやっぱりわしたちと同じ境遇で女房に書いて送った手紙なんだ……そいつが、その手紙が、実によく書けてると思ったんでね、かあちゃん、そいつを、その手紙を同封することにするよ！……すばらしい手紙だ！　さっそく読んでごらん、きっと悲しみを癒《いや》すのにすばらしいききめがあると思うよ！……かあちゃん！　そのすばらしい手紙を同封することにするよ！　たいしたもんだよ、このプルタークの手紙は！……まったく！　おまえにも気に入るにちがいないよ！……きっと！　目をとおしてごらん、かあちゃん！　まあ読んでごらん！　みんなにも見せておやり！　何べんも読みなおすんだね！　わしはもう安心だよ！　この手紙がおまえを立ちなおらせてくれると信じているからだよ！……おまえの良き夫、ミッシェル》

これだ、と僕は考えた、これこそりっぱな仕事といえるものだ。彼の女房は、彼女のミッシェルみたいなくよくよしない良き夫を持ったことを誇りに思ったに違いない。しかし結局、それは彼らの、この連中の問題なのだ。他人の心の正確な判断なんて絶対にできるものじゃない、たぶん彼らも深刻に悲しんでいたんだろう？　その時代の悲しみ方で？

それにしても、ベベールの問題では、僕にとってはまったくいまいましい一日だった。死んじまったにせよ、生きているにせよ、ベベールのことでは僕はついてなかった。地上に何ひとつ彼に味方するものはないように思われた、モンテーニュの中にさえも。もっともだれにしたところで同じことだ、少しむきになれば、宙をつかまされる。言うことはなかった。朝からランシイを出たきりだった、帰らないわけにはいかない、が僕にはなんの収穫もなかった。彼に対しても、伯母に対しても、なにひとつみやげはなかった。

帰るまえにブランシュ広場を一巡りすることにした。

ルピック通りに沿って、普段以上の人出が目にはいった。なにごとかと近寄ってみた。肉屋の角に黒山のような人だかりだ。人垣のあいだにもぐって、何が起こっているのかを見ようとすると、圧《お》しつぶされそうだ。豚《ぶた》だった、太った、でかいやつだ。そいつも、人垣の真っ只中で、もみくちゃにされた人間みたいに鼻をならしていた、それもものすごい鼻息だ。おまけに、みんなが寄ってたかってなぶりものにしていた。耳をつねって悲鳴をあげさせる。そいつは、豚は、綱を引っぱって必死で逃れようと、身をよじらせ、四肢をじたばたさせるのだった、連中ははやし立て、豚は苦痛でさらに大声で叫びたてる。すると、みんなはますます笑い興じるのだ。

　そいつは、その太っちょの豚は、わずかに残された藁《わら》くずの中にどうして身を隠してよいかわからないのだ、それにその藁くずは、そいつがうなり息を吹きかけるたびに散らばってしまうのだ。人間からはのがれるすべはない。悟りはじめていた。一方でそいつはありたけの小便をひり散らしていた、がそいつもなんの役にも立たなかった。唸ろうが、叫ぼうが。どうしようもない。みんなは笑い興じるのだ。肉屋は、店の中から、お客たちと合図をかわし、ふざけ合い、大きな庖丁《ほうちょう》でもってさまざまな身ぶりをしてみせるのだった。

　この男もご機嫌だった。その豚を買い入れ、客寄せに繋いだのだ。自分の娘の結婚式にだってこんなにははしゃがないだろう。

　店の前にはますます人が集まり、豚が逃げようとあがくたびにピンク色の大きなひだにからまってころげまわるのを見物して楽しむのだった。もっともそれだけじゃすまなかった。気の荒い小犬を豚の上に上らせ、そいつをけしかけ、でっかいふくれた肉にまともに噛《か》みつかせるのだ。今ではたいへんなお祭り騒ぎで、先へ進むこともできなかった。巡査がやって来て、人払いせねばならなかった。

　この時刻にコーランクール橋にさしかかると、墓地の上にたてこめた大きな闇の湖のかなたに、ランシイの最初の明かりが見えはじめる。ランシイは対岸のあたりだ。そこまでたどり着くには大まわりしなければならない。なんて遠いんだ！　まるで夜そのものを一まわりするみたいだ、城壁に達するには墓地のまわりをそれほどうんとこさ歩きまわらなくちゃあならないのだ。

　やがて城壁の門まで来ると、入市税関のところで緑色の服の小役人が油をうっている黴《かび》臭《くさ》い事務所の前をもう一度通り抜ける。もう目と鼻の先だ。場末の野犬どもがいまにも吠えつきそうに身構えている。一つのガス燈の下には、それでも花がある、いつやって来るともしれぬ死者たちをいつもそこで待ち受けている花売り女の花だ。墓地が、また別な墓地が、そばにあり、それからレヴォルト大通りにさしかかる。そいつは闇の真っ只中に街燈を連ねまっすぐ広々とのびている。それについて行けばいいんだ、左のほうへ。そこが僕の通りだ。まったくだれひとり出くわす心配はなかった。それでも、僕は別な場所へ、それも遠くへ行ってしまいたかった。部屋に戻るところを人に聞きつけられないように、スリッパが欲しいとも思った。だけど僕のほうにはなんの責任もないはずなのに、たとえベベールがちっともよくならないとしても。僕はできるかぎりのことをしたのだ。僕に何ひとつ責めるわけにはいかない。この際なにもできなかったとしても僕のせいではないのだ。ベベールの部屋の戸口まで来た、だれにも見とがめられなかったようだ。それから、自分の部屋まで上ると、鎧《よろい》戸《ど》はあけずに、その隙間越しに、ベベールの住居の前で相変わらず話し込んでいる連中がいるかどうか、うかがってみた。まだ何人かの見舞い客が帰って行く姿が見えた、だが連中の、見舞い客の様子は、昨日までとは違っていた。顔なじみの近所の女中が出てきて、しくしく泣いていた。（ますますいけないようだ）僕は考えるのだった。（とにかく、よくなっちゃあいないことは確かだ……もう死んじまったのかもしれんな？　泣いている女まで出てるんだから！……）一日は終わったのだ。

それでも僕は自分がこんどの一件にまったく責任がないかどうか考えてみた。部屋の中は寒々と静まり返っていた。僕ひとりのためにわざわざ用意された、大きな暗闇の片すみの小さな暗闇みたいに。

ときどき下のほうから足音が聞こえ、部屋の中にしだいにはげしく反響し、余韻を残し、ぼやけ……静まりかえる。また外で、むかいの建物で、何か起こっていないか、うかがってみた。何か起こっているとすれば、それは僕の心の中だけだ、相変わらず同じ問題を自分に問いかけ。

この僕自身の暗闇、この棺桶の中で問いかけながら、僕は眠りに落ちた、それほど疲れきっていたのだ、歩きまわり、しかも何ひとつ見つからないで。

⁂

甘い考えは捨て去ることだ、人間は互いに語り合うなにものも持ってはいない、めいめい互いに自分の苦労を口にするだけだ、知れたことだ。他人のことまで構っておれるか。恋愛中は、相手の上に、自分の不幸を押しつけようとする、がそうは問屋がおろさない、骨折り損、そいつは、自分の悩みは、ちょっとも離れやしない。そこで、またやりなおし、またそいつの売り込みに一苦労だ。「なんておきれいなんでしょう、お嬢さん」とくる。そしてまた生活の繰り返しだ、もう一度同じ手を試みるときまで。「なんておきれいなんでしょう、お嬢さん！……」

そして、日頃は、首尾よくそいつを、自分の悩みを払い捨てたつもりでいる、がそれがまったく偽りであることは、そいつをそっくりそのまま自分に持ちつづけていることは、だれだって承知している。そんな芝居を続けてだんだん年をとるうちに、しだいに醜くひねくれだし、いつしか自分の悩みを、敗残を隠しきれず、ついには顔全体にそいつを、きたならしい皺面《しわづら》を浮かべだす、そいつは下腹から最後に顔面まで登りつくのに二十年、三十年、それ以上かかるのだ。人間にできることと言えばそれくらいだ、その皺面を作り上げる仕事に人間は一生かけるのだ、それでもまだ完成できるとはかぎらない、それほどそいつは、自分の本性をあまさず表現するために作り上げねばならない渋面《じゅうめん》は分厚く、そして複雑だ。

僕のやつ、そいつを僕は目下せっせと製造中だった。材料にはこと欠かなかった、わずかな金額だが払いきれない勘定書、どうにもならぬ家賃、季節にとって薄っぺらすぎる外《がい》套《とう》、それに、チーズを前に躊《ため》らい、葡萄《ぶどう》が値上がりすれば赤面し、小銭を数える僕を見て、すみっこで嘲笑《あざわら》う食料品屋の親爺、等々。気むずかしい患者たちもまた一役買うのだった。べベールの死亡の打撃も界隈《かいわい》で僕の評判をよくしなかった。が伯母は僕を恨んではいなかった。こんどのことでは、この女は、伯母は、ちっとも意地悪なところは見せなかった。それよりも僕がさんざん迷惑を被り、脅威を感じだしたのは、アンルイユ一家の問題、奴らの離れの問題に関してだった。

ある日、どうした風の吹きまわしか、アンルイユ婆さんが、彼女の離れと、息子と、嫁をほっぽり出して、すすんで僕を訪ねて来る気を起こしたのだ。悪い話じゃない。それからというもの、たびたびおしかけて来ては、僕が本当に彼女を気違いと思っているかどうか問いただすのだった。わざわざ僕にそいつを詰問しにやって来ることが、婆さんにはいわば気散じになっていたんだ。いつも僕を待ち受けているのだった、待合室に使われている部屋で。椅子が三つと三脚の小型円テーブルが一つ、それ以外にはなにも置かれていない部屋で。

その晩も僕がもどってきたとき、待合室で彼女はべベールの伯母を慰めている最中だった、彼女が、アンルイユ婆さんが、この年になるまでに、人生の途上で失った身内のことを残らず話して聞かせているところだった、十人以上もの姪《めい》たち、あちこちにちらばった伯父たち、前世紀の半頃に、遠く隔たってしまった父親、さらに幾人もの伯母たち、そのうえ、方々に姿を消して今ではどこでどうしているかもさだかにはわからぬ彼女自身の娘たち、その彼女の娘たちにいたっては、かいもく消息不明で、いま他人にその話をするだんになって、老婆は彼女たちの顔をなんとか想い出そうと苦心する始末だった。そいつは、彼女自身の子供たちのことは、もはや完全に想い出にも残っていなかった。そのしなびた腹のまわりに彼女は古いこまごました死者の群れをいっぱいひきずっていたのだ、とっくの昔に沈黙してしまった亡霊、あるかなきかの悲しみ、僕がもどって来たとき、彼女はベベールの伯母を慰めるために、それでもなんとかして、すこしでもそうしたものをよみがえらせようと苦心惨憺《さんたん》しているところだった。

　そこへロバンソンが訪ねて来たのだ。一同を引き合わせた。たちまち意気投合だ。

　今から思えば奴は、ロバンソンは、この日以来、この女と、アンルイユ婆さんと、僕のところの待合室でしょっちゅう出会う習慣を身につけだしたのだ。話がはずんだ。翌日はベベールの葬式だった。「行ってやってくださいますか？」彼女は、伯母は、会う人ごとに尋ねるのだった。「行っていただけるとうれしいんですがねえ……」

「もちろん、うかがいますとも」婆さんは答えていた。それを機会に、人中へ出られるのが楽しみなんだ。もう彼女をあばら屋の中におしこめておくことはできなかった。出好きになったのだ。

「ああ！　よかった、来てもらえて！」伯母は感謝した。「旦那はどうでしょうか、旦那も行ってやってもらえませんかね？」ロバンソンに尋ねる。

「どうもね、奥さん、葬式というやつは苦手でしてね、悪く思わんでくださいよ」逃げを打った。

　ついで、めいめいまた勝手なことをしゃべりまくる、まるで喧嘩腰だ、よぼよぼのアンルイユ婆さんまでが話に加わるのだった。みんなしてとてつもない大声でわめき立てる、瘋癲《ふうてん》病院そこのけ。

　婆さんをわきの診察室へ連れ出した。

　こっちからはべつに言うことはなかった。なにやかや尋ねたのはむしろ彼女のほうだ。僕は無理やり証明書を書かされたりはしないと約束した。もういちど部屋へ引き返し、ロバンソンと伯母といっしょに腰をおろした、そしてまた、たっぷり一時間もみんなしてかわいそうなベベールのことを話し合った。近所じゅう一人残らず同じ意見だそうだ、つまり僕がかわいいベベールを救うために大いに奮闘したという点で。ひとえに宿命というものだ、要するに僕の行動は立派だった、こんどのことはみんなにとってほとんど思いもかけないことだったと。アンルイユ婆さんは、子供の年が七つだったと聞かされたとき、気が晴れすっかり安堵《あんど》したみたいだった。そんな小さな子供の死はいわばまったくの事故にすぎないわけで、通常の、彼女を考えこませる死の中にはいらないからだ。

　ロバンソンはまたしても酸が胃と肺を焼けただれさせ、息を詰まらせ、真っ黒な痰を吐かせるということを、みんなに訴えはじめた。がアンルイユ婆さんのほうは、痰も吐かなければ、酸におかされてもいなかった、だから、それについてのロバンソンの話に興味の持ちようはなかった。僕が話しているあいだ片すみからすばしこい青みがかった小さな瞳《ひとみ》で僕の顔をじろじろ観察しているのだった、そして、二人のあいだのこの潜伏的な緊張を、ロバンソンは、ひとかけらも見のがしはしなかった。僕のところの待合室は薄暗かった、通りをへだてた大きな建物は闇に包まれる前にすっかりぼやけてしまっていた。それも過ぎると、あとにはただ僕たちの、お互い同士の声だけしか残らなかった、それと、そいつが、声が、常にいまにも言い表わしそうで、けっして言い表わさない事柄と。

　やっと二人きりになると、僕はやっこさんに、ロバンソンに向かって、もう二度と会いたくない気持をほのめかした。が月の終わりには、奴はまたやっぱり舞いもどって来た、つづいてほとんど毎晩のように。胸のぐあいがたいそう悪化していたことも事実だ。

「ロバンソンさんがまた訪ねてみえましたが……」彼に興味をいだいている女管理人が僕の注意をひくのだった。「あのひとはなおらないんじゃないですか？……」とつけ加えて、「いらしたときも咳《せき》をしておられましたよ……」そいつを聞くと僕がいらいらすることをよく心得ていたのだ。

　確かに彼は咳きこんでいた。「どうしようもないや」自分で予言するのだった。「なおりっこないさ……」

「次の夏まで待つんだな！　もう少しの辛抱さ！　まあ、見てろよ……ひとりでになおるさ……」

　結局、こんな場合のきまり文句だ。僕には彼をなおす力はなかった、彼が酸におかされているかぎりは……それでも僕は元気づけようとつとめるのだった。

「ひとりでに、なおるってかい？」奴のほうはやり返す。「おめえさんは達者だからな！……おれがどれほど息苦しいか想像もつかんさ……胸ん中におれみたいなしろものがつかえてみろ……胸の中にこんなしろものを抱え込んでみな、だれだってしゅんとくるさ……それにさ、第一……」

「弱音をはくなよ、いまは悪いときさ、なあに、そのうちよくなるさ……すこしよくなりゃあ、そのときは……」

「よくなるって？　よくなるときは、墓穴行きさ！　もっといいのは、戦場でくたばっちまうのがいちばんよかったのさ！　おめえさんは帰ってこれてよかったがね……おめえさんは言うことはねえさ！」

　そいつに、自分の忌わしい想い出に、自分の不幸のすべてにすがりつく連中がいる。そこから奴らを引き離すことはできない。そいつは魂にこびりついてしまっている。胸の底で未来を糞で塗りたくることによって現在の不公平に復讐《ふくしゅう》するのだ。要するに、この連中は平等主義者で、そして腰抜けなのだ。それが奴らの本性だ。

僕はもうなにも答えなかった。するとそれがまた奴には気にくわないのだった。

「ほらね、おめえさんだってやっぱりそう考えてるんだ！」

悶着《もんちゃく》を避けて、咳よけの簡単な水薬をつくりに行った。彼の咳がしょっちゅう耳ざわりで眠れないと隣近所から苦情が出ていたのだ。僕が瓶に詰めてやっているあいだも、彼はこんな手におえぬ咳にいったいどこで取り憑かれたのかといぶかるのだった。注射をしてもらいながらもまだいぶかっていた。贅沢な注射液を。

「遠慮なく打ってくんな、どうせちっとも惜しくない命さ！」

が、もちろん、僕は思いきった治療をやる気などなかった。とにかく帰ってもらいたかっただけだ。

奴に近くをうろうろされるだけで、こっちまですっかり気力が失せてしまうのだ。自分自身の不運におし流されないだけで、永久に戸を閉ざしたい欲望に屈服しないだけで、僕はすでに精一杯だったのだ、そして日に何度となく心の中でこうくりかえしていたのだ、(いったいなんのために生きているのか？)。だからこのうえ、まだこの男から泣き言を並べられるのは、まったくやりきれたものではなかったのだ。

「おまえはこわがりさ、ロバンソン！」とうとう僕ははっきり言ってのけた……「女房でももらえばどうなんだ、世の中が楽しくならんともかぎらんぜ……」女房でも持てば、すこしは僕を解放してくれるだろう。それを聞くと彼はすっかり機嫌をそこねて帰って行った。お説教が気にくわなかったのだ、とりわけこの手の説教は。結婚話には返事もしなかった。確かにそいつは、僕の行なった忠告は間が抜けていた。

　非番の日曜日に僕たちは二人連れ立って外出した。マニャニーム大通りの角のテラスへ、黒すぐり酒を一杯ひっかけに立ち寄った。互いにあまり口もきかなかった。もう別段しゃべることもなかった。第一、すでに腹はきまっているときに、いまさら、言葉がなんの役に立つのか？　互いに罵《ののし》り合う、それくらいが関の山だ。日曜日にはバスもそう通らない。テラスから目の前に、すっかり片づいた、やはりすっかり骨休めした大通りをながめるのは、それだけでも楽しいものだ。後ろでは酒場の蓄音機が鳴っていた。

「聞こえるかい？」ロバンソンが言いだした。「アメリカの曲をやってるぜ、あの蓄音機は。思い出すね、あの曲は、ありゃデトロイトのモリーのところでよく聞いたやつさ……」

　あちらで過ごした二年間、彼はアメリカ人の生活に深くは馴染まなかった。ただ、それでも彼らの音楽にだけはいわば心うたれたようだ、その中でアメリカ人もまた自分たちの重苦しいしきたりと単調な毎日の息苦しさから逃れようと努めるのだ、そして、そいつが奏《かな》でられているあいだ、そいつに合わせて無意味な人生を相手に、片時の間、踊りたわむれるのだ。ここでも、むこうでも、足もとの危なっかしいダンス。

奴はそんな思い出にふけりながら、いつまでもすぐり酒を飲みつづけていた。あたりにすこし埃が立ちはじめた。プラタナスの並木の周囲では、汚れた顔と出っ張った腹をした餓鬼どもが、連中もやはり、レコードに引き寄せられ、踊り浮かれていた。結局、だれも皆、そいつには、音楽には刃向えない。心になど用はないのだ、そんなものはたやすく呉れっちまう。あらゆる音楽の底には、僕たちのためにつくられた譜のない曲、《死の曲》が聞き取れる。

何軒かの商店が日曜日だというのに強情に店をあけている。上靴《うわぐつ》屋の女主人が店から出てきて、近所のショーウィンドーからショーウィンドーへ、後脛《うしろずね》のでっかい静脈瘤をひきずりながらおしゃべりを続けていく。

新聞売店では、型のくずれた朝刊が、すでに黄色っぽくなってぶらさがっている、そろそろ臭いはじめたニュースの、ばかでっかい朝鮮あざみ（朝鮮あざみという野菜の形は斜めにずらして並べた新聞紙に似ている）。犬が、新聞紙の上に、すばやく、小便をひっかける、女店主はうつらうつら居眠りしている。

からっぽのバスが車庫のほうを目指して突っ走る。人間の気持までがついには休日めく。普段よりもいっそう呆《ほう》け、からっぽになった気分。仕事でくたくた。満足。しゃべることもない、結局これ以上なにも起こりようはないのだ、貧乏すぎるのだ、たぶん生活のほうで連中に愛想をつかしてしまったのだろう？　当然のことだ。

「どっかに心当たりでもないかね、おれにできそうな仕事のさ。いまの仕事から足を洗いたいんだ、このままじゃくたばっちまうだけさ」

　物思いからさめだしたようだ。

「そいつから、いまのビジネスからおれは足を洗いたいんだ、わかるかい？　騾馬《らば》みたいにくたばるのはもう真っ平だ……おれだってのんびり散歩もしてみたいよ……運転手の口でも知らんかい？……とにかくおまえさんなら顔は広いだろう？」

　こいつが取り憑かれているのは、日曜日の考え、紳士の考えなのだ。僕はあきらめさせる勇気はなかった。おまえさんのその貧乏たらしい、人殺しみたいな面《つら》じゃあ、だれも車をまかせたりするものか、制服を着けようが着けまいが、妙ちきりんな風采《なり》は絶対にとれるものか、と言って聞かす勇気はなかった。

「賛成じゃないみたいだな」きめつけるように奴は言いだした。「おめえの考えじゃあ、どうせおれは足は洗えっこないってんだろう……やってみるだけ無駄だってな！……アメリカでだってうまくいかなかったと思ってんだろう……アフリカじゃあ、暑さで音《ね》をあげちまった！　ここじゃあ、教育が不足だとな……そんなことぐらいは百も承知のうえさ！　ああ！　金銭《かね》さえありゃあなあ！……ここでだってみんなから感じのいい奴と思われるにちがいないさ、よそでだって……どこでだって……アメリカでだって……どうだい、おれの言うことはまちがってるかい？　おまえさんだってそうだろう？……きちきち払ってくれる間借人を五、六人つかんで、ちっぽけな貸家の一軒でも持ってみろ、なにも問題はないさ……」

「そりゃそうさ」僕は答えた。

この大結論に独力で到達したことで奴は興奮さめやらぬ面もちだった。それから僕を変な目つきで眺めはじめた、ふいに僕のまったく鼻もちならぬ一面を見つけ出したみたいに。

「おめえさんは、考えてみりゃあ、おめえさんは結構なご身分さ。死にそこないに嘘八百を売りつけて、あとはどうなろうが素知らぬ顔……見張られてるわけじゃなし、まったくだ……好きなときに来て、好きなときに往《い》にゃいいんだ、要するに気まま放題さ。おとなしそうな面《つら》をして、腹の底は結構ひでえ野郎よ……」

「むちゃを言うなよ、ロバンソン！」

「じゃ、おれになにか見つけろよ！」

酸の中の仕事を他人《ひと》に押しつける計画に彼は頑としてしがみついていたのだ。

小さな脇道を通って帰途についた。夕暮れ時には、ここは、ランシイはまだまるで村みたいだ。野菜畑の扉はあけっぱなし。だだっ広い中庭はがらんどう。犬小屋もからっぽ。もうとっくの昔、今夜のような、ある夕べ、パリからはみ出してくる都会に追われて、百姓たちは家を離れてしまったのだ。いまでは当時の名残りが一つ二つ跡をとどめるばかり、売りものにもならず、黴のはえるにまかせられ、すでに広告ビラで真っ赤になった低く傾《かし》いだ塀にそって、ものうげな藤が垂れさがっている。樋口《といくち》と樋口のあいだにぶらさげられた耙《まぐわ》はもうこれ以上錆《さ》びようもない。それはもはやだれも手を触れない過去なのだ。それは打ち捨てられ消えて行く。現在の借家人は、夕方もどって来るとき、すっかり疲れきって、自分たちの家の前に立ったときは何ひとつ手を触れる気にならないのだ。世帯ごとに昔の広間の名残りの中にもぐり込み安酒をあおるだけだ。天井は当時のゆらゆらする《釣《つり》燭台《しょくだい》》の煤《すす》の輪をとどめている。界隈《かいわい》全体が新しい工場のたえまないうなりで不平も言わず打ち震えている。苔《こけ》むした瓦《かわら》が厚いでこぼこした舗石の上にころがり落ちる、その舗石にいたっては、いまではもうヴェルサイユ宮殿か、古色蒼然たる監獄にしか見られないようなしろものだ。

ロバンソンは、四方を倉庫で囲まれた小さな公園へ、僕を引っぱって行った、そこの禿《は》げちょろけの芝生《しばふ》の上に、老人相手の球ころがし場と、下手くそなヴィーナス像と、遊び場と小便場をかねた砂山とのあいだに、近所じゅうの廃物という廃物が忘れられにやって来る。

こんな調子で僕たちはまたあれやこれや語り出した。

「おれの弱みは、おめえさんも知ってのとおり、酒が飲めねえってことさ」このことがいつも奴の頭にこびりついているのだ。「飲むと痙攣《けいれん》を起こしやがって、我慢できんのさ。ひでえもんさ！」そしてさっそくたてつづけにげっぷを出してそいつを証明してみせた、昼過ぎに二人で飲んだわずかばかしの黒すぐり酒で結構こたえていることを……「どうだい、わかったろう？」

彼の家の前まできて別れた。《吹きさらしのお城》と彼が呼んでいる家だ。奴の姿は消えた。これでしばらく会わずにすむ、そう考えた。

僕の商売のほうはいくらかもちなおしだしたようだ、ちょうどこの夜あたりを境目に。下が警察署になっている建物だけでも、二度火急に呼び出しがかかった。日曜の晩には、溜息《ためいき》と興奮と、いらだちが残らず堰《せき》を切る。自尊心は連休気分で、まだ浮かれつづけている。酒くさいまる一日の仮釈放が終わりを告げるころには、奴隷たちはそぞろに寒《さむ》気《け》を覚えだす、奴らをとりおさえるのは一苦労だ、しゃくりあげ、じたばた暴れ、鎖をがちゃつかせる。

警察署の建物だけでも、いっときに二つの騒ぎがもちあがっていた。二階では、癌腫《がんしゅ》患者が死にかかっていた。一方、四階では産婆の手におえない流産の真っ最中だ。産婆は、堕胎《おろし》屋は、タオルをつぎつぎ濯《すす》ぎながら一同にばかげた忠告を与えていた。そして注射のあいまをぬすんでは階下の癌患者に注射を打ちに出かける、樟脳油《しょうのうゆ》のアンプル一本十フラン。この女にとっちゃあ、まさにかき入れ時だ。

一つ屋根の下の世帯は総出で、せっかくの日曜日も返上して、寝間着《ネグリジェ》とシャツはだかで事態の対処におおわらわだった、どの家庭でも、こってりした食い物で精をつけ。廊下にも階段にも、にんにくをはじめ、さらに変てこな臭いがたちこめていた。飼犬は六階まで駆け上がってはしゃいでいた。管理人の女は一部始終を知りたがっていた。いそがしく駆けずりまわり。この女は白葡萄酒以外は口にしようとしなかった、《赤》は子宮出血を起こすというわけだ。

エプロン姿の太っちょの産婆は、二階と四階で、二つのドラマの演出中だ、はねまわり、汗をたらし、有頂天で、ここを先途《せんど》と。僕の到着はこの女をかんかんに怒らせた。朝からスター気取りで一人舞台を演じてきたのだ。

はっきりいえば、この女は処置としてはほとんど忌わしいとんまなことしか行なっていなかった。摩擦を避けるために、なるたけ控え目に、万事に目をつむるように努めたが効果はなかった、僕がやって来たというだけで、僕が口出ししたというだけで、この女は我慢ならなかったのだ。処置なしだ。監視されているときの産婆ときては、瘭疽《ひょうそ》みたいに無愛想だ。被害を最小にくいとめるためには、こいつをどう始末するかが問題だ。幾世帯もが台所からさらに居間を突き抜けて階段のところまであふれ、一家の縁者と入りまじっていた。それにしてもなんておおぜい縁者がいるもんだ！　太っちょから痩っぽちまで《釣燭台》の明かりの下で居眠りをつづける幾つもの房のかたまり。時刻は更《ふ》けていた、が新手の縁者がぞくぞく繰りこんでくるのだった、パリよりも早寝のはずの田舎からも。連中はそろそろしびれをきらしはじめていた。僕の報告はすべて、階上劇の縁者からも階下劇の縁者からも、悪いふうにとられるのだった。

　二階の臨終は長くは続かなかった。幸か不幸か。ちょうど患者がでっかいしゃっくりを突き上げた瞬間に、かかりつけの医者、オマノン先生が姿を見せた、患者がくたばっちまったかどうか見にきたのだ、そしてこの男もまた僕を怒鳴りつけんばかりの剣幕だった、僕が枕もとにいるのを見つけたからだ。で僕は、奴に、オマノンに、今日は日曜当番に当っており、やって来たところで当然であることを説明して、悠々と四階へ引っ返した。

　上の女は相変わらず尻《けつ》から血を流していた。まかり間違えばこの女も永くは持たないだろう。急いで注射をすまし、もう一度オマノンの患者のそばへ降りて行った。完全に片づいてしまっていた。オマノンは引き上げたところだった。ただし僕の二十フランをちゃっかり横取りしてから、悪党め。このうえ、流産女の家で手に入れた地位まで逃がしちゃ、あがったりだ。で、あたふたと上へとってかえした。

　血まみれの膣《ちつ》を前にして、僕はまた家族にむかっていろいろと説明しだした。産婆は、まっこうから僕の意見に反対だ。まるで僕に逆らうのが商売みたいに。だけど鉢合《はちあ》わせが運のつきだ、この女の顔色ばかりもうかがっておれるもんか！　勝手なまねは許すもんか！　うまく立ちまわってくいさがれば、百フランがとこは確実だ！　落ち着いて、腕の立つところを見せるんだ！　なんてことだ！　僕の罪もない頭の上を情け容赦なく交差する酒くさい連中の差し出口と、質問の来襲に耐えるだけでも、一苦労だ、楽じゃない。溜息とげっぷまじりに家族が意見を差し挟む。産婆は産婆で僕の動きがとれなくなるのを、僕が尻尾《しっぽ》を巻いて逃げだし、奴の手もとに百フラン置いていくのを待ち受けている。だけど、おめえさんのほうこそ退散すりゃどうなんだ、婆さん！　いったいおれの家賃はどうなるんだ？　だれが支払ってくれるんだ？　難産は朝からぐずついている、むろん、承知のうえだ。出血している、そいつも承知だ、だけどなかなか生まれん、根《こん》仕事だ！

　階下の癌患者が死んでしまった現在、そちらのほうの断末魔の見物客は、こっそりこちらへ上がって来るのだった。どうせ夜あかしするからには、犠牲を払ったからには、手近な見世物くらい見ておかなくちゃ。階下の家族は、ここでも自分たちのところと同じように悪い幕切れになるかどうか見きわめにやって来ていた。同じ夜、同じ屋根の下で二人の死人、こいつは一生忘れられん感激だろう！　理屈ぬきで！　家じゅうの飼犬の気配が、階段をはね上がり駆けまわる犬の群れの鈴が聞こえる。奴らまで上がって来ているのだ。遠くからやって来た連中がさらに余分にはいり込んで来る、ひそひそ耳打ちしながら。若い娘たちは母親たちの言葉を借れば、一目で《人生を勉強する》、不幸をまえに彼女たちはやさしそうな、のみ込み顔をよそおっている。女らしい同情本能。今朝から彼女たちに目をつけてきた従兄《いとこ》のひとりは、完全にいかれちまった格好だ。もうそばにへばりついたきりだ。疲労の中の天啓。みんなたるんじまってる。この男にしたって、この従兄にしたって、結婚できる相手は一人きりだ、が選択にかこつけて、いまのうちに全部の娘の脚を拝んでおこうというわけだ。

胎児の摘出はいっこうに、はかどらない、峡部が乾いちまったにちがいない、もうすべらないんだ、出血だけは相変わらずだが、これは彼女の六番目の子供になるはずだった。亭主はどこにいるんだ？　亭主を呼びにやった。

女房を病院へ送り込むにしても、そいつを、亭主を見つけなくちゃならない。親戚の女の一人がそのことを、病院送りを提案したのだ。子供たちのために、ともかく寝に帰りたいと言う母親もいた。が病院の話が持ち出されると、もうだれひとり賛成するものはいなかった。病院に怨みをいだいている者、世間体《てい》からあくまで反対する者。病院のことなど耳にしたくなかったのだ。そのことがもとで、親戚同士のあいだで一生忘れられないひどい言葉のやりとりまで行なわれた。一家じゅう骨身にこたえるような。産婆はてんからみんなを小馬鹿にしてかかっていた。が、僕は、僕のほうは、なんとか亭主を見つけ出してもらいたかった、そいつと相談して、とにかくどっちかに決められるように。すると、みんなのあいだからそいつが姿を現わした。ほかの連中よりもっとあやふやだ、亭主ときては。それでもとにかく決めるのはこの男の任務なのだ。病院へ送り込むのか？　よすのか？　どっちなんだ？　奴にはわからん。見てみたい。じゃあ見るがいい。血のかたまりの滲《し》み出る女房の穴を目の前に突きつけてやった。いまにどくどくと音をたて、女房はすっかり流れ尽きてしまうのだ、よく見るがいい。自動車にひかれた孕《はら》み犬みたいに、うめいている。結局、奴にはどうしていいかわからない。元気づけに白葡萄酒をあてがわれた。椅子にへたり込んだ。

やっぱり考えは浮かばない。こいつは昼間は激しい労働に従事している男だ。《市場》では、とりわけ《駅》では、知らぬ者はない、そこで青物荷の陸仲仕を勤め、十五年このかた荷物を、それもちっぽけなしろものじゃない、でっかい重いやつを、担ぎつづけている。名物男だ。だぶだぶのズボンに、ごそごその上着。脱げ落ちないのが不思議なくらいだ、そんなものには、上着とズボンには、たいして未練もないようだ。そんなことより、地面にすがりついているだけで、その上にちゃんと立っているだけで精一杯なのだ、いまにもそいつが、足もとの地面が揺れだしそうに両足を踏んばって。ピエールという名前だ。

みんなは待っている。「おまえはどう思うんだい、ピエール？」まわりから尋ねかける。彼は体をかきむしる。それから彼は、ピエールは、歩み寄って、妻の枕もとに腰をおろす、見覚えのない女でも眺めるみたいに。いつまでもこの世に苦労を産み出すことをやめないこの女。そして彼は、ピエールは、ぽろりと熱いものをこぼす、そしてもう一度腰を浮かす。すかさずみんなは同じ質問を浴びせかける。僕はもう入院許可証をつくりだした。「ねえ、すこしぐらい考えておくれよ。ピエール！」みんながせまる、むろん、彼は考えてみる、が考えがまとまらんという身ぶりをする。立ち上がって、グラスを握ったまま台所へよろめき込む。これ以上待ってみたところでどうなるか？　こいつは、亭主のためいは、一晩じゅうだって続きかねない、みんなそのことがわかりだす。おらんほうがましだ。

僕にとっては百フランの儲《もう》けぞこない、それだけのことだ！　もっともどっちに転んだところで、この産婆と一緒じゃ、悶着はまぬがれない……知れたことだ。それにどう考えても、みんなの前で手術を買って出る気にはなれなかった、なんともはや疲れきっていた！（仕方ない！）僕は自分に言いきかせるのだった。（退散だ！　出なおしだ……あきらめるんだ！　運がなかったと思うんだ！）

階段の中段まで行きつかないうちに、みんなはまた僕を呼びとめた。そして亭主が後からあたふたと駆け降りてきた。

「ああ、先生、待ってください！」と叫びながら。

「なにかご用ですか？」僕は答えた。

「お待ちになってください！　お送りします、先生！……お願いです、先生！」

「いいでしょう」そしてかってに下までついてこさせた。結局、連れ立って下へ降りた。二階を通るついでに、ともかく癌で死んだ患者の家族にいとまを告げに立ち寄った。亭主も一緒について入った。ついて出る。通りへ出ると、僕と並んで歩きだした。外は刺すような寒さだった。界隈の犬の遠吠えに答える練習に余念のない子犬に出遇った。根気よく哀れっぽく吠え立てている。もう吠え方を心得ている。すぐ一人前になるだろう。

「おや、《黄身》だ」亭主が言いだした、そいつを見つけて話題を変えられるのがうれしいんだ……「ゴネス通りの洗濯屋の娘たちがミルクで育てたんですよ、《黄身》って名なんですよ、こいつは！……ご存じですか、洗濯屋の娘？」

「ええ」僕は答えた。

さらに歩きつづけながら、それから彼はどうやって犬をミルクで、しかもあんまり高くつかぬように育てたかを話しはじめた。がそういう言葉の背後ではやはり相変わらず女房についての意見を追い求めているのだ。

城壁の門の近くに一軒の酒場がまだひらいていた。

「おはいりになりませんか、先生？　一杯さしあげたいんですが……」

断わるのも気の毒だ。「はいりましょう」そう答えた。「クリーム・コーヒー二つ」そしてこの機会を利用して僕は彼の女房の話をきりだした。その話をすると彼はすっかり真剣な表情になった、が決心させるほうはやはりだめだった。勘定台の上には大きな花束が幅をきかせていた。酒場の亭主マルトロダンの誕生祝いだ。「子供たちの贈り物でさあ！」親爺《おやじ》が自分で説明した。で僕らは親爺を祝って、いっしょにベルモットの栓《せん》を抜いた。勘定台の上の欄間《らんま》にはほかに泥酔《でいすい》に関する《法規》と額ぶち入りの卒業証書がかざられていた。そいつを見るなり妊婦の夫は、酒場の親爺にロワール゠エ゠シェール県の郡の名前を宙で言ってみろと言いだした、自分はむかし習っていまでも覚えていたのだ。それがすむと、今度は卒業証書に載っているのは親爺の名前じゃなく、別の名前だと言い張った、そこで雲行き険悪になり、彼のほうは、夫のほうは、僕のそばに引き返し、腰をおろした。また悩みの虜になってしまった。僕が出て行くのにも気がつかないほどだった、それほど頭の中はそいつで一杯だったのだ……

　この男には、この夫にはこれっきり会わなかった。ただの一度も。今日の日曜日の出来事に僕はすっかり失望し、おまけにすっかり疲れきってしまっていた。

　通りへ出て、百メートルも行かないうちにロバンソンがこちらへ向かって来るのに気がついた、大小さまざまの板切れをかかえて。暗がりでもはっきり奴と知れた。僕に出くわしてひどく当惑げで、逃げ腰だった、が僕は呼びとめた。

「まだ寝とらんのか？」言った。

「静かにたのむよ！……」奴の返事だ。「……工事場からの帰りなんだ！」

「その材木でなにをやらかそうってんだ？　大工でも始める気か？　棺桶つくりかい？……どうせ黙って失敬してきたんだろう……」

「いや、兎《うさぎ》小屋をつくるんだ……」

「いつから兎を飼いだしたんだ！」

「ちがうんだ、アンルイユ夫婦に頼まれてな……」

「アンルイユ？　兎を飼ってるんか？」

「うん、三匹な、これから庭で飼いだそうってわけさ、ほら、婆《ばば》あの住んでるあそこさ……」

「それでおまえさんはこんな時間に兎小屋造りかい？　妙な時間だな……」

「女房の方針さ……」

「妙な方針だな！……あの女は兎をどうしようってんだ？　商売でも始める気かい？　山高帽《シルクハット》でも売り出すつもりかい？……」

「そいつは、自分で聞いてみなよ、おれは百フランもらえさえすりゃいいのさ……」

それにしても、この兎小屋の件はずいぶん奇妙に思われた、こんな、夜更けに。問いつめた。

するとと奴は話題をそらすのだった。

「だけど、いつのまにあいつらと近づきになったんだ？」あらためて尋ねた。「あいつらとは、アンルイユ夫婦とは付き合いがなかったはずじゃないか？」

「婆さんに引っぱってかれたのさ、おまえんとこの診察室で出会った日にな……実際よくしゃべる婆あさ、調子にのりだすと……すさまじいもんさ……とっつかまったが最後……つまり婆あと仲よくなって、あの連中とも知り合いになったってわけさ……おれみたいなもんにでも興味を持つ奴が、たまにはいるとみえるさ……」

「すこしも話してくれなかったな……ところで、奴らのとこへ出入りしてるんなら聞いてるだろう、どうだい、婆さんを監禁する話のほうは進んでるかい？」

「だめだとさ、失敗らしいね、聞いたとこじゃ……」

こういう話題は彼にはしごく不愉快みたいだった、目に見えていた、僕をまくのに困っているのだ。が彼が逃げ腰になればなるほど、僕は知りたがった……

「世渡りはつらいよ、そうだろう？　要領も使わなくちゃ」曖昧《あいまい》にくりかえすだけだ。が僕のほうは本題に引きもどすのだった。逃がさぬ肚だった……

「アンルイユ夫婦は見かけよりも蓄《た》め込んでるっていうじゃないか？　どうだい、おまえさんの見たとこじゃ？　よく出かけるんだろう？」

「うん、そうかもしれんて、とにかく、奴らは婆あを厄介ばらいしたいんさ！」

隠すことにかけては、この男は、ロバンソンは、昔から上手だったためしはない。

「あいつらが婆あを厄介ばらいしたいのは生活費のためなんだ、高くなる一方だしな。婆あが気違いだってことをおまえさんは認めようとせんのだって？……そうかい？」

そしてその質問にはこだわらず、僕の行き先を熱心に聞き出すのだった。

「往診からの帰りかい、おまえさんのほうは？」

僕は途中で別れてきたばかりの亭主との出来事をかいつまんで話して聞かせた。そいつは彼を大いに笑わせた、が同時にまたそいつは彼を咳き込ませるのだった。

咳くために彼は闇の中ですっかり身をこごめてしまったので、すぐそばにいるのに、ほとんど姿は見えないほどだった。手先だけしか見えなかった、闇の中に、大きな青白い花のように口の前にそっと重ねられ震えている手だけしか。彼はいつまでも咳きやまなかった。「吹きっさらしのせいさ！」自分の家の前まで来たとき、彼はやっと咳のとぎれめに言った。

「そうなんだ、おれんとこは隙間風が吹きとおしよ！　おまけに蚤《のみ》までいやがるんだ！　おまえんとこにも蚤がいるかい？……」

　いないでか。「仕方ないさ」答えた。「患者のとこからついて帰るからな」

「小便臭くないかい、病人ってやつは？」今度はこう聞く。

「そのとおりさ、おまけに汗臭いとくるさ……」

「それにしても」考え込んだあげく彼はおもむろに言いだした。「看護人になりたいよ」

「どうしてだ？」

「だってさ、人間ってやつは丈夫なあいだは、まったく、おっかねえもんな……ましてあんな戦争を見せつけられてみな……あいつらが何を考えてるか、おれにはわかってるんだ……ご本人は気づいてるとはかぎらんがね……だけどおれには、ちゃんとわかってるんだ……両足で立ってるあいだは、あいつらは他人《ひと》を殺《ばら》すことよりほかに考えねえのさ……だけど病人相手なら、それほどおっかながるにも及ばんからな……両足で立ってやがるあいだは、まったく、何をされるか知れたものじゃねえ。ちがうかい？」

「そりゃそうだ！」答えるより仕方なかった。

「で、おまえさんはどうなんだい、おまえさんが医者になったのもそのためじゃねえのか？」さらに尋ねる。

考えてみれば、ロバンソンの言うとおりのような気もした。が彼はまたすぐ咳き込みはじめた。

「足が湿ってるんだよ。夜中にほっつき歩くなんて、肋膜《ろくまく》にかかりに行くみたいなもんじゃないか……家へもどるんだ」僕は忠告した。「帰って寝るんだ……」

そんなふうにひっきりなしに咳き込むことで、奴は気が立っている様子だった。

「アンルイユの糞婆《くそばば》あめ、あいつこそ結構な風邪をひき込むだろうよ！」咳き込みながら僕の耳もとで嘲笑《あざわら》うように言うのだ。

「なんだって？」

「そのうちわかるさ！……」

「何を企んでるんだ？」

「そいつは言えんよ……そのうちわかるさ……」

「おれにくらい言ってもいいだろう、ロバンソン、水臭い奴だな、おれの口のかたいことは知ってるだろう……」

それを聞くと、奴は急に、なにもかも僕にぶちまけたい欲望にとらわれだしたようだ、たぶん自分が見てくれほどしょげも諦めもしていないことを僕に示したい下心からだろう。「さあ、早くしろよ」小声でもう一度うながした。「おれが絶対に喋らんことはわかってるだろう……」

　告白にとりかかるのに奴はこの口実を待っていたのだ。

「それもそうだ、おまえさんは口が堅いからな」認めた。そして堰を切ったように、深刻な顔つきで泥を吐きはじめた、そんなに聞きたいなら、教えてやろう……

　この時刻にはコンチユマンス大通りには僕らのほかに人気《ひとけ》はなかった。

「覚えてるかい」奴は切り出した。「にんじん屋の話を？」

　とっさに、僕はそのにんじん屋の話を思い出せなかった。

「知ってるはずさ、考えてみろよ？」言い張る……「その話をおれに聞かせたのは、おまえなんだぜ！……」

「ああ！　そうそう……」ふいに僕はそいつを思い出した。「ブリュメール通りの鉄道員の話だろう？……兎を盗みに行って睾丸《きんたま》に爆薬をくらった？……」

「そうよ、ほら、アルジャンタイユ河岸の果物屋の店でさ……」

「なるほど！　やっと思い出したよ」僕は言った。「それがどうしたんだ？」まだこの古い話とアンルイユ婆さんの場合との関係がつかめなかった。

　奴はさっそく委しく話しだした。

「まだわからんかね？」

「わからんね」僕は言った……がすぐそら恐ろしくなった……

「やっとわかったかい、世話のやける奴だ！……」

「おまえさんの切り出し方がおかしいからさ……」意見をはさまずにはおれなかった。

「まさか嫁のご機嫌とりに、アンルイユ婆さんを殺《ばら》すつもりじゃあるまいな？」

「なあに！　おれのほうは、奴らに頼まれて兎小屋をつくるだけのことさ……爆薬のほうは、そっちのほうは奴らの仕事さ……奴らにその気さえあればね……」

「いくらもらったんだ？」

「材木用に百フラン、それから口止め用に二百五十フラン、おまけに今度の一件のためになんということなしにもう千フラン……いいかね……こいつはまだ序の口なんだぜ……うまく話せば、ちょっとした小説だね、年金にありつくようなものさ！　どうだい、わかったかい？……」

　いかにもわかりだした、そしてそれほど驚きもしなかった。僕の心を曇らせただけだ、ほんのちょっぴりよけいに。こんな場合、思い止まらせようとして何を言ったところで無意味なことはわかりきっている。この世は連中に対して親切だとでもいうのか？　だれの、なんの憐《あわ》れみに、連中はあずかれるというのか？　憐れみをかけて何になるのか？　他人のために？　他人の身代わりに地獄へ出かける人間にお目にかかったためしがあるか？

あるわけはない。他人をそこへ突き落とす人間にお目にかかるだけ。それだけだ。

突然、ロバンソンに取り憑いた殺し屋の使命は、むしろ僕の目にはいままでほかの連中のうちに見なれてきたものにくらべれば、一種の進歩のように思われた、いつも中途半端に憎み、中途半端に優しい、その傾向の曖昧さの故にいつも退屈きわまるほかの連中にくらべて……夜道をここまでロバンソンについて来るうちに、僕は確かにさまざまなことを勉強した。

だけどひとつだけ危険があった、警察だ。「危《やば》いな」警察の問題に注意を向けさせた。「もしつかまってみろ、おまえさんの健康《からだ》じゃ逃げられっこないさ……牢屋でお陀仏《だぶつ》さ……耐えられやせんよ！……」

「そのときゃあ仕方ねえさ」奴は言い返した。「おれはもうありきたりのやり方にはうんざりしたんだ……この年になってよ、いい目が出る順番をおとなしく待っててみな、そいつが来るころには……それまで待つだけでも、よっぽどの辛抱だろうがね……おれはとっくにくたばって、墓の中に埋まっちまってるさ……世間のいう、堅気な仕事なんてものは、ばか正直な連中のやることさ……第一、おまえだってよく心得てるはずさ……」

「そうかもしれん……だけどほかの連中だって、危険さえなけりゃ、だれだって、荒仕事に手を出すだろうよ……だけど警察は手ごわいからな……一長一短というところさ……だれでもそこんとこを考えるわけさ」

「そうじゃないとは言わんさ。だけどおれみたいにこき使われてみな、夜も眠れん、咳は出る、こんな調子で、馬だって二の足を踏むような仕事をやらされてみな、おまえさんだってわかるさ……これ以上悪くなりようはないね……おれはその肚でいるよ……まちがいねえさ」

結局、彼の言うとおりだと口に出して認める勇気が僕には欠けていた、こんどの計画がしくじった場合、とばっちりをくうのが恐ろしかったのだ。

僕を励ますために、結局老婆のことでは心配するにあたらないといういくつかの結構な動機を彼は並べたてた、第一、どのみち、もうすでに年をとりすぎているのだから、婆さんはそう長く生きられるはずはない。結局、往生のお膳立《ぜんだ》てを整えてやるようなものだ、それだけのことだ。

それにしたところでひどい計画にはかわりなかった。彼と息子夫婦とのあいだにはすでに委しい具体的な取決めが行なわれていた。老婆は以前のように外へ出だしていたから、夕方、彼女に兎の餌をことづける……爆薬をしかるべく仕掛けておいて……婆さんが扉に触れるやいなや、爆薬が鼻面《はなづら》へまともに炸裂《さくれつ》する……果物屋で起こったのとそっくりに……老婆はすでに近所では気違い婆あでとおっている、事故に驚くものはいないだろう……言い逃れは簡単だ、兎のところへけっして近づいてはいけないとあれほど注意しておいたのに……言いつけをきかないから……それにあの年では、彼女のために仕掛けた爆薬の打撃から助かることはまず考えられぬ……まともにあいつを食らっちゃ。

なんともはや、言いようはない、またとんでもない話を聞かせたものだ、よりによってロバンソンに。

⁂

ふたたび縁日に音楽がもどってきた、遠いむかし、子供のころから覚えている音楽、あちこちで、けっして鳴りやむことのない音楽、都会の町角で、田舎の片すみで、貧乏人が週末におのれの姿を見つめに腰をおろしにやって来る、いたるところで。天国！　と連中は言い聞かされる。そして、彼らのために音楽が演奏される、あちこちでそいつは、季節ごとに、去年金持たちが踊った残りかすを、派手に、あるいはしんみりとかき鳴らす。回転木馬から、数のうちにはいらない自動車から、ロシアとは似ても似つかぬロシアの山々（ジェットコースターのことを「ロシアの山」と言う）から、ちっとも筋骨隆々ではない「力持ち」の掛小屋から、髭のない髭女から、寝取られ男の魔法使いから、中身のない卵の射的場の背後の、じっさいは純金製でもないオルガンから、いたるところから降り注ぐ、機械仕掛けの音楽、週末の連中をたぶらかすお祭り騒ぎ。

そして例のやつを、泡なしビールをひっかけに出かけて行く、だが偽物《にせもの》の木立ちの下の給仕の息の臭いことといったらどうだ。おまけにそいつのくれる釣銭には奇妙なのがまざっている、あんまり奇妙で何週間しらべてもらちがあかず、もう一度つかませるのに往生して、結局は乞食にくれっちまう。つまりはお祭りなのだ。空腹と監獄のあいまに、楽しめるうちに楽しみ、成り行きにまかせるのだ。腰をおろしたからは、いまさら不平を言ってもはじまらん、楽しみ得だ。《国民射的場》を、そっくりのやつを、僕はもう一度見た、もう何年もむかし、サン＝クルー公園の並木道で、ローラが見つけたやつだ。縁日には昔のものがなんでも見られる、そいつは、縁日は、昔の喜びのこだまだ。今ではサン＝クルーの広い並木道も元どおりそぞろ歩きの連中でにぎわっていることだろう……散歩者の群れ。戦争はすっかり終わったのだ、ところで、《射的屋》の亭主は相変わらずおなじ人間だろうか？　戦争から引きあげたのか？　なにもかもなつかしい。的には見覚えがあった、がいまでは飛行機が的に加わっている。新型だ。流行だ。結婚式は相変わらずあった、兵隊も、それに旗をかかげた市役所も。つまりは、なにもかも昔のままだ。それに昔よりもさらにいろんな的が加わって。

　がそれよりさらに人気の的は最近現われた自動車遊戯場だ、しょっちゅう交通事故のたえまがなく、そのたびに頭の中や腸《はらわた》にどかんと食らうのが愉快なんだ。入れかわり立ちかわり、肝を冷やした、騒々しい連中が躍《おど》り出て、荒々しく車をぶっつけ合い、始終ごったに転落し、座席の奥で臓物をぶっつぶしている。だれも連中をとめることはできない。

彼らはけっして参ったとは言わない、こんな楽しげな様子は初めてだ、半狂乱の連中もいた。大事にならぬように引きずりおろさねばならなかった。入場料に死のおまけを添えても、連中はわれがちに飛びつくことだろう。四時ごろには縁日のど真ん中で、《男性合唱》の演奏が行なわれる。そいつを合唱隊を集めるのが一苦労だ、酒場という酒場が順ぐりに、連中を、楽士を、求めているからだ。いつも最後の一人が足りない。待つ。さがしに行く。もどって来るのを待っているあいだに、喉がかわく、するとさらに二人いなくなる。また最初からやりなおしだ。

　埃をかぶった丸焼き豚は、聖者の遺骨みたいに変形して、賞品にひき当てた連中の喉を乾かせるだけだ。

　家族連れのほうは、寝に帰るまえに花火を待っている。待つというのも、また楽しみなものだ。テーブルの下の暗がりでは、たえまなく葡萄酒のおびただしい空瓶《あきびん》が震えている。さぐり合う足、避け合う足。すっかり節回しを覚え、今じゃもう音楽にも、二フランの見世物でにぎわう軒を並べた掛小屋の後ろの息を切らした蒸気煙突の響きにも、聞きあきちまった格好だ。疲労の酔がまわりだすと、こめかみのあたりを心臓がノックする。どきん！　どきん！　頭のまわりと耳の底に張りめぐらされたビロード布の一種をたたきつける。こんな調子でいつかは破裂しちまうのだ。アーメン！　いつかは内部の動きと外部の動きが一つに合わさり、僕らの思いはひとつ残らずばらばらに飛び散って、ついには空の星と戯れに出かけるのだ。

縁日にはまたおびただしい涙が押し寄せる、あちこちで、気づかずに椅子のあわいに押しつぶされる子供たち、さらに、欲望を押えることを、いつまでも乗りあきない回転木馬の、ささやかな、すばらしい楽しみを押えつけることを教え込まれる子供たちの涙。性根をきたえるのに縁日はお誂えむきだ。取りかかるのは早いほどよい。彼らは、かわいい子供たちは、まだなにごとにも金銭がかかることを知らないのだ。派手な木戸口に陣取った大人たちが、彼らがかき集め、手なずけ、しまい込んだすばらしい品々を、笑顔でわめきながら客たちにすすめているのは、親切心からだと、子供たちは思っている。子供たちは、法則を知らないのだ。ほっぺたをひっぱたいて、親たちはそいつを、法則を教え込み、遊《ゆう》蕩《とう》から子供を護ってやる。

本当のお祭り騒ぎは商売人のためにしか存在しない、それも奥のほうでこっそりと。夜になって、うかつ者たちが、客たちが、かもたちが引き揚げ、広場にふたたび静けさが訪れ、最後に残った犬がコリントゲームに小便の最後の一滴をひっかけたとき、商売人の楽しむ番がやって来る。いよいよ銭勘定にとりかかれるのだ。商売人が自分の実力と生贄《いけにえ》を小銭でもって調べ上げるときだ。

縁日の最後の日曜日の晩には、マルトロダンの酒場の女中が、ソーセージを切っていたとき、手にかなりひどい怪我をした。

その日、夜もふけてから、まわりの一切が、突然、鮮明な形を取りはじめた、まるで一切が、運命の岸から岸へ、いつまでもにえきらず、ふらつくことにあきあきして、暗闇の中から一挙に姿を現わし、僕に語りかけでもしたかのように。だが、こういう瞬間の人間にも出来事にも警戒が必要だ。なにもかもが語りかけてくるように思えて、結局は、何ひとつ語らず、何を語りかけてくるはずだったのかもわからぬうちに、また夜の中に呑み込まれてしまう場合がよくあるものだ。少なくとも、僕の体験ではそうだ。

　ともかくその晩、マルトロダンの店で女中の包帯にとりかかりだしたとき、僕はまたまたロバンソンと顔を合わせたのだ。このときの場景ははっきり覚えている。僕らのそばにはアラブ人の客がいた、すみっこの席にかたまって、うたた寝していた。彼らは周囲の事柄にはなんの関心もないようだった。ロバンソンと話しながら、僕は先日彼が板切れを運んでいるところを見つけた、あの晩の話題にもう一度ふれさせないように気を配った。女中の傷は縫い合わせがむずかしかった、それに店の奥は薄暗くてはっきり見えなかった。注意を集中するために、口をきくわけにいかなかった。それが終わるとさっそく、奴は、ロバンソンは、僕をすみっこのほうへ引っ張って行った、そして例の問題に段どりがつき、もうすぐ取りかかれるはずだと言いだした、こっちにすればしごく迷惑な、かかり合いにはなりたくない相談だった。

「もうすぐどうだってんだね？」

「わかってるはずさ……」

「またあの話か？」

「今度はいくら出すと思う？」

当ててみる気もしなかった。

「一万だぜ！　ただの口止め料だけに……」

「すげえ額だな！」

「これで浮かばれるというものさ」つけ加えた。「前々からこの一万フランが欲しかったのさ！　この一万フランを元手に！　わかるか？……いままではろくな仕事にありつけなかったが、一万フランありゃあ！」

おおかたもう連中を強請《ゆす》りにかかってるんだろう。

その一万フランがあれば、どれだけのことを実現し、企画できるかを、彼はほのめかすのだった……よく考えてみろと言わんばかりに、薄暗がりの中に、壁を背にして突っ立って。新しい世界が開けるのだ。一万フラン！

ともかく、もう一度そいつを彼の仕事を思い返してみて、僕はこっちまでとばっちりを食うことになりはせぬか、この場で彼の計画を非難する態度を明白にしておかねば、共犯のようなかたちに引きずり込まれるのではないかと心配だった。警察へ訴えたほうがいいのではないか？　社会道徳なんぞは、くそくらえだ、僕にかぎらず、だれだっておなじだ。

言わずと知れたことだ。が犯罪がもちあがったとたんに、納税者を、変態の集まりをよろこばせることだけを目的に《正義》がかき立てる忌わしい悶着、忌わしい邪魔立てが存在する……そうなればもう逃げられない。同じ惨めさでも、新聞で晒《さら》し者になる惨めさよりは、人目に立たぬ惨めさのほうがまだしもだ。

要するに、僕は興味をそそられ、同時に迷惑を覚えるのだった。ここまで来ながら、とことんまで進む勇気が欠けていたのだ。闇の中で目を開くべき段階に立ち到っていながら、目を閉じたい気持にさそわれるのだった。ロバンソンは僕に目を開かせることを、わからせることをねらっているみたいだった。

すこし話題を変えるために、途中で僕は会話を女のことにもっていった。こいつは、ロバンソンは、女にはあまり興味がないときていた。

「おれは、女なんかに用はねえさ」やり返した。「あいつらのきれいな尻《けつ》にも、むっちりした腿《もも》にも、おちょぼ口にも、それにあいつらのあそこにもなあ、あん中ときちゃ年じゅう腫物《できもの》のたえまなしだ、やれ餓鬼《がき》だ、やれ病気だと……あいつらのお愛想笑いで、家賃が払えるわけのものじゃなし！　そうだろう？　第一、あんなぼろ家で女房を迎えたところで、どんないいことがあるってんだい、月の十五日に家主の前で女房の尻《けつ》をまくって見せりゃ家賃がまかるとでもいうんなら、また話は別さ！」

こいつの、ロバンソンの泣きどころはひとの世話にはなりたくないということだ。自分でも言うように。だけど、亭主のマルトロダンは僕たちの《密談》と隅っこでの陰謀にしびれをきらしたみたいだった。

「ロバンソン、コップだ！　いつまで油を売っとるんだ！」怒鳴りつけた。「代わりにおれに洗わすつもりか？」

　ロバンソンはすばやく跳び上がった。

「いけねえ。おれは臨時雇いだったっけ！」

　まさにお祭り騒ぎだった。マルトロダンはなかなか売り上げの勘定が終わらず、いらいらしていた。アラブ人たちは出て行った。がまだ二人扉によりかかってうたた寝している男が残っていた。

「なにを待ってるのかね、あの連中は？」

「女中でさ！」亭主は答えた。

「どうかね、商売のほうは？」お愛想にたずねてみた。

「まあまあでさあ……でも楽じゃねえですよ！　だってね、先生、不景気の前に現金《げんなま》六十枚もはりこんで買った店ですよ。せめて二百ぐらいはあげなくちゃあね……そうでしょうがね？……なるほど客ははいってまさあね、だけどこうアラブ人ばかり多くっちゃ……飲まないときてるんだからね、連中は……まだ飲む習慣がねえんでさあ……ポーランド人をつかまえなくちゃ。あいつらときちゃ、先生、ポーランド人ときちゃ、すげえ飲み助ですからね……以前アルデンヌで店をやってたときにゃ、ポーランド人がおおぜい来ましたよ。エナメル工場の連中でさあ。こう言やもうおわかりでしょうがね。蒸しやすからね、エナメル炉は！……あいつさえありゃ！……喉がかわく！　土曜にはすっかり店にはたき込んじまうってわけですよ！　まったく！　ぼろい商売《あきねえ》でさあ！　給料まるっぽ！　ぱあっとね！……こいつらには、アラブ野郎には、興味があるのは飲むことじゃねえんですからね、それよりやることでさあ……連中の宗旨じゃ飲むことは禁《と》められてるらしいんでね、ところがやるほうは禁められてねえらしいね……」

　連中を、アラブ野郎を、マルトロダンは小馬鹿にしていた。「恥知らずな野郎たちでさあ！　うちの女中とまで寝るんですからね！　色気違いでさあ。そうでしょうが、先生？　そうじゃねえですか？」

　亭主のマルトロダンは目の下の小さな漿液嚢《しょうえきのう》を短い指で圧《お》しつぶしていた。「腎臓《じんぞう》のほうはどうだい？」彼の手つきをながめながら僕は尋ねてみた。腎臓を診《み》てやっていたのだ。「塩は断《た》ってるだろうね？」

「まだ蛋白《たんぱく》が出るんですよ、先生！　おととい薬局で分析《しらべ》させましたがね……なあに、蛋白だろうがなんだろうが、くたばるのは平気でさあ」つけ加えた。「やりきれないのは、こんなぐあいに働かされることでさあ……ちっぽけな儲けでね！」

　女中は皿洗いの仕事を終わったが、包帯が脂《あぶら》ですっかりよごれてしまったので取り替えねばならなかった。彼女は僕に百スウ札を差し出した。そいつをこの娘《こ》の百スウを僕は受け取りたくなかった、がどうしても取れといってきかない、セヴリーヌという名前だった、この女中は。

「髪を切ったんだね、セヴリーヌ？」気がついて言った。

「仕方ないわ！　流行《はやり》だもの！」答えだ。「それにこんな台所で髪をのばしていてごらんなさい、臭《にお》いがしみついちゃうだけだわ……」

「てめえの尻《けつ》のほうがよっぽど臭うじゃないか」僕たちのおしゃべりで勘定の邪魔をされたマルトロダンが言った。「それでもおめえのお客は平気ってわけかい……」

「はばかりさま、いっしょにしないでくださいよ」ぷりぷりして、セヴリーヌはやり返した。「匂いたって、ぴんからきりまでありますからね……旦那さん、あんたはどんな匂いがするか教えてあげましょうか？　一カ所だけじゃなく、どこもかも？」

　すっかり腹を立てていた、セヴリーヌは。マルトロダンは、あとは聞こうともしなかった。ぶつくさ言いながらまた汚れた勘定に取りかかった。

　セヴリーヌは仕事で足がはれあがり、上履きをぬいで靴にはきかえることもできなかった。上履きのまま帰るより仕方なかった。

「上履きのまま寝ればよく眠れるでしょうよ！」

　最後に彼女は聞こえよがしに言った。

「さあ、さあ、奥の明かりを消すんだ！」マルトロダンが言いつける。「電気代を払うのは人様だと思いやがって！」

「よく眠れるでしょうよ！」セヴリーヌは腰を浮かしながらもう一度うめくように言った。

　マルトロダンはいつまでたっても勘定が終わらなかった。勘定しやすいように前掛けを、つぎには胴着までも脱いでしまった。苦心惨憺《さんたん》していた。店の見えない奥のほうからは皿のかち合う音が聞こえていた、ロバンソンともう一人の皿洗いの仕事だ。マルトロダンは人殺しみたいな太い指のあいだに青鉛筆を圧しつぶしそうにして、大きな子供っぽい数字を書き込んでいた。女中は今では椅子いっぱいにだらしなくのびて、うたた寝していた。ときどき、眠りの中でわずかに意識を取りもどすのか、「ああ！　足が！　ああ！　足が！」とつぶやき、また夢現《ゆめうつつ》の状態におちこむのだった。

　ところがマルトロダンは大声でどなって彼女を揺り起こした。

「おい、セヴリーヌ！　てめえのアラブ野郎を連れ出しな！　もうたくさんだ！　みんな出て行ってくれ！　後生《ごしょう》だから！　もう時間だ」

　連中は、アラブ人たちは、時間だというのに、ちっとも急ぐ様子はなかった、セヴリーヌはやっと目をさました、「本当に、帰らなくっちゃ！」自分で認めた。「どうもありがとう、旦那さん！」彼女はそいつらを、アラブ人たちを、二人とも引き連れて行った。連中は彼女を買うのに共同で金を出し合っていたのだ。

「今夜はいっぺんに二人相手よ」出がけに彼女は僕にむかって説明した。「こんどの日曜はぐあい悪いの、坊やに会いにアシエールへ出かけるんで。土曜が里親さんの面会日なの」

アラブ人たちは立ち上がって彼女のあとについて行った。ちっとも厚かましそうな連中ではなかった。セヴリーヌはさすがに疲労のせいで連中をまともに見れないほどだった。「あたしは、旦那さんとは意見が違いますよ、《アラブ野郎》のほうが好きですよ、あたしは！　ポーランド人みたいに乱暴じゃないものね、アラブ人は、助平だけどね……本当に助平ったらありゃしない……でも、したければ勝手になんなとすりゃいいのさ、あたしゃ寝たくなりゃ、さっさと寝ちまうんだから！」――「さあ、出かけるよ！」彼女は連中に呼びかけた。「前へ、進め！」

そして三人そろって出て行った、彼女がすこし先頭に立って。休日の残骸のちらばった、冷えきった広場を横切って行くのが見えた、広場の端の最後のガス燈が束の間彼らの一隊を青白く照らし出し、ついで闇が彼らを呑み込んでしまった。まだかすかに声が聞こえていた、がやがてまったく聞こえなくなった。あとには何も残らなかった。

つぎは、僕がロバンソンには声をかけずに酒場をあとにする番だった。別れぎわに亭主がなにやかやお愛想を並べた。警官が一人大通りを闊歩《かっぽ》していた。足音が静寂を揺るがすのだった。そのたびに、あちこちで、夢中で餌をあさる犬みたいに喧嘩腰の計算に頭をかき乱されていた商人が、驚いてとび上がるのだった。ジャン・ジョレス広場の角では、浮かれ歩いていた一家が、わめき立てながら通りをすっかりふさいでいた、そいつは、その一家はちっとも先へ進まなかった、逆風を受けた釣船の一隊みたいに路地の入口でまごまごしていた。親父《おやじ》が両側の歩道と歩道のあいだをふらふらして、いつまでも立小便をしつづけていたからだ。

夜がすっかり尻を落ち着けていた。

⁂

同じころのまた別な宵《よい》のことを、事情が事情だけに、僕はいまもよく覚えている。最初、夕食が終わって暫くしてから、塵箱《ちりばこ》を動かす大きな音が聞こえた。ごみ箱を引っくり返すのは僕のところの階段では、珍しいことではなかった。ついで女の悲鳴、うめき声が聞こえた。僕は階段の踊り場に面した扉の隙間からうかがって見た、が身じろぎひとつしなかった。

事故のときすぐさま飛び出して行けば、ただの隣人とみなされ、僕の施す手当ては無料になるだろう。僕を必要とするなら、規定どおり呼びに来させればよいのだ、そうすれば二十フランになるだろう。貧乏神は博愛心を目の敵につけねらう、どんな親切な行ないも情け容赦なく懲らしめられる。で僕はベルを鳴らしに来るのを待っていた、がだれもやって来なかった。たぶん金銭《かね》惜しみしたのだろう。

ところが、ほとんど待つのをあきらめたときに、小さな女の子が扉の前に現われた、呼鈴の上の名前を読もうと努めていた……結局、僕を呼びにやって来たのだ、アンルイユの嫁からだった。

「だれが悪いの？」その子に尋ねた。

「おじさんが怪我したもんだから」

「おじさん？」――僕はすぐアンルイユ自身を想像した。

「あのひとがかい？……アンルイユさんがかい？」

「ちがう……あそこのおうちにいるお知り合いのひと……」

「君の知ってるひと？」

「ううん」――彼女はその男を、その知り合いの男を見たことはなかったのだ。

外は、寒かった、子供はちょこちょこ駆けて行く、僕も足を早めた。

「どうしたんだい？」

「あたいなんにも知らないの」

僕たちはもうひとつの小さな公園に沿って行った、昔の森の名残りをとどめた囲い地、夜になると冬の軟らかいゆるやかな長く尾を引く霧が木々に抱かれにやって来る場所。小路をつぎつぎ抜けた。まもなく彼らの離れ家の前に着いた。子供はさよならを言った。それ以上近づくのが恐かったのだ。庇《ひさし》のついた玄関口にアンルイユの嫁が待っていた。手にした石油ランプが風に揺れていた。

「こっちです、先生、こっちです！」呼びかける。

僕はさっそく問いただした。「怪我人はご主人ですか？」

「おはいりになって！」考える暇も与えず、ぶっきらぼうにどなりつける。と真っ正面から老婆とぶつかった。廊下からもう金切り声を張り上げ、僕に襲いかかる。一斉射撃だ。

「ああ！　悪党め！　やくざどもめ！　先生！　こいつらはわしを殺そうとしたんですよ！」

じゃあ、あれをしくじったんだな。

「殺すだって？」僕は、すっかり驚いた様子でたずねた。「いったい、どういうことかね？」

「わしがなかなかくたばってやらないからさ、そうなんだ！　それだけのことさ！　なあに！　絶対、死んでなんかやるものか！」

「お母さん！　お母さんたら！」嫁がわり込んだ。「正気じゃないわ！　先生の前でそんなひどいことを、ねえ、お母さん！……」

「ひどいことだって？　よくも、この売女《ばいた》め、そんないけ図々しいことがほざけるもんだ、わしが正気じゃないって？　おまえたちをみんな縛り首にしてやるくらいの正気は残ってるさ！　よく聞いておくがいいよ！」

「だけど怪我人はいったいだれなんだ？　どこにいるんだい？」

「行ってみておやりよ！」老婆は僕にたたきつけた。「二階にいるよ、ベッドにね、人殺しめは！　どうせベッドはどろどろさ、いいざまだ、売女め。おまえのきたない敷布団はどろどろさ、奴の豚みたいな血でな！　わしの血じゃなしにな！　どうせ糞みたいな血だろうよ！　いくら洗ったっておちるものか！　いつまでもいつまでも臭うんさ、人殺しの血は！　ああ、おもしろい見世物がごらんになりたけりゃ、芝居小屋まで出かける必要はありませんよ！　ここがそうなんだ、先生！　二階がそうですよ！　本物の芝居小屋なんだ！　正真正銘のね！　座席がなくなりますよ！　早く行きなさるがいい！　着くまでに、あいつは、あの畜生は、くたばっちまうかもしれないからね！　そうなりゃもう見られませんよ！」

　嫁は表から人に聞かれるのを恐れて、老婆に黙るよう命令するのだった。場合が場合だというのに、彼女は、この嫁はさして取り乱しているふうにも見えなかった、ただ、事がすっかり狂って非常にいらいらしているだけだった、が気はしっかりしていた。自分のほうが、彼女のほうが絶対正しいという確信さえあったのだ。

「ほんとに先生、聞いてくださいよ！　こんなことを聞かされるなんて、情けないにもほどがありますわ！　それどころか、もっといい暮らしができるようにしてさしあげようと、努力してきましたのに！　先生だってご存じでしょう！　尼さんたちの養老施設にお入れしようと勧めてましたのに……」

またしても尼の話を持ち出されるのは老婆にとっては我慢ならないことだった。

「極楽へな！　わかっとるさ、売女め、みんなしてわしを極楽へ送り込もうってのさ！　この悪党め！　どうせそのためなんだ、おまえたちが、おまえとおまえの亭主が、あの二階のならず者をここへ呼んだのも！　殺せるものなら殺してみるがいいさ、だけど、尼のところへなんかだれが行ってやるものか！　あいつは仕事をとちったのさ、どうやら仕掛けがまずかったってとこかね！　行ってごらんなさいよ、先生、あの二階の悪党がどんな目に合ってるか、見ておいでなさいよ、自業自得というやつさ！……早くたばっちまえばいいのさ！　行ってごらんよ、先生！　まだ間にあううちに見ておくことだね」

嫁のほうにすこしも打ちひしがれた様子がなかったとすれば、老婆のほうにはなおさらその様子はなかった。そのくせ今度の計画ではあやうく一命を落とすところだったのだ、だがみせかけほどには憤慨もしていなかった。お芝居だったのだ。この失敗に帰した殺害はむしろ、彼女にいうなれば刺激を与え、何年も前から黴《かび》くさい庭の奥ですっこもってきた陰気な墓穴の一種から彼女を引っ張り出してくれたのだ。この年になってふたたび根強い活動力が体内を駆けめぐりだしたのだ。勝利と、同時にこの強欲な嫁を今後際限なくいびりぬく手段を手に入れた悦びで、有頂天だったのだ。ついに嫁をとことんまでとっちめられるのだ。この殺人未遂の顛末《てんまつ》を僕の前に披瀝《ひれき》したくて、むずむずしていたのだ。

「それに、ほら」僕に向かって、同じ興奮した調子で続けるのだった。「あれはお宅でですよ、先生、お宅でですよ、あいつに、あの人殺しめに、わしが初めて会ったのは……でも信用なんかしませんでしたよ！　ちっとも信用しませんでしたよ！　あいつが最初どう持ちかけたか知ってるかい？　おまえさんを殺してやろうってさ、おまえさんをね、わしの嫁をだよ！　おまえさんのことだよ！　この売女め！　それも安い値段でさ！　本当さ！　それに奴はだれにでも同じことを持ちかけてるのさ！　知らぬ者なしさ……どうだい、わかったかい、この売女め、おまえさんの雇人の仕事はちゃんとわかってるんだ！　情報は集まってるんだからね！　ロバンソンって名前さ！……そうだろう？　ちがうなら言ってみな？　あいつがここでおまえたちとひそひそやってるのを見たときに、わしはすぐに怪しいとにらんだのさ……危ないところさ！　用心してなきゃ、今ごろどうなってるか知れたもんじゃないさ」

　そして老婆は事の成り行きをとめどもなく語りだした。奴が兎小屋の戸の後ろに爆薬を仕掛けているうちに兎があばれ出したのだ。彼女は、老婆のほうは、そのあいだ、彼のすることを隠れ家から見張っていたのだ。この女の言い方を借りれば《特等桟敷から》！　すると爆薬が火薬ごと全体彼の顔のど真ん中へ、炸裂《さくれつ》したのだ。仕掛けをしている途中に、目の中へまともに。「人殺しをするときは落ち着かないからね。あたりまえさ」それが結論だった、婆さんの。

　要するに、そいつは不器用としくじりで仕出かされたのだ。

「こんなふうになっちまったのさ、今日びの人間は！　とことんね！　世の中がみんなそうなんだ！」老婆は得たりとばかりまくしたてるのだった。「人殺しまでしなくちゃ、今日びは生きていけんのさ！　パンを盗むだけじゃたりないのさ……年寄りの女にまで手をかけるんだからね！　昔は、こんなじゃなかったよ！　めっそうもない！　世の中もおしまいさ！　体じゅう悪事でこりかたまってるのさ！　みんな首まで悪だくみの中につかってるのさ……あいつはもう目がつぶれちまったよ！　おまえたちが一生世話を見させられるのさ！……いいかい？　せいぜい末長く悪事のご教示にあずかるがいいさ！」

　嫁は平然としていた、いずれもう、切り抜け策を立て終わったのにちがいない。感情を表わさないすべただ。僕らが思案にふけってるあいだに、老婆は部屋から部屋へ息子をさがしはじめた。

「そうそう、先生、息子がいたんですよ、わしには！　いったいどこへ雲隠れしやがったんだろう！　また何を企んでいやがるんだ！」

　いつまでも尽きない笑いに体をゆすりながら廊下を渡って行った。

老人の場合、高笑いは、それもこんなとてつもない高笑いは、まず狂人にしかないことだ。どんなことになるかと、肝を冷やされた。だが彼女はどうしても息子を見つけ出す気だ。息子は表へ逃げだしていた。「そうかい、隠れてるがいいさ、そしてせいぜい長生きするがいいさ！　当然の報いさ、二階の奴といっしょに暮らすがいいさ、もうじき目が見えなくなる奴と、いつまでもいっしょに暮らさにゃならんのさ！　あいつを食わしていくのさ！　爆薬があいつの顔に飛び込んだのさ！　わしはこの目で見たんだから！　ちゃんと見たんだから！　こんなふうに、バアンとね！　ちゃんと見とどけたのさ！　兎じゃあないよ、まちがいないさ！　ああ！　畜生！　いったい、どこなんだ、倅の奴は、先生、どこなんです？　見ませんでしたか？　あいつもたいへんな悪党ですよ。二階の奴とどっこいどっこいさ。今ごろやっと正体を現わしたのさ、悪人もあいつくらいになると、おいそれと尻尾をつかまれないからね！　だけど一皮はげば、ひどいもんさ！　結構な話さ、先生、もう逃がしやしないからね！」いつまでもはしゃぎまわるのだった。こんどの一件での自分の優越性をひけらかし、僕の度肝をぬき、僕たちみんなを一挙に竦《すく》みあがらせ、要するに、僕たちに恥をかかせる魂胆《こんたん》なのだ。

　老婆はすばらしい儲《もう》け役をつかんだのだ。この幸福にはきりがない。芝居をやれるあいだは、幸福はどこまでも続くのだ。年寄り向きのめそめそ役、二十年来ふり当てられてきた役に、彼女は、アンルイユ婆さんは、もう用はないのだ。思いもかけず授かった毒づき役、そいつをもう手離そうとはしない。年をとるということは、強烈な持ち役にありつけないこと、もはや死を待つほかはない気の抜けた休演に落ち込むことだ。強烈な復讐役とともに、生きる楽しみがだしぬけに、この女に、この老婆によみがえったのだ。たちまち彼女は死ぬ気はなくなったのだ、これっぽっちも。生きながらえる欲望で、その確信で輝いていた。芝居の中に鉄分を、文字どおり炎を見いだしたのだ。

　ふたたび彼女は燃えだしたのだ、もうそれを、新しい炎を、僕たちを、手離そうとはしなかった。長いあいだ、そいつを忘れかけていたのだ。老いぼれた庭の奥でいつのまにか死に果ててしまわないためには、どうすればいいかもわからなくなっていたのだ、そこへ突然、十分に熱した、苛烈《かれつ》な現実が、嵐のように襲いかかったのだ。

「殺してみなよ！」アンルイユ婆さんはいまではわめきたてていた。「早く殺《や》ってもらいたいもんさ！　聞いてるのかい！　この目で拝ましてもらいたいね！　聞いてるのかい！　まだ目がついてるんだからね！　ちゃんと拝ましてもらいたいものさ！」

　もう彼女は死ぬ気はなかった、こんりんざい。腹はきまったのだ。もう自分の死を信じてはいなかった。

⁂

こういう事柄を、まるくおさめるのは常に一苦労だ、まるくおさめるためにはいつもばかにならん費用が必要だ。第一に、ロバンソンをどこに置けばいいかもわからなかった。病院に入れるか？　それでは、うるさい陰口や噂話をまねくことは目に見えている……うちへ帰すか？　それも今の彼の顔の状態からして考えられないことだった。結局、望むと望まざるとにかかわらず、アンルイユ夫婦が自分たちのところに置くより仕方なかった。

ロバンソンのほうは、二階の夫婦の寝台で、小さくなっていた。びくびくものだった、追っぽり出され、罪に問われやしないかと。無理もない。まったく人にも話せん話だ。彼の部屋の鎧戸《よろいど》はしっかりしめきられていた、が連中は、近所の連中は、普段以上にしげしげと表通りを行き来しはじめた、ただ鎧戸をにらみつけ、怪我人の様子をたずねるためだけに。みんなの質問に答え、でたらめを話して聞かせた。が奴らが怪しみ、陰口をきき合うのは、どうしようもなかった。当然、尾鰭《おひれ》がついていった。人の口に戸は立てられない。幸い《検察庁》はまだ何ひとつ具体的な訴えは受け取っていない様子だった。一歩手前までは近づいていたが。奴の面《つら》のほうは、なんとか切り抜けられそうだった。こじれる心配はなかった、もっとも傷口はひどく入り組んで汚れきってはいたが。目のほうは、角膜の上まで、裂傷が予想された。この傷を通してでは、いつかもういちど光線が注ぎ込む日がやってきたとしても、もはやそいつが、光線が通過するのはすこぶる困難に思われた。

もしまだなんとか施す手が残されておれば、そのときはなんとかしてやれんものでもあるまい。さしあたっては、急場に備えることが、とりわけ老婆が忌わしい喚《わめ》き声で、近所の連中や物好きな連中の前に、僕たち一同を危険にさらすのをくい止めることが先決問題だった。

まんいち警察が僕らの出来事に首を突っ込むようなことになれば、そいつは、警察は、僕たちをどこまで引きずってゆくか知れたものじゃない。いまでは老婆が狭い中庭で恥っさらしなやり方で振舞うのをくい止めるだけでも一仕事だった。僕たちはかわるがわる彼女の気を鎮めにかかるのだった。手荒な態度をとるわけにはいかなかった、かといって下《した》手《て》に出るのもまた必ずしも成功をもたらさなかった。いまでは彼女はまさしく復讐の鬼と化していた。僕たちの脅迫に余念なかった。

日に二度、僕はロバンソンを診《み》に立ち寄るのだった。僕が階段を上って来る足音を聞きつけるとさっそく、彼は包帯の下でうめき声をあげるのだった。苦しんでいたのは事実だ、が僕に対して見せつけていたほどでもなかったのだ。いずれ悲嘆にくれるときがやってくるだろう、と僕は予想するのだった、いまよりもっと、それは自分の目がどうなったかはっきり気づくときだ……先の見通しに関しては僕はいつもいい加減に逃げを打っていた。彼の瞼はひりひり痛むのだった。目の前が見えないのはこの痛みのせいだと、本人は考えていた。

アンルイユ夫婦は僕の指図に従って、ロバンソンの看病に気を配っていた。その点は問題なかった。

もう例の計画のことは話題に上らなかった。先のことも話さなかった。夜、僕がいとまごいするときには、僕たちは、たとえば、互いにしげしげと顔を見つめ合うのだった、しかも、いつでもあまりに執拗《しつよう》に見つめ合うので、いまにもこれを最後に互いに抹殺《まっさつ》し合うのではないかと思えるほど。そういう結末は、考えてみれば筋の通った、かえって好都合なものに取れぬこともなかったが。この家の夜がどんなものかは僕には想像もつかなかった。けれども朝になると、僕はまた夫婦と顔を合わせ、前夜の続きからまた一緒に仕事にとりかかるのだった。アンルイユ夫婦と一緒に、過マンガン酸塩の包帯を取り替える、そしてためしに鎧戸をすこし開いてみる。いつもむだだ。ロバンソンはそいつが、鎧戸が、半ば開いたことに気づきもしないのだ……

こんな調子で不吉に静まり返った夜を縫って地球が一回転する。

そして朝ごとに息子は田舎《いなか》者じみた口調で僕を迎えに出るのだった。「やあ！　お越しなせえませ、先生……もう霜もそろそろおしまいでがすね！」低いバルコニーの下で空を見上げてこう言うのだ。まるで天候が問題であるみたいに。女房はバリケードを施した扉越しにもう一度、義母と話し合いを試みに出かけて行く。がますます老婆を猛り狂わすばかりだ。

包帯を替えてやっているあいだに、ロバンソンは僕に向かって、自分の人生がどんなふうにして始まったかを打ち明けるのだった。まず商売から。十一の年から早くも、両親によって高級靴店の使い走りに奉公させられたのだ。ある日配達に出かけたところ、一人の婦人客がそれまで想像しかしたことのなかった快楽を味わうように誘いかけた。それっきり彼はその店へもどらなかった、それほど自分の行為が忌わしく思えたのだ。客と寝るなどということは当時にあってはまだ赦《ゆる》しがたい行為だったのだ。モスリンずくめの、その女の下着がとりわけ強い印象を残した。三十年たっても、まだその下着をはっきり覚えているほどだ。クッションと総飾《ふさかざ》り付きの帳《とばり》でうずめつくされた部屋の中の、絹ずれの音もなまめかしい婦人、薔薇《ばら》色のかぐわしい肉体、少年ロバンソンはそこから悲観的な差別の果てしない材料を人生へ持ち帰ったのだ。

　もっともその後もいろんなめに出会った。大陸を転々とし、戦争をいやというほど体験した、しかしこの啓示から彼は完全に立ち直ることはできなかった。もっともそれを思い返し、その得意客とともに過ごした、いわば青春の一瞬を僕に語ることは、彼にとっては楽しいことみたいだった。「こうして目をつむってると、想い出すね」奴は話してきかせるのだった。「つぎからつぎとね……まるで頭の中で映画でも見てるみたいさ……」これから先そいつと、その小型映画と飽きあきするほど付き合わねばならないのだと言ってやる勇気を、僕はまだいまのところ持ち合わせなかった。一切の思いは最後は死にたどりつくように、彼も自分の映画の中で己れのかたわらに死の姿しか見いださなくなる日がやってくるのだ。

アンルイユ一家の建物のすぐそばに、いまでは大きなモーターを備えた小さな工場が活動していた。そのため家の中は朝から晩まで震動しつづけだった。さらにすこし先にも何軒かの工場があり、たえず、夜の間も休みなく、いつまでも尽きない品物を打ち砕いていた。「このぼろ家がぐらぐらといくときは、みなお陀仏だね！」アンルイユは冗談めかして言うのだった、がやっぱりいくぶん不安そうだった。実際、天井はもう細かい篩屑《ふるいくず》になって床の上にぼろぼろ落ちていた。建築家は大丈夫と請け合っていたが気休めにもならなかった。仕事の手をとめて聞き耳を立てると、家の中にいながらまるで船の中にでもいるような心地だった。いわば恐怖から恐怖へ航海をつづける船。閉じ込められた船客は人生よりもさらに鬱陶《うつとう》しい計画と節約に明け暮れ、そのうえ昼も夜も警戒のたえまはない。

アンルイユは、僕が頼んでおいたので、昼食のあと、いつも部屋に来て、しばらくの間ロバンソンに本を読んでやることにしていた。日は経っていった。徒弟時代に物にしたあのすばらしい女客の話、そいつをロバンソンはアンルイユにも話して聞かせた。やがて、その話は、いわば家じゅうのお笑いぐさにされてしまった。空中に、人前にさらせば、僕らの秘密の末路もこんなものだ。僕らの心の中のことも、この世のことも、またおそらくあの世のことも、恐ろしいのはまだ口にされない事柄だけだ。思いきって、一切を口にしたとき初めて僕らは落ち着くことができるのだ、そのときやっと僕らは口をつぐみ、沈黙を恐れなくなるのだ。うまくおさまるわけだ。

まぶたの化膿《かのう》が続いていた幾週間かは、彼の目の状態と先の見通しについては、でたらめに言いつくろっておくこともできた。窓があけ放たれているときも、しまっているとか、外が非常に暗いとか。

ところが、ある日、僕が後ろを向いていたすきに、彼は自分で確かめるために、窓べに歩み寄ったのだ。そして制止する間もあらばこそ、目の上の包帯を引きはがしてしまった。一瞬彼はためらった。右の、つぎに左の窓枠《まどわく》に手を触れた、最初は信じられない様子だった、がやがてどうしても信じないわけにはいかなくなった。厳然たる事実だ。

「バルダミュ！」そこで奴は僕に向かって叫び立てた。「バルダミュ！　あいてるぞ！　あいてるんだ、窓が！」

僕は答えるすべを知らなかった、茫然《ぼうぜん》とその場に立ちすくんでいた。彼は両腕を窓枠の中に、新鮮な大気の中に突き出していた。むろん、何も見えるはずはなかった、が大気を感じていた。そこで彼は両腕をできるだけ自分の闇の中へ差し延べるのだった、突き当たりに触れようとでもするように。信じたくなかったのだ。完全に自分のものである闇を。僕は彼を寝台に押しもどした、そしてさらに気休めを言った、が彼はもう僕の言葉をまったく信じはしなかった。泣いていた。彼もまた行き着く果てまで来てしまったのだ。もう何も言うべき言葉もなかった。わが身に起こりうる一切の事柄の果てに到達したとき完全に孤独になる瞬間があるものだ。この世の果てだ。悲しみまでが、自分の悲しみまでが、もはや何ひとつ自分に答えてはくれない、そうなればもう一度、引っ返さなくちゃならない、だれでもいい、人間たちの中へ。そのときは気むずかしいことは言っちゃおれない、なぜなら、泣くためにも、もう一度、振り出しに、人間たちのあいだにもどらねばならないからだ。

「ところで、よくなれば、あの男をどうしますね？」この騒動のあと昼飯の席で僕はアンルイユの嫁にたずねてみた。たまたま台所で、いっしょに食事をすまして行くようにすすめられたのだ。要するに、彼らはどちらもどうやってこの状況から抜け出せばいいかわからなかった。施設にあずけた場合の費用の負担を思っただけで、彼らはおびえ上がるのだった、とくに女房のほうが、不具者用の衣服の値段に関して亭主よりも明るかったからだ。すでに《生活保護局》に交渉に乗り出していた。僕には内緒にしていたが。

　ある晩、二度目の往診のあと、ロバンソンはしきりに僕をそばへ引きとめたがった、すこしくらい帰りが遅れたってどうこう言うことはないだろう。かき集められるかぎりのことを、彼はいつまでもとめどもなく語りつづけるのだった。二人に共通した出来事や旅行の思い出について、これまで一度も思い出そうとしなかった事柄について。これまで一度も思い起こす暇のなかった事柄を彼は思い出すのだった。この隠れ家へ、かつて経巡《へめぐ》った世界が、不平や、悦《よろこ》びや、古めかしい服装や、別れ去った知人や、ありとあらゆるものを伴って、流れ込んでくるみたいだった。いわば流行おくれの感動の市場《バザー》を、彼はその盲《めし》いた頭の中で店開きしていたのだ。

「おれはもう自殺しちまう覚悟だ！」苦悩があまりに大きく思えだすと、彼は僕に予告するのだった。それから、ともかくそいつを、自分の苦悩を、どうにかもうすこし先まで運ぶことに漕《こ》ぎつけるのだった、まるで自分にとってあまりにも重すぎる荷物を運ぶみたいに。とことん役に立たない、訴える相手ひとりいない路上での苦役、それほどそいつは、大きく複雑だったのだ。そいつを彼は説明することができなかっただろう、そいつは彼の教育を越えた苦悩だったのだ。

　僕は悟りだした、この男は卑怯者《ひきょうもの》なのだ、この男もご多分にもれず、生まれながらに。いつもだれかが現われ自分を現実から救い出してくれることを空頼みして。が反面また、僕はしんから卑怯な人間がはたしてこの世にいるものかどうか、疑問に思いはじめるのだった……どんな男にだって、そのためなら今すぐにでも、しかも心から満足して、命を投げ出す覚悟のある事柄が必ず見いだせるものだ。ただ、潔ぎよく死ぬ機会が、お気に召す機会が現われるとはかぎらない。とすればどこかで、なるようにくたばるより仕方ない……この世では人間はみんなの目に卑怯者めいた、そのうえ臆病者めいた様子でとどまっている。ただ得心がいかない、それだけのことだ。卑怯はただ見かけだけだ。

　ロバンソンにしても与えられたこの機会には死ぬ気になれなかったのだ。もっと別の形で与えられれば、大いに気が動いたかもしれないが。

つまり死というやつもいくぶん結婚に似ている。

こんどの死、そいつはちっとも彼のお気に召さなかった、それだけのことだ。どうしようもない。

それなら現在のみじめな境遇に甘んずるより仕方あるまい。もっとも今のところは、彼はそいつで、不幸と悲嘆でもって、魂をいやらしく汚《よご》しまくることに専念し、情熱を傾けていた。そのうち自分の不幸を整理するときがやってくるだろう、そのときこそ本当の新しい生活が始まるのだ。泣いても笑っても。

「おまえさんは本当にはせんだろうがね」その晩も、夕食のあとこんな調子で追憶の切れっぱしを綴《つづ》り合わせながら、彼は思い出すのだった。「おれは言葉のほうはてんで苦手だがね、それでも、デトロイトにいたおしまいごろには、とにかくちょっとした会話くらいは英語でやれるようになったものさ……それなんだがね、今じゃほとんどきれいさっぱり忘れちまったがね、一つだけ頭に残ってる言いまわしがあるんだ……たった二言だがね……そいつが、目がこんなぐあいになっちまってからってものは、しょっちゅう頭に浮かんできやがるんだ。《Gentlemen first!》（殿方からお先へ！）って言葉さ。いまじゃおれが英語で言えるのはこれくらいのものさ、どうしてだか自分でもわからんがね……覚えやすいせいかもしれんて……《Gentlemen first!》」そして彼の気をまぎらすために、僕たちは冗談に英語で話し合うのだった、その中で何度も、《Gentlemen first!》をくりかえした、なにかにつけ、意味もなく、ばかみたいに。僕たちだけに通じる冗談。最後には、様子を見に上がって来たアンルイユにまで教えて聞かせた。

　想い出を揺さぶって、そのうちでまだ何が残っているか考えてみるのだった……二人とも知っているもののうちで……あの娘《こ》は、あのモリー、僕たちのやさしいモリーはどうしているだろうと考えるのだった……ローラのことは、忘れてしまいたかった、がそれでも結局、できるものなら女たち全部の消息を知りたかった、ついでにあのかわいいミュジーヌについても、……彼女はいまは市内《パリ》のそう遠くないところに住んでいるはずだった。要するについ目と鼻の先に……だが彼女の、ミュジーヌの消息ひとつ聞き出すにしても、やっぱり遠征に乗り出すほどの心構えが必要だろう……ほかにもまだ、名前も、習慣も、住所も忘れてしまった、そしてその親切も、笑顔までも、長年の苦労と、食いつなぐ望みのあげくに、僕の憶い出の中で古チーズみたいに苦しげな渋面に変わってしまった連中がいた……憶い出にまで青春があるのだ……黴びつくままに打ち捨てられると、そいつはすぐ、身勝手と、虚栄心と、こじつけでじめついた、いやらしい幻影に変わるのだ。林檎《りんご》みたいに腐っちまう……ところで僕たちは、お互いに青春を語り合い、くりかえしその味を噛みしめるのだった。が互いに心は離れればなれだった。自分のお袋にも、そう言えば、僕はもう久しく会いに行っていなかった……お袋を訪ねることは神経にあまりいい結果をもたらさなかった……僕以上だった、鬱陶しさの点では、お袋は……いつも狭い店の中で、幾年も幾年もかけて、自分のまわりにありたけの幻滅を蓄積しているみたいだった……僕が会いに行くと、こんなふうに語りだすのだった。「オルタンス伯母さんを知ってるだろう、あのひとはふた月前にクータンスで亡くなったよ……おまえにも行ってもらえたかもしれなかったね……それからクレマンタンね、よく知ってるだろうクレマンタン？　ほら、小さいころおまえがよくいっしょに遊んだ床みがきさ……それなんだがね、あの男は、おとといアブキル通りで行き倒れていたんだって……三日も食べてなかったそうだよ……」

　ロバンソンのほうでも、少年時代と言ったところで、考えてみればどこにそんなものがあるのかわからなかった、それほどそれは愉《たの》しみに欠けていたのだ。例の女客との出来事を別にすれば、すみずみまでさがしまわったところで、そこには嘔吐《へど》の出るほど絶望的なもの以外何ひとつ見いだせなかった、まるで箒《ほうき》とか、バケツとか、糠味噌《ぬかみそ》くさい女房とか、横びんたとかいった、臭い、むかつくような品物のほかは、何ひとつ見いだせない家の中みたいに……アンルイユ氏のほうは、青春時代については、軍隊にはいるまでは何ひとつ語るに値するほどのことは持ち合わせていなかった、たったひとつその時期に、前立て付きの軍帽をかぶって写した写真があった、その写真はいまもまだ鏡付きの衣裳簞笥《いしょうだんす》の上に麗々しく飾られていた。

　彼が、アンルイユがもう一度下へ降りて行くと、ロバンソンは、こうなってはもうあいつを、約束の一万フランを手に入れられないのではないかという心配を、僕に打ち明けだした……「あんまり当てにするなよ、本当に！」僕も同じ意見だった。このもう一つの失望に対しても今から心構えさせておくほうがよかったからだ。

細かい鉛の破片、爆発の名残りが、傷口の縁に露出してきていた。僕は何度かに分けて、毎日それをいくらかずつ取り除くことにかかっていた。そのために結膜のすぐ上をいじりまわすときは、彼はひどく痛がった。

十分用心を重ねていたにもかかわらず、近所の連中は噂をたてはじめていた。でまかせに。奴は、ロバンソンは、幸いそれに、評判に、気づいていなかった、気づいておればいっそう、病は重くなったことだろう。仕方ない、僕らは疑惑に取り巻かれていたのだ。アンルイユの嫁はスリッパで家の中を歩きまわるのに、だんだん足音を立てなくなった。予期していないときに、ぬうっと僕たちのそばに立つのだった。

暗礁の真っ只中に乗り入れたからには、わずかの疑惑も僕たち全員を転覆さすのに十分だ。そのときは、すべてがきしみ、裂け、砕け、ぶつかり、岸にばらばらに打ち上げられる。ロバンソン、婆さん、爆薬、兎、目、風上にもおけぬ息子、人殺しの嫁、僕たちはそこに、好奇心に身震いする連中の面前に、汚辱《おじょく》にまみれた姿をさらけ出すのだ。いい気持はしなかった。自分はべつだん罪に問われる行ないをしでかしたわけではない。そうじゃない、がそれでも僕は自分を有罪に感じるのだった。このような状態がいつまでも続くことを心の底で願っていることで、とりわけ有罪だった。それどころか、一同で闇の中にさまよい出ることに、僕はいまではそれほど不都合も感じていなかった。

第一、いまさらそう願うまでもないことだ、ひとりでにその方向に進んでいたのだ、それも恐ろしい勢いで。

⁂

金持は食わんがために自分で人を殺《あや》める必要はない。奴らは、奴らの言い方を借りれば、人を使うのだ。自分で悪事を犯さない、金持たちは。金を払うのだ。世間の奴らは金持を喜ばすためならなんでもやるし、どいつもこいつもそれを栄誉と心得ているのだ。金持の女房は美しいのに、貧乏人の女房は醜い。こいつはおめかしということは別にしても、数世紀に由来する結果だ。栄養のいい、手入れの行き届いた、かわいい美人たち。生活始まってこのかた、結果はいつでもこうだ。

あとは、いくら苦労してみても始まらない、足をすべらせ、足をすくわれ、生者をも死者をも区別なく浸す、アルコールの中に落ち込み、身動きがとれなくなるだけだ。証明ずみだ。そのうえ何千何百年の昔から、獣たちが、ほかの数知れぬ獣たちのあとを受け、同じ無味乾燥な失敗を継続する以外、何ひとつ楽しいことも起こらぬまま、僕らの眼前で生まれ、悩み、死んでいくさまを、見せつけられてきた。とにかく、現実をさとるべきだ。

無益な存在のひきもきらぬ波濤《はとう》が歳月の底からたえまなく僕たちの眼前に打ち寄せ消えて行く、それでもなお僕らはなにかを期待して、この世にとどまっている……死を考える力ひとつないのだ。

栄養、おめかし、休息、三拍子そろった金持の女は、美しくなってあたりまえだ。そうに違いない。結局はそれだけで十分なんだ。よくはわからんが。ともかくそれだけでも生き甲斐というものだ。

「アメリカの女のほうが、どうだい、ここの女たちよりきれいだったと思わんかい？」旅の思い出を反芻《はんすう》しだして以来、奴は、ロバンソンは、よくそんなふうに尋ねるのだった。好奇心を取り戻しだしたのだ、女のことを話題にするようにさえなっていた。

いまでは僕は彼を訪ねることが前よりは少なくなっていた。そのころ、近隣の結核患者のための小さな無料診療所の医者に任命されたからだ。ぶちまけたところ、そいつは月八百フランになるのだ。患者の顔ぶれは、ほとんど場末の連中ばかりだった。そのあたりは汚物の中に押し込められ、畦道《あぜみち》で取り囲まれ、泥土《どろつち》からいつまでも完全に脱け出せない、村と言ったほうがぴったりの土地がらだ、畦道の柵《さく》の陰では、学校をずるけた、おませな鼻たれ娘たちが、助平爺《じじい》連から、小遣《こづか》い銭や、じゃが芋フライや、淋病《りんびょう》をせしめることに余念がない。きたない洗濯物が樹々を台無しにし、土曜日の晩にはサラダ菜がひとつ残らず小便でぐしょ濡《ぬ》れになる前衛映画の国。仕事の面では、数カ月の専門的治療のあいだに、僕は何ひとつ奇蹟をもたらさなかった。そいつは、奇蹟は、大いに必要だったんだが。もっとも僕の患者たちはそいつを、僕が奇蹟を行なうことを、望んではいなかった、むしろ逆に、長いあいだおしひしがれてきた絶対的困窮の状態から、政府のわずかばかりの生活保護年金によって得られる相対的困窮の状態へ移行する手段として、自分たちの肺病をあてこんでいたのだ。終戦このかた、病気賜暇《しか》から病気賜暇へ、自分から進んで痰《たん》を引きずって来たのだ。わずかしか食わず、たくさんもどし、浴びるように酒をくらい、それでもやっぱり三日に一日は働かねばならない、そのためいつまでも熱はとれず、やせ細る一方だ。

　生活保護年金の希望に連中は身も心も取り憑かれていたのだ。そいつは、生活保護年金はそのうち恩寵のように天から降ってくるだろう、完全にくたばっちまう前にもうすこし待ちつづける根気さえあれば、生活保護年金を期待する貧乏人がどれほど待ち焦がれ通いつめるか、そいつを実地に眺めた人間でなければ、何かを待ちこがれ、お百度を踏むということがどういうことか、理解できないだろう。

　連中は外が雨降りのあいだは、そこで、僕のみすぼらしい無料診療所の玄関口や入口で、それも幾週間もぶっつづけに、午後を過ごすのだった、比率への希望に、まじりけのないバチルス性の痰、本物の痰、《百パーセント》結核性の痰を吐く望みに疼《うず》きながら。彼らの希望の中では病気の回復は生活保護年金のはるか後にしかやってこない、むろん、そっちのほうも、回復のほうも考えないわけではない、がほとんど比較にならぬ程度だ、それほど年金生活者になりたい望みにすっかり目をくらまされていた、どんな条件でもいい、ほんのちょっぴりでもいい。この一徹な最終的な欲望のほかには、連中の中にはもはやいくつかの取るにたらぬ小さな欲望しか存在していなかったのだ、そしてこいつに比べれば死さえもお添物程度に、せいぜい危険なスポーツ程度に思えるのだった。死はつまるところ何時間か、いや何分かの問題にすぎない、ところが年金は、こいつは貧乏同様、生涯続くのだ。裕福な連中の酔い方はまた別だ、生活保障をこれほど有難がる気持は奴らには理解できない。裕福であることは、また違ったかたちの酔い方だ。それは忘れ去ることだ。金持になるのはそのためだとも言えるだろう、つまり忘れるためだ。

　連中に、患者たちに健康を約束する悪い習慣を僕はしだいになくしてしまった。健康になるという予測、それは彼らにとっては大してうれしいことでもないのだ。健康になることは要するにぐあい悪くなるだけのことだ。健康は働くのに役立つだけだ。それにひきかえ国家の年金のほうは、たとえわずかにしろ、こんな結構なしろものはない、まったく文句なしに。

　貧乏人に対しては、くれてやる金銭《かね》がないときは、黙っていることだ。金銭以外の話を持ち出すことは、結局は、連中を欺き、偽ることだ。金持をよろこばせることは簡単だ、たとえば鏡ひとつあればよい、そいつで自分の姿を眺めさせておけばいい、金持を眺めるくらい愉快なことはこの世にないからだ。奴らを元気づけるには、十年ごとに、しなびたおっぱいみたいな、レジオン・ドヌール勲章の位をひとつ、引っ張り上げてやればよい、そうすればまた十年はほかのことを考えない。簡単だ。僕の患者のほうは、利己主義者だ、貧乏人たちは、血のまじった積極的な痰で年金にありつこうという、卑しい計画にかじりついた物質主義者だ。そのほかのことは奴らにはどうでもいいのだ。四季の移り変わりにしたところが、どうでもいいのだ。奴らがそいつを、季節を感じるのは、そいつについて知りたがるのは、咳と病気に関連ある事柄だけだ、たとえば、冬は夏よりもずっと風邪をひきやすいが、逆に春には喀血《かっけつ》しやすく、暑い盛りには週に三キロもやせることができる、など……ときどき彼らが順番を待ちながら、僕がそばにいないと思って、内輪同士話し合っていることを、耳にはさんだ。僕に関して、聞くに耐えぬ悪口を、想像を絶した嘘っぱちをしゃべりまくっている。こんなふうに僕をくそみそに罵《ののし》ることが連中に勇気を与えるらしかった、連中がますます冷酷に、偏屈《へんくつ》に、片意地になるために、生きながらえ、持ちこたえるために必要な、なんとも不可解な勇気を。こんなふうにくさし、呪《のろ》い、蔑《さげす》み、脅《おど》かすことで、連中は溜飲をさげているのだ、そうよりほかに取りようはない。それでも、僕としては、全力を傾け、手段《てだて》をつくし、連中の意にかなうよう努めていたのだ、彼らの事情に与《くみ》し、彼らのためを願い、不潔な細菌を吐き出させようと沃化物をふんだんに恵んでいたのだ、がいくら努めたところで彼らの僻《ひが》みを解消させることはできなかったのだ……

僕に尋ねられているあいだは連中は召使いみたいに愛想よく、僕の前に突っ立っている、が僕に好感を持ってはいなかった、まず第一に僕が彼らのために尽くしてやったからで、つぎには僕が金持でないからで、僕に診られるということは、無料で治療されることを意味し、年金を申請しているとはいえ、患者にとってはけっして自尊心にかなうことではなかったからだ、だから背後では、僕に関して彼らの言いふらさない悪口はなかったのだ。近くの医者はたいていそうだったが、僕もまた自動車を持っていなかった、そして僕が歩いてやって来るということがまた、彼らの目には欠点のように映るのだった。わずかのけしかけにも（同業者たちはその機会をのがすわけがなかった）、連中は、僕の患者たちは、僕の心からの親切に、奉仕に、献身に対して、恩を仇で報いるようなふるまいをするのだった。無理もない話だ。ともかく月日は経ていった。

ある晩、待合室にほとんどだれもいないときに、一人の司祭が面会を求めにやって来た。見覚えのない司祭だった、もすこしで追い帰すところだった。坊主というやつは虫が好かなかった、僕なりの理由があったからだ、とりわけサン・タペタでの乗船の一件以来というものは。だがこの男は、具体的に罵る材料をさがして、何者か憶い出そうと努めてみたがだめだった、まったくこの男には、これまでどこでも一度もお目にかかったためしはなかった。しかし、近所にいるからには僕と同じように夜中ランシイをあちこち駆けずりまわっているはずだ。すると外へ出る際には僕を避けていたのか？　そうも思えた。要するに、僕が坊主ぎらいだということをだれかが告げ口したのにちがいない。そのことは彼が用談を切り出すおずおずした態度からも感じ取れた。つまり僕たちはまだ一度も同じ病人のかたわらでぶつかったことはなかった。彼のほうは二十年来、そこの、すぐそばの教会を管理している者だと言った。檀家《だんか》はどっさりあるが、金を出す奴は少ない。結局、乞食みたいな暮らし。僕と似たりよったりというところか。彼のまとっている長衣はごった煮みたいな場末地域をぶらつくのにはすごく不便な着物に思えた。僕はそのことを指摘した。さらにそのような物々しい衣裳のとほうもない不便さを力説した。

「慣れるものですよ！」これが答えだった。

僕の不作法な指摘にも、相手はいやな顔ひとつ見せず愛想よく努めるのだった。何か頼みごとでもあるのにちがいない。声は密談ふうな一本調子以上に高まることはなかった、察するに、商売柄というやつだろう。彼が慎重に瀬踏みするように話しつづけているあいだ、僕はこの男が、この司祭が、カロリーを手に入れるために常日ごろ行なっていることをあれこれ想像してみるのだった、つまり僕と似たりよったりの愛想笑いや口約束……さらに、気晴らしに、こいつが祭壇の前に素っ裸でいるさまを想像してみた……こんなぐあいにまず来客の居場所を置き替えてみることだ、それが連中を手っとり早く理解する方法だ、そうすればどんな人物のうちにも諸君はすぐさま、でっかい貪欲な蛆虫《うじむし》の正体を見分けることができるだろう。想像力の活用というわけだ。そいつの忌わしい威厳は四散し、消滅する。素っ裸にされると、諸君の前には、結局あれこれ空しいたわごとを並べ立てることに苦心惨憺する、気障《きざ》っぽい、法螺《ほら》吹きの、見すぼらしい乞食袋が残るだけだ。なにものもこの試練には刃向かえない。たちまち正体を暴露する。あとには観念だけしか残らない、そして観念ならちっともこわくはない。観念が相手なら、勝ち目はある、なんとかなる。ところが衣裳をまとった人間の威光には太刀打ちできない場合が多い。衣裳いっぱいに忌わしい匂いを、秘密をしまい込んでいるからだ。

　ひどく歯並みの悪い男だった、この《お坊さま》は。虫がくい、茶色くなり、緑がかった歯石が上のほうまでおおいつくし、要するに、りっぱな歯槽膿漏《しそうのうろう》だ。僕はそのことを彼の歯槽膿漏のことを口に出したかったが、彼のほうはなにやかやしゃべり立てることに夢中だった。そいつは、彼が物語るなにやかやは、観察していると、舌に押し出され虫歯にぶち当たってひっきりなしに膿《うみ》をたらすのだった。舌は何カ所も細かく裂け、縁から血をにじませていた。

　こういう綿密な内部的観察は、僕の得意とするところ、いや趣味とするところだった。たとえば、言葉が形成され発音される仕方に留意してみると、そいつは、僕らの言葉は、唾《つば》だらけの背景の被害にほとんど耐えられないしろものだ。僕らの会話の機械的努力は排便よりもさらに複雑な、骨の折れるものだ。厚ぼったい花びらのように身をひきつらせ、息を吐き出し、吸い込み、歯牙カリエスの臭《くさ》い柵越しに、ありとあらゆる粘液性の音を押し出す仕事に奮闘する唇、なんという拷問！　おまけにこいつを理想に置き替えることを要求されるんだから。どだい無茶な話だ、しょせん生温《なまぬる》い腐りかけの腸《はらわた》の囲いにすぎない以上、僕たちは感傷とは常に折り合えない。恋をするくらいは簡単だ、むずかしいのは別れずにいることだ。汚物のほうは、長生きも、成長も願いはしない。その点では、僕たちは糞よりはるかに不幸だ、現状を維持したいあせりが、とほうもない拷問を構成する。

なるほど僕らにとっては自分の匂いほど神聖な崇拝の対象はない。僕らの不幸はすべて、年がら年じゅうなんとかしてジャンなりピエールなりガストンなりでとどまっていなければ承知できないことからきている。僕らの肉体のほうは、落ち着かないありふれた分子の借り着をまとって、長生きという滑稽《こっけい》きわまる茶番劇にたえず逆らっている。そいつは、僕らの分子たちは、かわいい子供らは、せいぜい早く、宇宙の中へ姿をくらましたがっている！《無限》からそっぽをむかれた、《僕たち》でしかいられないことを彼らは悲しんでいる。勇気さえあれば脳天をぶちぬいてしまいたいところだ。ただ一日おくりに破産を重ねているだけのことだ。僕たちの拷問器具がそこに、僕たち自身の皮膚の中に、原子と一緒に、僕たちの自尊心と一緒に大切にしまい込まれているのだ。

こんな生物学的屈辱の想像にげっそりして、僕が黙りこくっているのを見て、司祭のほうは僕の気持をつかんだものと勘違いしたようだ。すかさず好意にあふれた慣れなれしい態度を取りはじめた。確かに僕に関してあらかじめ聞き込んできたものにちがいない。ひどく慎重にかまえながら彼は、近所での僕の医者としての評判という、微妙な主題にふれだした。かりに出だしから、つまりランシイで開業した当初から、別なやり方でかかっておれば、そいつは、僕の評判は、もっとよくなっていただろう、とほのめかすのだった。

「患者というものは、先生、総じて保守的なものです、このことをお忘れになってはいけません……おわかりでしょうが、彼らには天と地がなくなることが、いちばん恐ろしいのです……」

　したがってこの男によれば、僕は最初から教会に近づくべきだったのだ。それが彼の精神的かつ具体的範疇《はんちゅう》の結論だった。発想は悪くない。横槍《よこやり》を入れることはつつしんだが、彼が早く訪問の本当の目的にさしかかるのを、僕はいらいらしながら待ち受けた。

　陰気な、内緒話向きの天候としては、外の天気はまさしくうってつけだった。実際、鬱陶しい天気で、おまけに恐ろしく寒く、しつこく、外に出たところで外界はもう永久に拝めそうにないみたいに、そいつは、世界は、愛想をつかし、溶解してしまったみたいに思えるほどだった。

　看護婦はとうとうカルテを、一枚のこらず、最後の一枚まで整理し終わった。もはや居残って僕たちの話を聞いている口実は完全になくなったわけだ。そこで彼女は激しく吹きつける雨の中を帰って行った。もっとも、大いに機嫌を損じ、扉を後ろにたたきつけて。

⁂

話のあいだに、司祭は名乗った。プロチスト師というのだ。彼はさんざん言いよどみながら、もうかなり以前から、アンルイユの嫁と組んで、老婆とロバンソンを二人いっしょにどこかの宗教施設、それも費用のかからないのに押し込めてしまうために奔走していることを打ち明けた。目下まだ物色中だが。

　じっくり観察すると、プロチスト師はむしろ、平凡な商店員といった型《タイプ》の男だった、まず売場主任と言ったところか、湿り、黴びつき、幾度も干しなおされた。へり下った、顔色をうかがう態度から見て庶民の出にまちがいなかった。息だってそうだ。息については僕は絶対に誤診はしない。こいつはがつがつ食らい、白葡萄酒をがぶ飲みする男だ。

　彼が語ったところでは、そもそものきっかけは、アンルイユの嫁があの未遂事件のすぐあと、じかに司祭館を訪れ、自分たちが落ち込んだ忌わしい窮状から救い出してくれるよう頼み込んだのだ。それを話すことで彼は弁解の口実をさがし求めているように思われた、こんな事柄に荷担するのを恥じている様子だった。僕に対してなら、体裁は無用だ。わかってる。この男は僕たちに加わって夜の中へ突き進みにやって来たのだ。それだけのことだ。もちろんご当人には、司祭には、お気の毒な話だが！　一種の汚れた図太さが、金銭《かね》の力によって、しだいにこの男をもとらえはじめていた。無理もない！　無料診療所の中はすみずみまで静まり返り、場末町は夜につつまれてしまったので、司祭はすっかり声をおとし、僕ひとりにだけ聞こえる調子でしゃべりだした。がいくら小声でささやいたところで、結局、彼が語ることはすべて、たぶん僕たちの周囲の静寂のせいで、とほうもなく大きな、耐えがたいものに、反響《こだま》で充満しているように思えるのだった。気のせいだろうか？　静かに！　彼の話す言葉のあいまに、始終こう囁きたい思いだった。恐怖ですこし唇がわななきさえした、言葉がやまると、ほっと気がゆるむのだった。

　僕らの不安に仲間入りしたものの、司祭は僕ら四人のあとについて夜の中を進むにはどうすればいいかよくわからなかったのだ。ささやかな一味、彼はこの冒険にすでに何人加わっているのか知りたがっていた。どこを目指して進むのか？　僕たちの共通の目標を目指して、この男もまた、新しい仲間と手を握って進むのだ。僕たちはいままでは同じ旅の道連れなのだ。この男も、司祭も、僕らのように、ほかの連中のように、夜の中を歩むことに慣れるだろう。いまのところはまだ躓《つまず》きがちだが。ころばないためには、どうすればいいか聞きに来たのだ。恐ろしければ来なきゃよかったんだ！　みんなでとことん進むまでだ、そのとき初めてこの冒険の中になにを求めにやって来たかがわかるだろう。人生とはそういうものだ、末は闇の中に没した一条の光。

　そのうえ、ついにはわからずじまいかも、なにも見つからぬかも知れぬのだ。死とはそういうものだ。

　さしあたってはなんとか手探りで進むだけだ。それに、ここまで来てしまったからは、もはや退きようもないのだ。選択の余地はない。奴らの汚らわしい正義とかいうしろものが、《法律》と手を組んでいたるところに、どの廊下の隅にも目を光らせていた。アンルイユの嫁は老婆と手をつなぎ、息子と僕は彼女らの手と、さらにロバンソンの手を握っていた。僕たちはみんないっしょだった。そうなんだ、僕はさっそくそのことを包み隠さず司祭に教えて聞かせた。そして彼は理解したようだった。

　望むと望まざるとにかかわらず、ここまで来てしまった以上は、通りすがりの連中に見つけられ、明るみに出されることはまずいとせねばならぬ、そのこともついでにそいつに、司祭に言って聞かせ、その点を強調した。もしもだれかに出会うようなことがあれば、散歩でもしているような、さりげない態度をとらねばならぬ。こいつは厳命だ。ごく自然に振舞うのだ。司祭はいまやすべてを知り、すべてを理解したのだ。こんどは彼が僕の手をしっかりつかむ番だった。無理もない、びくびくものだったのだ。駆けだしなんだ。まるで純情青年みたいにもじもじし、口ごもるのだった。僕らがたどりついた場所にはもはや道も光もなく、代わりにいわば慎重な行動があるだけだった、そいつを僕たちはもう一度、検討し直してみたが、それほど頼りになりそうにも思えなかった。こんなさいには気安めを言い合ってみたところで言葉は完全にしらじらしい。反響《こだま》は返ってこない、僕たちは

《社会》の埓外《らちがい》にいるのだ。恐怖は賛成も、反対もとなえない。そいつは、恐怖は、僕たちが口にし考える一切をとらえるだけだ。

　こんなおりには闇の中で目を見開いたところで、なんの役にも立たない。怯《おび》え損、それだけだ。そいつは、闇は、すべてを、視覚までもとらえてしまったのだ、僕らを骨抜きにしてしまったのだ。それでも手をつないでいなくちゃならん、ころぶからだ。日向《ひなた》の連中にはもはや僕たちは理解できない。恐怖で僕たちは彼らと完全に隔てられているのだ。そしてそいつに圧しつぶされつづけるのだ。なんらかの形で終局を告げる日まで。そのとき初めて僕たちはろくでなしどもと、一つ穴のむじなどもと、死の中で、あるいは生の中で、いっしょになることができるのだ。

　司祭はさしあたっては僕たちを手伝い、せいぜい早く覚えるように努めればいいのだ、そいつが仕事だ。それに彼もそのつもりでやって来たのだ。まず一時《いっとき》も早く、アンルイユの母親を、ついでにロバンソンもいっしょに、田舎の宗教施設へほうり込んでしまうことだ。そいつは、その計画は、彼には可能なことに思えるのだった。僕も異存はなかった。ただ、空席ができるまで何カ月か待たねばならぬだろう、が僕たちはもうこれ以上待てなかった。もうたくさんだ。

　嫁の言うとおりだ、できるだけ早いに越したことはない。奴らは消えちまえばいいのだ！　厄介ばらい！　そこでプロチストはまた別のてはずを探りだした。こんどのやつは、僕はすぐさま賛成を表明したが、すばらしく名案に思えた。それに第一、そいつは二人の、司祭と僕の働きを必要とするのだ。てはずはたちまちその場で整えられ、僕はその中でちょっとした役割を演ずることになった。ロバンソンに南仏へ出かける決心をうながす役だ、むろん、親切めかして、しかも有無を言わさず。

　この男の、司祭の持ち出した計画の奥底も裏面も推察できない以上、僕としては態度を保留し、友人のために、たとえばなんらかの保証を確保して当然のところだったろう……だって、考えてみれば、プロチスト師が僕たちに持ち出した計画は結局あやふやなものだったからだ。が僕たちはみんな場合が場合で非常にせいていたので、要は長びかないことだった。僕は彼の望みをすべて、援助と、秘密厳守を約束した。このプロチストはこうした微妙な状況には十分経験をつんでいるように思われた、で万事うまく取り計らってくれそうな気がしたのだ。

　まずなにから手をつければいいか？　南仏への目立たぬ出発をお膳《ぜん》立《だ》てせねばならぬ。ロバンソンは南仏のことをどう思うだろう？　さらに彼が殺しそこねた老婆といっしょに出かけるということになれば？……僕の頑張りようひとつにかかっているのだ……ひとえに！……ともかく奴はそこへ行かねばならぬのだ、さまざまな理由のために、どれもみなあまりいい理由ではなかったが、ともかく確固たる理由のために。

　奇妙な仕事といえば、南仏でロバンソンと老婆にさせるために見つけてあった仕事は、まったくもって奇妙なしろものだった。それが見つかったのはトゥルーズでだった。トゥルーズはすてきな街だ！　そのうち僕らも出かけていくよ！　はるばる彼らを訪ねに！　彼らがそこで、住居と仕事にすっかり落ち着いたころあいを見はからって、僕はきっとトゥルーズへ訪ねていくだろう、約束してもいい。

　それに考えてみれば、奴が、ロバンソンが、こんなふうに突然遠くへ去ってしまうことは、いささか悲しいことにはちがいなかったとはいえ、反面また、喜びも大きかった。ましてやこの件では、珍しくも僕はささやかだが確実な利益にあずかれるのだ。千フランいただけるのだ。約束もできた。僕はロバンソンの気持を南仏へそそりさえすればいいのだ、彼の目の傷にはこれ以上よい気候はない、あそこへ行けば必ず快方に向かうだろう、こんなに簡単に救われるなんて、つまりはずいぶん運がいいのだ、とこんなふうに保証して。それが彼に決心させる手だ。

　しばらくこんなふうなことを思いめぐらしているうちに、自分でもけっこう確信がつき、本式の話し合いの心構えが固まった。鉄は熱いうちに鍛えねばならぬ、僕の方針《モットー》だ。要するに、むこうのほうがここより悪いというわけのものでもあるまい。このプロチストの思いつきは考えてみれば、しごく理にかなったものに思われた。司祭連は、この連中は、ともかくも最悪の醜聞をもみけす方法を心得ているものだ。

　結局ロバンソンと老婆に提供された商売は他のにくらべて特別ひどいしろものというわ

けでもない。僕の見当違いでなければ、それはミイラの洞窟の一種だった。金銭《かね》を取って、教会の下の地下納骨室を案内する仕事だ、旅行客を相手に。ばかにならぬ収益《あがり》だ、とプロチストは請け合った。本当らしかった。ちょっとうらやましい気さえした。死者をこき使うなんてそうざらにあることじゃない。

　診療所の戸じまりをして、僕は司祭と連れ立って、固い覚悟でぬかるみ道をアンルイユ家目指して歩きだした。ニュースといえば、まさしく一大ニュースだった、千フラン手に入るのだ！　僕は司祭を見直しはじめた。来てみると、アンルイユ夫婦は二階の部屋でロバンソンのそばにいるところだった。だけどロバンソンの様子ときたらどうしたことだ！「おまえか」僕の上がって来る気配を聞きつけるなり、興奮を押えきれずわめきたてるのだった。「なにかあるんだな！……そうだろう？」息をはずませて問いかけるのだ。

　そして僕がまだひと言も答えられないうちに、もうすっかり涙顔だ。彼が僕に救いを求めているあいだ、ほかの連中は、アンルイユ夫婦は、僕に合図を送るのだった。（困った奴らだ！）僕のほうは考えるのだった。（あまり急ぎすぎるからだ！……いつも急ぎすぎるのだ！　途中ですっかりぶちまけちまったのか？　うかつにも？……おれを待ちもしないで？……）

　幸い僕は、いわば、その問題を別な言葉ですっかり言い変えることができた。奴も、ロバンソンのほうもまた、それ以上聞きただそうとはしなかった、同じことでも言いようひとつだ。それで十分だった。司祭は廊下から部屋の中へ入りかねていた。慄《ふる》え、うろうろしていた。

「おはいりなさいましよ！」とうとう嫁がうながした。「どうか、おはいりになってください！　どうぞご遠慮なさらずに、司祭様！　哀れな家庭が不幸に沈んでいるところへ、ちょうどおいでくださったのです！……お医者様とお坊様！……人生の苦しみの瞬間は、いつもこのとおりじゃございませんこと？」

彼女は気取った文句を並べ立てていた。このあばずれ女があばずれなりに感傷的になっていたのは、闇から抜け出せるという新しい希望のためだったのだ。

司祭はどぎまぎして、どうしてよいかわからず、病人のそばへは近づかず、なにかもぞもぞ口ごもりはじめた。そのおどおどした口のきき方がロバンソンに通じたのだ、また不安に陥った。「おれをだます気だな！　みんなしておれをだます気だな！」わめき立てる。

なにを、くだらんことを言い合ってるんだ、こんなことじゃ埒はあかない。こじれるばかりだ。がそのために僕はかえって元気づき、図太くなるのだった。アンルイユの嫁をすみっこへ引っ張って行くと、僕は断固として取引きの返答を迫るのだった。ここで彼らを苦境から救い出せる人間は僕以外にないことがはっきりわかったからだ。嫁に向かって僕はこう言い渡した。「私の分け前。この場でいただこう、私の分け前を！」どっちみち信用をなくしているうえは、もう気兼ねは無用だ。嫁は了解し、僕の手の中に千フラン札を一枚、さらに確実を期するために、もう一枚余分を握らせた。これを僕は威厳を落とさずにやってのけたのである。そこでさっそく、奴の、ロバンソンの決意をうながしにかかった。要するに奴に南仏へ行く決心をさせればいいのだ。

裏切りは簡単だという。だが機会をつかむことが肝心だ。裏切りは、監獄の窓を開くようなものだ。だれもが願っているが、果たせることは稀だ。

＊
＊＊

ロバンソンがランシイからいなくなれば、生活はうまくいきだすだろう、たとえばこれまでよりもすこしは患者も多くなるだろう、と考えた。ところがさっぱりだ。まずこのあたり一帯が失業と不景気に見舞われた。まったく最悪の事態だ。それに天候が冬だというのに、暖かく、乾燥していた、ところが僕たちに、医者にとって必要なのは、湿気と寒気だ。流行病もなかった、要するに不都合な、できそこないの季節。

歩いて往診に出かける同業者も見受けられた、推して知るべしだ、彼らは散歩を楽しむふりをしていたが、内心はすっかり腹を立てていたのだ、たんに節約上、自動車を使わないためだったのだ。僕はと言えば、外へ出るにはレインコート一枚あるきりだった。あんなひどい風邪にかかったのはそのためだったのか？　それとも日ごろの欠食がたたったのか？　どっちも考えられることだ。例の熱病がぶり返したのか？　ともかく、春先のちょっとした寒気で、すっかり体をそこね、たえまなく咳きこみだした。災難だ。ある朝、完全に起きられなくなった。ベベールの伯母がおりよく表を通りかかった。呼び入れさせた。上がって来た。さっそく近所に残っているわずかの貸しを取りに行かせた。たった一口、最後のやつを。その額は半分回収され、寝こんでいる僕に十日間もった。

　十日も横になっていれば考える間があるものだ。よくなればさっそくランシイから逃げ出そう、それが僕の引き出した結論だった。それに家賃は二期分もたまっていた……つまりおさらばだ、僕のとぼしい家財道具とも！　もちろん、だれにも何も言わず、こっそり、退散するのだ、ガレンヌ＝ランシイと永久におさらばだ、痕跡も行き先も残さず飛び出すのだ。汚ない災難の獣に追い立てられたときは、つべこべ言っても始まらない。黙って退散するのが賢明なやり口というものだ。

　免状さえあれば、どこにだって住みつける、確かにそのとおりだ……もっともよそへ行ったところで、たいして変わりばえはすまいが……最初のうちは、むろんいくらかましだろう、なぜなら連中がうごめきだし、僕らを害《そこな》う手段を見つけ出すまでにはいつも多少は暇がかかるからだ。僕らを傷《いた》めつけるいちばん容易な個所を連中がまだ探しまわっているうちは、いくらか安全だ。だが連中がうまい手を見つけ出せば、そのときは、もうどこだって似たりよったりだ。要するに、もっとも快適に過ごせるのは、どこでもいい、新しい土地で人に知られぬわずかの間だけだ。あとは、また同じいやがらせのくりかえし。それが奴らの本性なのだ。要は連中が、お仲間が、僕らの弱みをはっきりつかむまで、のんびり構えておらぬことだ。南京虫は隙間を見つけぬうちにたたきつぶすことだ。ちがうだろうか？

病人についても、お顧客《とくい》についても、僕はまるきり夢をいだいてはいなかった……ほかの区域の連中にしたところが、強欲で、とんまで、卑劣であることにかけては、ここの連中と大差はあるまい。安酒、映画、スポーツの話題、口と尻との、本能的欲求への屈従、どこもかしこも同じ風潮が、連中を、同じ愚鈍な、きたならしい集団に仕立てあげている。でまかせからでまかせへよろめき歩く、いんちきな、ひねくれた、臆病なくせに喧嘩《けんか》早い、空《から》威張り屋の集まり。

だけど病人だってベッドの中で向きを変えるように、人生の中で僕らもまた、寝返りをうつ権利くらいあっていいわけだ、僕らにできることといえば、自分の《宿命》に対する防禦《ぼうぎょ》策として僕らが見つけ出したことといえばこれくらいだ。貧乏を途中で置き去ろうなんて虫のいい考えだ。貧乏は、始末におえぬ女房をしょい込んだようなものだ。一生そいつを折檻《せっかん》してくたびれるよりは、ちょっぴりかわいがってみたほうがましだ。ぶち殺すわけにいかないことはわかりきっているんだから。

とにかく僕はランシイの中二階の家からこっそり逃げ出したのだ。これを最後に部屋の前を通りすぎたとき、管理人のところでは安葡萄酒とマロンを囲んでいる最中だった。見つかりも、気づかれもしなかった。女房は体を引っかいていた、亭主のほうは、ストーブの上にかがみこんで、温《ぬく》みに身じろぎもしない、もう十分きこしめしたとみえ、真っ赤な顔で目をつむっていた。

　この連中にとって、おれは果てしない大きなトンネルみたいな未知の中にすべり込むのだ、おれを知っていて、おれを探り、おれに害をなす奴が三人減るということは、結構なことだ、もうおれがどうなったかさっぱりわからなくなるのだ。ありがたい。三人だ、というのは奴らの娘もその中に数えていたから。痂《かさぶた》をひっかいては膿《うみ》をたらしている娘のテレーズも、それほど彼女は蚤と南京虫でたえず痒《かゆ》がっていた。実際、僕の管理人のところではものすごくちくちくやられるので、管理人部屋へ入ると、まるでブラシの中へだんだんはいり込んで行くような気がするのだった。

　玄関のガス燈の長い指が、むきだしのままじゅうじゅう音をたて、道行く人間の肩の上にのしかかり、たちまち、戸口の黒い額縁を背景に、連中を凄惨《せいさん》な生身の亡霊に変化させる。やがてまた連中は、通行人は、方々へ、別な窓と明かりの前へ、わずかの色彩を求めて慕い寄り、最後は僕と同じように、黒々と力なく、夜の中へ失せて行く。

　もう奴らの、通行人の顔を、見わける必要もなかった。ただ、ちょっとの間でもいいから連中の歩みを押しとどめ、こんなふうに言い渡してやれば、さぞ痛快だろうと思えた。

おれは遠くへ逃げ出しちまうんだ、おさらばするんだ、うんと遠くへ、だから貴様たちをいくら侮辱《ぶじょく》しようが、もう貴様たちから指一本触れられないんだ……

　リベルテ通りまで来ると、野菜車が何台もパリのほうへ震えながら上って行く。そのあとについて行った。結局もうほとんどランシイから離れたようなものだ。あまり暖かくなかった。で温もるつもりで、すこし寄り道をして、ベベールの伯母の管理人部屋までやって来た。部屋の電燈が廊下の奥にぽつんとともっている。（最後に）と思った。（伯母さんに《さよなら》を言っとかなくちゃ）

　管理人部屋の匂いと、貧弱なストーブとの間にはさまれて、彼女はいつもの姿勢で椅子に腰かけていた。ベベールが死んでからというもの、めっきりふけ込んだ顔は、いまではいつ見ても泣きだしそうだった。そして壁には、裁縫箱の上に、エプロンをかけ、ベレー帽をかぶり、十字架をさげたベベールの通学姿の大きな写真が飾ってあった。コーヒーの景品で手に入れた《引き延ばし》だ。揺り起こした。伯母は飛び上がった。

「おやこんにちは、先生」このときの言葉はいまでもはっきり覚えている。「お加減が悪いみたいだね！」すぐ気がついた、「まあおかけなすって……私もなんだかぐあいが悪くって……」

「ちょっとそのへんまで、ぶらぶら来たもんでね」さりげなく見せるために答えた。

「おそすぎますよ」と言う。「ぶらぶら歩きだなんてね、ましてクリシイ広場のほうへいらっしゃるんでしたらね……あのへんはこの時間にはとっても風が冷えますからね！」

　彼女は立ち上がって、あちこちよろよろしながら、グロッグ酒を作りはじめた。そして、そうしながら、さっそく、当然アンルイユ一家のこととベベールのことを話しはじめた。

　彼女にベベールのことを話させまいとしても、無理だった、そのくせそれが彼女に悲しみを与えることは、彼女は自分でも心得ていたのだ。僕は口をはさまずに、聞いていた、しびれたみたいだった。彼女はベベールが持っていたさまざまなやさしい長所を僕にすっかり思い出させようとして、いわばその陳列に苦心惨憺するのだった、というのはベベールの長所は何ひとつ言い忘れてはならず、そのために何度もやり直しということになるのだった、それに万事うまくいって、ベベールをミルクで育てたときの状況をすっかり話し終わったときにも、またベベールのちょっとした美点を見つけ出し、それもやっぱりほかの美点と並べねば気がすまず、また初めからすっかり話のやり直しとなる、がそれでもやっぱり忘れ物があり、それでとうとう最後には、力つきて涙声になってしまうのだった。疲労に頭が乱れ、すすり泣きながら眠りに落ちていくのだ。あんなに愛した可愛いベベールの可愛い思い出を、彼女はもう闇の中から長いこと奪い返す力をなくしていたのだ。虚無がつねに彼女のかたわらに、そしてもうすでに幾分は彼女自身の上にまでもあったのだ。ほんのちょっぴりのグロッグ酒と疲労、それで十分だった、雲に運び去られるはるかな小さな飛行機のように、鼾をかいて眠り込むのだった。もう地上にこの女の身内はだれひとりいなかった。

　そんなふうに彼女が匂いの中にくずおれてしまっているあいだ、僕はもの思いにふけっていた、自分は去って行くのだ、たぶんもうこれっきりこの女ともベベールの伯母とも見おさめだ、ベベールの奴は永遠に去ってしまった、ふんぎりよく、きっぱり。この女も、伯母も彼のあとを追って行くだろう、それも遠いことじゃない。第一この女の心臓は病み、すっかり老いぼれていた、そいつは、心臓はなんとか動脈に血液を押し出してはいたが、静脈まで上るのに難儀していた。この女は、伯母は、まずすぐわきの大きな墓地へ去って行くのだ、そこでは死者たちがおおぜい待ち受けている。ベベールが病気になるまえに彼女が遊びに連れて行った墓地。そして万事おしまいだ。管理人部屋の壁は新しく塗り変えられるだろう、要するにだれもみな逃れられないのだ、穴の縁でふんぎり悪く震えていても結局は落ち込んでしまう球のように。

　そいつも、球もまた最初は威勢よくとどろきながら飛び出していく、が結局は、どこへも行きつきはしない。僕たちも同じことだ。大地全体はその役目しか、僕たちをもう一度全部ひとところで再会させる役目しか果たさない。それはもはやベベールの伯母にとってそう遠い先のことではなかった。もうほとんど跳《は》ねる力もなかった。生きているあいだは僕たちは再会を許されない。気を散らすあまりに多くの色彩が、周囲にうごめくあまりに多くの人間がいるからだ。すでに手遅れになったとき、死者として、沈黙の中で初めて再会するのだ。僕もまだうごめかなくては、ほかへ立ち去らなくてはならなかった。いかに努力したところで、いかに知恵を絞ったところで……その場に彼女といっしょにとどまっているわけにはいかない。

ポケットは免状でふくらんでいた、持ち金や身分証明書よりもずっとかさばって。警察署の前では、立ち番の巡査が深夜の交替を待ちながらさかんに唾《つば》を吐きちらしていた。挨《あい》拶《さつ》をかわし合った。

大通りの角のガソリン・スタンドの先には、入市税関があり、ガラス張りの檻《おり》の中には青い服の係官の姿が見られた。市電はもう走っていなかった。連中に、係官に、暮らしのことを、ますますやりにくく物価高になっていく暮らしのことを耳に入れるチャンスだ。二人だった、若造《わかぞう》と年寄り、どちらも頭垢《ふけ》だらけの頭で、ばかでっかい一覧表をのぞき込んでいる。窓ガラス越しに、闇の中に高々と続いた暗い埠頭《ふとう》のような城壁がながめられる、そいつははるかかなたからの船団を、豪奢《ごうしゃ》な船団の到着を待ち受けている、やって来るわけがあるものか、そんなすばらしいかもが。知れたことだ。空望みだ。

で係官たちを相手にしばらくの間だべり込んだ、小鍋で温めなおしたコーヒーのご馳走にまであずかった。こんなふうに、夜中に、小さな荷物をぶらさげて、休暇旅行にでもおでかけか、と尋ねられた。「そのとおり」と答えておいた。係官には普通でない事情を説明してもむだなことだ。連中にこっちの腹の中などわかるものか。奴らの言いぐさに少々腹が立ったが、それでもおもしろい話をきかせて、この連中の感心する顔を見てみたくなった、でさっそく一八一六年の戦役の話をやりだした。ちょうどいま僕らがいるところへ、《入市税取立門》へ、大ナポレオンを追っかけて、コサック兵が攻め入って来たおりの話を。

　もちろん、そいつをおもしろおかしく話してのけた。いともやすやすとそいつらに、二人の薄よごれた男に、こっちの教養の優位と、ほとばしりでる学識を確認させておいて、僕ははればれした気分でまたクリシイ広場のほうを目ざして歩きだした。

　ダーム通りの角っこには、いつも二人の娼婦が待ち受けていることにお気づきだろう。彼女たちは夜と暁を隔てる疲れきった数時間を守備している。この女たちのおかげで人生は暗闇を抜けて続くのだ。処方箋と、万能用途のハンカチと、田舎にいる子供の写真とでふくれたハンドバッグをぶらさげて、連絡係をつとめているのだ。暗闇の中で彼女たちに近づくときは、気を配らねばならぬ、なぜならこの女たちはほとんどこの世の存在といえないからだ、それほどまでに彼女たちは専門化されている。彼女たち相手に行なえるすべてを要約する二言三言に答える間だけ生きているにすぎない。ボタン付きの半長靴をはいた昆虫の亡霊。

　この女たちに声をかけてはいけない、近寄るのも禁物だ。恐ろしい連中。避《よ》けた。そして、レールの真ん中を駆け出した。通りは長い。

通りのつき当たりはモンセイ元帥の像だ。一八一六年このかた相も変わらず安物の真珠の冠をつけ、思い出と忘却に対して、つまりありもしない敵に対して、クリシイ広場を守護しているのだ。僕もまた人気のない通りを通って百十二年遅れてそのかたわらに駆けつけたのだ。もはやロシア兵もいず、戦闘もなく、コサックもいず、兵士の影もなく、広場で奪えるものといえば冠の下の台座の縁だけだった。それと臭い煙の中で藪睨《やぶにら》みしながら震えている三人の男が取り囲んだ小さな火鉢の火。ぞっとしない場所だ。

自動車が何台か出口のほうへ懸命にのがれて行く。

ほかほど寒くない避難場所としてだれでも思いつくのは大通り《グラン・ブールヴァル》だ。熱のため僕の頭はもう円滑に働かなくなっていた。ベベールの伯母のグロッグ酒の勢いをかりて、追い風に寒さを避けながら、僕は通りを駆け出した。地下鉄のサン＝ジョルジュ駅の近くまで来ると、縁なし帽をかぶった一人の老婆が、入院中の孫娘の身の上をかこって泣いているのに出会った、脳膜炎なのだそうだ。この機会を利用して施しを集めるつもりなのだ。相手が悪かった。

その女に僕は言葉を施してやった。ベベールのことを話してやったのだ、それから学生時代に診察した少女のことを、その少女も、やっぱり脳膜炎で死んだのだ。三週間も続いたものだ、その娘の断末魔の苦しみは。そしてそばの寝台ではその娘《こ》の母親まで悲しみのためにもはや眠ることもできなかった、そこで彼女は、母親は、三週間の断末魔のあいだ、しょっちゅう自慰《せんずり》をかきつづけた。そしてなにもかも片づいてしまったあとも、もう彼女にそれをやめさせることはできなかった。

　つまり人間は片時たりとも快楽なしには生きていけない、心底から悲嘆にくれるなんてことはありえない証拠だ。人生とはそういうものだ。

　ガルリーの前で嘆きの老婆と別れた。彼女は中央市場のあたりでにんじんの荷降ろしをせねばならなかったのだ。野菜への道をたどって行った、僕もやはり同じ道を。

　ところが《タラプウト座》が僕を誘い寄せた。大通りの上にそいつは光でできた大きな菓子そっくりの姿で置かれていた。そして四方八方から人間がそいつを目がけて羽虫のように群がり集まる。連中は、人間どもは、それを映像で充たしに、すでに大きく目を見開いて、あたりの暗闇から飛び出してくる。恍惚《こうこつ》にはきりがない。朝っぱらの地下鉄と同じ顔ぶれ。ただしここじゃ、《タラプウト座》の前じゃ、連中はご満悦だ。ニューヨークでも同じだが、切符売場の前でズボンの底をゴソゴソ探り、ちょっぴり金銭《かね》を吐き出し、さっそく意を決して喜び勇んでまぶしい入口に躍り込む。まるでそいつで、光でもって、素っ裸にされるみたいだ。それほどそいつはみなぎりあふれていた、人間の上にも、雑踏の上にも、品物の上にも、さらに花飾りにも、電燈にも、いっぱい。この玄関では個人的な問題など話し合えるものじゃない、これはいわば夜と正反対のものだ。

　僕もすっかり目をくらまされ、隣の小さな喫茶店へはいって行った。わきのテーブルに、見ると、旧師パラピーヌの姿が目にはいった。頭垢《ふけ》やなにやかやといっしょくたに、ビールを飲み込んでいる最中だ。お互いに気がついた。嬉しかった。彼の生活には大きな変化が生じたみたいだ。それを話すのに彼は十分もかかった。いい話じゃない。ジョニセ教授が彼を目の敵《かたき》にして、ことごとに迫害を加えだしたため、彼は、パラピーヌはついにいたたまれず、辞職し、実験室を飛び出したのだ。おまけに高校の少女の母親たちが研究所の門口で待ち受け、彼を袋だたきにしたというのだ。悶着。訊問《じんもん》。心痛。

　土壇場になって、医学雑誌に載せた曖昧《あいまい》な求職広告のおかげで、なんとか別口のしがない生活の資を手に入れることができた。むろん、たいしたものじゃない、がともかくわりあい楽で性に合った仕事だ。それは映画によって白痴の子供を一人前にのばそうという、バリトン教授の最新理論の巧みな応用だった。潜在意識の領域での目ざましい前進。街中この噂でもちきりだった。最新式。

　パラピーヌはこの特別客たちを近代的な《タラプウト座》へ引率するのだ。郊外にあるバリトンの最新式療養所に出勤して彼らを連れ出し、興行がはねたあと、連中を、たれ流しの、映像で満腹した、仕合わせな、安全な、いっそう最新式になった連中を、もう一度連れもどすのだ。それだけのことだ。スクリーンの前に座らせれば、あとは気を使う必要もない。上客だ。みんな満足、同じ映画を十回続けても夢中だ。記憶がないのだ。たえず珍しがって楽しんでいる。家族もご満足。パラピーヌも満足。僕も満足。大いに愉快を催し、僕たちはこの最新面におけるパラピーヌの物質的復興を祝してつぎつぎとビールを干した。《タラプウト座》の最終回がはねる真夜中の二時まで腰を上げないことに決めた、それから連中を、白痴どもをかき集めに行き、ヴィニイ＝シュール＝セーヌのバリトン博士のところまで大急ぎで車で送り届ければよいのだ。なんでもないことだ。

お互いに出会えて嬉しかったので、僕たちはただ気が向くままに話し合うだけで十分に楽しかった。まずめいめいの旅行談から始まり、最後は、なんということなしに、ナポレオンの話に落ち着いた、クリシイ広場のモンセイ元帥の話が出たところからそういう風向きになったのだ。ただ仲よく一緒にいること以外に目的がない場合には、なんでも楽しく思えるものだ、なぜならそのとき僕らはやっと自由になるといえるからだ。自分の暮らしを、つまり金銭のことを忘れるのだ。

それからそれへと、ナポレオンについてさえ僕たちは冗談を言い合うのにこと欠かなかった。パラピーヌはまったくの通《つう》だった、ことナポレオンの歴史に関しては。ポーランドで、まだ高校生だった時分、そいつに熱中したことがあるんだ。いい家《うち》の出だった。僕なんかとはわけがちがう。

でそれについて彼は僕に語ってくれた、ロシアでの退却のさい、ナポレオンの将軍たちは彼が今生《こんじょう》の名残りに愛するポーランド女とやりにワルシャワへ出かけるのを思いとどまらせるのに手をやいたということだ。そんな奴だったのだ、ナポレオンは、最大の失敗と不幸のさなかでさえも。要するにまじめな奴はばかを見るのさ。彼でさえ、ジョゼフィーヌに飼いならされた鷲《わし》だった！　尻に火がつけば、遠慮はしちゃおれん。それに楽しみふざけるのが好きなかぎりは仕方ない、だれだって好きなのさ、困った話だが。だれも考えることはそれだけだ！　揺籠《ゆりかご》でも、カフェでも、王座でも、便所でも、いたるところ！　いたるところで！　ナポレオンだろうがなかろうが！　寝取られ男だろうがなかろうが！　まずお楽しみだ！　四十万の頭にきた兵士などベレジナ河（ロシアでの敗走中ナポレオンはベレジナ河で包囲されたが巧みに脱出した）にざんぶり溺《おぼ》れてくたばっちまえ！　と偉大なる敗北者は考えたんだ、ポレオンさまさえもう一度やれさえすりゃ。なんてひでえ野郎だ！　だがかまうものか！　これが人生だ！　最後はみんなこうなんだ！　まじめな奴はばかを見るのさ！　暴君は自分の演じる芝居に観客より先にうんざりしているのだ。奴は、暴君は、民衆のために陶酔を分泌する仕事に飽きあきすると、女とやりに出かけるのだ。そうなりゃ一巻の終わりだ！　運命の神はたちまち奴を見捨てる！　崇拝者が暴君を詰《なじ》り出すのは自分たちを殺しまくるということじゃない！　そうじゃない！　そんなことはなんでもない！　それくらいはいくらも許してやる！　が突然、退屈な奴に変わっちまったこと、こいつばかりは許せない。まじめな奴はまったくお義理にも我慢ならん。流行病がやまるのは細菌が自分の毒素に飽きあきしたときだ。ロベスピエールは、いつも同じことばかり繰り返していたから、ギロチンにかけられたのだ、そしてナポレオンの場合は、二年以上にわたるレジオン・ドヌール勲章の濫発に敗れたのだ、座ったきりの全ヨーロッパの半分に対して冒険欲を満たしてやらねばならぬこと、そいつがこの気違い野郎の苦労の種だったのだ。人間業《わざ》じゃない。そいつでくたばっちまったのだ。

　そこへいくと映画は、僕らの夢の新式の安あがりの雇人は、娼婦みたいに、一時間ぎめ二時間ぎめで、買うことが、手に入れることができるのだ。

　おまけに芸術家がいる、今日じゃ、用心のためそいつがいたるところに配置されている、それほどみんな退屈しているのだ、家の中まで芸術家が配置され、いたるところ、彼らの戦慄《せんりつ》が氾濫《はんらん》し、階から階へ彼らの誠意がしたたり落ちる。そいつで扉《ドア》も震えんばかりだ。どいつがいちばん芝居気たっぷりに慄《ふる》えるか、仲間より強烈に感動するか、競争だ。今じゃ雪隠《せっちん》も、屠殺場も、公営質屋も装飾を施されている、みんな僕らを楽しませ、気をまぎらせ、おのれの宿命から逃れさせるためだ。

　無味乾燥に生きることは、刑務所も変わりない！　人生は、退屈という自習監督に見張られた教室みたいなものだ、そいつはしょっちゅうそこに僕らをうかがっている、なんとかして、なにごとかに熱心に打ち込んでいるふりをしなくちゃならぬ、さもないと、そいつがやって来て頭をどやしつける。ただの二十四時間の連続にすぎない一日なんて、耐えられたものじゃない。だらだら続くやりきれない快楽みたいなものだ、一日は、無理強いされた、長ったらしい性交みたいなものだ。

だから生活に振りまわされ、それ以外の事柄に対する意欲が刻々に押しつぶされるにつれて、味けない思いが訪れるのだ。

ロバンソンもまた、例の事故が起こるまでは、彼なりに、理想に悩まされる男だった、がいまでは諦めてしまっていた。少なくとも、僕にはそう思えた。

だれからも邪魔されずに喫茶店《カフェ》にいるこの機会に、僕のほうも一別いらい自分の身にふりかかった事柄を、洗いざらいパラピーヌにぶちまけることにきめた。この男は話のわかる男だ、僕の事情でさえも。で僕は尋常でない仕方でランシイを飛び出すことによって、医者としての道をめちゃめちゃにしてしまったことをうちあけた。そうよりほかに言いようはない。それに笑いごとではなかった。ランシイへ戻ることは、状況から判断して、考えられないことだ。パラピーヌの意見も同じだった。

ところでそんなふうに、僕たちが愉快に語り合っている間に、要するに告白し合っている間に、《タラプウト座》の幕間になった、そして映画館の楽士連が群れをなして店へ乗り込んできた。たちまちいっせいに乾杯だ。彼は、パラピーヌは楽士たちとは顔なじみだったのだ。

話のついでに、ちょうど幕間狂言に出場する《トルコ高官《パシャ》》役を一人さがしていることを知らされた。科白《せりふ》のない役。飛び出しちまったのだ、《トルコ高官《パシャ》》をやっていた男が、無断で。序幕に顔を出すだけで、給料もいい、もうけ役。らくな仕事だ。おまけに、こいつは言い落としちゃならないが、イギリス娘の踊り子の絢爛《けんらん》たる一群に、きびきび躍動するおびただしい筋肉の群れに取り囲まれて鼻の下を長くできるのだ。まさに僕の趣味と実益にぴったり。

　愛想よく努め、僕は舞台監督の申し出を待ち受けた。結局、自分を売り込んだのだ。時間もおそく、ポルト・サン゠マルタンまで別のエキストラをさがしに行く暇はなかったので、相手は、舞台監督は、即座に僕が見つかって大喜びだった。駆けずりまわる手間がはぶけたのだ。お互いさまだ。ろくすっぽテストもしなかった。その場で採用だ。座員だ。跛でさえなけりゃ、言うことはない、たとえ跛だろうが……

《タラプウト》映画劇場のふんわか暖かい豪奢な地下室へ足を踏み入れた。出を待つイギリス娘たちが、息ぬきにわけのわからぬことを罵《ののし》り合い、駆けまわる、女くさい、文字どおり蜂の巣のような楽屋。食いぶちにありついた気安さから、さっそく僕はこの若い屈託のないお仲間と近づきになることを心がけた。彼女たちのほうも、いと艶《あで》やかに自己紹介するのだった。天使。しとやかな天使。それに身の上話も強《し》いられず、蔑《さげす》みもされないのはいいものだ。イギリスだ。

《タラプウト座》は大入りだった。舞台裏まで、万事が豪華で、豊富だった、太腿《ふともも》、照明、石鹸、サンドイッチ。僕らの出る余興はトルコのお話らしかった。でたらめな舞踏と、音楽に合わせての腰ふりダンスと、強烈な太鼓演奏を持ち出すための口実。

僕の受持ちは、簡単だが、大事な役だった。金と銀でふくらまされ、最初はおびただしい舞台道具と照明のあいだで、立っているのも難儀だった、が慣れてしまえば、あとはもう、美々しく浮き出され、オパール色のライトの下で勝手なことを考えておればよかった。

たっぷり十五分ものあいだ、二十人のロンドンの踊り子たちが、メロディーにのって暴れまわり、強烈な騒々しい踊りを演じて、彼女たちの現実的魅力を僕の頭にたたき込むのだった。僕はそれまで自分の物にしたい気持はなかった。ただ、日に五度、こんな演技をくりかえすのは女たちにとってたいへんなことにちがいない、と考えるだけだった、おまけに、何回くりかえそうが、けっして手を抜かず、いささか退屈な国民に特有のエネルギーでもって、仮借なくお尻をねじり。航海中の船にもまがう、ねばり強さ、大海原にそって果てしない労役を続ける舳先《へさき》にもまがう……

＊＊＊

じたばたしても始まらない、待っているだけで十分だ、結局すべてはそこへ、道路へ、飛び出さねばならないのだ。要するに道路だけが問題だ。逃れようはない。そいつは僕らを待ち受けている。いつかはそこへ、道路へ降りて行かねばならないのだ、僕らのうちの一人、二人、あるいは三人だけではない、みんな腹をくくらねばならぬ。戸口で渋ってみたところで、来るものは来るのだ。

屋内には、いいことはこれっぽっちもない。扉が閉ざされたとたんに、たちまち人間は臭《にお》い出す、そいつが持ち込む一切のしろものまで。身も心も、その場で古ぼける。腐りだす。奴らが、人間どもが臭い出せば、黙ってほうってはおけん！　引きずり出し、追っ払い、野ざらしにせねばならん。臭《くさ》いものはみな部屋の中だ、いくら飾り立てようが、やっぱり臭う。

家庭で思い出したが、サン＝トゥアン通りの薬屋では店先にきれいなポスターを、すてきな宣伝を張り出している。《一箱三フランの下剤で、家じゅうオーケー！》こいつは安上がりだ！　まったく！　なにをするにも一緒だ、家庭では。からだ全体で憎み合っている、そいつが家庭の真相だ、もっともだれもそいつを宣伝しない、とにかく下宿住まいよりは安くつくからだ。

下宿となると、落ち着かない、家庭ほどはもったいぶらない、そこならそれほど肩がはらない。人類が落ち着ける日など永久にやってはこない、路上で行なわれる最後の審判に駆けつけるためには、下宿のほうが確かに近道だ。奴らが、トランペットを持った天使たちがいつやって来ようが、下宿から飛び出せば、真っ先に駆けつけられる。

下宿では目立たぬように気をくばる。草臥《くたび》れもうけだ。ちょっとでも大声で、それとも二、三度どなり合えば、もうおしまい、目をつけられる。ついには、便所で小便をするにも気がひける、それほど部屋から部屋へなにもかも筒抜けだ。しかたなしに、行儀のいい物腰を身につける、軍艦の中の海軍士官みたいに。いつなんどき下宿じゅうが上から下まで揺れだそうが、僕らにとってはいっこう平気だ、下宿では廊下で出会うだけで、すでに日に十度も《我慢》し合っているのだから。

　便所では匂いの嗅ぎ分け方を勉強せねばならぬ、同じ階の下宿人のそれぞれの匂いを嗅ぎ分けるのだ、そうすればなにかと便利だ。下宿住まいじゃ気取ってみても始まらぬ。間借人は見栄をはらない。人目につかず、ひっそり、その日その日の人生を渡って行く。下宿屋は、言ってみれば腐りかけの、おまけに穴ぼこだらけの、しかもそいつを承知で乗り込んでいる船みたいなものだ。

　僕が住みついた下宿は、とくに田舎出の学生を集めていた。玄関から安煙草と朝飯の臭いが鼻につく。そいつは夜中でも遠くから目にはいった、門の上につけられた灰色の明かりと、でっかい入れ歯みたいに露台の柵《さく》にぶら下がった、欠けた金文字の、古ぼけた看板のおかげで。けちくさいやりくりで去勢された貸し怪物。

　廊下を通って部屋から部屋へ往き来が行なわれていた。実社会での何年ものみじめな奮闘、いわば冒険のあとに、僕はまた奴らのとこへ、学生たちのとこへ舞いもどって来たのだ。

　彼らの欲望は十年一日だ、頑固《がんこ》に古ぼけ、昔と、僕が卒業したころとちっとも変わらず、無味乾燥だ。人間は変わっても、思考は変わらない。いまも連中は、昔同様、めいめい、多少の医学と、化学の切れっぱしと、法律の圧縮物と、動物学万般の餌食につられ、判でおしたような時間に、地区の向こう端まで出かけて行く。戦争は教室の上を素通りし、彼らの内部をなにひとつ揺すぶらなかったのだ、彼らの夢に関心を抱けば、たちまち彼らは僕たちを四十の年へ案内する。二十年老け込んでいるのだ、幸福をつくり出すための二百四十カ月の忍耐づよい節約。

　幸福も成功もいまのところはまだ空想の中だけだ、もっともそれはちゃんと目盛りまではいった、ご念のいったしろものだ。自分の場所はいちばんてっぺんに決めてある、小人数の、すばらしい、いとしい家族に取り巻かれて。そのくせ連中は一生家族を眺めることはないだろう。それには及ばん。家族ばかりは眺めるためにあるんじゃない。そいつを、自分の家族を、自分の詩を、眺めもしないで接吻する、それが父親の威光、幸福というものだ。

　新しいことと言えば、連中は持参金つきの妻をつれて、自動車でニースへ出かけることが望みらしい、それと、たぶん小切手を使用できるご身分になることが。魂の恥ずべき部分に関しては、いずれそのうち、彼らは女房を淫売屋へ同伴することになるだろう。その程度だ。あとは毎日の新聞に閉じ込められ、警察に護られて、明け暮れるのだ。

　蚤だらけの下宿住まいは、連中に、僕の仲間たちに、目下のところ少々恥ずかしい、いらいらした思いをさせている。下宿暮らしのブルジョワの卵、学生は、苦行者気取りだ、むろんまだ金を蓄《た》める力なんてありゃしない、そこで憂さ晴らしにボヘミアン生活をひけらかす、なにかにつけてボヘミアンの暮らし、ミルク・コーヒーびたしの絶望を。

月のはじめにはちょっとの間、猛烈な色情発作に見舞われる、そいつで下宿じゅうが揺らぎだす。足をゆすぐ。色事探検隊が組織される。田舎からの振替為替《かわせ》の到着で、肚をくくる。僕のほうは、たぶんやりたいだんにはちっとも不自由はしなかっただろう。《タラプウト座》でイギリスの踊り子たちを相手に、それも無料《ただ》で。がよく考えてみて、僕はその安易な道を断念することにきめた、悶着を起こすのがいやだったし、それに、舞台裏でいつも踊り子の尻をつけまわしている哀れな焼きもちやきのチンピラひもどもへの気兼ねからも。

　下宿では僕らは桃色新聞の愛読者だったので、そのことなら、パリでやる方法と場所なら、心得たものだった！　まったく楽しくできているものだ、そういう場所は。つい引き込まれてしまう、ベレジナ河を渡り、旅を重ね、淫《みだ》らな方面ではそうとう手の込んだことを見聞きして来たはずの僕でさえ、内緒の部分となるとけっして卒業とまではいかんみたいだ。お尻の方面にたいしては常にいくらか好奇心が生き残っているものだ。もう尻から学ぶことはなにもない、さような問題にはもはや一刻たりと費やすいとまはないと考える、がそれでもまたもう一度同じことをくりかえす、そいつが本当に空《むな》しいことをはっきり頭にたたき込むために、という口実で。すると、やっぱりそいつについて、なにか新しいことを学びとる、それだけでもう手もなく楽天的な気分に逆もどりだ。

眼が醒める、前よりはっきりものが見えだす、すっかり望みを絶ったはずが、また望みはじめる。そして宿命的に、結局そこへ、お尻《けつ》へ、もどっていく。つまり、いつだって年に応じて、膣《ちつ》の中には発見があるものだ。ところで話をもどすと、ある日午後から、僕たち、三人の下宿人は、安上がりの冒険を求めて出発した。ポモーヌの連絡のおかげでことは簡単に運んだ。ポモーヌというのは、バチニヨールの界隈《かいわい》で、色情の調停と妥協といった方面を一手に引き受けている男だった。そいつの、ポモーヌの帳簿は、ありとあらゆる価格の誘いでぎっしりつまっていた。そいつは、この救い神は、きわめてつつましく、みすぼらしい建物の狭い中庭の奥で職務を果たしていた。そこはとても薄暗く、はじめて入った公衆便所の中みたいに、手探りで当てずっぽうに進まねばならなかった。途中にいくつも綴れ織りの壁掛けがぶら下がっており、そいつをかき分けて通らねばならず、いつも内緒話向きの薄暗がりの中に座っているこの女衒《ぜげん》のところへたどりつくまでには、薄気味の悪い思いをするのだった。

この薄暗がりのために、僕はこの男を、実をいうと、一度もじっくり観察したためしはなかった。だから僕たちは何度も話し合い、共同で仕事をしたことまであり、おまけにさまざまな斡旋《あっせん》やありとあらゆる危険な打ち明け話を聞かされたにもかかわらず、いまとなっては、かりに地獄でこの男に出くわしたとしても、僕のほうはとうてい見分ける自信はないほどだ。

ただ、いまでも覚えているのは、彼の客間で面接の順番を待っている人目を避けた好き者連が、いつも行儀よく取り澄まして、お互いに打ちとけず、どっちかと言えば、ひどく控え目な態度だったことだ、まるで物音を嫌う、いや明かりまでも敬遠する歯医者の待合室みたいに。

この男と、ポモーヌと知り合ったのはある医学生の紹介を通じてだった。そいつは、その学生は、自分の持物を元手に、小遣い銭かせぎに、この男のところへ出入りしていたのだ。それというのがとてつもない陰茎の持主だったのだ、この果報者は。その名うての業《わざ》物《もの》でもって、郊外の、ごく内輪のささやかな夜会に興を添えるために、この男に、この学生に、お座敷がかかるのだ。とくに上流夫人方、《こんなでっかい》しろものがこの世にあろうとは夢にも思わなかった上流夫人方のあいだで、引っぱりだこだった。肝をつぶした小娘の世迷言《よまいごと》。警察のブラックリストには、この男は、われらの学徒は、恐ろしい変名で記載されていた――バルタザール（バビロニア最後の王。偉大なる性器の持主）。

待っている客同士のあいだでは、めったに話ははずまなかった。悩みは自分をひけらかす、それにひきかえ快楽と貧乏は恥じ入るのだ。

助平ということと、貧乏ということは、ともかく罪業なのだ。僕の素性《すじょう》を、医者だった前歴を知るとポモーヌはさっそく僕に自分の悩みを打ち明けずにはおれなかった。悪癖で体を弱らせていたのだ。お客の話を、陰部の探求者、色気違いどもの話を聞きながら、机の陰でしょっちゅう《自瀆《じとく》》を行なううちに病みつきになってしまったのだ。「商売ですからね！　簡単にゃよせませんよ……いやらしい連中の話をこうたんまり聞かされたんじゃね！……」つまり、ひどくなったのは、お得意たちのせいというわけだ、日ごろ肉を精いっぱい食らっているから肉屋には脂ぎった人間が多いというのと同じ論法だ。おまけに、たぶん肺が原因の悪性の熱でたえず下腹がほてっていたのだ。数年後には果たして肺病であの世へ行ってしまった。思いあがった女性客たちの果てしないおしゃべりもまた別に、この男を疲労させるのだった、その連中ときては、なんでもないことを、自分たちのお尻のことを、いつもでまかせに、たいそうに言いはやすのだ、ご当人の口ぶりでは、まるで世界じゅうひっくり返しても、それに匹敵するものは見つかりっこないみたいに。

男の場合は、連中のとっぴな欲情にたいして従順で、しかもそれが大好きといった女性をとりもつことがなによりも必要だった。エロット夫人のところの連中もそうだったが、互いに分かち合う愛情よりも、得手勝手な愛情にひきつけられる連中の数がはるかに多かったからだ。ポモーヌ紹介所の朝の一回分の郵便だけでも、それだけあれば地上の戦火を永遠に消しとめられそうなほどの、おびただしい満たされざる愛情が送り届けられてくるのだった。もっともこの感情の大洪水は尻より先へは絶対にあふれ出ることはなかったが、もったいない話だ。

その熱烈な常套文句のいやらしい山の下に彼の机は埋もれてしまうほどだった。もっとくわしく知るために、僕はしばらくその膨大な手紙のごたごたの分類を手伝うことにきめた。彼が教えてくれたところでは、ネクタイや病気を扱うみたいに、愛情の分類からとりかかる、まず最初に逆上型をより出し、つぎにはマゾヒスト型と変質型を別にし、鞭打型はこちらへ、《女関白型》はつぎのページへと、徹頭徹尾こんな調子だ。快楽はまたたく間に苦行に変わる。僕たちはまさしく天国を追われた身なのだ！　まちがいない！　常に手を湿らしている、悦びと苦しみを同時に課す絶えまない悪癖を持ったポモーヌもやはり、同じ意見だった。二、三カ月もすると、この男の商売も人柄も十分に知りつくしてしまった。自然に足が遠のいた。

《タラプウト座》では、僕は相変わらず、いたって品行方正な、おとなしい、きちょうめんな下っ端役者に見られていた。ところが数週間の小凪《こなぎ》のあと、妙な方向から不幸が引き返し、僕はまた突然、端役《はやく》を投げ出し、けがれた道中を続けねばならぬ羽目に追いやられたのである。

今から思うと、この《タラプウト座》時代は、結局こっそりもぐり込んだ禁制の停泊地にすぎなかったのだ。まったくその四カ月のあいだというもの、たとえばいつもりゅうとした身なりで、あるときは貴公子に、百人隊長には二度も、また別の日には飛行士に扮装し、たっぷり、きちきち給料を支払われていたのだから。《タラプウト座》では僕は数年分を食いためたようなものだ。年金なしの年金生活者！　裏切り！　災難！　ある晩、どういう理由からか、僕らの出し物はすっかり入れ変えられた。新しい序幕《プロローグ》はロンドンの波止場の場景を表わしていた。たちまち、僕は危険を感じ取った。イギリス娘たちはその中で、調子はずれに、夜のテームズ河のほとりの思い入れよろしく歌をうたうはずになっていた。僕のほうは、巡査の役だ。まったくの黙《だんま》り役で、欄干《らんかん》の前を右に左にぶらつくだけだ。突然、忘れかけたころに、彼女たちの歌は人生よりも激しく高まり、さらに、その歌は運命をまともに不幸の方向へ向けはじめた。すると彼女たちが歌っているあいだ、僕のほうは、僕は、もう貧乏人たちの底知れぬ惨めさと、そして自分のみじめさしか、考えることができなくなった。そのうえ彼女たちは、この売女《ばいた》どもは、彼女たちの歌で、鮪《まぐろ》の肉みたいに僕の胸をむかつかせるのだった。僕はそいつを消化してしまったことばかり、いちばんひどいやつをも忘れてしまったこととばかり思っていたのに！　ところがこいつはどれよりもひどいしろものだった、彼女たちの歌はそうなろうとしてなりきれない陽気な歌だった。そしてそれといっしょに、彼女たちは、僕の仲間たちは、歌いながらそいつを絞り出すために体を揺するのだった。もはや言うことはない。まるで不幸と悲嘆をさらけだしているみたいなものだ……まちがいない！　霧の中、嘆きの中をぶらつき歩いているのだ！　歌につれて嘆きが滴り、聞く者は彼女らとともに、刻々に年老いる思いだった。

書割りまでが恐怖をにじませていた。それでも相棒たちは続けるのだった。そいつが、自分たちの歌が、僕たちみんなに対して呼びさます不幸の忌わしい作用を、彼女たちはすこしも理解している様子はなかった……拍子をとり、はしゃぎ踊りながら自分たちの人生全体を嘆いていた……そいつがこんなに遠くから、こんなに確実にやってくるときは、見間違いようも、逆らいようもない。

　そいつは、惨めさは、いたるところにあった、観覧席の豪華さにもかかわらず、僕たちの上にも、書割りの上にも、そいつはあふれ、地上全体ににじみ出ていた。芸術家といえば、彼女たちはまさしく芸術家だった……彼女たちから不運が立ち昇り、彼女たちはそれを押しとどめようという気も、また理解しようという気もなかった。目だけが悲しげだった。目だけでは十分じゃない。生活と人生の敗残を歌いながら、自分ではわかっていなかったのだ。それもまた恋心と見做していたのだ、ただの恋心と、この小娘たちは恋の他にまだ何も学んでいなかったのだ。やるせなさを歌っているつもりだったのだ！　そいつをそう名づけていたのだ。若くて何も知らないときは、すべてを恋の悲しみと取りちがえるものだ……

Where I go……where I look……
It's only for you……ou……

こんなふうに彼女たちは歌っていた。

人生全体を一つの尻の中に、ただ一つの尻の中に、聖なる夢、恋の嵐の中に閉じこめることが若い女の執念だ。いずれそのうち、それら一切のものの末路を思い知る日がやってくるだろう、彼女たちがもうすっかり薔薇《ばら》色でなくなるときに、彼女たちの汚ない故郷の深刻な貧困が彼女たち全部を、十六人全部を、牝馬のような腿《もも》や、はねる乳房もろとも、奪い返すときに……それに、そいつは、惨めさはもう、このかわいい娘たちの、首筋を、胴体をひっつかんでいる、逃れようはない。彼女たちの腹を、息を、か細い、さらに調子はずれな彼女たちの声の弦を、ひとつ残らず、そいつは、惨めさは、すでに引っつかんでいた。

そいつは内部にはいり込んでいた。衣裳も金ぴかの装飾も、照明も、微笑も、惨めさをだまくらかし、獲物《えもの》を見逃させることはできない、獲物がどこに隠れようと、そいつは見つけだすのだ。そいつは、順番がくるまで、獲物たちに歌をうたわせ、愚かしい数々の希望を歌わせて、楽しむのだ。その歌は、そいつを、惨めさを、目ざませ、子守唄であやし、刺激する。

僕らの苦悩なんてこんなものだ、深刻な苦悩も、ただのお慰みだ。

つまり恋の唄《うた》を口ずさむ奴こそ、いい面《つら》の皮だ。恋も結局、不幸。ただそれだけのもの、いつもそうだ。僕らの口の中へ嘘をつきにやって来る奴、ろくでなし、それだけのものだ。そいつは、このふしだら女はいたるところにいる。そいつの不幸を揺り起こしてはならない、冗談にも。そいつに冗談は通用しない。日に三度、それでも、彼女たちは、僕のイギリス娘たちはそいつをくりかえすのだった、舞台装置《セット》の前で、アコーディオンに合わせ。当然それは悪い結果に終わらずにはすまなかった。

僕は黙って眺めていた、がそいつが、破局が訪れるのを見越していたとも言えるだろう。まず、女の子の一人が病気になった。不幸をかき立てる女どもは死ぬがいい！　くたばるがいい、そのほうが世のためだ！　ついでに言うと、街角のアコーディオンの傍らで立ちどまるのも、およしになるがいい。そこでは病気にかかりやすいからだ、ひどい病気に。そんなわけで、病気にかかった女の子のかわりに、一人のポーランド娘が一座にやって来た。彼女も、そのポーランド娘も、やっぱり、合間に、咳《せ》きこんでいた。背の高い、体格のいい、蒼白い娘だった。さっそく僕たちは親しくなった。二時間で僕は彼女の心を知りつくしてしまった。肉体のほうはもすこし暇どったが。このポーランド娘の病みつきは叶わぬ恋で神経をめちゃめちゃに切りさいなむことだった。当然、苦悩やなにやかやを引《ひ》っ提《さ》げて、イギリス娘たちの汚れた歌の中へぬるぬると潜り込んで来たのだ。そいつは、彼女たちの歌は、やさしいつつましい調子で始まる、それはありきたりのダンス曲みたいに、なんでもないふうに見える。そのうち突然それは、諸君の心をうなだれさせる、聞いていると、生きる意欲を失ってしまいそうなほど、諸君をひどく悲しい思いに誘い込む、まさしく一切は空《むな》しいのだ、青春もなにもかも。僕らは思わずうなだれる、歌詞がすっかり終わってしまったあとまでも、歌はすでに消え去り、メロディーも遠くへ去ってしまったあとまでも。自分の真実の寝台《ベッド》に、真実中の真実の寝台《ベッド》に、この世とおさらばするのに格好な墓穴の寝台《ベッド》に、身を横たえる日がやってくるまで。ルフランを二度もくりかえされると、おだやかな死の国へ旅立ちたい思いに誘われるのだ、永遠にやさしく、たちまち霧のようにすべてを忘れ去るあの国へ。つまり彼女たちの声は霧の声だった。

　声をそろえてそれを歌うのだ。みんなして悲しい非難の歌を、まだそのあたりに生きてうろついている連中に対して、波止場に沿って、世界中の波止場に沿って、そいつが、生命が終わるのを待ち受けながら、あくせくうごめいている連中、ほかの死にぞこないどもに品物を、オレンジを、情報を、贋金《にせがね》を、密告を、変態を、悲しみを売りつけることに余念ない連中、このいつ果てるともない忍従の霧の中で、世迷言を並べ立てている連中に対して……

　タニアという名前だった、その新しいポーランド人の友人は。彼女の人生は目下のところ、熱に浮かされているみたいだった、ベルリン以来知り合ったしがない四十男の銀行員が原因だった。そこへ、なつかしいベルリンへもどり、なんとかして彼との恋を遂げることを願っていた。男に会いにそこへもどれるためなら、どんなことでもいとわなかっただろう。

芸能周旋人たちを、安請け合いに契約をちらつかせる連中を、彼女は小便臭い階段の奥の事務所まで追いかけるのだった。相手は、悪党どもは、来るわけのない返事を待ちながら、彼女の太腿をつねるのだ。が連中の策略にも彼女はほとんど気づかぬ始末だった。それほど遥かな恋で頭の中は一杯だったのだ。そんな状態で一週間も過ぎないうちに、当然の破局がやって来た。何週間も、何カ月も、彼女は《宿命》に誘惑の弾丸をつめ込んできたのだから、まるで大砲みたいに。

風邪が彼女のかけがえない恋人を奪い去ってしまったのだ。その不幸はある土曜日の晩に僕らのもとにとどけられた。知らせを受け取るなり、彼女は髪を振り乱し、目を血走らせ、僕を引っ張って、北停車場《ガール・ド・ノール》へ駆けつけた。どうにもならないことはわかっていた、が取り乱した心で、彼女は切符売場の窓口で埋葬に間にあうよう、ベルリンに着くのだと言って譲らなかった。彼女を説得して、もう完全に手遅れだということをわからせるためには、駅長が二人くらい必要だった。

彼女の陥った状態ではひとりにしておくことなど思いもよらなかった。それにまた彼女は自分の悲劇に執着し、それを僕の目に思いきり不幸に見せつけることを願っていたのだ。絶好の機会！　貧困と遠距離に妨げられた恋、こいつは船乗りの恋もいっしょだ、絶対、成立は間違いない。第一、あんまり顔を合わす機会がなければ、どなり合うわけにもいかない、それだけでも大助かりだ。人生は要するに嘘っぱちでふくれあがった譫言《うわごと》だ、だから遠く離れていればいるほど、そいつを、嘘っぱちを、たくさん詰め込むことができるほど、それだけ円満だ。無理もない。真実は、口当たりがよくない。

　たとえば、キリストについても、いまじゃでたらめの語り放題だ。奴は、キリストは、みんなの前で便所へ行ったのだろうか？　大っぴらに糞をひれば、奴の手管《いんちき》も長続きしなかっただろう。めったに姿を見せんこと。肝心なことは、それだ。とりわけ恋のためには。

　もうベルリン行の汽車がないことをタニアといっしょに確かめると、僕たちは電報に頼ることにきめた。株式取引所の事務所で、非常に長い電文を組んだ。ところが、そいつを打つだんになって、僕たちはまた困難に遭遇した。だれ宛てにすればいいか、かいもく見当がつかなかったのだ。死んだ男以外にはもうだれひとりベルリンに知人はいなかった。かくなるうえは、もはや故人について二人で言葉をかわし合う以外に手だてはない、そいつは、言葉は、僕らが株式取引所を二、三周するのに役立った。それから、ともかく苦悩を静める仕事にとりかかるために、数々の悲しみを口ごもりながら、僕たちはゆっくりモンマルトルめざして登って行った。

　ルピック通りに差しかかるあたりから、この街なかの高台へ楽しみを求めてやって来る連中に出会いはじめる。いそいそした足どりで。サクレ＝クール寺院にいたり着くと、みんなは眼下の夜景を眺め下ろす、重なり合った家々を底に呑み込んだ深い大きな谷間のような夜景を。

寺院の前の小さな広場に面した、見たところ、いちばん安そうな喫茶店へ僕たちは入って行った。慰労と感謝の気持からタニアは僕が望むところへ接吻することを許してくれた。彼女も酔っぱらいたい気分だったのだ。まわりの椅子では酩酊《めいてい》ぎみの遊客たちがすでに眠り込んでいた。小さな教会の上部の時計が時を打ち始めた、いつまでもいつまでもやむことなく。世界の果てにたどり着いたのだ、こいつはしだいに明らかになりだした。もうこれより遠くへは行けないのだ、なぜならここから先にはもう死者しかいないからだ。

すぐわきのテルトル広場から、彼らの、死者たちの領域が始まる。僕たちは彼らを見いだす格好の場所にいたわけだ。死者たちはちょうどガルリイ・デュファエルの上空を通りかかるところだった。つまり東の方角を。

もっとも、彼らを見つけ出す手を心得なくちゃならない、つまり、内部から、ほとんど目をつむって。なぜなら、彼らを、死者たちを見いだすためには、雲を通してでも、広告燈の鬱蒼《うっそう》たる茂みが、大いに邪魔になるからだ。彼らの中に、死者たちの中に、ベベールがまじっているのが、すぐわかった。ちょっと合図を交わしさえした。ベベールと、それから、彼のそばの、すっかり血の失せた若い女と。とうとう堕胎《おろ》し終わったのだ、例のランシイの娘《こ》は、こんどこそ、腸《はらわた》ごと、ごっそりむしり取られたのだ。

さらに、あちこちに、すっかり忘れてしまっていた昔の患者たちの姿がおおぜい見受けられた。ほかにもまだいろんな連中が、ひとりで白い雲にのっかった黒ん坊、遠く離れた土地で一回余分にひっぱたかれた黒ん坊、トポ以来の顔なじみだ。それに、ほら、グラッパ父っつぁんの姿も見える、原始林の年寄り中尉も！　これらの連中のことを僕はときどき思い出すことがあった、中尉のことを、折檻《せっかん》された黒人のことを、そしてまた例のスペイン人のことを、司祭のことを、そいつも、司祭も、今夜は死者たちといっしょに空中のお祈りにやって来ていた。そして金の十字架のせいで空を飛びまわるのに難渋《なんじゅう》していた。その十字架で彼は雲にぶらさがっていた、いちばん汚ない、いちばん黄色い雲に。ほかにもおおぜい、顔見知りの死者たちが認められた……あんまりおおぜいいるので、連中が僕たちのそばで、何年間か生きていたあいだ、彼らをじっくり見つめるひまのなかったことが、心《しん》から恥ずかしく思えるくらい。

もっとも、いつまでたっても十分なひまなどあるためしはない、自分自身のことを考えるだけのひまも。

ともかくこういうやくざな連中が、僕の気づかぬ間にみんな天使になってしまっていたのだ！　いまではそいつで、天使で、でたらめな、行儀の悪い天使で、雲の中は満員だった、どこもかしこも。街の上を飛びまわり！　連中の中に僕はモリーの姿をさがし求めた。チャンスだ、僕のやさしい、たった一人の女。が彼女は連中といっしょには来ていなかった……きっと神様のそばに、自分だけの小さな部屋をいただいているのだ、それほどいつもやさしかったモリー……彼女がこういうやくざ連といっしょにいないのが僕にはうれしかった。まったくそいつらときては、今夜街の上に集められていた輩《やから》は、死者たちの墓地からやくざ者、すれっからし、幽霊のがらくた一味ばかりだった。とくにすぐ近くの墓地の中のは、ぞくぞくと押しかけて来るのだった、品のよくない連中ばかりが。それでもそこは一応れっきとした墓地なのだ。まがいもないパリ・コミューヌの闘士どもの墓、血まみれになって、なおもわめき立てようとでもするかのように大きく口を開いているが、今はもうその力もない連中……彼らも、コミューヌの一党も、ほかの連中と同じように、待っているのだ、彼らもラ・ペルーズ（ルイ十六世時代のフランスの名高い探検家・航海家）の到着を、航海隊長の到着を待っているのだ。彼が今夜の集まりの総指揮官だ……そいつは、ラ・ペルーズは、支度にひまどっていた、義足がまともにはまらず……いつでもまずそいつを、木の足を付けるのに一苦労だ、それからお次は望遠鏡さがしだ。

　雲の中へお出ましのときは、そいつを、望遠鏡を、首からぶら下げなくちゃ気がすまんのだ。こいつは思いつきだ、音に聞こえた探検用の望遠鏡。まったく愉快なしろもの、遠くから、どんなに遠くからでも、小さな先端《はし》から、人を、物をのぞかせる愉快なしろもの、おまけに近くに見えれば見えるほど、かえってますます欲望をそそられる。《風車《ムーラン》》の近くに埋められたコサック騎兵たちは、墓から抜け出せずによわっていた。必死であがいている、なんべんやってもだめ……いつも墓穴の底へすべり落ちる、一八二〇年来まだ酔っぱらったきりだ。

それでも、降りだした俄か雨が彼らをも浮かび上がらせた。やっと高い空の上で涼めるのだ。そこで彼らは、雲から雲へ、輪舞に踊り狂い、その賑《にぎ》わしさで夜をけばけばしく彩りはじめた！　とりわけオペラ座が連中を引きつけるみたいだった。正面の大きな火鉢のような広告燈、その中から連中は、亡霊たちは、飛び出しては、空の向こう端まで跳ねて行く、目がまうようなすばしこさと、人数で。やっと装備を終えたラ・ペルーズは、四時を合図に、みんなに手をかざされ、支えられ、馬にまたがる。馬具が逆さまだ。やっと腰を落ち着け、背中におさまり、それでもまだじたばたもぞもぞ。ボタンをかけているあいだに、四時の鐘が鳴り終わり、あわてて駆けだす。ラ・ペルーズの背後からは、空中の大進軍だ。おぞましい大乱闘、亡霊が雲霞《うんか》のごとく押し寄せる、世紀に分かれ対陣し、挑戦し、突撃し合う。凄惨《せいさん》な乱闘に北極星も翳ったままだ。やがて地平線がほの白く現われ出す、そして、亡霊たちが逃れ去るために夜を引き裂いてこしらえた大きな穴の中から、やっと太陽が昇りはじめる。

それからあとは彼らを見つけ出すのは一苦労だ。《時》から逃れ出る手を心得ていなくちゃならぬ。

うまくいったとき彼らをもう一度見つけ出せるのはイギリスの方角だ、がその方角はたえず濃い霧がぴっしり立ちこめており、《本土》から空の頂までぎっしり、船の帆が重なり合って登ってでも行くかのようだ。慣れと注意力で、それでもなんとか、彼らを見つけ出すことができる、が長くは続かない、いつも風が沖合から新たな疾風と靄《もや》を呼び集めるからだ。

むこうに見える丈《たけ》の高い女、《島》を守っている女が、最後のしんがりだ。その頭はいちばん高い靄よりも遥かに高く突き出ている。《島》のうちで、いくらかでも生命のあるものは、もう彼女一人きりだ。すべての上に突き出たその赤い髪の毛が、まだ雲をうっすら金色に染めている、太陽の名残りと言えばこれだけだ。

彼女は茶をたてようと苦心しているんだそうだ。

それもいいだろう、永遠に彼女はそこにいるんだから。あんまり濃く、あんまり冷たくなりすぎた霧のために、いつまでたっても彼女は、そいつを、彼女のお茶を沸かし終えるわけにいかないだろう。船体を、いちばんみごとな、いちばん大きな船、サザンプトンで見つけた最後の船を紅茶沸かしに、そいつでもって、彼女は茶をたてにかかっている、まわりの波を片っぱしから……大奮闘……でっかい櫂《かい》で全体をかきまわす……一心不乱。

ほかのことは何ひとつ目にはいらないのだ、熱心に、いつまでもかがみこんでいる。

輪舞がすぐ頭上を通りすぎたが、彼女は身じろぎもしない、連中が、大陸じゅうのありとあらゆる亡者どもが集まって、そこを通って消えて行くのに、彼女はもう慣れっこになっているのだ……解散。

彼女は、それには目もくれず、燃えつきた森のあいだの、灰の下になった火を、指先でかきまぜる。

火を起こそうと苦心する、いまではすべては彼女のものだ、が彼女のお茶はもう永久に沸かないだろう。

もう炎のための生命はない。

この世にはもうだれのための生命もないのだ、ただ彼女のためにほんのわずか残っているだけだ、もはや望みはない……

＊＊＊

タニアが部屋で僕を揺り起こした、僕たちはあげくの果てにそこへしけ込んでしまったのだ。朝の十時だった。彼女を追い払うために、僕はどうも加減が悪いから、まだもうすこし寝床にいたいと言った。

また生活が始まりかけていた。彼女は僕の言葉を信じるふりをした。彼女が降りて行くとすぐに、僕のほうも表に出た。僕には、なにかしら、せねばならぬことがあったからだ。前夜のあの舞踊《サラバンド》は悔恨に似た奇妙な味わいを残していた。ロバンソンの思い出がよみがえって僕を悩ませるのだった。いかにも僕はあの男を彼の運命に、もっと悪いことには、プロチスト師の処置に委ねてしまったのだ。それだけ言えば十分だ。なるほどあちらでは、トゥルーズでは、万事がうまく運んでいること、それにアンルイユ婆さんが彼に対してすっかりやさしくなったということも、耳にしていた。ただ、ある種の場合には、僕たちは自分の聞きたいこと、自分にとって都合のよいこと以外はほとんど耳に入れないのではなかろうか……こんな漠然《ばくぜん》とした情報は結局なんの証《あかし》にもならなかった。

不安と好奇心から、僕は消息を、ただし正確で詳細な消息を聞き出すために、ランシイの方角に足を向けた。そこへ行くには、バチニヨール通りを通らねばならない、ポモーヌの住んでいるところだ。それが道筋だ。彼の家の近くまで来たとき、驚いたことに、通りの角に、まがうかたない奴の、ポモーヌの姿を見かけた。すこし距離をおいて、一人の小柄な男のあとをつけているところだ。こいつにとって、めったに外出したことのないポモーヌにとって、これはなにか大事件に相違なかった。僕にはまた彼のつけている男がだれかもわかった、そいつはお顧客《とくい》の一人で、通信の中では《ル・シッド》と名乗っていた。が僕たちには、さらに情報を通じて、この男が、《ル・シッド》が、郵便局で働いていることもわかっていた。

何年もまえからポモーヌをせっついて、育ちのいい、かわいい女友だちを見つけさせようと躍起になっていた。この男の夢だったのだ。ところが紹介してやる令嬢連のうちには、彼の好みにかなうほど育ちのいい人間は一人として見当たらなかった。はしたない、というわけだ。要するに、うまくいかなかった。考えてみると、かわいい女友だちには、大別して二種類あるようだ。《ひらけた考え》を持った女と、《道心堅固》にしつけられた女と。哀れな女どもが優越感を味わう二つの道、同時に欲求不満の男心を刺激する二つの道、《じだらく》型と《しかつめ》型。

《ル・シッド》の貯えは月々その探索に使い果たされていた。ポモーヌ相手に今では資力は底をついていた、同時に望みも。あとになって、まさしくこの晩、この男は、《ル・シッド》は、どこかの空き地で自殺してしまったことを、聞かされた。それに、ポモーヌが家から外に出ているのを見たとき、僕もすぐさま、なにか普通でないことが持ちあがったのではないかと想像した。そんなわけで僕はかなり長いあいだ彼らのあとをつけて行った、その一郭は通りに沿ってしだいに商店を失い、つぎつぎに色彩をも失い、ついには入市税関のはずれの安っぽい酒場で尽き果てる。急いで通り抜けねば、道に迷いやすい、まずあたりの陰気さとあまりの冷淡さに戸惑わされる。すこしでも金銭《かね》があればさっそくタクシーを拾って逃げ出してしまいたいくらい、淋しいところだ。行き合う連中はあまりに重たげな運命をひきずっており、彼らの身になってこっちまで気がもめるほどだ。カーテンの垂れた窓の背後では、しがない金利生活者がガス栓《せん》を開きっぱなしにしていることは確実みたいに思える。どうしようもない。くそっ！　とつぶやくだけだ、たいしたことじゃない。

それに腰をおろすベンチひとつない。どっちを向いても褐色と灰色。雨が降るときも、やっぱりどっちからも降りつける、正面から、横合いから、そして、通りは、真ん中に雨の筋のある大きな魚の背中みたいに滑りやすい。この一郭は乱雑だとも言いきれない、むしろ手入れのよく行き届いた牢獄みたい、出入口に用のない牢獄。

そうしてぶらつき歩いているうちに、僕はとうとう彼を、ポモーヌと自殺男を、ヴィネグリエ通りの先のあたりで見失ってしまった。こんなふうにガレンヌ゠ランシイのすぐ近くまで来てしまったついでに、城壁の上にのぼって見渡してみる気になった。

遠くから眺めると、ガレンヌ゠ランシイは魅力的だ、こいつは否定できない、広い墓地の樹木のせいだ。もうすこしでブーローニュの森と取り違えかねないほどだ。

だれかの消息をぜひとも知りたいときは、そいつを知っている連中に尋ねに行くことだ。結局のところ、と僕は考えた、ちょっと連中を、アンルイユ夫婦を訪ねたところでたいした損にもなるまい。あの連中なら知っているにちがいない、トゥルーズでどんなぐあいにいっているか。そんなわけで僕は迂闊なふるまいをしでかしてしまったのだ。僕たちは警戒心が足りない。自分では気づかぬうちに、いつのまにかそこへたどり着いてしまっている、夜の汚ならしい領域のど真ん中へ。するとたちまち不幸が襲いかかる、わずかなきっかけで十分だ、おまけに相手によっては、もう一度出会おうなどという考えを起こしたことがそもそもまちがいなのだ、とくにこういう連中には。あとになってはもう取り返しがつかない。

何度か曲がり角を曲がり、習慣に導かれるみたいに、例の離れ家から五、六歩のところまで来てしまった。同じ場所にそいつを、奴らの離れ家を、もう一度見いだしたときは感慨無量だった。雨が降りだした。通りには僕のほかにはもう人影もなかった、僕は先へ踏み出す勇気をなくしてしまった。あっさり引っ返そうと思った、とそのとき家の戸口が細目に開かれ、その隙間から彼女が、嫁が、僕を手まねきした。こいつはきっと、なにもかも見ていたんだ。僕が正面の歩道に人形みたいに突っ立っているのを見ていたんだ。もう僕は近づく気持をなくしていた、が彼女はしきりにすすめるのだった、僕の名前を呼びさえした。

「先生！……さあ、早くいらっしってください！」

そんなふうに僕を呼ぶのだ、有無を言わさず……人に気づかれるのが心配だった。で彼女の家のちっぽけな玄関まで急いで歩み寄った、そしてまたストーブのある小さな廊下を、おなじみの舞台装置を見いだした。やっぱりそいつは妙な落ち着かない気分を催させた。やがて彼女は夫が二カ月以来重い病気で、おまけに悪くなる一方だと話しだした。

むろん、僕はすぐさま、警戒態勢をととのえた。

「でロバンソンは？」こっちも急いで尋ねた。

最初、彼女は僕の質問をはぐらかした。やがて観念したのか、「二人とも元気ですよ……トゥルーズじゃ仲よくいってるみたいですよ」やっとそう答えた、といってもこんなぐあいに、しごく簡単に。そしてそれっきり、また病気の夫のことで、僕につきまとうのだ。すぐに、夫を診《み》てほしいというわけだ、一刻もぐずぐずせずに。「先生はとっても誠実なお方です……宅をよくご存じだし……とかなんとか……彼はあなたしか信用していない……ほかの医者にはかからないと言ってたのだが……先生の住所がわからないので……」つまり、出まかせ放題を。

僕としては、亭主の病気がこんどもまた出所のいかがわしいものではないかと疑う理由が十分にあった。奥方の気性も家《か》風《ふう》もよく心得ていたからだ、懲りていた。それでもやっぱり忌わしい好奇心から、寝室へ上がって行った。

数カ月前、怪《け》我《が》のあと僕がロバンソンを介抱したのと同じベッドに、彼は横たわっていた。

数カ月たてば、部屋は変わるものだ、たとえなんにも動かさなくても。どんなに古びて、どんなにみすぼらしくなっていても、物は、どこからか、なおもいっそう古びるだけの力を見つけてくるものだ。僕たちのまわりはなにもかも変わっていた。むろん、品物の場所が変わったわけじゃない、でなくて物そのものが、奥深いところで変わったのだ。つぎに見出したときには物はもう同じものではない、それらは、いわば、僕たちの心の中にこれまでよりもいっそう悲しく、さらにいっそう深く、いっそう密《ひそ》かに忍び込む力を手に入れるのだ、そして僕たちの中で徐々に、体裁よく、日々腑甲斐なく造られてゆく、それに対して僕たちが毎日すこしずつ身を守る張りを失っていく、あの一種の死と、それらは融け合うのだ。そのたびごとに、生命は僕たちのうちで悲しみしおれていく、それといっしょに物も、以前見たときは平凡な、あるいは貴重な、ときにはまた恐ろしかった品々も。快楽を、或いは食いしろを追って街をほっつき歩いているうちに、死の恐怖はこれらすべてに皺《しわ》をしるしつけてしまったのだ。

　やがて僕たちの過去の周囲には、おとなしい、みじめな、降伏した人と物、黙り込んだ過失しかなくなってしまうだろう。

　女房は僕を亭主と二人きりにして出ていった。奴は、亭主は、意気があがらなかった。もう血のめぐりもよくないらしい。心臓をいかれたのだ。

「わしは長かあないね」くりかえすのだった、が割合さっぱりした調子で。

　こうした場合に行き合うのに、僕は山犬みたいな幸運に恵まれていた。心臓の鼓動の聴診に取りかかった、型どおり、期待されている動作を行なうために。そいつは、心臓は、駆けていた、いわば、肋骨のむこうで、閉じこめられたまま、生命のあとをよたよた追いすがっていた、だが、いくら跳《は》ねてみたところでむだだ、そいつに、生命に、追っつけはしない。もうおしまいだ。やがてさんざんよろめいたあげく、そいつは、この男の心臓は、腐り果てちまうんだ、踏みつぶされた古びた柘榴《ざくろ》みたいに、じくじく、真っ赤に、涎《よだれ》をたらし。そいつは、この男のぶよぶよした心臓は、大理石の上にそんなざまをさらけ出すのだ、二、三日もすれば、解剖のあとメスで切りさいなまれて。要するに最後は当局の結構な解剖でけりがつくだろう。目に見えていた、先のに続いて、やっぱり尋常とは考えられないこんどの死について、いまに近所じゅうが恐ろしい噂《うわさ》を立てだすにきまってる。

みんなは、界隈《かいわい》の連中は、街角で彼女を、この男の女房を待ち受ける、まだくすぶっている先の事件に関して集めた噂話をささやき合いながら。ところでそいつはまだすこし先のことだ。さしあたっては、亭主のほうは、もはや生き永らえることも、死に果てることも、かなわぬありさまだった。すでにいくらか生命から外へはみだしているようなものだ、そうかといって肺臓から解放されるところまではいかないのだ。追えども追えども、空気はもどってくる。もうどうなとなれといった気持だった、がそれでも最後まで生きなくてはならない。実際むごたらしい仕事だった、目を白黒させていた。

「足の感覚もないんですよ」ぐちるのだった。「膝《ひざ》まで冷えますよ……」自分の足にさわってみようとする、がもうそれもできなかった。

飲むほうも、やっぱりだめだった。そろそろ最期だ。女房がつくった煎《せん》じ薬を手渡すときに、僕は彼女がいったい何をほうり込んだのかといぶかった。あんまりいい匂いではなかった、その煎じ薬は。が、匂いは証拠にはならぬ、鹿子草《かのこそう》はそれ自体ひどく臭《くさ》いからだ。

それにここまで息が詰まれば、煎じ薬が奇妙だろうとなかろうと、亭主にとっちゃもはやたいした問題ではない。それでも彼は大いに奮闘していた、皮膚の下に残された筋肉のありたけを動員して、結局ますます苦しみ息が詰まるだけのことだ。生に対しても死に対してもあがいていた。いまにも張り裂けないのが不思議なほどだ。自然が自棄《やけ》になると、もはや際限がないみたいだ。扉のむこうでは、女房が僕の診察に聞き耳を立てていた、が僕にはこの女の、彼の女房の性質はよくわかっていた。そっと行って、不意打ちをくらわしてやった。「ちゅう、ちゅう」と言ってやった。そいつに彼女はちっとも腹を立てる様子はなかった、それどころかぬけぬけ姿を現わすと、僕の耳もとでこう囁くのだ。

「あのひとの入れ歯をはずさせてくださいよ……息がしにくいでしょうし。入れ歯をしたままじゃ」――なるほど取らせたほうがよさそうだ。あの入れ歯は。

「ご自分でおっしゃればいいでしょう！」勧めた――瀕死《ひんし》の病人には頼みにくい問題だ。

「いえ！　いえ！　先生にしていただいたほうがいいんです！」あとへひかない。「わたしからだとまずいんです、わたしが知ってるってことは……」

「なんですって！」驚いた。「どういうことです？」

「三十年も入れ歯をしてるのに、わたしには内緒なんですよ……」

「そいじゃあ、あのままにしておいたら？」勧めてみた。「はめたままで息をしなれてるんだし……」

「まあ！　いけませんわ、きっとあとで後悔しますわ！」声に一種の感動をこめて答える……

で僕はまたそっと部屋へとってかえした。亭主は僕がそばへ戻ってくる気配を聞きつけた。僕がもどって来て嬉しいのだ。息を詰めるあいまになおも僕に話しかけ、すこしでも僕に愛想よくしようと努めるのだった。僕の近況をたずね、代わりのお得意層ができたかと聞く……そういうすべての質問に僕はただ「うん、うん」と答えるだけだった。細かく説明するには長すぎるし、複雑すぎる。そんな場合じゃあない。扉の陰にひそんで、女房は僕のほうに、しきりに入れ歯をはずすよう言いつけろという合図を送るのだった。で、僕は亭主の枕もとに近寄ると、小声で、そいつをはずすように勧めてみた。失敗だった！
「便所へ捨てちゃいましたよ！……」ますますおびえた目つきで、答えるのだ。つまり洒落《しゃれ》っけなのだ。そのあとひとしきり喘《あえ》いだ。

人間はありあわせのもので芸術家になるのだ。彼の場合は入れ歯に対してだった、一生涯、彼が芸術的苦心をはらってきたのは。

懺悔《ざんげ》のときだ。この機会に母親の身に起こったことをどう考えているか彼の口から聞き出したかった。が彼にはもうその力すらなかった。とりとめがなくなっていた。恐ろしく涎をたらしはじめた。最期だ。もうひと言も聞き出す手はない。僕は口もとを拭ってやり、部屋を後にした。女房は下の廊下で不満そうだった、入れ歯のことでほとんど僕をどなりつけんばかりだった、まるでそいつが僕のせいでもあるみたいに。

「金《きん》だったんですよ！　先生……わかってるんです！　どれほどお金銭《かね》をかけたか！……もう今どきあんなのは作れやしませんよ……」たいへんな騒ぎだ。

「もう一度行って当たってみてあげようか」僕は困惑のあげくに提案した。が、こんどは絶対この女と一緒にだ！

こんどは、彼は、亭主は、もうほとんど僕たちが見分けられないみたいだった、ほんのかすかにしか。近づくと彼は息をひそめて喘ぐのだった、僕たちが、女房と僕が二人で何を言い合っているかすっかり聞き取ろうとでもするかのように。

葬式には僕は出席しなかった。いささか案じていた解剖も行なわれなかった。そっと片づいた。が、入れ歯のことで、僕とアンルイユの寡婦とが、永久に仲違いしたことには変わりない。

⁂

若いうちは、いつだって女とやりたくてうずうずしている、楽しむための機会なら見境なしに飛びつくのだ、感覚を丁寧に見つめているひまなどありゃしない。汽笛のあいまに駅食堂で出されるものを全部平らげてしまおうという旅行者に似ている。それに若者たちには猥談《わいだん》を刺激する小唄《こうた》の二つ三つもあてがえば、十分だ、たちまちご機嫌だ。たわいないもんだ、若者は、第一、気の向くままに楽しめる。

すべての若者が至り着く先は、海のほとりの、輝かしい砂浜だ、そこでは女たちはついに自由に振舞い、僕たちの夢の飾りも必要としないほど美しい。

だから当然、ひとたび冬がやって来ても、家にもどることは、そいつが終わったんだと考えることは、そいつを納得するのは、容易じゃない。やっぱりとどまっている、寒気の中に、老境の中に、なおも希望をつないで。無理もない。人間はあさましいものだ。だれを恨むわけにもいかない。なによりも享楽と幸福。そうよりほかに取りようはない。それに人目を忍ぶようになれば、世間の奴らといっしょに楽しむことを恐れだした証拠だ。すでに病の一種だ。孤独から癒《いや》されたくない理由を突きとめる必要があるだろう。戦時中、病院で出会った男、伍長だったたっけが、そういえばあいつはこういう気持について、ちょっぴり僕に漏《も》らしたものだ。あれから一度も出会わんのは残念だ、あの男に！（地球は死んどるんだ！）あいつは教えてくれたものだ……（われわれはその上をはいまわる蛆虫《うじむし》にすぎん。地球のでっかい、いやらしい屍《しかばね》にたかった蛆虫さ。年じゅうそいつの臓物《はらわた》を、腐れ物ばかり食わされとる……どうにもならん連中さ。生まれつき腐りきってる……あげくの果てがこのざまさ！）

それでもある晩、奴は、この思索家は、稜《りよう》堡《ほ》のほうへ急いで引っ張られて行った、まだ銃殺されるだけの値打ちがあった証拠だ。それどころか警官は二人がかりで引っ張って行ったものだ、のっぽとちびと。忘れもしない、軍法会議でアナーキストときめつけられたのだ。

何年もたって思い返してみて、ある連中の言った言葉をもう一度とらえ直してみたい気持にさそわれることがよくあるものだ、さらに連中自身をつかまえて何を言いたかったのか尋ねてみたい気持に……だがもう連中は影も形もない！……僕らには彼らを理解するだけの教養がなかったのだ……彼らがその後ひょっとして意見を変えなかったかどうか知りたい気もする……だがもう手おくれだ……万事休すだ……もはや彼らについてだれひとり何ひとつ知らないのだ。いまはただ、ひとりぼっちで闇の中をおのれの道を歩みつづけなければならない。本当の僚友を見失ってしまったのだ。まだ間に合ううちに、彼らに、りっぱな質問を、真実の質問をしなかっただけのことだ。彼らのそばにいながら気づかなかったのだ。迷える人間。だいたい、僕らのすることはいつだって後の祭り、要するに益のないくりごとだ。

とにかく、ありがたいことにプロチスト師だけは、ある朝、僕と儲《もう》けを分けにやって来た、アンルイユ婆さんの地下商売のあがりだ。僕はもうそれについて司祭を当てにはしていなかった。天からの使者みたいだった……めいめい千五百フランの収益！　同時に、彼はロバンソンについても朗報をもたらしてきた。奴の目は、見たところずっと快方に向かっている。まぶたの膿《うみ》ももうおさまった。そして向うではみんなが僕に来てほしがっているというのだ。もっとも連中に会いに行く約束がしてあったが。プロチストも勧めた。

さらに彼の話から、ロバンソンが近く地下室のそばの教会——アンルイユ婆さんがあずかっているミイラの持主である教会——の蠟燭売りの娘と結婚するはずになっていることを知らされた。もうこの結婚は行なわれたも同然だそうだ。

当然アンルイユ氏の死亡のことが話題に取り上げられた。がそれにはあまり深入りせずに、ロバンソンの将来という明るい話題のほうへ移っていった、それから、僕は自分では一度も行ったことはないが、グラッパから話に聞いているトゥルーズの街の話題に、さらにまたロバンソンがそこで老婆と二人でやっている例の商売の話題に、そして最後はロバンソンと結婚するという娘の話題に。つまりほとんどあらゆる話題についてとりとめもなく、しゃべり合った……千五百フラン！　そいつが僕を鷹揚《おうよう》に、いわば楽天的にしていたのだ。ロバンソンに関して司祭が持ち出す計画はどれもこれも、完全に賢明で、良識的で、まっとうで、大いに時宜を得たものに思われた……うまくいっていた。少なくとも僕にはそう思えた。ついで、僕らは年齢についてしゃべりだした。僕らは、司祭も僕も、もうとっくに三十代を越えていた。そいつは、僕たちの三十代は、過去へ、殺伐とした、ほとんど未練のない岸辺へ遠ざかりはじめていた。そいつを、その岸辺をもう一度眺めるためにあとを振り返るにも及ばなかった。年をとったところで、なにほども失うものはなかったのだ。僕は結論を引き出した。「特定の年齢に執着するなんて、結局ばかげきったことですよ！……喜び勇んで年をとりゃいいんだ、そうでしょうがな、司祭さん、悠々《ゆうゆう》とね！昨日はそれほど愉快だったですかね？　それじゃ、もう一つ前の年は？……どんなぐあいでした？……何に執着するんです？……教えてもらいたいもんだ。青春ですか？……僕たちには青春などありゃしませんでしたよ！……

　いやそれどころか、貧乏人は、年をとるほど内側から若返っていくようなもんですよ。嘘っぱち、恐怖心、生まれ落ちたときから植えつけられてきた卑屈な服従心、そういうものを途中でひとつ残らず捨て去るように努めさえすれば、最後には、結局、最初ほど腰抜け野郎でなくなるわけですよ。それ以外のことはどうでもいいんだ！　貧乏人にとっちゃ関係ないことでさあ！　奴らの務め、たった一つの務め、そいつは服従心を糞といっしょにひり出しちまうこと、嘔吐《へど》といっしょに吐き出しちまうことですよ。完全にくたばっちまう前にこいつができれば、一生は無駄じゃなかった、と威張っていいわけだ」

　僕はすっかり調子にのっていた……千五百フランが饒舌《じょうぜつ》をかき立てたのだ、立てつづけにしゃべりまくるのだった。「本当の若さというものはね、司祭さん、だれでも差別なしに愛するってことですよね、こいつだけが本物で、こいつだけが若くて溌剌《はつらつ》としていることの証拠ですよ。ところで、司祭さん、あなたはたんとご存じですかね、そんな連中を、そんな調和のとれた若者を？　僕は、お目にかかったためしがありませんね！……どっちを向いても、出来たての体の中でくすぶってる、陰気くさい、古ぼけた、愚にもつかん了見ばっかり。おまけにそいつは、そのいやらしいしろものは、くすぶればくすぶるほど、ますます若い連中をおだてあげるときてるんだから。そして連中のほうじゃ、ますます自分はすごく若いと自惚《うぬぼ》れだす……でたらめにもほどがありますよ！……連中の若さなんて、腫物《できもの》と変わりありませんよ、内側からふくれだす、性《たち》の悪い膿もいっしょだ」

　こんなふうに話しかけられ、プロチスト師は迷惑そうだった……それ以上いらだたせないように、話題を変えた……まして彼は僕に対してすごく親切にふるまい、救いの神になぞらえたいほどだった……がこういう深刻な問題に話題をもどすのを控えよと言うほうが、無理な話だ。ひとりぼっちで暮らしだすと、自分の暮らしの問題にすっかり圧しひしがれるのだ。そいつでへとへとに疲れきる。そいつを払い捨てるために、出会う相手に片っぱしから、そいつをちょっぴりずつなすりつけようとする、そしてみんなからうとまれるのだ。ひとりぼっちになることは、死へ向かって引きずられることだ。「どのみちみんな死ななきゃならないんですよ」僕は続けて言うのだった。「犬ころみたいにあっさりというわけにはいかない。くたばるのに千分もかかり、おまけに一分一分が新手の苦痛のくりかえしときてるんだ。それまで千年間に女とやって味わった楽しみを、きれいさっぱり何千倍も忘れさせてしまうくらい猛烈な苦しみ……この世の幸福は結局、楽しんで、楽しみの中で死んでいくことですよ……それ以外のことなんて、どうでもいい。みんながこいつを認めようとせんのは、恐ろしいから、取りつくろっているだけですよ」

　こんな調子でたわごとを並べ立てるのを聞いて、プロチストは僕の病気がまたぶり返したと考えたようだった。彼の意見どおり、すべてはまったく僕の思い違いだったのかもしれない。逃げ穴の中で、世間の利己心に対する懲罰をさがし求め、空想をゆさぶることに、僕はかかりきっていたのだ、そいつを、懲罰を、ありもしないところにまで求めようとしていたのだ！　金銭《かね》不足のために、外へ出る機会が少なくなると、自分自身から外へ出る機会が、女とやる機会が少なくなると、僕らはありあわせの手段で楽しむものだ。

　こいつを、プロチストを、彼の宗教的信念とは正反対の僕流の哲学でいらだたせたことは、行き過ぎだったとも言えるだろう。がそれにしても、たいていの人間なら神経にさわらずにはおれない、忌わしい、けちくさい優越感を、この男は体じゅうからぷんぷん発散させていた。奴流の考え方では、僕たちこの世の人間はすべて、番号札を持って、いわば永遠への待合室にいるのだ。ご当人の番号札はもちろん、すばらしいしろもの、天国行きのしろものだ。そのほかのことはこの男にはどうでもいいのだ。

　こんなふうな一人合点は、まったく我慢ならんものだ。しかし、この晩、トゥルーズへの旅行に必要な金額を前払いしようと言い出されたときには、僕は彼を苦しめ、逆らうことは、すっかり打ち切ることにきめた。《タラプウト座》で、タニアとそれから彼女につきまとう例の亡霊にもう一度出くわさねばならない恐ろしさを思っただけで、これ以上つべこべ言わず彼の招待を受け入れる気持に追い込まれたのだった。ともかく一、二週間はのんきに暮らせる、そう考えた！　悪魔は僕らを誘惑するありとあらゆる手を持ち合わせているものだ！　知り尽くせるものじゃない。長生きするうちには、幸福を築きなおすために、もはやどちらへ向かえばいいかも、わからなくなるものだ。到るところに、そいつを、幸福の月足らず児を生み落としており、そいつが地上のすみずみまで悪臭を放ち、いまでは息も詰まらんばかりのありさまだ。博物館にあるしろもの、本物の月足らず児は、見ただけで気分が悪くなり、吐きそうになる連中もいる。幸せになるための、僕らの見苦しい努力、そいつもやっぱりむかつきたくなるしろものだ、やりそこないばかり繰り返し、そのうち完全にくたばっちまうのだ。

　そいつを忘れ去らぬかぎり、僕らの憔悴《しょうすい》にはきりがない。第一ここまで来るだけでも、さんざん苦労を重ねてきたのだ、そいつを、僕らの希望を、しなびた幸福を、情熱を、虚偽をかき立てるために……手段をえらばず！　金銭《かね》は？　贅沢《ぜいたく》は？　そいつがいやなら極楽行きは……その他さまざまな誓約、僕らの心と口をみたす前は他人がまだ一度も口にしたこともないときめ込んでいる誓約、さらに、香水、愛撫《あいぶ》、身ぶり、要するに、手当たりしだい、なんとか隠しおおせるために、話題にのぼせぬために、あいつが嘔《へ》吐《ど》みたいに戻って来やしないかという、恐怖と恥辱《ちじょく》とから。つまり僕らに不足しているのは努力じゃないのだ。それよりも落ち着いた死に至り着く本道にのっかることだ。

トゥルーズに出かけることも、結局、ばかげていた。思いなおしてみて、そのことに気がついた。つまり弁解の余地はないわけだ。がこんなふうに、ロバンソンの尻についてさまざまな冒険を重ねるうちに、僕はいかがわしい事柄に対する好みを身につけるようになってしまったのだ。すでにニューヨークで、不眠症に苦しんでいたときも、さらに先までロバンソンについて行きたくて落ち着かなかったものだ。闇の中に踏み込むと、最初は怯える、がそれでもやっぱり見きわめたいと思う、するともう深みから抜けられない。一方見きわめねばならないことは多すぎる。人生は短すぎる、だれにも依怙贔屓《えこひいき》はしたくない。不安になる、一挙にすべてを判断することをためらう、そして、それにもまして、ためらいつつ死んでいくことを恐れる、なぜならそのときは完全に無益な一生を送ったことになるからだ。これ以上悪いことはない。

急がねばならぬ、死にぎわを失敗《しくじ》ってはならぬ。病気、刻々年々、諸君を追い立てる貧困、何日も、幾週間もぶっとおしに諸君を灰色に塗りつぶす不眠、たぶんもう僕らの中に着実に忍び込み、直腸から血をしたたらしている癌《がん》。

のんきに構えちゃおれぬ！　おまけに人類の兇悪な倦怠《けんたい》の中で、貧乏人を閉じ込めた穴倉からいつなんどき躍り出すかわからぬ戦争。貧乏人をどれだけ殺せば気がすむのか？　やれるものならやってみな。何もわからん連中を皆殺しにすれば気がすむのか？　そのときには、またお代わりが、新手の貧乏人が生まれてくるだけさ、そして同じことをくりかえすうちには、いつかはこの悪ふざけを理解する連中が、この悪ふざけを完全に見抜く奴が現われるだろう……ちょうど芝生《しばふ》を刈りつづけているうちに、草がすっかり上等に、柔軟になるように。

トゥルーズで下車したとき、駅の前でだいぶ躊《ためら》った。それでも駅食堂でビールを一杯ひっかけると、通りを横切ってさまよい出した。知らない都会はいいものだ！　つまり、行き合う連中がみんな親切だと想像できる瞬間と場所だ。夢の瞬間。この夢が続いているあいだを利用して公園へすこし時間つぶしに出かける手もある。が或る年齢を越えると、家族づれというれっきとした理由でもないかぎり、パラピーヌみたいに公園で小娘に目をつけているように取られる、用心しなくちゃならん。公園の鉄柵を越えるまえに菓子屋へ寄ることにきめた、女郎屋みたいなごてごてした装飾を施した、幾つもの大きな鏡が小鳥の星をちりばめている、街角のきれいな店。鏡に反射して、砂糖巴旦杏《はたんきょう》をぱくついている自分の姿が無数に見える。まるで熾天使《してんし》の住み家。女店員たちがこっそり自分たちの色事について喋り合っていた、こんな調子だ。

「だからあたし、あのひとに日曜日に誘いに来てちょうだいって言ったの……そしたらね、叔母に聞かれちゃって、さんざんお小言よ、父への手前もあるからって……」

「だけど、あんたのお父さん、再婚したんじゃないの？」同僚が口をはさんだ。

「再婚したからどうだって言うの？……親父はやっぱり娘がだれと出会ってるか知る権利

はあるわ……」

もう一人の女店員もこの意見に賛成だった。全部の売子のあいだで熱心な議論が始まった。家族の上席権に関する、これら微妙な問題の解決に、彼女たちが早く到達することを祈りながら、邪魔にならぬように、隅っこのほうで、黙って僕はシュークリームやパイをぱくついていた、もちろん、勘定のほうはごまかして。が彼女たちはいっかな議論をやめなかった。なんの効果もない。思考力の不足から漠然と憎悪をたぎらす域を出なかった。この女たち、この売子たちときては、理不尽と、虚栄と、無知のかたまりだった、腹立ちまぎれにさまざまな悪口をつぶやき合う始末だ。

それでも僕は彼女たちの不様な難渋ぶりに惹かれてその場を立ち去りかねるのだった。スポンジ・ケーキを食べだした。いくつ食ったやらもう数えてもいなかった。女の子たちも数えていなかった。彼女たちが結論に到達するまで僕は店を出ないつもりだった……が僕をそばに置きながら、彼女たちは興奮で聾《つんぼ》に、次いで啞《おし》になってしまったみたいだった。厭味《いやみ》の種もつき、いらいらして、彼女たちは菓子台の陰で対峙《たいじ》し合っていた、それぞれ頑強《がんきょう》に、冷淡に、取りすまし、いずれもっと辛辣《しんらつ》に《やり直す》ことを、つぎの機会にさっきの攻撃よりもっと敏捷《びんしょう》に、同僚について知りえた猛烈な、こっぴどくこたえる悪口をたたきつけることを思いめぐらしながら。それに機会の到来には暇どらないだろう、彼女たちは自分でそれをつくりだすだろう……とるにたらぬ事柄をつかまえて襲いかかる、くだらぬ言いがかり。僕はとうとう腰を落ち着けてしまった、彼女たちの言葉と思惑の耳を聾《ろう》する絶え間ないざわめきに聞き入るために、まるで小さな絶え間ない情熱の波がいつまでも一つにまとまらず打ち寄せる岸辺に佇むみたいに……

　みんな、耳をすまし、期待し、希望している、ここでも、あすこでも、汽車の中でも、喫茶店でも、通りでも、客間でも、管理人部屋でも、みんな耳をすまし、期待している、悪意が戦争の場合みたいに一つにまとまるのを、だが、そいつはただ波立つばかりで、なにごとも起こらない、いつまでたっても、この女たちからも、この哀れな娘たちからも、ほかの連中からも。だれも僕たちに助太刀にやって来ない。とほうもなく巨大な無駄口が、とほうもなく期待はずれの蜃気楼《しんきろう》のように、人生のうえに灰色に単調にひろがっているだけだ。婦人客がふたり店に入って来た、同時に僕と女の子たちのあいだにみなぎっていた無益な会話のだらけた魅力も断ち切られてしまった。婦人客を見ると従業員はたちまち、かいがいしく働きはじめた。あらそって注文を聞き、サービスにつとめるのだった。あれやこれや、婦人客は選び取り、持ち帰り用のビスケットやパイをつまみ食いするのだった。勘定を払う段になると、またさかんに礼をつくしあい、双方が《この場で》つまめるパイせんべいをご馳走しようと言い張るのだった。

　片方の婦人は丁重に辞退した、そして、大いに興味をそそられたいま一方の婦人に、内緒声でこと細かに説明に乗り出した、実は医者に甘いものは一切、禁《と》められているのだ、彼は、彼女の医者はすばらしい、すでに当市をはじめ各地で便秘の治療に奇蹟を行なっている、ことに彼女が十年以上も前から苦しんできた糞づまりを、まったく独自の食餌療法と、彼だけが心得ているすばらしい薬で治療してくれている最中だ、と。便秘の問題となるとどちらも負けてはいなかった。だれにもましてそいつで、便秘で苦しんでいるつもりだったのだ。承知しない。証拠がなくちゃ。疑われた婦人は、二つ返事でこうつけ加えた、いまじゃ〈便所に行くとガスばかり飛び出し、花火を打ち上げるみたいだ……最近の便通ときては、どれもこれもすごくこちこちで手ごたえがあり、そのためずいぶん用心しなくちゃならない……ときにはそいつが、最近のみごとな便通が、あんまりかんかちこなもんで、肛門にすごく痛みを覚える……張り裂けそうな……だから御不浄へ出かけるまえにワセリンを塗っておかなくちゃならない〉と。れっきとしたもんだ。

おしゃべり屋の婦人客たちは納得して出て行った。菓子店《小鳥》の戸口まで店じゅうのお愛想笑いに見送られて。

しばらく一服して心を落ち着けるのに、向いの公園は格好の場所に思われた、ロバンソンに会いに出かけるまえに心構えを立てなおすのにうってつけだ。

田舎の公園では、平日の午前中は、カンナと雛菊《ひなぎく》のこんもりした茂みのわきのベンチは、ほとんどいつも空《から》っぽだ。人造岩に近い、厳重に囲まれた水の上に、薄灰色の錆《さび》に隈《くま》どられた、亜鉛つくりの小舟がひとつ、黴びついた綱で岸辺にもやっていた。ボートは日曜には航行する、貼《は》り紙にそう書かれていた、池を一周する値段も、《ニフラン》だ。もう何年たつのか？　学生を何人？　亡者を何人？

公園には到るところの片すみに、こんなふうに理想の花で飾られたたくさんの小さな柩《ひつぎ》が、誓いをひそめた木立ちが、ありとあらゆるものを包み込んだハンカチが、置き忘れられている。ばかげた話だ。

とにかく、らちもない空想は打ちきりだ！　出発だ、自分に言いきかせた、ロバンソンと、奴のいるサン＝テポニイム教会と、それから奴が老婆といっしょにミイラの番をしている地下納骨室をめざして。そいつにお目にかかりにやって来たのだ、腹を決めなくっちゃ……

で辻馬車をひろい、日差しが屋根の間にひっかかったままとどまっている、古びた街の薄暗い通りの底を、ぐねぐねまわりながら、馬を走らせた。溝を越え、小橋を渡り、馬蹄の背後に車輪の大音響をとどろかせる。南フランスではずいぶん前から街は焼かれたためしがない。これほど古い街はほかではけっしてお目にかかれない。戦争もここまではやって来ないんだ。

ちょうど正午の鐘が鳴りだしたときサン＝テポニイムの教会の前に着いた。地下納骨室のほうはもうすこし先の十字架像の下だ。殺風景な庭の真ん中のその場所を教えられた。関門を設けた一種の穴から地下室へ降りていくのだ。遠くから納骨室の女番人の姿が目に入った、若い娘だ。さっそく友人ロバンソンの消息を尋ねた。娘は、入口を閉めにかかっているところだった。愛想のいい微笑をうかべて答え、さっそく消息を教えてくれた、いい消息だ。

正午の日差しの中で、二人のいる場所は、周囲のすべてが紅に染まり、教会に沿って古びた石材が空中目ざして登っていた、まるで石までがついに空中に溶け入ってしまいそうに。

年は二十《はたち》くらいだった、このロバンソンの情婦《いろ》は、むっちりしまった脚、すんなりした小づくりの体、それに、はっきりした、目鼻立ちの整った、小さな顔、僕の好みからすれば、やや黒味の勝ちすぎる、抜け目なさそうな眼差《まなざし》。およそロマンチックとは縁遠い型。僕が受け取るロバンソンの手紙を代筆しているのはこの女だ。地下納骨室のほうへ、てきぱきした足取りで彼女は僕の先に立って歩きだした。形のよい脚、くるぶし、それに絶好の瞬間に思うさま反《そ》り返るにちがいない好き者らしい関節。短い、頑丈《がんじょう》な手、がっしりつかみとる、野心に燃える女工の手。鍵をまわす小さな乾いた音。僕らのまわりには熱気が跳ね、舗道の上に震えていた。僕たちはあれこれ話し合った、そして扉がもう一度開かれると、彼女は昼休みの時間にもかかわらず、僕に地下納骨室を案内することに決めた。僕のほうはいくらか気安くなりだした。彼女の提燈《カンテラ》のあとから、しだいに冷える空気の中に踏み込んで行った。気持よかった。段のあいだでつまずくようなふりをして、僕は彼女の腕にとりすがった、それを機会に冗談口をきき合った、そして、下の三和土《たたき》まで来ると、彼女の首のまわりに僕は軽く接吻した。最初彼女は抗議した、がたいしたことはない。

しばらくやさしい言葉をささやきかけたあと、彼女の腹の周囲を、愛欲の蛆虫《うじむし》みたいにのたうちまわった。いやらしく、魂の対話のために僕らは幾度も口を濡らし合い埋め合うのだった。片一方の手を僕は彼女のまるまるした太腿《ふともも》にそって徐々に登らせた、床の上に提燈を置いてそうやるのは楽しいものだ、なぜなら太腿にそってゆらめく起伏を同時にながめることができるからだ。こいつはお薦《すす》めしていい姿勢《ポーズ》だ。ああ！　この機会を一刻もむだにはできない！　目がまいそう。それだけのお返しはある。なんという刺激！　思いもかけぬ楽しみ！　僕たちは今までとは違ったうちとけた素直な調子で話しはじめた。仲好し。まず尻から！　十年節約できたわけだ。

「案内はよくやるんですか？」きいてみた、息をはずませ、ぎごちない調子で。がすぐたたみかけて。「隣の教会で蠟燭を売ってる人は、確か、おかあさんだね……プロチスト師からおかあさんのこともきいてきましたよ」

「昼休みのあいだだけアンルイユおばさんの代わりをつとめるの……」答えだった。「昼からは、洋裁屋さんのお勤めがあるの……テアトル通りの……来しなに《劇場《テアトル》》の前を通りませんでした？」

彼女はもう一度僕にロバンソンのことを請け合った、彼はすっかり快方に向かっている、眼の専門医の意見では遠からずひとりで表を歩けるまでに見えるようになるだろう。すでにためしにやってみたほどだ。見通しは上々だ。アンルイユ婆さんのほうも地下納骨室の仕事にすっかり満足の意を表している。商売までやって蓄め込んでいる。ただ一つの不便は、彼らの住んでいる家では、南京虫のせいでみんな眠れないことだ、とくに嵐の夜がひどい。そのときは硫黄《いおう》をくべなくちゃならない。ロバンソンは僕の噂をよくするそうだ、いい噂を。それからそれへ、結婚の話題と、そのいきさつに及んだ。

そこまで立入りながら、そういえば僕はまだ彼女の名前も尋ねてはいなかった。マドロンという名前だった。戦時中の生まれだ。二人の結婚話は、結局、僕にとっても好都合というものだ。マドロン、覚えやすい名だ。きっとロバンソンと結婚してみて、思い知るだろう……要するに奴はいくら良くなったといったところで、片輪であることには変わりなかろう……おまけに彼女はロバンソンがやられているのは目だけだと思い込んでいる……が奴は神経も性根も病人だ、つまり何から何まで！　あやうく彼女にそのことを告げ、用心するように勧めるところだった……結婚の話題のほうは、さっぱり苦手だった、ご勘弁ねがいたかった。

話題を変えるために、地下室の中の品物に突然、興味を示しはじめた、それを、地下室を見物しにはるばるやって来た以上、注意を向けて当然だ。

で僕たちは、マドロンと僕は、彼女の小さな提燈で、そいつを、死体を、影の中から、壁の中から、一つ一つ浮かび上がらせはじめた。こいつは観光客を考え込ませるにちがいない！　壁にはりつけられていた、銃殺された人間みたいに、その古ぼけた死者たちは……いまでは皮膚とも骸骨《がいこつ》とも衣服ともきめられない……それらをみんな少しずついっしょくたにした感じ……すごく汚れた状態で、いたるところ、穴ぼこだらけ……何百年このかたつけまわしてきた時間は依然としてこの連中を手放さないのだ……そいつは、時間は、いまもまだ、あちこち、顔のはしばしを引きちぎっていた……穴をひとつ残らず押し広げ、軟骨の後ろに死神が置き忘れていた長い皮膚の綱束まで見つけ出すのだった。腹はすっかりからっぽだった、がそのために臍《へそ》の穴は小さな揺籠《ゆりかご》ほどに落ちくぼんで見えた。

ここまで到達するためには、連中は、死人たちは生石灰の墓穴の中で五百年以上も待ったのだ、そうマドロンは説明した。死体というにも当たらぬほどだ。死体の時代はすっかり終わってしまっていた、埃《ほこり》との境目にさしかかっていた、少しずつ。

この地下室には、そいつが大小とりまぜ、全部で二十六あった、ひたすら《成仏》できる日を待ち望んでいる亡者たち。まだそうはさせてもらえんのだ。骸骨のてっぺんに帽子をのっけた女たち、せむし男、大男、おまけに一人前にくたばり果てた赤ん坊までいる、干からびた小さな首のまわりに、レースの涎《よだれ》掛《か》けみたいなものと、産着《うぶぎ》の小さな切れっぱしをくっつけて。

この古ぼけたがらくたでアンルイユ婆さんは大いに稼《かせ》ぎまくっていたのだ。以前は婆さん自身が亡者そっくりだったことを考えると……さてマドロンといっしょにもう一度ゆっくり隅から隅まで死体を見廻った。次ぎつぎランプのまばゆい光の輪の中に死体の頭のようなものが声もなく浮かび上がる。眼窩《がんか》の奥にあるものは完全な闇ともいいがたい、それはまだ視線に近いものだ、ただし、もっとやさしいものだ、悟りを得た人間の視線のように。不快に誘うものがあるとすれば、むしろ鼻先にまつわりつく埃っぽい臭いだ。

アンルイユ婆さんは観光客の案内を一度だってかかしたことはないのだ。奴らを、死人どもをこき使っていた、サーカスみたいに。かき入れどきには日に百フランも儲けさせてもらっていた。

「死者たちは悲しそうな顔をしてるじゃありませんか？」マドロンが尋ねた。きまり文句だったのだ。

死は彼女にとって、このかわいい女にとって、なんの意味も持たなかった。彼女は、戦時中に、死の安売り時代に生まれたのだ。僕のほうは人間の往生ぎわがどんなものかよく承知していた。体得したのだ。すさまじい苦しみ。観光客を相手に、この死者たちは満足していると言うのは簡単だ。死人たちは何も言えない、ひからびた皮膚がいくらか残っているときはアンルイユ婆さんはその腹をたたいてみせさえするのだった、するとそいつは《バン、バン》と音をたてる。もっともそれだって万事うまくいっていることの証拠になりはしない。

　最後に、またマドロンを相手に自分たちの問題にかえった。じゃ、奴が、ロバンソンが快方に向かっているのは本当なのだ。それ以上望むところはなかった。大いに結婚に乗気みたいだった、この娘は！　トゥルーズでよっぽど退屈しているのにちがいない。ここじゃあ、ロバンソンほど旅をしたことのある男に出会う機会は稀《まれ》だったのだ。彼はいろんな話を知っている！　本当の話から、少々眉唾《まゆつば》ものの話まで。アメリカについて、熱帯の国々について、すでにさんざん話して聞かせたのだ。うまくしてやったものだ。

　僕もまたアメリカへも熱帯の国々へも出かけた経験を持っていた。僕もまたお話ならいくらでも心得ていた。そいつを話して聞かそうと申し出た。ロバンソンと友だちになったのも、一緒にあちこち旅をして歩いたおかげなのだ。提燈の灯《ひ》は消えかけていた。過去と未来を結び合わせるあいだ僕たちは十ぺんもそいつをつけなおした。彼女は胸には触らせなかった、そいつはあんまり敏感すぎたからだ。

　それでも、アンルイユ婆さんがいまにも昼食から帰って来そうだったので、小さな階段を上って表へ出なければならなかった、そいつは縄梯子《なわばしご》みたいに急で、危なかしく、登りにくかった。それが印象に残った。

＊＊＊

そのすごく狭い危なかしい小さな階段のせいで、ロバンソンのほうはあまりミイラの地下倉におりて行くことはなかったのだ。実際のところは、入口にとどまって観光客を相手に呼び込みの真似ごとをやったり、あちこち出歩いて、目を通してもう一度光を見つける練習をしているほうが多かったのだ。

そのあいだ、地面の底では、アンルイユ婆さんが適当にやっていた。実際にはミイラを相手に彼女が二人分働いているようなものだった。羊皮紙製みたいな死人たちのことについて一席ぶち観光客の見物に興を添える。「皆さま、この死人たちにはちっとも厭《いや》らしいところはございませんでしょう。ごらんのように、石灰の中に保存されてまいったからでございます、それも五百年以上の長きにわたって……当方の蒐集は世界にも類のないものでございます……肉はもちろんなくなっております……皮膚だけが残っておりますが、まるで鞣皮《なめしがわ》同様になっております……なにもまとってはおりませんが、淫らな感じはいたしません……ごらんください、小さな子供が母親といっしょに埋葬されております……たいへんよく保存されております、この子供も……それに後ろにおりますシャツとレースをつけた大男も……あの男は歯も全部そろっております……よくごらんください……」最後に彼女は全部のミイラの胸の上をたたいてみせる、するとそいつは太鼓みたいな音をたてるのだ。「ごらんください、皆さま、この男には、片目しか残っておりません……すっかりひからび……それに舌も……やっぱり皮みたいになっております！」そいつを引っ張り出してみせる。「舌を出しましたが、厭らしい感じはいたしません……皆さま、お帰りがけにはおこころざしだけで結構でございます、ただし普通にはお一人二フラン、お子たちは半額となっております……お帰りがけにお触りになっていただいても差しつかえございません……ご自分でおためしください……ただしあまりひどくお引っ張りになることはご遠慮ください……お願いしておきます……たいへん脆《もろ》くなっておりますので！」

　アンルイユ婆さんは、ここへ来てすぐ、料金の値上げを考えたのだった、要するに司教区との話し合いの問題だ。ところがサン＝テポニイムの司祭のせいで、そう簡単には運ばなかった、司祭は、自分ひとりで、収益の三分の一をぴんはねする気だった、それにロバンソンがたえず横槍《よこやり》を入れるのだった、婆さんがじゅうぶん分け前をよこさない、と考えて。

「おれはひっかかったのさ」奴は決め込むのだった。「鼠《ねずみ》みたいにな……こんどもまた……ついてないよ！……ところがあの婆さんの穴倉はてえしたものさ！……あいつは、あのくそ婆あは、しこたま儲けてやがるのさ、本当だぜ」

「だけどおまえさんはこんどの仕事にビタ一文出しちゃいないんだぜ！」なだめ、得心させるために、僕は異議をさしはさんだ。「……それに食わせてもらって！……世話をみさせて！……」

　がロバンソンときては老いぼれ馬みたいに頑固だった、僻《ひが》み根性まるだしだ。わかろうとする気も、あきらめようという気もないのだ。

「要するに、おまえさんは危ないところを救われたんだ、本当だぜ！……文句を言うのは贅沢《ぜいたく》と言うものさ！　高飛びしてなけりゃ、いまごろはまっすぐ監獄行きだ……そいつを、こうしてのんきに構えていられるんだ！……おまけに、あんなに親切な、おまえのためを思ってくれる、かわいいマドロンまで手に入れたじゃないか……病人の分際でさ！……これ以上なんの不足があるんだ？……眼のほうだってよくなってるしさ？……」

「おれがでまかせにぼやいているとでも言うのかい？」やり返すのだった。「とにかくおれはぼやかずにはおれん気持さ……まあいってみりゃね……もうおれに残されているのはそれだけだ……正直な話……おれにできることといったらこれだけなんだ……無理に聞いてもらおうとは思わんがね」

　実際、二人きりになると、さっそく彼はとめどもなく泣き言を並べるのだった。そういう打ち明け話の瞬間を僕は恐れるようになりだした。明るいところではまだ目からすこし膿《うみ》をにじませ、まぶしそうにまばたいているロバンソンを、僕はつくづく眺めるのだった、そして結局こいつは、ロバンソンは、感じのいい奴じゃない、と思うのだった。こんなふうにできた動物がいるもんだ、どれほど無邪気で哀れっぽかろうと、そいつがわかっていてもやっぱり嫌わずにはいられない。そいつらには何かが欠けているのだ。

「監獄にでもほうり込まれてみろ、生命《いのち》は請け合えんぜ……」僕は反撃に移るのだった、もう一度反省させるために。

「監獄ならおなじみさ……ここよりはましだね！……おまえさんも時代おくれだね……」

　監獄にいたとは初耳だった。僕らが出会う以前、戦争前のことにちがいない。結局、あとへは退《ひ》かず、こう結論するのだった。「自由というのは一つきりさ、いいかい、それ以外にありゃしない。まず、実体をはっきり見ぬくこと、つぎは、うなるほど金を持つことさ、それ以外はどうでもいいことさ！……」

「じゃ結局どうすりゃ気がすむんだ？」やり返した。こんなふうに、肚をきめ、意見を述べ、旗幟《きし》を鮮明にすることを迫られると、奴はしり込みするのだった。それこそ聞きたいところなのに……

　昼間、マドロンは洋裁店に出かけ、アンルイユ婆さんはがらくたの展示に余念ないあいだ、僕たちのほうは、木陰の喫茶店《カフェ》へ出かけるのだった。そいつは、奴の、ロバンソンのお気に入りの一隅なんだ、木陰の喫茶店は。たぶんすぐ真上で小鳥たちの立てるざわめきのせいで。なんとたくさんそいつが、小鳥がいたことか！　とりわけ五時ごろ、夏の暑さにすっかり興奮して、小鳥たちが巣へもどって来るときには。そんなときは小鳥たちは嵐《あらし》みたいにこの広場に襲いかかるのだ。それについては、公園ぞいに店を持っている床屋が何年ものあいだそいつらがいっせいに鳴きさわぐのを聞かされただけで、気が狂ってしまったという噂さえあった。実際、お互いの話も聞き取れないほどだった。がともかく陽気にはちがいなかった、彼には、ロバンソンにはそう思えたのだ。

「見物客一人について四スウまわしてくれさえすりゃ、文句はないさ！」

そいつが気がかりでほとんど十五分おきに話をそこへもどすのだった。それでも、合間あいまには過ぎ去った歳月の色彩がよみがえるみたいだった、同時にさまざまな出来事も、とりわけ、ともかく僕らがどちらもぞんぶんに思い知らされたアフリカのポルデュリエール商事での出来事が、それからまだ僕には一度も話していない数々の淫らな出来事が。たぶん話す勇気がなかったんだ。心底は内気な、むしろ隠し立てする気性だったのだ。

過去といえば、僕のほうは、よく思い浮かべるのは、とりわけモリーのことだった、神妙な気分のおりに、遠くで告げる時刻の余韻のように。それに、しんみりした気分のおりには、すぐに、彼女のことを思い出すのだった。

要するに僕らが自分からいくぶん解放されるとき、そいつと別れを告げるときがやってきたとき、憶い出として僕らの心にとどまるのは、多少とも真実に男たちを愛した女の思い出だけだ、つまり僕たちをも含めて、ただ一人の男だけではなく、すべての男を愛した女の思い出。

夕暮れ、喫茶店から引き揚げるとき、僕たちはその日いちにち何ひとつしなかったことになるのだった、まるで退役下士官みたいに。

観光季節のあいだは、見物客は引きもきらなかった。地下納骨室へぞろぞろつめかけ、アンルイユ婆さんは巧みに連中を笑わせるのだった。そうした冗談口に司祭は少々おかんむりだった、が分け前を余分にはねていたため、何も言わなかった、それに第一、猥《みだ》らな冗談となると、この男にはとんと理解できなかったのだ。ともかく彼女は、死体に囲まれたアンルイユ婆さんは、一見に、また一聞に値するしろものだった。死人の顔を彼女はまともに睨みつけるのだった。死を恐れてはいなかったのだ、ところが彼女自身がすでにすごく皺《しわ》くちゃで、すごくしなびきっており、ランプを片手に死人の顔とも言えぬ顔とにらみ合って喋っているところは、それこそ彼らのお仲間そっくりに見えるのだった。

家にもどって、夕食の席に集まると、さらに収益について論議し合う。アンルイユ婆さんは僕のことを、例のランシイでの事件から、《山犬先生》と呼ぶのだった。もちろん、冗談の意味で。マドロンは台所で奮闘していた。家の中は貧弱な光線しか差し込まなかった、聖具室の付属家屋で、ひどく手狭で、小梁《こはり》と埃まみれの隅っこが入りまじっていた。
「とにかく」と老婆は言うのだった。「一日じゅう夜もそう変わりないがね、とにかくベッドとポケットと口ぐらいは見当がつくからね、それだけわかれば結構さ！」

息子を亡《な》くしたあとも、彼女はいつまでも悲嘆にくれてはいなかった。「あの子は昔から弱かったんですよ」ある晩、息子のことで僕に向かってこう語りだした。「そこへいくと、わたしゃね、七十六のこの年まで、一度だって弱音を吐いたことなんかありませんよ！……あの子はいつだってこぼしてばかりいましたがね、そんな型《タイプ》ですよ、このロバンソンとそっくりですよ……まあ言やあねえ……だから、ほら、あの納骨室のちっちゃな階段、あれだってずいぶん急ですよね？……ご存じでしょう？……もちろんわしだって疲れますよ、でもね、あいつが一段ごとに二フランも儲けさせてくれる日があるんですからね……勘定したんですよ……そうだね、そんな値段なら、言われりゃ、あたしゃ天までだって上ってみせますすよ！」

彼女は、マドロンは、夕食に薬味をたっぷりほうり込むのだった。それにトマトも。飛び上がるほど。おまけに赤葡萄酒も。ロバンソンまでが南仏に住みついたおかげで酒をやり出していた。奴は、ロバンソンは、トゥルーズへ着いてからの出来事を語り尽くしてしまった。僕はもう彼の話に耳をかさなかった。彼に失望し、正直なところ少々厭気がさしだしていた。「おまえさんはブルジョワさ」とうとう僕はこう断定した（そのころ僕にとってこれにまさる侮辱《ぶじょく》の言葉はなかったからだ）「結局、金銭《かね》のことしか頭にないんだ……目があくころには、ほかの奴よりもっといやらしい人間に変わってるだろうよ！」

罵《ののし》られようが彼はいっこうに平気だった。むしろかえって元気づくみたいだった。それに自分でもそのとおりだってことを承知していたんだ。この男は、と僕は考えるのだった、いまじゃ身を落ち着けちまったんだ、もうこいつのことは心配するには及ばない……少々強引で、少々色好みな小娘、言うことはないや、こいつは見違えるほど男を変えるものだ……ロバンソンのことを、と僕はさらに考えるのだった……この男のことをおれは長いあいだ冒険好きな奴だとばかり思っていた、だが寝取られ男であるなし、盲であるなしはともかくとして、これじゃひもとちっとも変わりゃしない……まったく、このざまときちゃ。

　おまけに、あっけなくアンルイユ婆さんから蓄財熱を伝染《うつ》されてしまっていた、それにマドロンからは結婚への欲望を。いたれりつくせりだ。勝手にしろと言いたいところだ。第一、奴のほうでもこの小娘がまんざらでもないときちゃ。こちらにも憶えがある。僕のほうにぜんぜん嫉妬《しっと》心がなかったと言えば嘘《うそ》になるだろう、正確を欠くだろう。マドロンとは、夕食のまえ、彼女の寝室でときどきわずかの時間出会っていた。がそういう逢う瀬をやりくりすることは容易ではなかった。二人ともだれにも打ち明けなかった。とびきり慎重に構えて。

　そうかと言って彼女がロバンソンに気がないと考えるのは行き過ぎだ。二つはなんの関係もないことだ。ただ、奴のほうは、婚約ごっこをやっていた、だから、当然、彼女のほうも貞淑《ていしゅく》ごっこをやっていたのだ。そいつが二人のあいだの気持だった。こういう事柄では大切なのはお互いの理解だ。そうなるために結婚に期待している、とロバンソンは僕に打ち明けた。それが奴の考えだ。だったら奴には永遠を、僕には当座をだ。それに、彼はおまけに彼女と組んで小さなレストランを始め、アンルイユ婆さんをおっぽり出す計画を抱いていることも打ち明けた。すっかり本気みたいだ。「あいつは愛想者だから、お客に気に入られるだろう」上機嫌のおりにはそんなことまで予測するのだった。「それにあいつの料理の味をみたかい、ええ？　料理にかけちゃこわい者なしさ！」

アンルイユ婆さんから、いくらか開店資金を借り出せるつもりでさえいたのだ。僕としては、そうできれば結構だが、婆さんをその気にならせるのはしごくむずかしかろう、という予想だった。「虫がよすぎやせんかい」こう指摘した、奴の頭を冷やし、考え直させるために。たちまち奴は泣きだし、僕を悪党扱いするのだった。要するに、人の気持をくじくものじゃない。さっそく謝罪した、僕の思い違いだった、気がふさいでいたものでつい、と。奴が、ロバンソンが戦前身につけていたのは、銅版画の技術だった、がもうこんりんざい、そいつにもどるつもりはないという。奴の勝手だが。「おれみたいな肺をしてる人間にゃあ、外の空気が必要なのさ、そうだろう、それに第一、おれの目は二度ともとどおりには治らんさ」ある意味では彼の言うとおりだった。答えようはなかった。二人して人通りの多い通りを歩くと、人々は振り返って、彼に、盲人に、同情の眼差《まなざし》をそそぐのだった。連中にも同情はあるのだ、老廃者や盲人に対しては、愛情をしまい込んでいるとも言える。何度も、そいつを感じ取ったものだ、しまい込まれた愛情を。そいつはうんとこさあるんだ。まちがいない。ただこんなにたくさん愛情をしまい込みながら、連中が、世間が相変わらず意地悪なのは不幸なことだ。そいつは外へは出ないのだ、それだけのことだ。そいつは内部に押し込められ、内部にとどまっているのだ、そいつは連中になんの役にも立たない。内部ではそいつで、愛情で連中は張り裂けそうなんだ。

夕食後、マドロンは奴の、彼女流に呼べばあたしのレオンの、面倒をみるのだった。新聞を読んでやる。いまでは奴は政治に夢中だった、おまけに南仏の新聞ときては、そいつで、政治で、しかも生きのいいやつではちきれそうだ。

日が暮れると、僕たちの周囲で、家は何百年ものがらくたの中へ沈み込んでゆく。夕食後は、南京虫がなぐり込みをかけるとき、同時にまたそいつらに、南京虫に、僕の駆虫剤の効果をためすときだ、そいつを僕はそのうちいくらかの儲けを取って薬局に譲りわたすつもりだった。ちょっとした化合物。アンルイユ婆さんは、僕の手をおもしろがって、実験に立ち会うのだった。いっしょに巣から巣へ、裂け目へ、すみずみへ、僕の硫酸塩をそいつの大群に吹きかけてまわった。南京虫どもは、アンルイユ婆さんが僕のために注意深くささげ持っている蠟燭の下で、右往左往し気を失うのだった。

作業を続けながらランシイのことを語り合った。そいつをその土地のことを考えただけで、僕はうんざりするのだった、できればこのまま、トゥルーズで余生を送りたかった。正直なところ僕はもう多くは望まなかった、食うことに心配がなく、自分の時間がありさえすれば。要するに仕合わせさえあれば。だがやっぱり帰ることを、仕事のことを考えないわけにはいかなかった。すでに何日も経過していたし、司祭が立て替えてくれた金銭も貯えも残り少なくなっていた。

　引きあげるまえに、マドロンにすこしばかり教訓を、ちょっとした忠告を恵んでおきたかった。できることなら、そして本当に為を思うなら、金銭を恵んでやるにこしたことはないだろう。だけど、あらかじめ教えられておくことも、はっきり心得ておくこともまた役に立つものだ、とりわけ、相手かまわずやりまくるときは、どういう危険があるか、十分、承知しておくことは。そんなふうに考えた、まして病気ということでは、彼女は、マドロンは僕を少しばかり不安に陥れていたのだ。なるほど、抜け目のない女にはちがいない、が細菌に関してはかいもく無知ときている。そこで僕は、持ちかけに応じるに先立って、彼女がとくと注視すべき事柄について、しごく詳細な説明に乗り出した。もしもあいつが赤くなっていたら……先のほうに斑点があれば……要するに、心得おくべき、大いに有益なお定まりの事柄について……熱心に傾聴したあげくに、僕にさんざんしゃべらしたあげくに、体裁上、彼女は文句をつけるのだった。食ってかかったと言ってもよい……

「自分はまじめな女なのに……なんという侮辱……ひどいふうに思われて……甘く見られて！……ばかにしている……男なんて、みんな不潔だ……」

　要するに、こうした場合、女ならだれでも言いそうな文句をひとつ残らず。最初からわかっていそうなものだ。たいへんな風当たりだった。だが肝心なことは、僕の忠告を彼女がしかと聞き取り、要点を頭にとめたということだ。あとはどうでもいいことだ。僕の話をしかと聞いたために、彼女はひそかに憂鬱になったんだ、愛情と快楽のためだけに、僕から聞かされた恐ろしい病気にかかることがあるなんて。自然に振舞っただけなのに、彼女は僕を自然と同じくらいいやらしい奴と考え、そして侮辱と受け取ったのだ。僕はそれ以上ねばらなかった、ただ、しごく重宝なサックのことをすこしばかり耳に入れておいた。最後に、心理学者気取りで、二人してロバンソンの性格分析にとりかかった。「焼きもちやきというんでもないんだけど」マドロンは言いだした。「気むずかしいときがあるわ」「それそれ！……」相槌を打つと、僕は奴の、ロバンソンの性格の定義に乗り出した、まるで自分はそいつを、奴の性格を心得てでもいるみたいに、がすぐさま僕はいくつかの大ざっぱな性格の特徴以外には奴を、ロバンソンを、ほとんど心得ちゃいないことに気がついた。それよりほかにには知らないのだ。

　他人を愉快な人間に仕立てるのがどれほどむずかしいか驚くばかりだ……そのくせなんとかそいつのために尽くそうと、好意的になろうとして、ぶつくさ言ってみる……なっちゃいない、最初の言葉からして、しどろもどろだ。

　現在では、《ラ・ブリュイエール》流儀は通用しない。近づくとたちまち潜在意識がすっかり逃げ去ってしまうからだ。

⁂

切符を買うまぎわになって、また引きとめられた、あと一週間だけという約束で。トゥルーズの近郊を案内しようというわけだ。かねがね噂に聞かされたすがすがしい河っぷちを、それに付近のきれいな葡萄《ぶどう》畑を、ぜひとも見ておくがいい。その葡萄畑は、まるで自分の持物みたいに、街じゅうの人間にとって自慢の種だったのだ。アンルイユ婆さんのミイラを見物しただけで、このまま帰ってしまう手はないものだ。とんでもない！　要するに、あれこれ言葉を尽くして……

こんなふうに親切に出られると、僕はからきし意気地がないほうだ。マドロンとの懇ろな関係のこともあって、長居は気が進まなかったのだが。その関係から少々身の危険を感じだしていたやさきだった。老婆は僕たちの間柄にうすうす気づいているみたいだった。厄介だ。

だけど老婆がその遠足について来ることは考えられないことだった。第一、婆さんは一日だって、そいつを、地下納骨室を閉める気はないのだ。で、僕は出発延期を承知した。そして、ある上天気の日曜日の朝、僕たちはピクニックに出発したのだ。奴に、ロバンソンに、僕たちが両側から腕をかして。駅では、二等の切符を買った。それでも車室の中は、三等車みたいに、恐ろしくソーセージ臭《くさ》かった。サン＝ジャンという土地で降りた。マドロンにはその土地はお馴染みみたいだった、さっそく、あちこちで顔見知りに出くわすのだった。夏の快晴の一日が始まりかけていた。歩きながら、目にはいるものを片っぱしからロバンソンに話して聞かさねばならなかった。「ここは庭だ……むこうに橋がかかってて、橋の上で男が一人釣糸を垂れてるよ……ちっとも釣れちゃあいないがね……あぶない、自転車だぞ……」たとえば、じゃがいもフライの匂いがしょっちゅう彼を誘い寄せるのだった。そいつを、じゃがいもフライを一袋十スウでつくっている屋台のほうへ、自分で僕たちを引っ張って行きまでするのだった。こいつが、ロバンソンが、昔から揚げじゃがいもが好物なことは知っていた、もちろん、僕もご同様だ。揚げじゃがいもの味は、パリの味だ。マドロンは、ベルモットのほうが好きだった、辛口《からくち》のやつを、生《き》のままやるのが。

　南仏では河は落ち着かない。苦しげだ、たえず干上がりそうだ。丘、太陽、釣師、魚、船、溝、洗濯場、葡萄、しだれ柳、みんなが河を欲し、すべてが河を求めている。あんまり水をせびられすぎて、河床にはそいつがいくらも残っていない。場所によっては本物の河というより水のあふれそこねた道路みたいだ。楽しみを目当てに来たからには、早いとこ楽しまにゃ損だ。揚げ物《フライ》を平らげるとさっそく、昼飯まえに、ボートで一まわりすることに決めた、おもしろそうだ、もちろん、こっちは漕《こ》ぎ役、奴らのほうは、ロバンソンとマドロンは、手を取り合って、僕と向かい合って腰をおろして。

で僕たちは、流れに沿って、出発した。ところどころで河底をひっかき、彼女は小さな悲鳴をあげ、彼もまた不安げだった。たいへんな蠅《はえ》だ。いたるところで蜻蛉《とんぼ》がおびえたように尻尾《しっぽ》を震わせ、大きな目玉をむいて河面《かわも》を見張っている。すごい暑さだ、河面全体から湯気が立つほど。その上を滑って行くのだ、向こうに見える長い平らな渦巻きからさらにその先の流木まで……焼けつくような岸辺すれすれに、なるたけ太陽の光を通さぬ木立ちのかげに、ようやく日陰を求め、進んで行った。口をきけば、いやがうえにも暑さは増すばかりだ。苦情を訴える元気もない。

　ロバンソンが、無理もないが、最初に舟遊びにあきだした。でレストランの前に舟をつけることを提案した。同じことを考えついたのは僕たちだけでもないようだった。水門のあたりの太公望たちは一人残らず、僕たちよりも先に、そこに、酒場に腰を落ち着け、食前酒に飛びついて、ストローの向こうに閉じこもってしまっていた。ロバンソンは僕がえらんだこの喫茶店が高い店かどうか尋ねたいがその勇気がないみたいだった、さっそく僕は値段は全部張り出してあるし、どれもみなしごく穏当な値段だと保証して、彼の不安を取り除いてやった。本当だった。かわいいマドロンの手を、奴はもう離そうとはしなかった。

　実際には、そのレストランで僕たちはひとかどのご馳走を取ったほども支払わされた、ほんのちょっぴりぱくつくはずが。料理については言わぬが花だ。まだあそこに残したきりだ。

そのあと午後をつぶすのに、ロバンソンといっしょでは、釣りをやるにも手がこみすぎていた、奴を暗い気分に誘い込むだけだ、どだい浮き一つ見えないんだから……そうかと言って、僕のほうは、舟漕ぎも、朝のうちの苦闘だけで、げっそりだった。もうたくさん。アフリカの河での訓練もいまじゃ役立たずだった。万事と同様そいつも老け込んでしまったんだ。

とにかく運動種目を変えるために、岸辺に沿ってなんとなくぶらついてみるのも一興だろう、と提案した、いちおう、ここから一キロたらずのところに見える、ポプラ並木のそばの、丈《たけ》の高い草が生い茂ったあたりまで。

そんなわけでまたロバンソンと、腕を組んで出発した、マドロンのほうは、二、三歩先に立って歩いた。草の中を進むのにそのほうが具合よかったのだ。河の曲がり角のあたりまで来ると、アコーディオンの音が耳にはいった。帆船からそいつは、その音楽は聞こえてくるのだった、河のその箇所に舫《もや》っているきれいな帆船から。音楽はロバンソンを引きつけた。彼の状態では無理もないことだ、それに奴はもともと音楽に弱かったのだ。で僕らも、ロバンソンを楽しませるものが見つかったことに満足して、芝草の上にじかに腰をおろした、そばの土手っぷちの芝草ほどにはそこは埃をかぶっていなかった。ありきたりの船でないことは明らかだった。清潔で、手入れがゆきとどき、人を乗せるだけで、貨物用じゃない。花をどっさり積み込んで、しゃれた、かわいい犬小屋まである。ロバンソンに船の様子を話してきかせた。奴は何から何まで知りたがった。

「おれも、あんなしゃれた船に住んでみたいよ」言いだした。「どうかね？」マドロンに尋ねた……

「よくわかるわ！」彼女は答えた。「でも、レオン、贅沢というものよ！　借家よりずっと高くつくわよ！」

そこで、三人して、こんなふうに造られた帆船が、いったい、どれほどの値段がつくものか、考えはじめた。そして、僕らの値踏みはいつ果てるともなかった……めいめい自分の数字をゆずらなかった。なにかにつけて、露骨に値踏みする、僕らの習慣だ。……そのあいだもアコーディオンの音楽は甘い音を立てて僕たちの耳にとどくのだった。曲に合わせて歌う文句も……やっと僕たちは、あの様子ではこの帆船は少なくとも十万フランくらいはするにちがいない、ということで意見は一致した。気の遠くなるような値段だ……

かわいい目をお閉じ、生命《いのち》はつかのま……
すばらしい国、甘い夢の国へ

中ではそんなふうな歌をうたっていた、男女の声が入りまじり、少々調子はずれだが、それでもあたりのせいで美しく聞こえるのだった。夏の暑さと田舎とに似合っていた、今の時刻とも、河の流れとも。

ロバンソンはまだ何千、何百の見積もりに夢中だった。僕たちの説明どおりなら、そいつは、その帆船は、最高に高価なはずだと言うのだった……内部がせいぜい明るいように上は一部分ガラス張りになっているし、おまけにいたるところ、銅板が使われ、要するに贅を尽くしたしろものだ……

「レオン、疲れるわよ」マドロンは彼の気持を静めようとして、言うのだった。「すこし横になったら。草がとっても厚いわ。すこしお休みなさいよ……十万だろうと、五十万だろうと、あんたたんでも、あたしんでもないのよ、そうでしょう？……だったら実際なにも興奮することはなくてよ……」

奴は横になった、それでもまだ値段のことを考えて興奮していた、なんとかして確かめたいと、そいつを、そんなに高価な帆船を自分の目で見てみたいと……

「モーターはついてるかい？……」尋ねる……わからなかった。

しつこく尋ねるので、船尾へ見に行った、ただ彼の気が済むように、小さいモーターのパイプが見つかるかどうか調べるために。

かわいい目をお閉じ、人の世は夢……

恋はいつわり……

かわいい目を、お、お、お閉じ……

中の連中はそんなふうに歌いつづけていた。僕たちは、とうとう、疲れて横になった……歌が僕たちをまどろませたのだ。

そうこうするうちに小さな犬小屋からスパニエル犬が姿を現わし、舷梯《げんてい》の上に出て、僕たちのほうに向かって吠《ほ》えだした。驚いて、僕たちは目をさました。こっちも負けずにどなり返した、そのスパニエル犬に向かって！　ロバンソンはおびえていた。

と帆船の小さな入口から、船主らしい男が甲板に姿を現わした。犬を罵られたのがお気に召さなかったのだ、口論になった！　だがロバンソンが盲同然であることがわかると、たちまち男は態度をやわらげた。下手《したて》に出はじめた。どなり立てるのをやめ、こっちの罵言を聞き流し、和解を申し入れた……償いに自分のところで、帆船の中でお茶でも召し上がっていただきたい、今日は自分の誕生祝だから、とも言い添えた。僕たちがそこで陽に焼かれているのは見るにしのびない、とかなんとか……それにちょうどよかったとも、食卓の人数が十三人なんだから……若い男だった、その船主は。芸術家型《タイプ》。船が趣味だとも打ち明けた……道理で。だけど妻が海をこわがるので、そこに船をつないでいたわけだ、いわば砂利の上に。彼のところでは、帆船では、僕たちを迎えて、大喜びみたいだった。

まず彼の妻を筆頭に。アコーディオンのすばらしくうまいきれいな女だ。第一、僕らをコーヒーによぶだけでもどだいご親切な話だ！　どこの馬の骨とも知れぬ連中を！　要するによっぽど信用されたのだ……さっそく、この親切な主人に恥をかかせてはならんことを、痛感した……とりわけ同席の客たちへの手前も……ロバンソンは、欠点はあるが、普段は、よく気のつく男だった。心の中で、声を聞いただけで、行儀よくふるまい、下品な言葉はつつしまねばならないことを、覚ったようだ。りっぱとは言えぬまでも、ともかく、僕らはこざっぱりした、身苦しくない身なりをしていた。帆船の持主を、とっくり観察した、年のころは三十そこそこだろうか、栗色《くりいろ》の、きれいな、詩的な髪をして、船員風だが凝《こ》った背広を着込んでいた、美しい女房のほうは、まさしく《ビロードの》目の持主だった。

　昼食がすんだところだった。山のような食べ残しだ。お菓子を勧められた、断わる手はない！　ついでにポルト酒も。久しぶりだった、こんな上品な声を耳にしたのは。お上品な連中には、僕らを臆病にする、一種の話しぶりがあるものだ、こいつにかかると僕はからきし意気地がない、とりわけ女性に対しては。その実、そいつは、出来そこないの、気取った、なんのことはない、古ぼけた家具みたいに磨きたてたせりふにすぎないんだ。そいつは、奴らのせりふは、おだやかなくせに人をおびえさせる。返事ひとつにも、こっちは、転びやしないかとびくびくものだ。気晴らしに貧乏人の歌をうたうために下卑《げび》た調子をとるときでさえ、奴らは、そいつを、上品な口調を、失わない、僕らをうちとけさせない、虫酸《むしず》の走るお上品な口調、いつも内部に小さな鞭《むち》を秘めた口調、いわば召使いに話しかけるさいにいつも必要な口調。こいつは魅力的だ、が同時にこいつは奴らの女房をやっちまいたい気持を起こさせる、こいつが、奴らの言う威厳が、こなみじんになるのを見たいばっかりに……

まわりの調度のありさまをそっとロバンソンに教えてやった、時代ものばかりだ。ちょっとお袋の店を思い出させた。むろん、もっときれいで、きちんとしていたが。お袋の店じゃ、いつも古びた胡椒《こしょう》の臭いがしたものだ。

それに壁にはいたるところ、主人の絵がかけられ。絵描きなんだ。そう女房が教えてくれた、ひどくもったいぶった言いまわしで。女房のほうは、首ったけだ、自分の亭主に、目に見えていた。主人ときては、芸術家で、美貌、きれいな髪、結構な金利、つまり幸福の条件には不足ない。おまけに、アコーディオン、友人、渦巻く浅瀬の上で、永久《とわ》に停泊を楽しみつつ、船の上での物思い……彼らのところには何ひとつ足らぬものなしだ、《半カーテン》と、扇風機の送り込む風と、安楽な暮らしとのあいだに囲まれた、すばらしく甘美な、すがすがしい、貴重な世界。

郷に入りては、郷に従えだ。まず冷たい飲物にいちごクリーム、僕の好物のデザートだ。マドロンはお代わりをするためにしょっちゅう体をねじっていた。彼女もやっぱり、今ではお上品な態度に染まっていた。男連はマドロンがお気に召した模様だった、とりわけ主人の義父が。見るからの金満家型。マドロンのそばにいられてご機嫌らしく、さかんにお愛想をふりまくのだった。テーブルじゅうのご馳走を、彼女一人のために、かき集めていた、マドロンときてはもう鼻先までクリームだらけだ。ご当人の口ぶりじゃ、そいつは、義父は、やもめなんだそうだ。きっと忘れてるんだろう。まもなく、リキュール酒で、マドロンは、酔いがまわりだした。ロバンソンが着ている背広も、僕のも、長年着古した、くたびれきったしろものだった。もっとも僕らのいる隅っこの席では、そいつはわかりっこなさそうに思われた。それでもやっぱりほかの連中に引きくらべ恥ずかしい思いをせずにはおれなかった、連中は万事、贅沢で、身ぎれいだった、ファッション・コンテストに出場するアメリカ人みたいに、みがき立て、手入れが行き届いて。

　ほろ酔い機嫌のマドロンはもう行儀がいいとは言えなかった。小さな横顔を絵のほうへ向け、くだらぬことをしゃべり散らしていた、様子を察した女主人は、その場をつくろうために、またアコーディオンをひきはじめた、みんな歌った、僕たち三人も低い声で、ただし調子はずれに、平板に、さっきそとで聞いたのと同じ歌を、それから別のやつを。

　ロバンソンは、カカオ栽培のことならなんでも心得ているらしい老人と、うまく話を合わせていた。結構な話題だ。植民地にいたのだ、どちらも植民地に。「わたしがアフリカにいましたころは」あきれたことにロバンソンが堂々と言っているのが耳にはいった。
「ポルデュリエール商事の農業技師を勤めておりました頃は（こいつを何度もくりかえし

ていた）、部落じゅうの人間を収穫《とりいれ》に狩り出したものです……（とかなんとか）……」僕が見えないもんで、気兼ねなくやっていたんだ……思うぞんぶん……でたらめな回想を……老人の前で虚勢をはり……嘘っぱちを並べ！　懸命にその大物老人の高さにまで背のびしようと。普段は話の控え目なロバンソンまでが、そんなふうにでたらめを並べたて、僕をやきもきさせ、見づらい思いをさせるのだった。

　いちばん上席に芳《かぐ》わしいゆったりした長椅子のくぼみの中に座らされ、奴は、ブランデー・グラスを右手に、もう一方の手で身ぶりたっぷりに未征服の森林の壮大さと赤道の大旋風の狂暴ぶりを描いてみせていた。調子づいていた。大いに調子づいて……アルシイドがこの場に、片隅に居合わせれば、大いに笑い興じたことだろう。哀れなアルシイド！

　言うことはない、居心地の点では、帆船の中はまったく申し分なかった。おまけに河風がそよぎだし、丸襞《まるひだ》のついたカーテンが爽快《そうかい》な小旗のように窓わくにはためきはじめた。

　要するに、アイスクリームのお代わり、そしてまた、シャンパンだ。主人にとっては、誕生日だったのだ、そいつを何度もくりかえし口にした。ぜひとも喜びを、みんなに分かちたいのだ、通りすがりの人間にまで。ぜひとも僕たちに。一時間、二時間、ことによると三時間、彼の音頭《おんど》取りでみんな仲直りするんだ、みんな仲間になるんだ、顔見知りも、見ず知らずも、よそ者までも、代わりが見つからなければ、岸で拾った僕たち三人でもいい、とにかく食卓が十三人にならないように。も少しで僕はお得意の陽気な小唄《こうた》を歌いだすところだった、が思い止まった、ふいに我に帰って、気位を取りもどし。でなんとか自分を勿体づけるために（よっぽど頭にきていたんだ）、連中に教えてやろうと思いだした、つまり彼らの招待した相手がパリ地区の最も優れた医者の一人であることを！　僕の身なりからは連中は気づくはずがないが！　それにぱっとせん連れからみたって！　ところで、僕の身分がわかると、連中は大喜びで、お世辞を並べたて、そして、さっそく、めいめい自分たちのちょっとした持病を打ち明けだした。それを機会に、僕のほうは企業家の娘に近づいた。親戚《しんせき》にあたるぽっちゃりした娘で、ちょうどじんましんと、なにかにつけて酸っぱいげっぷに悩まされているところだった。

　美食と贅沢に慣れないときは、そいつに僕らは他愛もなく酔っぱらうものだ。真相はひたすら僕らのそばを去りたがっている。いつでもあっさり僕らを放免する。そいつに自分の真相に僕たちは執着はない。こんなふうに突然、贅沢な世界へ飛び込めば、たちまちみごとな誇大妄想の発作にとらえられる。そいつを、その親戚の小娘を相手にじんましんについて話しながら、こんどは僕がうわごとを喋りだす番だった。ロバンソンも同じだが、でたらめな話で、金持連中と調子を合わせることで、そこから、日ごろの屈辱から、脱け出そうというわけだ。嘘は、貧乏人の持ち金だ。みんな見てくれの悪い肉づきを、出来そこないの体つきを恥じているのだ。連中に自分の真相を見せる気にはなれなかった。そいつは、僕の尻《けつ》みたいに連中にふさわしくないものだ。なんとかしていい印象を与えたかったのだ。

連中の質問に、出まかせに答えはじめた、さきほどロバンソンが老紳士にやっていたみたいに。こんどは僕が自尊心のとりこだった！……おびただしい患者！　過労！……友人ロバンソン……技師の招きで目下トゥルーズの瀟洒《しょうしゃ》な別荘に逗留《とうりゅう》中だ……

それに第一、よく飲みよく食った席では、たやすく信じ込むものだ。うまくしたもんだ！　なんだって通用する！　ロバンソンが即席でたらめのひそかな楽しみに先鞭《せんべん》をつけていたため、あとに続くことはそれほど骨は折れなかった。

色眼鏡をかけていたせいで、連中にはロバンソンの目の状態ははっきり見分けられなかった。好意的に彼の不幸を戦争のせいにきめ込んだ。たちまち、僕らの値打ちは高まり、社会的に、さらに愛国的に、連中と、主人たちと同じ高さにまで引き上げられた。はじめのうちは、連中は、亭主の、絵描きの気まぐれに少々驚いたみたいな様子だった。もっとも人気芸術家という地位からして、ときどき突飛な行為をしでかすのはいまに始まったことでもなかったのだが……連中は、亭主たちは、僕たち三人をまったく気のよい、すこぶる愉快な連中に思いだした。

許嫁《いいなずけ》としては、マドロンはその役割をしかるべくしとやかに守っているとは言いにくかった、女たちまで含めて、みんなを、刺激するのだった、最後はやっかいな結果に終わりやしないかといぶかられるほど。心配無用。舌たらずな表現で会話はしだいに支離滅裂になっていった。なにごとも起こらなかった。

幸せになるための共通の努力にすっかり目がくらみ、美辞麗句とクッションに僕らはしがみついていた。皆んな、さらに心底から、さらに激しく、いやがうえにも仕合わせになるために。肉体が満腹したうえは、ひたすら精神を通じて、この世のありとあらゆる快楽を、おのれの中の、世界の中の知れる限りのすばらしいものを、現在の中に閉じこめるために。隣人までもその恩恵に浴させるために。さがし求めていたすばらしいものは、まさしくこれだ、ついに完璧《かんぺき》に、永遠に幸せになるために必要なもの、長年のあいだ自分に欠けていたのは、まさしく君のこの贈り物だったと、彼から、その隣人の口から聞き出すために！　ついに自分の生きがいを教えられたと！　今こそみんなの前で、そいつを声を大にして叫ぶのだ、そいつを、自分の生きがいを見つけ出したことを！　感激、みんなでもう一度、乾杯だ、この感激を祝して、こいつがこのままいつまでも続くように、二度と陶酔からさめないように！　とりわけ、二度とふたたびあの忌わしい時代へ、奇蹟のない時代へ、互いに知り合い、すばらしく己れを取りもどす以前の時代へ、逆もどりせぬように！……これからは皆んないっしょだ！　そうだ！　いついつまでも！……

亭主が、ついに辛抱しきれず、この陶酔に水を差した。

彼は自分の絵について話したかったのだ、そいつで頭の中は一杯だったのだ、なにかにつけて自分の絵について話さねば承知できないのだ。この男のしつこい間の抜けた言葉のおかげで、酔いがまわっていたものの、結局また僕らは平凡なやりきれない現実に逆もどりだった。あきらめて、僕は亭主の前に進み寄ると、美辞麗句をつらね、芸術家の幸福について、くそまじめなお世辞を並べ立てた。奴に必要なのはそいつだったんだ。僕のお世辞を受取ると、たちまち性交みたいなききめがあらわれた。片すみのふっくらしたソファーのほうへよろめき寄ると、奴はたちまち眠り込んでしまったのだ、おとなしく、見るからに仕合わせそうに。そのあいだもまだ客たちは、どんより定まらぬ視線で惚れぼれと互いの顔を見つめ合っていた、ほとんどこらえられぬ睡魔と、奇蹟的な胃の消化力の喜びとのあいだで、板挟みになって。

僕のほうは眠気を節約することにきめた、夜分用に取りのけたのだ。昼間の恐怖の名残りが眠りを遠ざけるのは常時のことだった、だから、せっかく今のうちに、ちょっぴり仕合わせを蓄《た》め込める幸運に恵まれたときに、無益な早まったうたた寝でそいつを浪費するのは、ばかげきった話だ。すべてを夜のために！　僕のモットーだ！　いつでも夜のことを考えなくちゃならん。それに第一、僕らは飯のためによばれたんだ、たらふく詰め込むチャンスだ……

だらけた雰囲気を利用して僕らはずらかった。三人ともこっそり脱走を遂行したのだ、女主人のアコーディオンの周囲に神妙に散らばってまどろんでいる客たちをよけながら。音楽になごんだ女主人の目は影を求めてまばたいていた。「また、あとでね」僕らがそのそばを通りすぎたとき、彼女は僕らのほうへ向かって声をかけた、そしてそのまま微笑は夢の中に消えてしまった。

　僕たちは、三人とも、そう遠くまでは行かなかった、さきほど僕が見つけておいた場所、二列のポプラ並木のあいだで、尖った高いポプラ並木のあいだで、河の流れがくねっている箇所、それより先へは行かなかった。そこからは谷間全体が、そして遠くの方には夕焼けの空へ釘のように突出している鐘楼をめぐって皺《しわ》寄った、谷底の小さな都会が眺められた。

「帰りの汽車は何時かしら？」たちまちマドロンが心配しだした。

「気にしなさんな！」彼が安心させた。「車で送ってくれるさ、あたりまえさ……亭主が言ってたよ……車を持ってるって……」

　マドロンは言い張らなかった。うっとり夢見心地にふけっていた。まさにすばらしい一日だった。

「ねえ、レオン、目の調子はどう？」聞きだした。

「だいぶいいみたいさ。自信がないんで、言うのは控えてたんだが、左の目がとくによく見えだしたみたいだ。テーブルの上の酒壜《さかびん》の数まで数えられそうだったよ……おれは何本もからにしただろう、見たかい？　うめえ酒だったな……」

「左は、心臓《ハート》の側よ」マドロンが教えた、うれしそうに。ご満足なのだ、無理もない、文句なしに、彼の目のことで。

「キスして、ねえ、あたしもしてあげる！」せがんだ。二人のおのろけのそばで僕は自分を邪魔ものに感じはじめていた。そうかといって遠ざかることもむずかしかった、どこへ出かけていいかわからなかったからだ。すこし離れた木の後ろへ用をたしに行くふうをよそおった、そしてそこで、木の後ろで、二人がそいつをきり上げるのを待っていた。彼らの語らいはやさしかった。僕はそいつを聞かされていた。しごく平凡な愛の語らい、そいつは世間を知っているときにはいつの場合でも少々滑稽《こっけい》さを免れないものだ。それに奴らがこんなことを言い合ってるのを聞くのは初めてだった。

「本当、あたしを愛してくれてる？」女のほうは尋ねていた。

「おれの眼とおなじくらい愛してるさ！」奴の返事だ。

「うれしいわ、そんなに言ってもらえると、レオン！……でもあんたはまだあたしを見たことないでしょう、レオン？……これまでみたいに他人の目じゃなくって、自分の目であたしを見だしたら、きっとそれほどあたしが好きでなくなるにきまってるわ……そうなれば、あんたはほかの女だって見えるでしょうし、きっと片っぱしから好きになってよ……あんたの友だちみたいに……」

この指摘はさりげなく言ったようで、僕を指していたのだ。まちがいなかった……もう僕が遠くにいて、聞こえないつもりだったんだ……そこで一撃をくらわしたんだ……機会をのがさなかったわけだ……奴は、色男は、異議をとなえた。「ばかな！……」と言っていた。そんなことはみんな思いすごしだ！　中傷だ……「おれがだって、マドロン、とんでもない！」必死で弁解に努めていた。「おれは奴とは違うさ、おれは！　なんだってまた奴といっしょだなんて思うんだ？……おまえにこんなによくしてもらっておきながら？　おれは浮気者じゃないよ！　そんなひどい野郎だと思うのか！　おまえに言ったことはいつまでも変わりゃせんさ、嘘はつくもんか！　いつまでも変わらんさ！　おまえはきれいだよ！　わかってるよ、だけど見ればますますきれいに見えるにきまってるさ……どうだい！　これで気がすんだかい？　さあ、もう泣くのはよしな。とにかくこれ以上は言いようがないよ！」

「うれしいわ、レオン！」すると彼女は答えていた、そして彼にすがりついた。二人は誓いを立てているところだった、もう邪魔立てできない、空の広さをもってきてももはや十分ではない。

「おまえを一生仕合わせにしてやりたいよ」そのあとしんみり、奴は言っていた。「けっして苦労はかけんさ、それに不自由もさせん……」

「ああ！　あなたって、なんていいひとなんでしょう、あたしのレオン。思ってたよりもっといいひとだわ……やさしくって！　誠実で！　あたしほんとに幸せよ！……」

「おまえが好きだからさ……」

ますます寄り添い、ちちくり合う。そして自分たちの強烈な幸福から僕を遠ざけようとでもするように、僕のほうにまたそいつを、卑劣な攻撃を向けるのだった……

　皮切りは彼女だ。「あの先生ったら、あんたのお友だちったら、変わってるんじゃない？」また攻撃にもどるのだ、僕が胃にもたれてるみたいに。「ほんとに変わってるわ！……べつに悪く言いたくはないけど、あんたのお友だちなんですもの……だけど、あのひとは、どう言ったらいいかしら、女に対して乱暴なひとだわ……なにも悪く言いたかないのよ、だってあのひとは確かにあんたを好いてるみたいですもの……でもやっぱりあたしの好きな型《タイプ》じゃないようよ……ほんと言うとね……あなた気を悪くしたんじゃない？」いや、いっこう平気だ、奴のほうは、レオンのほうは。「つまりね、先生は、女好きすぎると思うの……まるで犬みたい、わかる？……そう思わない？　あのひとったら、女とさえ見れば飛びかかっていくみたい！　悪さしといて、逃げ出しちゃう……そう思わない、そんなふうだと？」

　思わないでか、なんでも女の言うなりだ、腰抜け野郎め、どころか女の言うことはしごくごもっとも、愉快きわまるというわけだ。まったく愉快だ。女をけしかけ言葉を続けさせるのだった、そして腹をかかえて笑うのだ。

「そうなんだ、マドロン、おまえさんが奴について言ったことは、まさしくそのとおりさ、悪い奴じゃないんだ、フェルディナンは、だけど思いやりという点じゃ、確かに、奴の柄じゃないね、それに、身持ちの点だって！……そいつはおれがよく承知してるさ！……」

「あのひとの女関係を知ってるのね、そうでしょうレオン？」

かまをかけたのだ、あまめが。

「たんとね！」奴はきっぱり答えた。「だってさ、だいたい……奴はどんな女だっていいのさ！……」

しめくくりが必要だった、マドロンがそいつを引き受けた。

「お医者ってのは、有名だわ、みんな助平よ……だいたいいつでも……だけど、あのひとそんなかでも特別なんじゃない！」

「まったくそのとおりさ」相槌を打った、僕のよき友、果報者の友人は。そして、続けて、「あんまりお盛んなんで、薬を使ってるんじゃないかと、思ったほどさ……それに、奴の道具ときたひにゃすげえもんさ！　あいつを、あの大きさを見せたいね！　まともじゃないね！……」

「あら！　そう！」マドロンはとたんに当惑して、僕の一物を思い出そうと努めていた。「ところでどう、あのひと病気を持ってると思って？」——すっかり心配になったのだ、こういう内輪の情報で急に胸騒ぎして。

「そいつは、全然わからんね」残念ながら、奴は認めざるを得なかった。「断言はできんね……だけど奴みたいな暮らしじゃあ大いにその機会は考えられるね」

「やっぱりあんたの言うとおりよ、きっと薬を使ってるんだわ……きっとそのためよ、ときどきとってもおかしくなるのは……」

そして彼女のちっぽけな頭は活動しはじめた。こう言い添えるのだった。「これからあのひとに用心しなくちゃ……」

「べつにこわがることはないだろう？」彼は尋ねた。「奴はおまえさんにはなんでもないんだろう？……言い寄りでもしたんかい？」

「まあ、とんでもない、あたしが承知するもんですか！　でも、何を考え出すか知れやしないもの……たとえば、発作的に……よく発作を起こすものよ、薬を使ってるひとは！……とにかくあのひとに診《み》てもらうのはごめんだわ！……」

「おれだってごめんさ、こんな話が出たからにはね！」奴は、ロバンソンは、同意した。

あとは、また甘い言葉と、愛撫《あいぶ》……

「甘えたさん！　甘えたさん！」赤ん坊みたいに彼の体を揺すっていた。

「にゃんこちゃん！　にゃんこちゃん！……」男のほうは答えていた。そして、合間には、接吻の嵐をはらんだ沈黙。

「おれが肩まで接吻するから、そのあいだに《好き》って言葉を何べん言えるか、せいぜい早く言ってごらん……」

そいつは、その遊戯は、首筋のところから始まった。

「まあ、あたし真っ赤だわ！」息を切らして叫び声を上げる……「息が詰まるわ！　息をさせて！」——がその暇を与えなかった。またやり直しだ。僕はそばの草の中で、これから始まることを見のがすまいと努めていた。奴は乳首を唇ではさんで、たわむれていた。要するに、いちゃつきだ。僕もまた真っ赤だった、さまざまな感情から、とりわけ自分の無遠慮さに我ながらあきれはて。

「ねえ、レオン、あたしたち幸せになれるわね？　きっと幸せになれるって言って！」

中休み。そしてまたいつ果てるともない未来の計画、まるで世界全体を作りなおそうとでもするような、もっともそいつは彼ら二人だけの世界だが！　とりわけ僕はまったくのけ者だ。まるで僕を厄介ばらいすることに、二人きりの水入らずから僕の汚らわしい思い出を消し去ることにかかりきっているみたいに。

「ずいぶん古いお友だちなんでしょう、フェルディナンさんとは？」

こいつは彼を閉口させた……

「古いと言やあ、まあそうかね……方々でね……」答えていた。「最初は偶然出会ったんだ、旅行中にね……奴はあちこち見て歩くのが好きな男でね……おれにも、そんなところがあるがね、でまあ、言ってみりゃ、長いこといっしょに旅してきたというわけさ……わかったかい？」……こんな調子で僕たちの生き方をけちくさい月並みなものに引きずりおろしてしまうのだった。

「そうなの！　ねえ、もうそんなに仲好くするのはやめてちょうだい！　今日かぎりよ！」きっぱりした態度で、そっけなく、彼女は言い渡した。「やめて！……いい子だから、やめてくれるわね？　これからはあたしだけが道連れよ……わかって？……いいわね、お利口さんね……」

「おい、おい、奴に妬《や》いてんかい？」さすがに少々まごついて、尋ねた。腰抜けめ。

「まさか！　あんなひとのこと、妬いたりなんかするもんですか、あんたがとっても好きだからよ、ねえ、わかる、レオン、あんたを全部自分のものにしたいの……だれともあんたを分け合わないで……それに第一あんたはもう友だちなんか必要ないのよ、あたしがあんたを愛してるんだもの、ねえ、レオン……あのひとはいけなすぎるわ……わかって？　あたしが大好きだと言って、レオン！　そしてあたしの言うことを聞くって」

「大好きさ……」

「うれしい」

＊＊＊

その晩、僕たちはそろって、トゥルーズへ引きあげた。

事故が起こったのはそれから二日後のことだ。ともかく僕は帰らないわけにはいかなかった、駅へ出かけるのに荷造りを終わりかけていたとき、だしぬけにだれかが家の前でどなるのが聞こえた。耳をすました……僕にすぐ地下納骨室へおりて行くように言っている……そんなふうに僕を呼んでいる人間の姿は見えなかった！　が声の調子から、ひどく急を要することにちがいなかった。至急に駆けつけねばならぬみたいだった。

「すぐにかい？　そんなにせくのかい？」僕は、聞き返した、時間かせぎに……夕飯まぢか、七時ごろだったろうか。別れの挨拶《あいさつ》は、駅でかわすことになっていた、そう決めてあった。そのほうがみんなに都合よかったからだ、老婆の帰りがおそくなるはずだったので。ちょうど、その日の午後、地下納骨室へ巡礼の一行を迎える予定になっていたのだ。

「早く来てください、先生！」表の人間は、まだしつこく叫んでいた……「アンルイユさんがたいへんなんです！」

「わかった！　わかった！」僕は言った……「すぐに行くよ！　わかったよ！……いま降りて行くよ！」

　がちょっと考え直して、「とにかくさきに行ってくれ」つけたした。「あとからすぐ行くと言っといてくれ……大急ぎで駆けつけるって……ズボンをひっかける間だけ……」

「でもほんとにせくんですよ！」なおもせかせるのだった、その人間は……「婆さん気を失ってるんです！……頭の骨を折ったらしくて！……穴倉の階段からころがり落ちたんです！……いちばん下まで落ちたんです！……」

「ありがたい！」この結構な話を聞いて僕は心の中でつぶやくのだった、もう考慮する必要はなかった……まっすぐ、駅へ向かって、逃げ出した。肚はきまったのだ。

ともかく間に合った、七時十五分の汽車に、すれすれ。

けっきょく、別れの挨拶もぬきだった。

⁂

パラピーヌが、再会して最初に言ったことは、僕の顔色がすぐれないということだった。

「だいぶお疲れのようだね、むこうじゃ、トゥルーズじゃ」指摘した、相変わらず、疑り深く。

実際、むこうでは、トゥルーズではいろいろと心を使った、が結局、文句を言うのは贅沢というものだ、まんまと逃げおおせたんだから、本物の面倒から、あぶないところで身をかわすことによって、ともかくそう願いたいところだ。

で彼に、パラピーヌに詳しい経緯《いきさつ》と予測とを語って聞かせた。が、こんどの場合僕がうまく立ちまわったとは、彼にはどうしても考えられない様子だった……とはいえ、じっくり論じている暇はなかった、こんなことをしていたあいだに、僕には食《く》い代《しろ》を稼ぐ問題が非常に緊迫したものになっていたので、そいつを考えなくてはならなかった。だからとやかく論議に費やす時間などなかった……もう百五十フランの貯えしかなく、おまけにこの先どこへ身を落ち着けたものか、そのあてすらもないのだった。《タラプウト座》は？……もう人を求めてはいなかった。不景気なんだ。それじゃあ、ガレンヌ＝ランシイへ舞いもどるか？　もう一度、患者にあたってみるか？　ともかく、それもちょっとは考えてみた、がそいつは最後の最後の手段だ、まったく気が進まなかった。聖火ほど早く消えてなくなるものはない。

　結局、最後に助け舟を出してくれたのは、パラピーヌだった、《精神病院》にちょうど僕向きのちょっとした口を見つけ出してくれたのだ、すでに数カ月まえから彼が働いている同じ病院に。

　仕事はまだ順調にいっているようだった。その病院で、パラピーヌは患者の映画係りをまかされていただけではなく、なおそのうえに放電治療も受け持っていたのだ。週に二度、決まった時間に、密閉した真っ暗な部屋の中で特別に集められた憂鬱《ゆううつ》病患者たちの頭上にものすごい磁気嵐を浴びせかけるのだ。要するに精神のスポーツ、雇主バリトン博士のすばらしい思いつきの実用化。ところで、なんともけちくさい親爺《おやじ》だった、大将ときては。僕を雇ってはくれたものの、給料はちょっぴり、契約書と条項ばかりものものしく、おまけにどれもこれもご自分に都合よくつくられている、要するに雇主だ。

　病院での僕たちの給料はまったくお話にならぬものだった。そのかわり食事は悪くなかった、それに寝心地も満点だった。おまけに看護婦たちをものにすることもできた。そいつは許されていたのだ、もちろん、暗黙裡にだが。雇主のバリトンは、そうしたお楽しみには何ひとつ難癖はつけなかった、むしろそうした色事の便宜は使用人を居つかせるのに役立つという意見だった。ばかじゃなかったのだ、うるさ型じゃなかった。

それに第一、危いところで、食い代を恵まれておきながら、つべこべ言うのは見当ちがいというもんだろう。考えてみれば、パラピーヌがどうして急に、これほど僕のために尽くしだしたのかも、腑《ふ》に落ちなかった。僕に対するこの男の態度が気にかかった。こいつに、パラピーヌに、友情を想像すること……それはどうみても買いかぶりすぎだった……もっと込み入った内情にちがいない。むろん、そうとばかりも言いきれんだろうが……

昼の食卓では僕たちはひと所に顔を合わすしきたりだった、みんなで雇主のバリトンを囲んで。バリトンというのは、古株の精神科医で、とがった口髭をはやし、むっちり太った短い腿《もも》をした男だった。しごく穏やかな性格だったが、こと経済問題に関してだけは別だった、その方面ではなにかにつけまったく胸糞の悪くなるような態度を示すのだった。もっとも卵入り《ヌイユ》うどんと渋《しぶ》いボルドー葡萄酒だけは惜しげもなくふるまうのだった。葡萄畑が一つごっそり遺産相続で彼の手にころがり込んだというわけだ、種を明かせば。こっちこそ迷惑な話だ！　どう見ても、それはくだらぬ銘柄にすぎなかったんだから。

ヴィニイ＝シュル＝セーヌにある彼の精神病院はほとんどいつも満員だった。建物を取巻く広い庭のせいで、印刷物ではそれは《健康の家》と名づけられていた、そしてその庭を天気のよい日など入院中の狂人たちがぶらつき歩くのだった。連中は、狂人たちは、まるで肩の上に頭がちゃんと座りきっていないみたいな、よろめいた拍子に、頭の中身を地面にぶちまけてしまいはせぬかとたえず恐れているような、変てこな様子でうろつきまわるのだった。その中ではありとあらゆる種類のとっぴな支離滅裂なしろものがぶつかり合い、そして連中はそいつに必死でしがみついていたのだ。

そいつについて、自分たちの心の宝についてうちあける場合には、連中は、狂人たちは、まるで政府の慎重なお偉方みたいに、おびえたような表情や、しぶしぶ要求に応じるといった態度を、さんざん見せつけるのだった。一国と引きかえにでも、彼らから、この連中の頭から、そいつを吐き出させることはむずかしかっただろう。狂人とは、要するに人間のごく普通の感情が頭の中にしっかり閉じ込められただけのことだ。世間がそこを、彼の頭を通過しない、それだけで十分だ。閉ざされた頭、そいつは河のない湖といっしょだ、臭《にお》い出す。

バリトンは卵入りうどんと野菜をパリで卸しで買い込んでいた。だからヴィニイ＝シュル＝セーヌの商人たちのあいだで、僕たちは好感を持たれていなかった。連中から、商人たちから、憎まれていた、とも言えるだろう。がそうした恨みも僕たちの食欲をそぎはしなかった。食卓では、僕が見習に入った最初のころは、僕たちの脈絡のない話から、バリトンはかならず結論と教訓を引き出すのだった。ところで、狂人の取引きで生計をたて、彼らに囲まれ、彼らと食事を共にし、彼らの狂気を鎮める努力に一生かけてきたところから、このうえまだ食事の際にまで彼らの奇癖について喋らされるくらい、バリトンにとってわずらわしく思えることはなかったのだ。「まともな人間の話に気違いが顔を出しちゃいかん！」自衛するように、断固として、言い放つのだった。この精神衛生法を実行していた。

話好きな男だった、そわそわ落ち着きがないほど。愉快な、ことに安心できる、良識にかなった話題が好きだった。いかれた連中にはこだわらぬことを望んでいた。彼らに対する本能的な嫌悪《けんお》だけですっかり十分だったのだ。それに反して僕らの旅行談には夢中になるのだった。いくらでも聞きたがった。僕が来て以来、パラピーヌのほうは、幾分おしゃべりから解放されることになった。食卓での主人の気晴らし役に、僕はちょうどよいおりに飛び込んだわけだ。放浪生活の一切合切がそれに注ぎ込まれた、長々と語られ、むろん、適当に按配《あんばい》され、しかるべく面白おかしく、修飾され。食べながら、バリトンは、舌と唇ですさまじい音を立てるのだった。右脇にはいつも娘が控えていた。まだ十歳なのに、しなびきっているように見えた、娘のエーメは。なんとなく生気のない、癒《いや》しがたいくすんだ顔色が僕らの目からエーメをかすませていた、まるで不健康な小さな雲の群れがたえず彼女の顔前を通り過ぎているみたいに。

パラピーヌとバリトンのあいだにはときどきちょっとした衝突が持ち上がった。がバリトンは自分の仕事の利益に口出しされないかぎりは、何事にも、また誰にも、怨みを抱くことはなかった。銭勘定だけが人生で唯一大切なものだったのだ。

まだ口をきいていたころ、あるとき、パラピーヌは、食卓で面と向かって彼には《倫理》が欠けているときめつけたことがあった。最初、その指摘は彼を、バリトンを傷つけた。が、すぐ円満におさまった。どうでもいいことに腹を立ててもはじまらぬ。僕の旅行談から、バリトンはロマネスクな感動だけではなく、節約実行の気分をも味わっていたのだ。「君の話を聞いちまえば、もう自分で出かけるには及ばんよ、フェルディナン、まったく君は話上手じゃからな！」彼としては精一杯のお世辞のつもりだったのだ。病院には僕らは監視の容易な狂人だけしか収容せず、とくべつ悪質のや、はっきり狂暴性をおびた狂人は絶対にはいり込ませなかった。《気違い病院》といってもそれほど陰気な場所ではなかった。鉄格子はほとんどなく、独房がいくつかあるだけ。いちばん気がかりな問題は、どうやら全部をひっくるめて、院長自身の娘、エーメのことに落ち着きそうだった。患者のお仲間というわけではなかったが、環境がしみついていたのだ、その子には。

ときおり、わめき声が食堂までも聞こえてくることがあった、がそうした叫びの原因はいつもまったく取るにたらないことだった。それに長続きもしなかった。また、狂人たちの群れが、水上げポンプと、小さな茂みと、秋海棠《しゅうかいどう》の群れのあいだをいつ果てるともなくぶらつき歩いているおりに、ときどきちょっとしたことから、ふいに狂乱の大波が狂人の群れを揺さぶりに押し寄せることがあった。こうしたことはすべて、ぬるま湯の風呂につけるとか、阿片《あへん》シロップの壜《びん》をかがせるとかで、たいしたいざこざも危険もなく、おさまるのだった。

通りに面した食堂の窓ぎわに集まって、ときどき狂人たちはわめきたて、近所の連中を人だかりさせることがあった、しかし連中の恐怖はどちらかといえば室内にとどまっていた。連中の頭の中はそいつで一杯で、僕らの治療に刃向かうために、それぞれ、そいつを、自分の恐怖を大事にしまい込んでいた。そいつが、その抵抗が奴らの生きがいだったのだ。

バリトン親爺のところで知り合った狂人たちを一人残らず思い返してみると、戦争《いくさ》と病気という、この二つの果てしない悪夢を除いて、僕たちの本性の真実の現われが他にありうるかどうか、僕は疑問に思わざるを得ないのだ。

生活をひどくくたびれさせるもの、要するにそれは、二十年、四十年、いやそれ以上も分別を保ちつづけようとして、すなおに心底から自分自身になることを避けようとして、つまり、汚れた、残酷な、ばかげた正体を現わすまいとして、僕らが自分に押しつけるとほうもない苦労にほかならない。自分に与えられたくだらん跛《びっこ》の人間を、朝から晩まで常に超人として、普遍的な小理想として示さねばならん強迫観念。

患者は、おおぜいいた、あらゆる等級のが、いちばん裕福な患者たちはルイ十四世時代風のふかふかした部屋に住まっていた。その連中に対してはバリトンは毎日高い料金を定めた診察を行なうのだった。連中のほうでは彼を待ち受けていた。ときどき、彼は、バリトンは、猛烈な往復ビンタを食らうことがあった。まったくすさまじい、計画的なやつを。さっそく彼はそれを特別治療費として請求書につけ加えるのだった。

食卓ではパラピーヌは控え目だった、バリトンに対する僕の弁舌の成功で気を悪くしたわけでもなかった、それどころか、むしろ昔にくらべて、研究所時代にくらべてのんきそうに、つまり、満足そうに見えた。例の未成年者とのごたごたですっかりおじけづいてしまったのだ。そのため、セックスに関して少々調子がおかしくなっていた。暇なときには、彼もやはり、病院の芝生のあたりを、病人そっくりに、さまよい歩くのだった、そして僕がそばを通りかかりでもすると、かすかにほほえみかけるのだった、だがそのほほえみは、あんまり力なく蒼《あお》ざめており、まるで別れの微笑のようにとれるのだった。

僕たち二人を技術職員に迎え入れることで、バリトンは拾い物をしたわけだ、というのは僕たちは忠実に職務に精励しただけではなく、そのうえに気晴らしと、さらに彼の大好物ではあるが、おあずけを食わされている冒険のこだまを、彼のもとへ齎《もた》らしたのだから。そんなわけで彼はよく僕たちに対して満足の意を表するのだった。もっともパラピーヌに関しては多少の不満をもらすこともあったが。

パラピーヌとはどうしてもしっくりいかなかったのだ。「パラピーヌはね……いいかい、フェルディナン……」ある日彼はこっそり僕に打ち明けた。「あれはね、君、ロシア人だぜ」バリトンにとってはロシア人であるということは、《糖尿病患者》や《黒ん坊》と同じくらい、意味深長な、形態学的な、許しがたいなにものかだったのだ。何カ月もまえから気にしてきたこの話題にふれると、彼は僕を前に、ひたすら僕のためを案じて、脳みそをしぼりはじめた。……この男らしくも、バリトンらしくもなかった。僕たちはちょうど連れ立って巻煙草《シガレット》を買いに近所の《煙草屋》まで出かけるところだった。

「なあ、そうじゃないか、フェルディナン、パラピーヌは、確かに頭のいい男だってことは認めるよ、そりゃ言うまでもないことさ……だけどあの石頭にも困りもんじゃよ！　そうは思わんかね、フェルディナン？　第一、ああ融通がきかんようじゃね……それがあの男の特徴だよ……自分の職業にも満足できん……この世の中にも満足できん！……そうだろう！……あの男の態度は間違っとるね！　全然まちがっとる！……その証拠に奴は苦しんどるじゃないか！……そこへいくと、フェルディナン、このわしなぞは融通自在じゃね！……（彼は胸板をたたいてみせた）たとえば、明日、地球が逆の方向に廻りだすとしてみたまえ。さよう、わしならどうするじゃろうね？　そこはちゃんとよろしくやっていくさ、フェルディナン！　臨機応変にね！　どうするかわかるかね、フェルディナン？　十二時間ぐっすり余分に眠るだけさ！　それだけのことさ！　簡単なことさ！　なんでもない話さ！　一挙に解決！　問題なしさ！　ところがパラピーヌ先生とくると、そんなときには、どうすると思うかね？　百年以上もくよくよ思い悩むにちがいないさ！　目に見えとるね！　間違いないさ！……そうじゃないかね？　地球が逆転しだせば奴は、たちまち眠れなくなるくちさ！　自分ひとり特別不公平なあしらいを受けたみたいな気で！……あんまり不公平だと！……奴の口癖じゃよ、不公平というのが！……まだ口をききおったころには、さんざん不満を聞かされたものさ……ところで泣き言を並べるだけで奴は満足すると思うかね？　それなら、たいして害はあるまいがね！　どうして！　奴はさっそくそいつを、地球をふっとばす策略をさがしにかかるにきまっとるさ！　腹いせにな、フェルディナン！　それに、いちばん恐ろしいことは、よく覚えておきたまえ、いちばん恐ろしいことは、フェルディナン……だけど、いいね、これはここだけの話じゃよ……つまりだ、奴は、そいつを、その策略を見つけだすにちがいないということだ！　嘘は言わん！　いいかね、フェルディナン、わしの言うことをよく覚えておきたまえ……気違いには、単純な奴と、それから、そうでない奴とがある、つまり文明社会の鞭《むち》でいためつけられてる連中……パラピーヌがその仲間だと考えると、ぞっとするよ！　いつかあいつはわしにどんなことを言いおったと思うね？」

「さあ……」

「いいかい、奴はこう言ったんだ。『陰茎《ペニス》と数学のほかには、バリトン先生、何ひとつ実在しません！　何ひとつ！　空白です！』とな。それだけじゃない……いつまで奴はわしと口をきかんつもりだと思うね？」

「わかりませんね、バリトン先生、いや、さっぱりわかりませんよ……」

「じゃ、君には言ってないとみえるね？」

「ええ、まだ……」

「そうかね、わしには、言いおったよ……数学の時代がくるまでは口をきかんつもりじゃとな！　ひと言もな！　堅く誓っとるんだ！　こんな無礼なやり方を君はどう思うかね？　年長者に対して？　上役に対して？……」

　このとっぴな空想を僕は軽く冗談口で受け流した。がバリトンは軽口に耳を貸す気分にはなれなかった。ほかにもいろいろ憤慨の種を見いだしていたのだ……

「ああ！　フェルディナン！　わかっとるよ、どうせ君はいい加減に聞き流しとるんじゃろう……罪のない言葉、よくあるとっぴな放言くらいにな……君はそう受け取っとるようだね……ただそれだけのことだと？……実に、うかつじゃよ、フェルディナン！　悪いことは言わん、気をつけるんだね、一見問題はないようじゃが、たいへんな了見ちがいじゃよ！　はっきり言っとくが、君は完全にまちがっとるよ！……完全にまちがっとる！　まったく、大まちがいもはなはだしい！……長年この道で食っとるからには、おとなしいのから荒っぽいのまで、気違いに関する知識なら、わしは、けっして人後には落ちんつもりじゃ、それくらいの年の功は、君も認めるじゃろう！……わしの知らんことは、ないはずじゃ！……それくらいは君も認めるじゃろう！　フェルディナン？……それに、君も見て知っとるとおり、フェルディナン、わしには、悲観症の傾向などこれっぽっちもないはずじゃ……おおげさに言い立てたりはせんつもりじゃ……そうじゃろう、ちがうかね？　わしの考えじゃ、いくら言葉を並べ立てたところで、言葉の力なんて、所詮《しょせん》、知れたもんだよ！……単純に生まれついとるんか、抑圧《インヒビション》の度合いが高いんか知らんが、言葉ではわしはさっぱり恐れ入らんほうだ！……それでじゃ、フェルディナン、公正な分析の結果、ラピーヌに関しては、わしは警戒せざるを得ん結果に立ち至ったのじゃ！……特別慎重に構えざるを得ん結果にな！……あの男の狂気は、無害な、ありふれたものとは似ても似つかんものだ……しごく珍しい、恐るべき種類のものに、容易に伝染《うつ》りやすい錯乱に属しとるように思えるんじゃ、つまり《社会的、思い上がり型》だ！……君の友人の場合は、たぶんまだ、完全に狂気の域にまで達しとるとは言えんじゃろう……そりゃそうだ！　おそらくまだ度を越した確信の程度を出とらんようじゃ……だが伝染性錯乱なら、わしの専門領域だ……度を越した確信くらい恐ろしいものはないからね！　フェルディナン、わしはおおぜいぶつかってきとるんだ、このわしは、そういうものに、そういう思いつめた連中に。いろんな種類の、さまざまな原因の！……正義を口にする連中が、結局、いちばん気違いじみた連中に思えるね！……最初のうちは、そういう正義派に、わしも少々興味をひかれたものさ、白状すればね……今じゃ腹立たしいだけだ、まったく見られたもんじゃないね、ああいう偏執狂どもときたひには……そうは思わんかね？……困ったことに、人間の中には、どう言ったらいいか、この方面の伝染性がひそんどるのさ、おまけにどの人間の中にも、聞いとるんかね？……よく肝に銘じておきたまえ、フェルディナン！　どの人間の中にもだ！　アルコールや色情の場合と同じさ……似たり寄ったりの素質……宿命……限りなく行き渡った……笑っとるのかね、フェルディナン？　そうだとすれば、君のことも心配じゃよ！　いまにもかぶれそうじゃ！　安心できんね、フェルディナン！　君はまじめな性格だと思っとったが！……いいかね、フェルディナン、わしはもう年寄りだ、さきの心配はごめんこうむりたいね！　それくらいは許されてもいいじゃろう！　だが君の場合は！」

方針として、僕は親方《ボス》の意見には絶対服従をきめ込んでいた。世間の荒波にもまれつづけながら僕はどれほども処世術を身につけていなかった、それでも屈従のエチケットというりっぱな方針だけは学びとっていた。その傾向のおかげで、これを機会に、バリトンと、結局すっかり意気投合したかたちになった、僕はけっして出しゃばらなかったし、食卓でも大食らいではなかった。要するに、おとなしいお相手役、まったく経済的で、これっぽっちも野心のない、危なっけのないお相手役だったのだ。

⁂

ヴィニイ＝シュル＝セーヌは、二つの水門のあいだ、緑をはぎ取られた二つの丘のあいだに現われる、ここは郊外に変わりつつある村落だ。いずれパリに奪い取られる日も近いだろう。

月に一つずつ庭をなくしている、入口からもう広告がロシア・バレー風にけばけばしく彩《いろど》る。執達吏の娘までがカクテルの作り方を心得ている。歴史的遺物といえば電車ぐらいだ、こいつばかりは革命でも起こらぬかぎり姿を消すことはあるまい。大人たちは心細がっている、子供がもう両親と同じアクセントではないからだ。まだセーヌ＝エ＝オアズ郡に属していることを思うと変な気がする。奇蹟が起こりつつあるのだ。ラヴァル（一八八三〜一九四五、フランスの政治家）以来、家政婦たちまで一時間に二十サンチーム料金を値上げした。競馬の胴元が検挙《あげ》られた。郵便局の窓口嬢は男色小説を買い込み、頭の中ではそれよりはるかに露骨な小説を空想している。司祭は平気で汚ない言葉を口にし、殊勝な連中には《投資》の助言を与えている。セーヌ河は魚を死滅させ、廃物と鉄くずの醜い入れ歯みたいに両岸に連なった砂利取機やトラクターやトロッコの列のあいだで、アメリカ化している。三人の土建屋が最近監獄にぶちこまれた。万事順調に進んでいるわけだ。

このような完全な土地柄一変の影響はバリトンにも及ばぬわけはなかった。もう二十年早く隣の谷間の土地をもっと買い込んでおく才覚のなかったことを彼はひどくくやんでいる、そのころはまだ、日のたった菓子みたいに、坪あたり四スウでいくらでも持って行ってくれと頼まれたものだ。良き暮らしの時代は去ったのだ。幸い彼の精神療養所はまだなんとか持ちこたえていた。とはいえ苦労がないわけでもなかった。患者の家族がどこまでも注文をつけてやまないからだ、次からつぎへ、いっそう新しい治療方法を、さらに電化した、さらに複雑な、さらにどうのこうのと……とくにできるだけ最新式の装置、できるだけ印象的な機械を、それも今すぐ。そして競争で追い抜かれないためには、要求に応ずるより仕方なかった……近くのアスニエールやパッシイやモントルトゥの森にひそんで、やっぱり贅沢なもうろく老人たちをごっそり頂戴しようと隙をうかがっている、いくつもある類似の病院に追い抜かれないためには。

バリトンは、パラピーヌを相談役に、時代の好みに追いつくことに懸命だった、むろん、せいぜい安上がりに、割引品や、出物《でもの》や、見切り品で、とにかく絶え間なく、新しい電気器具、圧搾《あっさく》空気器具、水力器具とかき集め、口うるさいが裕福な入院患者たちの気ままに追いつく体裁をつくろうことにかかりづめだった。悲鳴をあげていた、無用な見てくれを強《し》いられ……それどころか気違いどものご機嫌とりを強いられて……

「わしがこの療養所を開いたころは」ある日彼は僕に向かって日ごろの不満をぶちまけだした。「ちょうど博覧会の前だったがね、フェルディナン、大博覧会の……わしたちの、わしたち精神専門医のあいだでは、開業医の数といっても、ごく限られたものじゃったよ、それに今みたいに、堕落した物好きな連中も、いなかったね、本当じゃとも！　そのころは患者と発狂くらべをしようなんて奴は、わしらのあいだには一人もいなかったよ……治療に役立てるという口実で、自分まで気違いのお仲間入りする流行は、まだ現われちゃいなかったね。けがらわしい流行さ、外国から入ってくるやつは……だいたいみな相場がきまっとるがね……

　つまり、わしが開業したころは、フェルディナン、フランスの医者はまだ誇りを持っとったよ！　患者といっしょになって狂わにゃならんなど、思いもよらんことだった……調子を合わせようというわけかね？　どういうことかね？　患者のご機嫌を取ろうってのかね！　いったいどうなるんだね？……うけたまわりたいもんだよ……病院じゅうでいちばん狂った患者より、さらにもっと陰険な、不健全な、変態的な性格を身につけることにかかりきって、患者たちから模範を示された狂気の中に片っぱしから溺《おぼ》れ込むことにかかりきって、おまけに昔なら考えもつかん汚らわしい自慢たらしい気持を感じとる、こんなことじゃ、最後はいったいどうなるんだね？……わしたちの理性の行く末について、フェルディナン、君は保証できるかね？……ただの常識だって？……この分じゃ、わしたちの常識から何が残るかね？　何ひとつ残るもんか！　目に見えとるよ。何ひとつ残るものか！　予言してもいい……はっきりしとるよ……

　第一、フェルディナン、徹底した近代的考え方にかかっちゃ、みそも糞もいっしょくたということになっちまわんかね？　もう白人もない！　黒人もない！　なにもかもばらばらにくずれちまうんだ……そいつが新式なのさ！　流行《はやり》なのさ！　だったら医者のほうも気違いになってなにが悪い？　遠慮はいらん！　どころか大いに自慢すべきだ！　精神の大混乱を宣言するんだ！　発狂を吹聴《ふいちょう》するんだ！　だれに止められるもんか？　教えてもらいたいもんだね、フェルディナン？　嗜みなんぞ糞くらえというわけさ……まったく、フェルディナン、一部の同業者の説を聞いていると、それも患者や学会からいちばん高く買われている、いちばん人気のある連中に多いんだが、いったい、連中はわしたちをどこまで引きずっていくつもりかと言いたくなるね！　まったく、ひどいもんさ！　ああいう気違いじみた手合いには、わしはどうにもついては行けんね、腹が立つだけじゃ、おまけに汚らわしいったらありゃせん！　近ごろの学会で奴らのお得意の研究報告を聞いただけで、わしはおぞ毛立つね！　聞いただけでこっちの頭まで変になるよ！　気のふれた、淫《みだ》らな、頭にきた、ひねくれた連中の集まりさ、近ごろの精神医学の人気者どもときては、無意識の分析とかを濫用して、わしらを地獄に突き落とすんだ……地獄へ、真っ逆さまにな！　そのうち、君たちが、フェルディナン、君たち若い者が抵抗しなけりゃ、わしたちはあの世行きさ、いいかね、あの世行きだよ！　知性とは逆の方向へ、地獄の方向へ、もう二度とそこからもどれん方向へ、さんざんわしたちの知性を引きずりまわし、磨きたて、こづきまわしたおかげでな！……それに、あの悪党どもは、いまからもうそこに、地獄の中に押し込められとるようなものさ、夜昼けじめなく良識を汚しまくった報いでな！

　まったく夜昼けじめなしさ、そうだろう、フェルディナン、あの汚らわしい連中にかかっちゃ、もう夜も夢の中でまで姦淫をやめんのだからな……推して知るべしさ！　脳みそをしぼり！　良識をおしひろげ！　いためつけ！……連中のまわりは、もうどろどろの、むかつくような排泄物《はいせつぶつ》だらけさ、体じゅう発狂の徴候がにじみ出し、流れ出しとるんだ……精神の残骸を両手にいっぱいすくい持って、そいつで体じゅうねばりつき、臭《にお》いだし、滑稽な、情けない様子ったらありゃしない。なにもかも壊れ去るんさ、フェルディナン、なにもかも壊れるんだ、わしは予言しとくよ、このバリトン老がね、それも遠いことじゃあるまいて！……君はお目にかかれるさ、フェルディナン、とてつもない混乱にね！　君はまだ若いんだ！　お目にかかれるさ！　さぞかし愉快な眺めだろうて！　一人残らずお隣へ引っ越しさ！　それ！　もうひと狂い！　もうひと頑張り！　それきた！《気違い》のとこへ前進だ！　やれやれ！　お望みどおり自由の身になれるわけさ！　長いことそいつを待ち望んできたんだ！　大胆といや、大胆な話さ！　だけど気違いのところへ行って見なされ！　二度と帰っちゃこれんからな！

よく覚えておきたまえ、フェルディナン、終わりの始まりはすべて、節度の不足からさ！　こいつの、この大混乱の、そもそもの始まりは、わしにはちゃんとわかっとるんだ……節度の無視が始まりさ！　外国式の行き過ぎがね！　節度なくして、力なしさ！　こうなってあたりまえさ！　だれもかも自滅を目指しとるんか？　そうとしか思えんね！　だれもかれも？　そのとおり！　目指すなんてもんじゃない、まっしぐらに前進だ！　文字どおり我勝ちに！　フェルディナン、わしはこの目で見てきたんだ、精神がしだいに平衡を失って、ついに末世的野望の中に吸収されていくありさまをな！　最初の兆《きざし》は一九〇〇年ごろだ……画期的な年代さ！　そのころから、世間一般は、とくに精神医学界ときては、ただもう気違いじみた競争ばかりさ。だれがいっそう堕落するか、いっそう猥褻《わいせつ》に、いっそう変わり者に、いっそういやらしい人間になるか、奴ら流に言えばしみったれた同僚よりいっそう独創的に！……文字どおり泥仕合《どろじあい》さ！　だれが真っ先に人でなしに、情けも慎みもない獣《けだもの》に身をまかすか！　いまにわしらはみなそいつに、獣にとって食われるのさ、フェルディナン、目に見えとるよ、いいざまだ！　どんな獣かって？　傍若無人にのし歩く、頭でっかちの獣さ！　そいつの攻勢と、ぎらぎらした涎《よだれ》が、もう四方八方から押し寄せてきとるんだ！……わしらはもうその中であっぷあっぷしかけとるんじゃ！　要するに！　やれやれ！　みなさん意識というやつに、よっぽど退屈あそばしたとみえる！　もう退屈はこりごりだとさ！　目先を変えて、まず手はじめにお釜の掘り合いときたね……同時に、例のやつを、《印象》とか《直感》とかいうやつを、感じだしたというわけさ……女の腐ったみたいにな！……

　そうなりゃ、理性なんてやっかいな言葉にかかずらっている奴がどこにいるもんかね？……知れた話さ！　いま出来の、とことん進歩的な、ややこしい心理学者先生にかかっちゃ、理性なんてむしろ邪魔っけなだけのしろものさ……こう言ったからって、フェルディナン、わしが女性を蔑んでいると取られちゃ困るがね！　とんでもない！　そいつは君もよく承知しとるはずだ！　ただ女たちの《印象》ってやつが気にくわんだけのことさ！　わしは睾丸《きんたま》をぶらさげた動物じゃからね、フェルディナン、だから事実をつかんだときは、だんじて離さん……そういえば、先日も、そのことでおもしろいことがあったっけ……ある文学者をみてほしいと頼まれてな……ねじがゆるみ始めとるんだ、その作家は……ひと月以上も前からそいつは何をわめき立てとったと思うね？《おしっこ！　おしっこ！》なんと家じゅう響き渡るような声で、こうがなり散らしとったのさ！　完全にいかれとるんだ……まちがいない……正気の反対側へ行っちまったのさ！……ともかく原因は他でもない小便をするのにひどい障害を味わっていたことからだ……古い尿道狭窄《にょうどうきょうさく》が尿毒症をおこして膀胱《ぼうこう》をふさいどったんだ……さぐりを入れ、一滴一滴掃除にかかったが、なかなか片づかん……家族の者はそれでもまだ原因はその男の天才から来ていると言いはってきかんのさ……そいつが、その作家がやられとるのはむしろ膀胱だと家族の者にいくら説明しても、だれも承知せん……奴らに言わせれば、その男は天才が度を越したためにやられたというわけだ！　結局みんなの意見に調子を合わすより仕方なかったよ。家族ってのがどういうものか、君も承知しとるだろう？　身内だろうがなかろうが、人間は、結局、腐りかけのしろものにすぎないんだってことを、家族の者にわからせるのはたいへんな苦労さ……腐りかけのしろものに金をかけるわけはないよね……」

　二十年以上にわたってバリトンは家族の気むずかしい虚栄心を満足させることにかかりきってきたのだ。苦労の種だったのだ、家族の者が。僕が知るかぎりでは辛抱強い均衡のとれた男だったが、それでもなお家族に対しては積もる恨みの古いしこりを胸に抱いていたのだ……僕が一緒に暮らしだしたころには、疲れ果て、なんとかして、解放されたいと、家族の専横からきっぱり逃れ去りたいと、ひそかに根気よく機会をうかがっていたところだったのだ。だれしもみな一身上の煩わしさから抜け出したい数々の理由を持っているものだ、そしてその目的のためにそれぞれ苦肉の策を案じ出す。淫売屋で十分な連中は幸福だ！

　パラピーヌの場合は、沈黙の道を選んだことで満足しているみたいだった。バリトンのほうは、あとになってわかったことだが、家族と、その横暴から、精神病院経営にまつわる数知れぬ忌わしい俗事から、要するに自分の現状からいつになれば抜け出すことができるかと真剣に考えあぐんでいたのだ。新規まきなおしの希望に燃え、脱出と逃亡の気構えは熟していたのだ、例の批判的なせりふの出所もたぶんそんなところからきていたのだろう……判でおしたような日常の下で彼の自我は息詰まりそうだったのだ。もはやなんの理想もなかった、ただ立ち去ること、自分の体をよそへ運ぶことだけが願いだったのだ。まるきりの音痴だった、このバリトンは、だから手を切るためには、熊みたいにぶきっちょになにもかもひっくりかえさねばならなかったのだ。

彼の逃げだし方は、分別家にも似ず、八方破れもはなはだしいものだった。ことのいきさつはまた後ほど、くわしく、お話ししよう。

僕自身について言えば、さし当って、病院での助手の勤めはまったく悪くないように思われた。

型にはまった治療はちっとも骨が折れなかった、むろん、ときどき、たとえば入院患者とあまり長く話しすぎたときなど、ちょっとした不安にとらわれることがあった、そんなときには僕は軽い眩暈《めまい》におそわれるのだった、まるで彼らが、患者たちが、ありきたりの文句から文句へ、無邪気な言葉のうちに、素知らぬふりで、僕の住みなれた岸辺を離れ、彼らの狂気の真っ只中へ僕を連れ去ってしまいでもしたかのように。しばらく僕は途方に暮れるのだった、どうすればそこから抜け出せるか、ひょっとして自分では気づかぬうちに、永久に彼らの狂気といっしょに閉じ込められてしまったのではないかといぶかりながら。

僕は狂人たちの危険な岸辺に、いわば、彼らとの境目に立っていたのだ、僕の性質として、いつも彼らに愛想よくしすぎたからだ。崩れ去りはしなかったが、たえず危険にさらされているのを感じていた、まるで狂人たちによっていつのまにか見知らぬ街の中へ引きずり込まれでもしたみたいに。怪しげなざわめきのなかを、涎を垂らした家々や、溶けかかった閉まりの悪い窓の間を進んで行くにつれて、道路がしだいに柔らかくなっていく街、扉《ドア》も、地面もぐらぐらした……それでも、ともかくもうすこし先まで進んでみたい気持に誘われる、廃墟の中から、もう一度自分の理性を見つけ出す力が残されていないかどうか確かめるために。そいつは、理性は、簡単に頽《くず》れるものだ、神経衰弱患者の上機嫌と睡眠みたいに。そうなるともう理性のことしか考えられない。万事休すだ。陽気さともお別れだ。

そんな調子でにえきらない毎日が続いていった。そのうちに五月四日がやってきたのだ。忘れもしない五月四日が。その日はたまたま体の調子は奇蹟的に快調だった。脈搏七十八。うまい昼飯にありついた後みたいに。すると突然すべてが一変しだしたのだ！　目がくらみそうだった。すべてが陰気に変わりだした。人間は妙な顔つきに見えはじめた。レモンみたいにざらざらして、これまでよりもさらに意地悪くなったように思われた。たぶん、あんまり高くまで、あんまりいい気で健康の頂点までよじ登りすぎたために、もう一度、鏡の前へ突き落とされ、まざまざと、自分の老け込んださまを見せつけられたのだ。

こういう因果な日に見舞われた後は、もはや不快と、疲労には際限がないものだ、目と鼻の先にその堆《うずたか》い山、ただそればかり、何人もの人間の何年分も。一人の人間には荷が重すぎるほど。

結局、僕は突然今すぐ《タラプウト座》へ引きあげたい気持にさそわれるのだった。パラピーヌは僕にまでも口をきかなくなっていたから、なおさらだった。しかし《タラプウト座》では僕は信用を失っていた。物心両面の支えとしては雇主以外に思い当たらぬというのも辛いことだ、まして相手が精神病医で、おまけにご当人の頭ももはやあまり確かでないときては。辛抱するより仕方ない。何も言わず。僕らに残されていたのは、いっしょに女の話をすることくらいだった。あたりさわりのない、僕がまだときどき彼を面白がらせることを期待できる話題といえばそれくらいだった。この点では、彼は僕に一種の実践的信頼さえ寄せていた、ちょっとした不名誉な能力を認めていたのだ。

全体としてはバリトンは僕をいくぶん軽蔑の目で眺めていた、無理もない話だ。雇主というものは使用人の恥辱によっていささか安心を得ているものだ。奴隷は必ずいくらか、いや大いに、軽蔑に値する人間でなくちゃならぬ。精神面および肉体面のこまごました慢性的欠陥の総合が奴隷の苛酷《かこく》な運命を正当化する。それでこそ地球は順調に回転できるのだ、めいめいが自分にふさわしい席の上に乗っかっていることになって。

自分の使っている人間は下賤で、凡庸で、堕落に向いた輩《やから》でなくちゃならぬ、そのほうが安心できる、とりわけバリトンは僕たちにほんのわずかの給料しか払っていなかったからなおさらだ。こういうひどいしわんぼうの場合、雇主は常に、いくらか不安で、びくびくものだ。あぶれ者、極道《ごくどう》者、やくざ者、一徹者、結局、なんとでも解釈でき、弁明でき、おさまりはつく。僕がちょっとばかり警察ににらまれていることもバリトンにすればかえって好都合だったわけだ。恩義を着せることになるからだ。

それに僕のほうもとっくの昔に、自尊心は一切合切放棄してしまっていた。こういう感情は常に僕の収入に比して千倍も費用がかかりすぎるように思えたからだ。そいつをきっぱり思いきってせいせいしていたところだった。

いまでは、栄養と生理の面で、なんとか均衡を保っていけさえすれば十分だった。それ以外のことはまったくのところどうでもよくなっていた。が、それでもときどきは寝苦しい夜があった、とくに、トゥルーズでの出来事を思い出して何時間も一睡もできないようなときには。

そんなおりには、いくら考えまいとしても、アンルイユ婆さんがミイラの洞窟の中で墜落したあとに続いて起こった、さまざまな劇的場景が、頭の中に浮かび上がるのだった、すると、恐怖がはらわたの底からこみあげ、心臓をとらえ、締めあげ、激しく波打たせ、ついに堪《たま》りかねて、僕は寝台から飛び出し、寝室の暗がりの中を、夜が明けるまであちこち歩きまわるのだった。その発作のあいだ、もう二度とふたたび眠りにつける心のゆとりを見いだすことはあるまいという絶望感に襲われだすのだった。つまり人の不幸を軽々しく信じるものではない。とにかくまだ眠れるかどうか尋ねてみることだ……もし眠れるようなら万事心配はない。それで十分だ。

僕の場合は完全に眠れる日はもう二度と訪れそうにはなかった。いわば僕は信頼の習慣をなくしてしまったのだ、人間のあいだで心置きなく眠るためにぜひとも必要な、考えてみればとてつもなく大きな信頼を。それを、そういう無頓着を、わずかでも取りもどし、自分の不安を中和させ、愚鈍な幸せな落着きを取りもどすためには、少なくとも病気か、高熱か、具体的な災害が必要に思われた。何年間かを通じて、憶い出せる平穏な日といっては、高熱の風邪にかかった数日間くらいのものだ。

バリトンは僕の健康のことは絶対に尋ねなかった。それに彼は自分の健康を気にすることも避けていた。「科学と生命を混ぜ合わすのは危険じゃよ、フェルディナン！　体の世話をやくことはせいぜい控えたまえ……肉体に対する不信は崩壊のもとさ……不安の、強迫観念の始まりじゃ……」それがお得意の単純な生物学的理論だった。要するに相手を煙に巻く魂胆だったのだ。「いまの知識だけでわしには十分じゃ！」それも口ぐせだった。虚勢を張っていたのだ。

僕に対しては金銭の話は一度も口に出したことはなかった、要するにこれは、いっそう真剣に、いっそう心の底深くそのことを考えるためだったのだ。

ロバンソンとアンルイユ一家のいざこざは、まだ十分納得いかぬまま、僕の心にわだかまっていた、で何度か彼に、バリトンにその端々を語って聞かそうとした。がそいつはまるきり彼の興味をひかなかった。それよりもアフリカの話のほうを好むのだった、とくに僕がほとんど行く先ざきで出会った彼の同業者についての話を、その連中の、その風変わりな同業者の治療法についての、珍しい、あるいはいかがわしいやり方についての話を。

　ときどき、病院では、バリトンの娘の、エーメのことで心配させられた。突然、夕食時に、彼女の姿は庭にも、自分の部屋にも見当たらなくなる。僕としては、いつか茂みの後ろに切りこまざかれたエーメの死体が発見される宵《よい》がやってくることを覚悟していた。狂人がうろつき歩いているからには、最悪のこともふりかかりかねない。それに彼女はもう幾度も、危く暴行されかかったことがあった。そんなときはわめき声と叱責《しっせき》と言いわけが、いつ果てるともなく続くのだった。物陰になった小道をあまり通らぬようにいくら禁じておいても、彼女は、その娘《こ》は、きっと、そこへ、すみっこへ引っ返して行くのだった。父親はその度ごとに必ずいやというほど彼女の尻をひっぱたく。なんの効き目もなかった。娘はすべてを楽しんでいるみたいだった。

　廊下で狂人とすれちがったり、追い抜いたりするときは、僕らは、職員は、いつもしばらく警戒の態勢をとらねばならなかった。気違いは常人よりも人を殺《あや》めやすいからだ。だから、彼らとすれちがうときは、壁を背に、いつでもすぐ彼らの下腹に足蹴《あしげ》をくれてやれる姿勢に身構えるのが、僕らの一種の習慣になっていた。連中は僕らをうかがいながら、通りすぎる。狂気を別にすれば、僕らは完全に意志が疎通し合っていたわけだ。

　バリトンは僕たちのうちだれひとりチェスを知らないことを残念がっていた。彼を喜ばすためだけに、僕はその遊びを覚えにかからねばならなかった。

　昼のうちは、彼は、バリトンは、こせこせと動きまわり、はたの者までも疲れさすのだった。毎朝、卑近な実用面でのちょっとした新しい工夫を思いつくのだ。便所の巻紙を大型の折りたたみ紙に取り代える問題で、僕たちはまる一週間頭を悩まし、あげくの果ては矛盾した意見で水泡に帰するのだった。結局は、いろんな店を見てまわるために、特売の季節まで待とうということになるのだ。つづいてまた別の暇な気苦労が現われる。フランネル・チョッキの問題が……いったいそれはワイシャツの下につけるべきか？……上につけるべきか？……それから硫酸ナトリウムを管理する方法は？……こういう愚劣な論争をパラピーヌは粘り強い沈黙で避けとおしていた。

　退屈さにそそのかされて僕は旅のあいだに経験した冒険を、あることないこと、洗いざらい、バリトンに語ってきかせるのだった、もう種切れだった！　すると今度は彼のほうが、こまかしい要求とあてこすりで、話題を奪い占める番だ。とめどなかった。疲れはて、僕は兜《かぶと》を脱ぐのだった。それに僕はパラピーヌみたいに、自衛手段として完璧な無関心を持ち合わせてもいなかった。それどころか我にもなくつい調子を合わせてしまうのだった。ココアとミルク・コーヒーの比較価値について、とめどなく、つまらぬ議論を交すのを僕はもう控えることはできなかった……バリトンは僕を愚かしさの魅力の中に引きずり込むのだった。

すべてについて、ささいな事柄について、僕らはそいつをむし返すのだった、下部静脈瘤について、最適感応電流について、肘部位の蜂窩《ほうか》織炎について……彼の指図と意向に応じて、こまごました事柄について、すべてについて、本物の専門家みたいに、僕はたわごとを並べ立てられるまでになっていた。こういう耄碌しきった散歩に彼は僕を誘い出し、先に立って進むのだった、この男のおかげで、バリトンのおかげで、僕はもう一生そいつに、会話に飽きあきしてしまったほどだ。僕らがナプキン一面に葡萄酒の唾《つば》を飛ばしながら、卵入りうどん《ヌイユ》が尽きるまで屁理屈《へりくつ》をこねまわしているのを聞きながら、パラピーヌは腹の中で嘲笑《あざわら》っているのだった。

ところでバリトン先生の憶い出話はこれくらいで控えよう、あんまり愉快な話じゃない！　とにかくこの男を僕は消してしまえたのだから。だいぶ知恵をしぼらされたが！

僕が特別警戒をまかせられていた女患者の中でも、ひといちばい涎くりの連中ときては癪《しゃく》にさわるほど世話がやけた。やれシャワーだ……やれ食物注入管だ……手淫癖だ、虐待だ、それにそのあけっぱなしの口をいつも清潔に保っておかねばならなかった……その中の一人の若い女患者のおかげで僕はしょっちゅうバリトンのお小言をくうのだった。花をむしって庭を荒らすのだ、それがその女の病気だった、こっちこそいい迷惑だ、おかげで親方のお小言はくうわ……
《許婚者《フィアンセ》》という仇名《あだな》を奉られていた、南米の女で、肉体のほうは、ちっとも故障はなかったが、精神のほうは、ただひとつの考え、自分の父親と結婚したいという考えしかなかった。そこでこの女が昼夜を問わず、どこへ出かけるにも被っている白い大きなヴェールにさし込むために、茂みの花は次ぎつぎ一つ残らず、彼女の手にかかって果てるのだった。こちこちの信者である家族の者は、この病気に身の毛もよだつほどの恥辱を感じていた。娘をその病ともども世間の目から包み隠していたわけだ。バリトンによれば、彼女は、絶対道徳の張りつめすぎた、厳格すぎる教育の矛盾に敗れたのだ、そいつが、いうなれば、彼女の頭の中で炸裂《さくれつ》したのだ。

　夕方には、僕らは長いことかけて全員を呼びもどすのだった、それからさらに部屋から部屋へ巡回し、とりわけ、興奮した連中が寝るまえにあまり頻繁《ひんぱん》に自慰《せんずり》にふけるのを妨げるのだった。土曜の晩は連中の気をしずめ、十分に注意を配ることが肝要だった、なぜなら日曜に身内の者が訪ねて来たとき、彼らが、患者たちが真っ青になるほど自慰《せんずり》をかいていたのでは、病院にとってはなはだまずいことになるからだ。

　そんなことから僕はベベールの悪癖と例の上等のシロップのことを思い出した。ヴィニイでも僕はそいつを、そのシロップをうんとあてがった。処方をとっておいたのだ。ききめはあったみたいだ。

病院の女管理人が、亭主と二人で、内職にキャンディ類を商っていた、亭主のほうはすごく逞しい男で、ときどき手荒なことが必要なときは、この男に呼び出しがかかるのだった。

こんな調子で歳月は過ぎていった、要するに平穏無事に。このままで僕らのほうにもさして不満はなかったことだろう、ところがそのうちにバリトンがまた例によってだしぬけに新しいことを思いついたというわけだ。

たぶん彼は、前々から、いまの給料のままで、僕をもっと利用できないものかと考えていたのだ。そして、やっと見つけ出したのだ。

ある日、昼食のあと、彼はそいつを、自分の思いつきをきり出した。まず僕の大好物のデザート、ミルク苺をいっぱい盛ったサラダ鉢を運ばせた。僕はすぐさま怪しいと感づいた。はたして、僕が最後の苺を食べ終わるのを待って彼は高飛車に言いだした。

「フェルディナン」こんな調子だ。「どうじゃね、娘のエーメに英語を教えてもらえんじゃろうか?……君の返事を聞きたいんだがね?……君のアクセントがすばらしいのは知っとるよ……英語じゃ、いちばん大事なのはアクセントじゃからね!……いやお世辞じゃなしに、フェルディナン、君の親切を見込んでの頼みじゃ……」

「結構ですとも、バリトン先生」つい答えてしまった、僕のほうは、虚をつかれて……

そして、その場で、さっそく翌朝から、エーメに、英語の第一回のレッスンを始めることに決められた。そして、その調子で、何週間か続けられた……

この英語のレッスンがもとで、僕らはてんやわんやの騒ぎに巻き込まれ、もはやすっかり日常生活の域をはみだしてしまったテンポで、さまざまな事件が相ついで起こる始末になるのだ。

バリトンはレッスンに、娘のレッスンに毎回進んで立ち会うのだった。僕が手を取るようにして教えたにもかかわらず、気の毒なエーメはほとんど英語にくいついてこなかった、正直なところ、まるきりだ。要するに彼女は、哀れなエーメは、この新しい言葉にどんな意味があろうが、さっぱり知りたい気持はなかったのだ。彼女にその意味を覚えるように、僕らが寄ってたかって、こんなふうに、意地悪く、強要するのは、なんの恨みがあってのことなのかと、訝《いぶか》っていたくらいだ。いまにも泣きださんばかりだった。彼女にすれば、すでに知っているわずかばかりのフランス語でなんとかやりくりしていくだけでも精一杯の努力だったのだ、それに彼女にとっては、フランス語の難しさと易しさだけでも、一生費やしておつりがくるほどだったのだ。

が、父親は、彼女の言葉にてんで耳をかそうとはしなかった、「エーメ、いい子だね、現代的な娘にならなくちゃだめだよ！」辛抱強く、彼女を励まし、慰めるのだった……

「いいかい、お父さんは、英語がよくできないばっかりに、外人の患者をつかめなくて、とっても損をしてきたんだよ……さあ！　泣くんじゃないよ！……いいかい、バルダミュ先生の授業をよく聞くんだよ、根気よく、親切にやってくださってるんだからね、先生のお手本どおり舌で《the》が言えるようになったら、ほらご褒美《ほうび》にあれを買ってあげよう、約束するよ、ぴかぴか光った、きれいな自転車をね……」

　が《the》も《enough》もやってみる気はないのだった、エーメのほうには、まるっきり……彼女のかわりにそいつを、《the》と《enough》をやるのは、院長のほうだった、そして、ボルドー訛《なまり》と、英語には大いに障害になる理屈癖にもかかわらず、進歩はめざましかった。一カ月たち、二カ月たった。父親のうちに英語を覚える情熱がひろがっていくにつれて、エーメのほうは母音で苦労する機会はしだいに減っていった。バリトンのほうが生徒みたいだった。それどころか僕をひとり占めして、放そうとはしなかった、僕の英語をすっかり吸い上げようというわけだ。僕たちの部屋は隣り合わせだったので、朝っぱらから、彼が着替えをしながら、もう自分の私生活を英語におきかえているのが聞こえた。《The coffee is black……My shirt is white……The garden is green……How are you to-day, Bardamu ?》（コーヒーは黒い……わしのシャツは白い……庭は緑……こんにちは、バルダミュ）仕切りのむこうでわめいていた。この言語のひどく省略された形がたちまちお気に召したみたいだった。

　この変態的な好みで彼は僕たちを引きずりまわすのだった……本格的な文学に触れると、もう僕たちはとどまるところを知らなかった……八カ月の異常な進歩のあと、彼はほとんどすっかりアングロ・サクソン流に自分をつくり直すところまで漕《こ》ぎつけた。同時に僕からすっかり愛想をつかされるまでに漕ぎつけた、もっともいまに始まったことではないが。だんだん僕たちはエーメをほとんど会話の外へ締め出すように、つまり、そっとしておくようになった。彼女は、黙って、おとなしく、雲隠れするのだった。結局、英語はおじゃん、それだけのことだ！　バリトンに委せたのだ！

冬がもどってきた。クリスマスになった。旅行会社ではイギリス行きの往復割引切符を宣伝していた……パラピーヌのお伴をして映画に出かけ、大通りを通っていた時、僕はそれに、その広告に気づいたのだ……値段を問い合わせにわざわざそのうちの一軒に入っていった。

そのあと食卓で、さりげなく、そのことをちょっとバリトンの耳に入れてみた。最初、彼はそれに、僕の情報に興味を引かれた様子はなかった。聞き流していた。すっかり忘れられてしまったものと思っていた、ところが、ある晩、彼のほうからもう一度その話を持ち出し、ついでのときにパンフレットをもらって来てほしいと頼み込んだ。

英文学の勉強のあいまには、僕たちはよく管理人部屋の真上にある、頑強な窓格子を厳重にはめこんだ隔離部屋で、コリントゲームや、《コルク倒し》をして遊ぶのだった。

バリトンは手先の遊戯が得意だった。パラピーヌは毎回食前酒《アペリチフ》を賭けて挑戦し、毎回きまって負かされた。僕たちは幾晩も続けて、とくに冬のあいだは、雨の降る晩など、院長の広い客間をいためないために、この小さな臨時遊戯室で暇をつぶすのだった。ときどきその小さな遊戯室には監視中の狂躁《きょうそう》病者が入れられることがあった、がそんなことはごく稀《まれ》だった。

絨毯《じゅうたん》の上であるいは床の上で、パラピーヌとバリトンが《コルク倒し》の技を競い合っているあいだ、僕のほうは、こんな言い方ができるとすれば、独房の中の囚人と同じ感覚を味わう遊戯に興ずるのだった。感覚としてはそれは僕に欠けていた。意志の力で人間は、場末の道でときたま見かける連中の気持にはいり込むこともできるものだ。夕暮れが迫るといつも僕は、従順な荷物みたいに勤め人をパリから運び返す電車の小刻みな動揺に哀れを催すのだった。雑貨屋を過ぎて最初の角を曲がったところで、それはおしまいになる、彼らの退却は。おとなしく彼らは闇の中に流れ込んで行く。何人いるか数えている暇もない。だけどバリトンは心いくまで僕に夢を見させてはくれることはめったになかった。《コルク倒し》の最中にもすっ頓狂な質問を発するのだ。

——How do you say《impossible》*en* english, Ferdinand ?……（フェルディナン、《不可能》という言葉はイングリッシュではどう言うのかね？）

つまりいくら上達しても満足できないのだ。馬鹿の一つ覚えで完成に向かって張り切っていたのだ。おおよそのところや、いい加減なことでは絶対に承知しなかった。幸い、一種の発作的行動が僕をそこから救い出してくれることになった。かいつまんで話せばこうだ。

『英国史』を読み進むにつれて、彼が少しずつ自分の信念を、ついには底抜けの楽天主義までも失っていくのが感じられた。エリザベス朝の詩人たちにとりかかったあたりから、彼の精神と人格のうちに突然大きな非物質的変化が持ち上がった。最初、僕はちょっと信じられなかった、がやがて、皆んなも同様、バリトンの変わり果てた姿を認めないわけにはいかなかった、まったく哀れっぽい男に変わってしまったのだ。その的確な、以前はかなり鋭かった注意力は、今では現実離れした、果てしない脇道へ彷徨《さまよ》いだすのだった。そしていつのまにか彼のほうが、そこで、自分の部屋の中で、僕たちを前に置いて、何時間ものあいだ、ぼんやり夢想にふける番だった……長いこと毛嫌いしてきたにもかかわらず、この男が、バリトンがこんなぐあいに瓦解《がかい》していくのを見ると、僕はいくらか後悔の気持を覚えるのだった。この崩壊には自分も一部の責任があるように思われた……彼の精神的混乱は僕にまったく無縁ではなかった……とうとう或る日僕のほうから、すこし骨休めして資料補給の時間と機会をこしらえるという口実で、当分のあいだ僕らの文学の勉強を打ち切ることを提案した……この遠回しな企《たくら》みに彼はまったく乗ってはこなかった。即座に、穏やかだが、しごくきっぱりした口調で、拒絶するのだった……彼としては僕とともに休まず英国の精神文化の発見を続行するつもりだ……当初の計画どおり……僕は答えようがなかった……兜をぬいだ。彼はその目的を完全に果たせるまで生き延びられないのではないかと恐れていたくらいだ……結局、それに今からもう最悪の事態が予想されるが、彼とともに僕はこのアカデミックな荒涼たる遍歴を、ともかく、続行せざるをえない羽目に追いこまれたのである。

実際バリトンは、もうすっかり昔の彼ではなくなっていた。僕たちの周囲では、人も物も、異様に速度をゆるめ、すでにその意味を失い、色彩までがまったくぼやけた、夢みるような穏やかさを帯びだした……

病院管理のこまごました点に関しても、バリトンはいまではもう行き当たりばったりの、それもしだいに物憂《ものう》げな関心しか示さなくなっていた、自分でつくり出し、三十年以上も文字どおり手塩にかけて築き上げてきた病院だというのに。管理上の業務処理はすっかりパラピーヌにまかせきりだった。まだ恥ずかしげに人前では隠すように努めていたが、日ましに高まる彼の信念の乱れは、やがてすっかり僕たちの目に明らかになり、否定しがたい、具体的な姿を帯びだした。

ギュスターヴ・マンダムールといって、ときどき病院の力仕事に利用したところから、僕たちとは顔なじみの警官がいた。僕が知っている警官の中でもとくべつ勘の鈍い奴だったが、この男が、そのころ、僕に向かって院長はもしかしたら非常に悪い知らせでも受け取ったのではないかと尋ねたくらいだ……打ち消しに努めたが、奴は納得しなかったみたいだ。

そんなふうな陰口にもバリトンはもうさっぱり無関心だった。ひたすら人から煩わされないことだけを願っていた……勉強のごくかかりに、僕たちは、彼の望みに応じて、マコーレイの大部の『英国史』、十六巻の大作を駈け足で読みとばしたことがあった。彼の注文で、僕たちはもう一度このすさまじい読書をやり直すことになった。しかもまったく憂慮すべき精神状態のうちに。丁寧に章を追って。

　バリトンは僕の目に、しだいに瞑想《めいそう》に染まり人が変わっていくように思われた。とりわけ悽愴《せいそう》なくだりに達したとき——王位をねらうモンマスがケントのどこかの岸辺に上陸するあたり……彼の冒険が空転しはじめる瞬間……王位を目指すモンマスが自己の目的を見失う瞬間……自分は何が望みなのか。何をしにやって来たのか……逃げ去りたいと思いはじめる、がもはやどこへどう逃げていいかもわからなくなるくだり……敗北が眼前に立ち昇るとき……蒼ざめた暁……海が彼の最後の船を押し流すとき……モンマスが初めてものを考えだすとき……バリトンもまた、自分の身のふりかたについて、心弱くも、決断を乗り越えるに到らないのだった……そのくだりを彼はくりかえし読み、さらに小声で朗誦するのだった。打ちひしがれ、本を閉じると彼は、僕たちのそばへ寝ころびにやって来るのだった。

　長時間、半ば目をつぶり、テキスト全体を、彼は暗誦するのだった、といっても、いくつかのボルドー風アクセントのうちから僕が選ばせた最良の英語式アクセントで。繰り返しくりかえし朗誦するのだった……

　モンマスの冒険の中で、僕らの幼稚な悲劇的本性の哀れな滑稽さが、いうなれば《永遠》を前にしてすっかりぼろを出すとき、この男も、バリトンもまた、眩暈に襲われずにおれなかったのだ。そして、もはや僕らの通常の運命に糸一筋でしかつながっていなかったときに、彼は手摺《てすり》から手を放してしまったのだ……その瞬間から、いうなれば彼はもはや僕らの仲間ではなくなったのだ……仲間でおれなくなったのだ……

　その晩さっそく、彼は僕に院長室まで来るように言いつけた。……この様子では、なにか思いきった決断を、たとえば、即時解雇を言い渡されるものと僕は覚悟した。ところが大ちがいだ！　彼の決定は、それどころか、僕にとってまったく好意的なものだった……好意的な運命に見舞われることは、僕にとってはめったにないことだったので、僕は思わず涙がこぼれるのを禁じえなかったほどだ……この感激の証《あかし》をバリトンは悲しみにとってくれた。あとは彼のほうが僕を慰める番だった。

「フェルディナン、わしがこの家を離れる決心をするには、勇気以上のものが必要じゃったと言っても、君はわしの言葉を疑ったりはせんじゃろうな？……君も知ってのとおり、日ごろはあれほど出不精のこのわしともあろう者が、要するに長いことみみっちい、いじけた生活にしがみついてきた、ほとんどもう老いぼれに近いこのわしともあろう者が？……どうしてまたわずか数カ月たらずのうちに、なにもかもかなぐり捨てる気になったか、信じてもらえるじゃろうか？……しかし、わしはいま肉体も魂もそういう状態に、超脱した高潔な状態にはいっているのじゃ……フェルディナン！　《Hurrah》（万歳）だ！　英語で言えば！……過去はもうわしにとってはまったくどうでもよくなったんじゃ！　わしは生まれ変わろうとしとるんだ、フェルディナン、きれいさっぱり！　わしは出て行くつもりだ！　ああ！　君の好意は忝《かたじけな》い、じゃが、君の涙をもってしても、味けない長の年月のあいだわしをここに縛りつけてきたあらゆるものに対して、わしが感じだした、どうにもならん嫌悪《けんお》を和らげるわけにはいかんじゃろう！　もう我慢ならん！　たくさんだ！　フェルディナン、わしは出て行くからな！　逃げ出すんだ！　脱走だ！　確かに、わしは身をきるような思いじゃよ！　自分でもわかっとる！　血のしたたる思いじゃ！　自分で目に見えとる！　じゃが、フェルディナン、絶対にやめんからな！　フェルディナン、どんなことがあろうと！　わしを引きとめることはできんよ！　いいかね？……たとえ眼玉を落っことして行ったとしても、そいつを拾いにこの忌わしい場所にけっしてもどって来たりはせんじゃろう！　これだけだ！　君に言いたいことは！　これでもまだ、わしが本気だってことを疑うかね？」

もうすこしも疑わなかった。まったくなんだってやりかねん男だ、バリトンは。それにこんな状態の彼に逆らいなどすれば、彼の理性にとって致命的な結果になりかねないだろう。一息入れる暇を与えた、それからとにかくいま一度彼をなだめにかかった、彼を僕たちのほうへ連れもどすための最後の努力に乗り出した……いくぶん遠回しな説法で……たくみに搦手《からめて》から……

「フェルディナン、お願いだから、わしが決心を取り消すだろう、などという希望は捨ててくれたまえ！　ひっこめるわけにはいかんのだ！　もう二度とその話はせんでくれ、後《ご》生《しょう》だから……わしの年では、発奮するなんて珍しいことじゃ……それはわかっとる……そのかわり、いったん思い立ったら後へは引けんのじゃ……」

　彼の一字一句違わない言葉、ほとんど最後に彼の口からもれた言葉は、こうだった。それを僕は忠実に写し取っただけだ。

「バリトン先生」それでももう一度僕はあえて口をはさんだ。

「こんどのことは急に思いたって骨休めにお出かけになるぐらいに受け取っておきたいと思います、要するに、張りつめたご生活の連続の中での、すこしばかりロマネスクな道草、時宜《じぎ》を得た息抜き、適当な幕間劇くらいに。別な生活を……ここよりは面白みにとんだ、これほどありきたりで規律ずくめでない生活を、味わってごらんになったあと、きっと、ご旅行に満足なさって、目新しいものにも飽きられ、またまっすぐ、僕らのもとへ戻って来ていただけるものと、期待しております……そのときには、またごく自然に僕らの院長の位置にもどっていただけるものと！……新しい経験で自信をつけられ……要するに、新しく生まれ変わられ、僕らの忙しい十年一日の単調な仕事を大目にご覧になって。そのときこそ、失礼な言い方かもしれませんが、本当に年をおとりになって」

「きみはじつにお世辞がうまいよ、フェルディナン！……君はわしの泣きどころを心得とるよ、わしのひといちばい敏感な男としての自尊心に訴えるこつをね、これほど退屈な不愉快な思いを味わいながら、まだわしはそれを捨てきれんのだから……いや、いや、フェルディナン！　君がどれほどうまく言いつくろおうと、わしたちの心の底にしみついてしまった、この苦々しいやりきれん気分は、いっぺんにどうなるもんでもない。それに、フェルディナン、もう躊《ためら》ったり、後退りしたりする段階じゃないんだ！　わしは、白状するよ、はっきり宣言するよ、フェルディナン、もうからっぽだ！　へとへとだ！　お手あげだ！　四十年間のこざかしい雑事のおかげで！……もうたくさんだ！　どうするつもりかって？　知りたいかね？……教えてやってもいいさ、君なら、君はわしの一番の親友じゃからな、道に迷った老いぼれの苦悩を、君は、感心に、欲得抜きに理解してくれた……わしはね、フェルディナン、自分の気持を捨てちまいたいのだ、疥癬《かいせん》病みの、きたない犬を捨てに行くみたいに、うんと遠くへ、死ぬまえに、この忌わしい道連れを……やっとひとりになるんだ……静かに……ひとりぼっちに……」

「でもバリトン先生、初めてうちあけていただきましたが、先生がそのような激しい絶望を持てあましておられようとは、まったく寝耳に水です！　どころか、日頃のお言葉にしろ、また現在でもちっとも変わったところは見られません……ご決断はいつも潑剌として有益で……ご診断は完璧に正確で、理論的で……日常のお振舞いの中に、落胆や、迷いの兆《きざし》を一つなりと見つけ出すことは、不可能でしょう……正直な話、それらしいものは、何ひとつ見当たりませんのに……」

　だが僕たちが知り合って以来、僕のお世辞を聞いてバリトンがすこしも喜ぶ様子を見せなかったのはこれが初めてだった。僕がこんな称讃の調子で話しつづけるのを彼はおだやかに制止するのだった。

「いいや、フェルディナン君、そうじゃないよ……ご好意はかたじけない、最後にこんな親切に出会おうとは、まったく思いもかけんことじゃった。だが、君のせっかくの心づかいも、このやりきれん過去の思い出にわしを堪えさせることはできんじゃろう、ここにはその思い出がしみついとるんじゃ……わしは、いいかね、なんとしてでも、どんな条件でも、遠くへ行きたいんだ……」

「でも、この病院はどうなさるおつもりです、バリトン先生、お考えになったんですか？」

「むろん、考えたよ、フェルディナン……わしのいないあいだ、君に指図を取ってもらいたい、ただそれだけのことだ！……君は患者のあいだにたいへん受けがいい。だから、君の指図なら簡単に通用するさ……万事順調にいくさ、フェルディナン、まあ見ていたまえ……パラピーヌのほうは、人と口をきくのが嫌いらしいから、装置と機械と実験室のほうを受け持ってもらうことにしよう……それならお得意だ！……これで万事まるくおさまるさ……それに、わしはぜひともいなくちゃならんということもないように思えだしたんだ……この点でも、そうじゃろう、君、わしはすっかり変わっちまったと思わんかね……」

実際、見違えるばかりだった。

「でもバリトン先生、先生のお出かけが近くの商売敵《がたき》から思いきり悪いふうに取りざたされる恐れはありませんでしょうか？……たとえば、パッシイや、モントルトゥや、ガルガン＝リヴリイの病院から？　まわりのあちこちから……僕たちをうかがっている……必死に隙《すき》をねらっている同業者たちから？……先生の気高いみずから進んでなさった亡命に連中はどんな意味をつけ加えますことか？……なんと名づけますことか？……駈け落ち？それとも、家出？　夜逃げ？　破産？　わかったものじゃありません……」

たぶんこの恐れが長いあいだ彼に苦しい反省を強いてきたのだ。いまもなお、そこで、僕の面前で、それを考えると、彼は狼狽《ろうばい》し、顔色を失うのだった……

彼の娘、例のあどけないエーメは、そんなわけで、むごい運命を忍ばされることになったのだ。娘を彼は伯母の一人の保護に託することに決めたのだ、田舎にいる、実際には会ったこともない女の手に。こうして、身のまわりの整理も終ると、僕らに、パラピーヌと僕に残された仕事は、彼の収益と財産の一切を管理するために最善を尽くすことだけだった。舵《かじ》なき小舟よ！　船出だ！

ここまで打ち明けられたからには、どの方角から冒険の領域へ乗り出すつもりか、院長にたずねてみることも失礼ではなかった……

「もちろんイギリスからさ……フェルディナン」堂々たる答えだった。

　この急転直下の出来事に慣れるのは、むろん、きわめてむずかしいことに思われた、が、ともかく僕たちはこの新しい運命に急遽《きゅうきょ》適応しなければならなかった。

　翌日から、僕たちは、パラピーヌと僕は、荷造りを手伝った。小さなページがたくさんついたパスポートとビザに彼はちょっと驚いた様子だった。以前に一度もそれを、旅券を持ったことがなかったからだ。とにかく、ほかのと取り替えたがった。それが不可能であることを僕たちは言ってきかせた。

　土壇場になって、旅行には堅いカラーか柔らかいカラーか、どちらを、あるいはそれぞれ幾つずつ持って行くべきかという問題につまずいた。その問題がなかなか解決できず、汽車の時間ぎりぎりになった。僕たち三人はパリ行きの最後の電車にすれすれに飛び乗った。バリトンは、行く先々で、いつでも、身軽で動きやすいようにと、軽いスーツケース一つしか持ってこなかった。

　プラットホームでは国際列車のステップの気品のある高さが彼を感動させた。そのいかめしい階《きざはし》を上るのをためらっていた。汽車を前にしてまるで記念碑を前にしたかのように敬虔《けいけん》な物思いにふけっていた。僕たちが助けるようにして乗り込ませた。二等車にしていたので、彼はそのことに関して、僕たちに最後の訓示を垂れた、実際的な、ほほえましい比較考察を。「一等がいいとばかりはかぎらんもんじゃ」と。

僕たちは彼に手を差しのべた。時間がきた。汽笛の合図とともに、汽車は動きだした。正確な時刻に、古鉄をみしみしいわせ、でっかい振動のうちに。僕たちの別れはそのため、ひどく乱暴に取り扱われた。「さようなら！」彼はやっとそう言うだけの間があった、そして彼の手は、僕たちの手からほどけ、奪い去られた……

彼の手はかなた煙の中に揺れていた、騒音の中で、すでに夕闇を背景に、線路の上をとび越えながら、しだいに遠く、ほの白く変わりつつ。

⁂

ある面では、僕たちは彼に未練はなかった、がそれでもこの出発は病院の中にひどい空《くう》隙《げき》をつくり出した。

まず、出発の仕方が、僕たちを、いわばなんとなく悲しい気持に誘い込んだ。自然ではなかった、その出発の仕方は、こんなことのあったあとでは、こんどは何が起こるかと気づかわれた。

しかし、長いあいだそんな思いにふけっている暇も、悲しんでいる暇さえもなかった。バリトンを駅に送って幾日も立たぬうちに、もう、受付へ僕を訪ねて来た者がある、とくにお名指しで。プロチスト師だ。

そこで僕はニュースを伝えてやった！　このすばらしいニュースを！　そして、とくにバリトンが小熊座へぶらつきに出かけるために僕たちみんなに置いてきぼりを食らわせたとてつもないやり方を！……それを聞くと、奴は、プロチストは、あきれ返った様子だった、がやっと事情がのみ込めると、あとはもうこのような情況から僕が引き出しうる利益しか、その変革のうちに認めようとはしなかった。「院長さんからこんなに信用されなすったなんて、これほど結構なご出世はございませんよ、先生！」一つことをいつまでもくどくどと、繰り返すのだった。

しずめようとしたがだめだった、話しづいた彼は、きまり文句を並べたて、僕に最も華々《はなばな》しい未来と、医者としての輝かしい成功を予言して、とどまるところを知らなかった。もう僕は口をはさむこともできない。

やっとのことで話を、ともかく用件に、トゥルーズの街へもどすことができた。彼は前夜そこから着いたばかりだったのだ。もちろん、こんどは彼の報告を聞く番だった。老婆にふりかかった事故を知らされたとき、僕は驚きあきれるふりをしてみせた。

「なんですって？　なんですって？」口をはさんだ。「婆さんが亡くなったって？……だけどそいつはいったい、いつのことです？」

すこしずつ彼は口を割らざるを得なかった。

老婆を狭い階段で突き落としたのはロバンソンだと、はっきりは言わなかったが、それでも僕がそう推測するのを妨げはしなかった……老婆は「わあっ！」と言う暇もなかったのだ。話は通じ合った……

結構なことだ、ご念の入ったことだ……二度目のやり直しで、彼は婆さんを仕損じなかったのだ。

幸いにも、奴は、ロバンソンは、近所では、トゥルーズの街では、まだ完全な盲でとおっていた。だからだれも事故以上のものを求めようとはしなかった、確かにたいそう悲劇的な出来事にはちがいない、がすべてをすこし仔細に考察すれば、情況を、老婆の年を、また、それが一日の終わりに起こったことを、疲労を考え合わせれば、とにかく十分、納得のいくことだ……僕としてもさし当たってそれ以上知りたいとは思わなかった。打ち明け話はもうそれくらいで結構だ。

それでも、司祭に話題を変えさせることは容易ではなかった。話に夢中だった。たぶん僕を引きずり込み、いわば巻きぞえにする希望で、たえず話をそこへ戻すのだった……もう昼だった！……早くしてくれ……で彼はともかくあきらめて、ロバンソンのことと、彼の健康状態とについて話すだけにとどめた……彼の眼について……その点では、彼はずっとよくなっている……が相変わらずよくないのは精神だ。精神はもうまったく駄目なようだ！　しかも二人の女性の惜しみない心づかいと、愛情に浴しながら……お返しに彼は自分の運命と人生について不満をこぼすことをやめないのだ。

　司祭からそんな話を聞かされても、僕は、いっこうに驚きもしなかった。僕のほうは、ロバンソンという人間を心得ていた。陰気な、恩知らずな気質の持主だ。だが僕はそれ以上はるかに司祭を信用していなかった……彼が話しているあいだ僕はひと言ももらさなかった。せっかくの打ち明け話も骨折り損だったのだ。

「あなたのお友だちは、先生、いまでは物質的にも苦労がなくなり、それに仕合わせな結婚話も近づいておるというのに、実は、わたしどもの希望をすっかり裏切るような態度をおとりになるのです……また例の困った逃亡癖が、先生も昔からご存じのやくざな人間の好みがぶり返したのではないでしょうか？……ああいう性質についてどのようにお考えになりますかね、先生？」

　要するに、僕の受け取り方に間違いなければ、むこうで彼は、ロバンソンは、ひたすら飛び出すことばかり考えているのだ、彼の許嫁《いいなずけ》と母親は最初憤り、次いで悲嘆のどん底に突き落とされている。それがプロチスト師が僕に告げにやって来たことだった。どれもこれもかなり気になる話にはちがいなかった、が僕としては、沈黙を守りとおし、どんなことがあっても、この家庭のつまらぬいざこざには介入すまいと心に決めていた……話し合いはお流れになり、僕たちはひと言でいえば、かなり冷ややかに、市街電車のところで別れた。病院へ戻ったとき僕は平静ではいられなかった。

この訪問を受けてほんの数日後、僕たちは英国から、バリトンの最初の便りを受け取った。何枚かの絵葉書。僕たちみんなに彼は《健康と幸運》を願っていた。それからも、あちこちから、簡単な便りをよこした。文面のない絵葉書によって僕たちは彼がノルウェーに渡ったことを知った。そして数週間後、コペンハーゲンから《船旅は上々！》という電報に接して、僕たちはいささか胸をなでおろした。

予想どおり、バリトンの不在は、ヴィニイをはじめ近隣でひどく悪意的に取りざたされた。施設の将来のためには、今後、彼の不在の理由に関して、患者にも、付近の同業者にも、なるたけ説明をさけたほうが得策だった。

さらに何カ月か経過した、用心に用心を重ねた、陰気な、黙りこんだ数カ月が。僕たちのあいだでは、ついにはバリトンの憶い出を呼びさますことすら避けるようになっていた。それに彼の憶い出は僕たちみんなに恥じらいに似た気持を起こさせるのだった。

そして夏がやってきた。一日じゅう庭の中で患者の監視を続けている気にはなれなかった。ともかくすこしは自由であることを自分に証明するために、僕たちはセーヌ河の岸辺まで脱け出すのだった、散歩程度に。

むこう岸の土手の彼方には、ジャンヌヴィリエの広大な平原が続いていた、灰白色のたいそう美しい広がりのところどころに煙突が埃《ほこり》と霧の中にふんわり姿をのぞかせている。曳き船道のすぐわきには船頭相手の酒場が立っている、まるで運河の入口を張り番してるみたいに。黄色い流れが水門に押し寄せていた。

それを下流のほうに向かって僕たちは何時間も眺めつづけているのだった、そのそばにはまた細長い一種の沼地があって、臭気が自動車道路のあたりまでもただよっていた。慣れれば平気になるものだ。その沼地の泥はもう色彩もなかった、それほど古ぼけ、氾濫《はんらん》で疲れきっていた。夏の夕暮れなど、空が、薔薇《ばら》色に、しんみりしだすころ、それは、その泥は、まるでやさしい様子に見えだすことすらあった。僕たちはそこへ、その橋の上へアコーディオンを聞きにやって来るのだった。河へ入るために水門の前で、夜が明けるのを待ちながら、舟の水夫たちがかなでるアコーディオンを。とくにベルギーから下ってくる帆船は音楽好きだ、到るところに色彩を、緑を、黄をはり着け、綱いっぱいに洗濯物を干し渡し、桃色の女物シュミーズまでもまじえて、ときおり吹きつける川風を孕んで、ふくらんでいる。

船頭相手の酒場へ、僕はひとりでよく出かけて行くのだった、昼食後のさびれた時刻をえらんで、その時間には亭主の子猫までが、室内におとなしく控えている、まるで自分専用の青いエナメル塗りの小さな天国に閉じこもりでもしたように。

その場所で、僕もまた、昼すぎのひとときを、うつらうつら、だれからも忘れ去られたような気分で、時間を過ごすのだった。

遠くのほうから、だれかが道をこちらのほうへやって来るのが目にはいった。長くは迷わなかった。橋の上にさしかかるころには、もうだれだか見当はついていた。ほかならぬロバンソンだ。まちがいようはない……（ここへおれをさがしに来たんだ！）とっさにそう考えた……（司祭がおれの居所をしゃべったな！　早く追っ払わなくちゃ！）

癪だった、僕が楽しいささやかなエゴイズムを取戻しはじめた瞬間に邪魔立てしにやってくるなんて。大道からやって来るものを、人々は警戒する、無理もない話だ。さて、奴は酒場のすぐ近くまでやって来た。僕は躍り出た。僕を見て、彼は驚いた様子だった。「どこから来たんだ？」僕は尋ねた、こんな調子で、不愛想に。「ガレンヌからさ……」奴の答えだ。「そうか、まあよかろう！　飯は食ったのか？」尋ねた。あんまり食ったようなふうにも見えなかったが、着く早々がつがつしているように見られるのもいやだったんだろう。「またほっつきだしたのか？」僕はつけ加えた。正直なところ、また奴に出会ってすこぶる愉快ではなかった。ちっとも嬉しくなかった。

パラピーヌも僕を迎えに運河のほうからやって来た。いいところへ来てくれたのだ。パラピーヌは病院でしょっちゅう当直をふり当てられ疲れきっていた。僕が勤務を少々いい加減にしていたことも事実だ。第一、いまの状態では二人とも、なんとかして、いつバリトンが帰ってくるか正確に知りたいとそればかり願っているありさまだった。彼が早くほっつき歩くのをやめにして、も一度このおんぼろ病院を引き取り、自分で面倒をみてくれる日がやってくることを心待ちしている始末だった。僕たちには荷がかちすぎたのだ。二人とも、野心家じゃなかったのだ、だから立身出世などどうでもよかったのだ。むろん損な性分だ。

　パラピーヌのもうひとつの感心な点、それは病院の経営についても、患者の取扱いについても、何ひとつ僕に質問しないことだった、僕のほうからともかく、いわば無理やりに、説明して聞かせるのだが、そのときも僕ひとりで喋っているようなものだった。ロバンソンのことについては、ぜひとも彼に知っておいてもらいたかった。

「ロバンソンのことはまえに話しましたね？」前置きのつもりでたずねた。「例の僕の戦友ですよ？……覚えてますかね？」

　彼はもう僕から戦争の話を、アフリカの話を百ぺんも聞かされていた、それも百ぺんとも大いに違ったふうに。それが僕の流儀だった。

「ところで」と僕は続けた。「そのロバンソンが、トゥルーズから、わざわざ訪ねて来てくれたとこなんでね、病院でいっしょに晩飯でもどうです」

　実をいうと、こんなふうに病院を代表したような口をききながらも、僕はもうひとつ板についていなかった。出すぎたことをやっているような気がした。こんな場合、鷹揚な威厳を保つべきことは分っていた、がそれが僕にはまったく欠けていた。おまけにロバンソンの奴が困り者だった。村へ帰る道々、早くも、たいそう興味を抱いた落ち着きのない態度を取りはじめた、とくにそばにいる長い蒼ざめた顔をしたパラピーヌに好奇心をそそられたようだった。最初のうち、彼のことをも、パラピーヌをも気違いだと思っていたのだ。僕たちがヴィニイのどこに住んでいるかわかって以来、だれを見ても気違いに見えたのだ。奴を安心させてやった。「ところでおまえさんのほうは」こちらから尋ねた。「とにかく、こっちへきて、なにか仕事は見つけたんだろうな？」

「これから探すところさ……」返事はそれだけだ。

「だけど目のほうはいいのかい？　もう見えるんか？」

「うん、ほとんどもとどおりさ……」

「じゃあ、ご満足だな？」

　いや、奴は満足ではなかった。満足する以外に、することがあったのだ。僕はさっそくマドロンのことを尋ねたい気持を押し殺した。そいつは僕らのあいだのあまりにも微妙な問題だった。食前酒《アペリチフ》を前に僕たちは愉快な談笑に時を移した。この機会に彼をつかまえて、《療養所》についてのよもやま話をやりだした。でまかせ放題に喋りまくらずにおれなかった。要するにバリトンと五十歩百歩だ。夕食は和気藹々《わきあいあい》のうちに終わりを告げた。そのあと、さすがに奴を、ロバンソンを、そのまま表へたたき出すわけにもいかなかった。さっそく彼のために、とりあえず食堂に小さな組立式寝台を入れてやることに決めた。パラピーヌは相変わらず意見をもらさなかった。「なあ、レオン！」僕は言い渡した。

「職が見つかるまでここにおいてやってもいいぜ……」

「ありがとう」

奴はあっさり答えた。そして、それからは、毎朝、代理業の口をさがすと称して、電車でパリへ出かけて行った。

工場には飽きあきした、と言うのだった。《代理業《エイジエント》》が望みだったのだ。たぶんそいつを、代理業を見つけ出すのに苦心していたんだろう、公正に見なくちゃいけない、がともかくそいつが見つからなかったことには変わりない。

ある日の夕方、奴はパリからいつもより早目に帰って来た。僕のほうはまだ庭で、大きな泉水のあたりを監視しているところだった。彼は相談がある様子でそこへやって来た。

「なあ！」と切り出した。

「なんだね」

「ここでなにか仕事がもらえんだろうか？　よそじゃ何も見つからんのだ……」

「よくさがしたのか？」

「もちろん、さがしたさ……」

「病院で働きたいって？　だけど何をやるつもりだ？　パリじゃまったく、職が見当らないってのかい？　パラピーヌと相談して知り合いにでも頼んでみてやろうか？」

就職のために僕があいだに立とうというのを彼は迷惑がった。

「まったく、見つからんとも言えんだろうがね」そこで彼は続けて、「たぶん見つかるだろうよ……ちょっとした仕事ならね……確かにね……が実をいうと……おれは頭の病気にやられてるふりをしてなくちゃいけないんでね……呑気に構えちゃおれないんだ、頭をいかれてるふりをしなくちゃならないのさ……」

「なるほど！」やり返した。「先は言わなくていいよ！」

「いや、いや、フェルディナン、まあそう言わずに、先まで聞いてもらいたいんだ」ねばった。「おまえさんには十分わかっておいてもらいたいんだ……それにだいたい、おまえは勘の鈍い、にえきらん野郎だからな……」

「じゃ好きにしろ」あきらめて、言った。「話してみろよ……」

「気違いの真似をしてなきゃ、まずいことになるんだ、本当なんだ……ひでえ目に合わされそうなんだ……あいつはおれを逮捕させるかもしれないんだ……わかったかい？……」

「マドロンのことか？」

「そうさ！　きまってるさ！」

「おだやかじゃないな！」

「まずそんなところさ……」

「じゃあ、すっかり仲たがいかい？」

「ごらんのとおりね……」

「あっちへ行こう、くわしい話なら……」彼の言葉をさえぎって、わきへ引っぱって行った。「気違いたちに聞かれんようにね……気違いといったって……とにかく話はわかるし、それに妙なふうに尾ひれをつけて言いふらすからな……」

僕たちは二階にある隔離病室の一つへ上って行った。そして、そこに入るなり彼はこんどの計画の一部始終を僕に推察させるのに手間どらなかった、まして彼のやり口についてはすでに僕は先刻承知だったし、それにプロチスト師から残りのこともほのめかされていたやさきだ……

二度目には彼は失敗《しくじ》らなかったのだ。またへまをやりやがったと、もうだれにも言わさないのだ！　だんじて！　絶対に！　言わすものか――

「いいかね、婆《ばば》あの奴が、だんだん鼻につきだしたのさ……とくにおれの眼がすこしよくなりだしたころから、つまりひとりで道を歩けるようになりだしたころからね！……そのころからおれはまた物が見えだしたんだ……それで、あいつも、あの婆あの姿も、同時に目にはいったってわけさ……どうにも閉口さ、婆あばかり目にはいるんだ！……しょっちゅう目の前に立ちはだかるんだ！……まるであいつにおれの生活を塞がれてるみたいなものさ……わざとやってたにちがいないさ……いやがらせに……ほかの説明のしようはないやね！……それにおれたちがいた家の中じゃ、おまえもよく知ってらあね、がなり合わないほうが無理ってもんさ！　ひでえ狭くるしいところさ、おめえも知ってるだろう！……

おれたちは重なり合ってたんだ！　ほかに言いようはないね！……」

「ところで地下室の階段だが、あまり丈夫なほうじゃなかったようだね？」

マドロンといっしょに初めて訪ねたとき僕は自分でそいつが、その階段がどれほど危っかしいか、そいつが、踏み段がすでにぐらぐらしていることに気づいた。

「そうさ、その点はすっかり壊れてたも同然さ」率直に認めた。

「むこうの連中はどうなんだ？」僕はさらに尋ねてみた。「近所の連中や、坊主とか、新聞記者は……あの一件が持ち上がったとき、なんにも感づかなかったのか？」

「だろうな……それに連中はおれにはそんな真似はできんと思っとるよ……おれのことをしょぼついた野郎だと思っとるからね……盲だとね……わかるだろう？」

「要するに、運のいい奴さ、普通だってみろ……ところで、マドロンは？　こんどのことではあの女は何をやったんだ？　一役買ってるのか？」

「そうとも言いきれんがね……だけどやっぱり、もちろん、多少はね。だってさ、そうだろう、地下室の利益は婆あが死んじまえば、全部おれたち二人のものになるはずなんだからな……そんなふうに決めてあったのさ……二人で引き継いでいくことになってたんだ……」

「じゃどうして、そのあとおまえたちの仲はうまくいかなくなったんだ？」

「そいつは複雑な問題さ……」

「マドロンのほうでおまえさんに気がなくなったのか？」

「とんでもねえ、どころか、気は大ありさ、それに結婚の問題には相変わらず大乗気ときてるさ……母親も賛成さ、いままで以上にね。おまけにアンルイユ婆あのミイラがおれたちのものになって、今後はおれたち三人で安心して食っていけるだけのものは十分手にはいるし、なにやかやで話はとんとん拍子さ……」

「じゃあ、二人のあいだで何があったんだ？」

「つまり、おれは、奴らにそっとしといてもらいたかったのさ！　ただそれだけよ……お袋と娘にな……」

「いいかい、レオン……」その言葉を聞いて、僕はきっぱり横槍を入れた。「いいか……おまえのやり方も真面目じゃないぜ……マドロンと母親の立場にもなってみろ……いい気がすると思うか、奴らの立場にもなってみろよ？　どうだ？　むこうへ着きたてのころは、おまえは、はく靴だって満足になけりゃ、職も、何もなく、一日じゅうぶつくさこぼしてばかりいたんだぜ。婆あがおまえの金銭《かね》から何から何まで握って……その婆あが消えっちまうと、いや、おまえが消したと言ったほうがいいがね……そうなりゃ、そうなったでまた、不機嫌面をして、文句をつけだすんだからな……すこしは、あの二人の立場にもなってみろよ……たまったもんじゃないぜ！……おれなら豚箱へぶち込んじまうとこさ……あいつらから警察《さつ》へ突き出されるだけのことは、おまえは十分やってんだからな！　これだ

け は言わせてもらうがね！」

　こんな調子で奴に、ロバンソンに話しかけた。

「そうかもしれんさ」奴はすぐ答え返した。「だけど、おまえは医者で、教育があるのかなんだか知らねえが、おまえにはおれの性質がてんでのみ込めちゃいねえのさ……」

「いいかげんにしろ、レオン！」とうとう僕はきっぱり言い渡した。「いいかげんにしろ、貴様の性質がどうだってんだ！　貴様の口のききようは病人とちっとも変わりゃせんよ！……バリトンの行方が知れんのがまったく残念さ、でなきゃ貴様をひっとらまえて、いまごろは病院へたたき込んじまってるところさ！　それが貴様にしてやれるいちばんいいことさ！　つまり先ず貴様を監禁することだ！　聞いてるのか！　監禁することだ！　バリトンがそいつを、貴様の性質をめんどうみてくれるだろうよ！」

「おめえだっておれと同じ目にあって、同じ経験を味わってみな」奴は言い返した。「けっこう病気にもなるさ！　ちげえねえ！　たぶんおれよかひでえ病気にな！　てめえみてえなもともとしけた野郎は！……」それをきっかけに自分のほうに権利があるみたいに僕を罵倒しだした。

　彼が罵りまくっているあいだ僕は彼をじっと観察していた。患者たちからこんなふうに手ひどく扱われることには慣れていた。もう平気だった。

　トゥルーズ時代にくらべると彼はすっかり痩せこけていた、おまけにこれまで見受けなかったなにものかが顔面に浮かび上がっているみたいだった、まるで表情自体の上に、早くも忘却と沈黙に取り巻かれた肖像画が覆いかぶさっているみたいに。

トゥルーズでの出来事には、それほど深刻ではないが、彼にとって別にもう一つ腹にすえかねる問題があって、思い返すとやっぱり怒りがこみあげてくるのだった。それはくだらぬことのためにいんちき野郎どもをおおぜい買収せねばならなかったことだ。地下納骨室を再開するにあたって、右に左に、司祭に、貸椅子係りに、役場に、助任司祭連に、ほかにもまだまだいろんな連中に、袖の下を、しかも結局はなんの効果もなく、ばらまかねばならなかったことが、しこりになっていたのだ。そのことをむし返して話すとき、彼は猛《たけ》り狂うのだった。そのやり口を泥棒呼ばわりして。

「で、結局、結婚はしたのかね？」最後に僕は尋ねた。

「とんでもねえ！　もうお断わりさ！」

「だけどマドロンは悪かあなかっただろう？　ちがうとは言わさんね」

「そんな問題じゃねえんだ！」

「どうして、そいつが大問題さ。おまえたちは身軽だったんだろう！……どうしてもトゥルーズから離れたいというんなら、当分納骨室を母親の管理にまかすという手もあるんじゃないか……いつかまた二人で戻ることにしてさ……」

「肉体のほうじゃ」奴は答えた。「おまえさんの言うとおりさ、確かにすばらしい女だったよ、そいつは認めていいさ。つまりおまえさんから教わってたとおりさ。おまけに、もういちど目が見えだしたとき、最初に目にはいったのが、まあ言やあ、あの女、つまり鏡に映ったあの女だったんだから……想像できるかい？……光につつまれて……あれは婆あが落っこちて二カ月ほどしてからだったよ……視力が、マドロンの上で、いわば突然、おれに戻ってきたのさ、あれの顔を見つめようとやってみてたときにね……つまり光の一撃だったんだ……わかるかい？」

「嬉しくはなかったのか？」

「そりゃ、うれしかったさ……だけどそれだけじゃすまんさ」

「とにかく逃げ出してきたんだからな……」

「そうなんだ。だけどまあ聞いてくれ、最初におれの態度がおかしいと言いだしたのはあの女のほうなんだ……おれにもう熱がない……やさしくなくなったとね……きざで、見栄っぱりだと……」

「どうせ、貴様は後悔で悩んでたんだろう？」

「後悔？」

「どうかわからんがね……」

「なんと呼ぼうとそれはおまえさんの勝手さ、とにかくおれは調子がよくなかった……それだけのことさ……なんにしたところで後悔なんてものじゃなかったと思うね……」

「じゃ、病気かね？」

「それそれ、むしろそっちさ……病気だよ……おれが病気だってことを、おまえさんの口から言わせるのに、一時間はかかったぜ……まったく暇のかかる奴だよ……」

「よし！　わかった！」僕は答えた。「病気だってことにしておこう、そのほうが安全だと思うんならな……」

「頼んだぜ」念をおした。「あいつときたら何をしでかすかわかったものじゃないからな……そのうち密告くらいやりかねんさ……」

こっちが忠告されてるみたいな調子だった。真っ平だった、奴の忠告なんて。この手はこりごりだ、またとばっちりを食うだけだ。

「本当にそう思ってるのか、あいつが密告すると？」僕はもう一度念をおした……「だけどあの女もぐるなんだろう？……だったら喋るまえに、すこしは反省するだろうよ？……」

「反省するって？」僕の言葉を聞くと、奴は飛び上がった。「おまえはてんであの女を知っちゃいないんだ……」――僕の言葉がよっぽどおかしかったと見える――「一秒だって躊うもんか！……本当さ！　おまえもおれみたいにあの女と付き合ってりゃ、疑ったりせんだろうよ！　あいつは惚れとるんさ！　惚れた女と付き合ったことはないんかい？　惚れたときは、女は気違いさ、しごく簡単な話さ！　気違いだよ！　ところで、あいつが惚れてるのは、気が狂ってるのは、このおれになんだ！　わかったかい？　だから気違いじみたことなら、なんだってあの女を煽るんだ！　しごく簡単な話さ！　そんなことぐらいで思いとどまるもんか！　反対さ！……」

　あの女が、マドロンが数カ月のあいだにそれほどまでに狂乱状態に達するとは、僕にはやはり少々意外だった、ともかく僕は自分で彼女を、マドロンをすこしは知っていたんだから……彼女について僕は自分なりの考えを持っていた、だがそれを口にすることはできなかった。

　トゥルーズでの要領のよいやり口からみても、また舟遊びの日にポプラの木陰で盗み聞いた言葉からしても、そんなにわずかのあいだに彼女の気質がこれほど一変するとは考えられないことだった……悲劇的というよりは、要領のいい、ちゃっかり屋で、ごまかしや見せかけで切り抜け、すずしい顔をしている女だとばかり思っていたのだ。が以前はともかく、今ではもう僕には何も言う資格はなかった。黙って見送るより仕方ない。「よし！　よし！　わかったよ！」きり上げるために言った。「で母親のほうはどうなんだ？　貴様がどろんをきめこむ気でいるとわかりゃ、母親だって黙っちゃいなかっただろう？……」

「そのとおりさ！　どころか、一日じゅうおれのことをろくでなし野郎だってわめき立てやがるんだ、それも、こっちがやさしい言葉をかけられたいと思っているときにさ！……うるせえったらありゃしねえ！　要するに母親のほうも見込みなしさ、だからおれは、あいつら二人に地下室をまかして、こっちはちょっとぶらぶらして来たい、ひとりだけで旅に出て、もういっぺんすこしばかりあちこち見物して来たい、そんなふうにマドロンに持ちかけたんだ……

『あたしといっしょに行ってちょうだい』あいつは承知しねえのさ。『あたしはあんたの許嫁《フィアンセ》でしょう？……あたしも連れてって、レオン、でなきゃ行かさないわ！……それにあんたはまだすっかり治ってないのよ……』くい下がってきかねえのさ。

『なあに、治っとるよ。それにおれはひとりで行きたいんだ！』こっちはこっちで、やり返す……きりなしさ。

『妻は夫につき添うものです！』母親が口出ししやがる。『結婚すりゃいいんです！』――ただおれに嫌がらせするために娘をあと押しするんだ。

　こんな世迷言《よまいごと》を聞いてるうちに、おれは、やりきれなくなっちまったんだ。おれのことはおまえさんがよくご存じさ！　戦場でおれが女を欲しがったとでもいうんかい！　娑婆《しゃば》へもどってからだって！　アフリカでおれに女がいたかい？　アメリカで、おれに女が一人でもいたかってんだ？……とにかく、あいつらがその問題でそんなふうに何時間も言い争ってるのを聞くと、おれは腹痛が起こるのさ！　猛烈な腹痛が！　とにかく女がなんの役に立つかぐらいは心得てるさ！　おまえだって心得てらあね？　なんの役にも立たんさ！　これでもおれは方々まわって来とるんだ！　とうとう、あいつらのたわごとにしびれをきらして、ある晩、おれは母親にむかって思ってることを洗いざらいぶちまけちまったのさ！『おめえさんはとんでもないわからず屋だよ……』おれは言ってやったんだ……『アンルイユ婆あより、まだわからず屋だよ！　おめえさんも、おれみたいに、もすこしいろんな人間や土地を見てきたら、相手かまわずそう簡単に説教づらしたりはせんだろうよ、汚ならしい教会の隅っこで年じゅうしみったれた金銭《ぜに》ばかり拾い集めてるから、いつまでたっても世間のことがわかりゃせんのさ！　おまえさんも、ちょっとは外へ出てみたらどうだい、きっとためになるぜ！　すこしは、ぶらついてみたらどうなんだい！　さっぱりするぜ！　もすこしお祈りの時間を減らしゃ、すこしはまともな人間になるだろうよ！……』

　こんなぐあいに扱ってやったのさ、奴を、あいつの母親をね！　こっちは、ずっとまえから婆あを怒鳴りつけたくてうずうずしてたんだ、もちろん、婆あのほうだって、おれ以上さ……だけど結局そいつは、どっちかといえばおれのほうに都合よかったわけさ……そのおかげでおれは逃げ出せたようなもんだからな……もっともくそ婆あのほうも、おれが正体をあらわすのを手ぐすねひいて待ち構えていたようなものさ、たちまち知ってるかぎりの汚ねえ言葉でおれを罵りだしたね！　青筋立てて、言っちゃならんことまでわめき立てるんだ。『泥棒！　ぐうたら！』悪口雑言さ。『定職もないくせに！　わたしたちで、わたしと娘で、かれこれ一年もおまえさんを養ってるようなもんじゃないか！……能なし！

……ひも！……』想像つくだろう？　まったくの家庭劇《ホーム・ドラマ》さ……婆あはちょっと考えたみたいだったよ、それから声をおとして、それでもとにかく実感をこめて、こう言いやがったよ。『人殺し！　人殺し！』おれをそう呼ばわるんだ。ひやっとしたね。

　そいつを聞いて娘のほうは、おれがその場で母親につかみかかるんじゃないかと、心配したらしいよ。おれたち二人のあいだに割ってはいると、手で母親の口をふさいじまった。危機一髪さ。こいつらはぐるだな！　ぴんと来たね。見えすいてる。結局、退散することにきめたよ……これ以上荒立てる場合じゃない……それに女どもがぐるになっていようが、おれには結局どうだっていいことさ……言いたいだけ言っちまえば、奴らはおれをそっとしといたとでも思うかい？……とんでもない！　どうして、どうして！　それはあいつらを知らん奴の言うことさ……娘のほうがまたむし返すんだ。心臓《ハート》と、おまけに尻《けつ》にまで火がついてたんだ……ますます派手にむし返すのさ……

『あんたを愛してるのよ、レオン、あんたを愛してるのわかってるでしょう、ねえ、レオン……』

　そいつの一点張りさ、《あんたを愛してる》の。ばかの一つ覚えみたいに。

『こんな男にまだ惚れてるんかい？』そいつを聞くと、母親がまたごてだすんだ。『まだおまえにはわからんのかい、こいつがろくでなしだってことが？　ろくでなし以下だってことが。眼が見えだすと、わたしたちのご恩も忘れて、おまえをひどい目に合わすんだから！　わたしの言うことにまちがいないさ！　母さんの言葉に！……』

あとはみんな泣いて幕さ、おれまでいっしょになってね、あのばか女どもとあんまり気まずくなるのもいやだったし、それにあんまり腹を立てるのも大人気ないと思うもんでね。

なんとかその場は逃げられたというわけさ、だけどこのさき長いこと顔を突き合わせて暮らしを続けていくにしては、おれたちはあんまりいろんなことを言い合っちまったのさ。それでも、ときどき言い争い、幾日も、とくに幾晩も、にらみ合いを続けながら、とにかく何週間かは持ちこたえたがね。

別れるふんぎりはつかないが、心はもう離れ離れさ。結局、弱気でつながってたようなもんだ。

『それじゃあ、ほかに好きな女《ひと》がいるの？』ときどきあいつは、マドロンは、こう問いつめるんだ。

『ばかを言うんじゃない！』こっちは安心さすのに一苦労さ。『とんでもねえ！』——それでもあいつが本気にしてないのは目に見えてたね。あいつにとっちゃ、人生ではいつでもだれかを愛してなくちゃならなかったんだ、その考えから脱け出せなかったのさ。

『女をつくったところで、おれに何ができるてんだ？』こっちは言ってきかす。——ところがやつは恋愛にいかれとるんだ。なだめるのにおれはもうどう言っていいかわからん始末さ。前代未聞の手を見つけ出してくるんだ。やつにそんな頭があろうとは思いもよらなかったね。

『あんたはわたしの心を奪っちまったのよ、レオン』こう言って責めるんだ、それも真剣に。『出て行くつもりね！』おどしさ。『行けばいいわ！　だけど、言っとくけど、レオン、あたしは悲しみで死んじゃうから……』おれが奴の嘆き死の原因になるって？　いったいそいつはどういう意味だい、ええ？　聞かせてもらいたいもんだね？『ばか言うんじゃない、なにも死ぬことはないだろう！』こっちは慰め役さ。『第一、おれはおまえから何も奪っちゃいないさ！　そうだろう、子供ひとつつくっちゃいない！　よく考えてみろよ！　病気をうつしたわけでもなしさ？　ちがうかい？　どうなんだ？　おれはただ出て行きたいと言ってるだけさ！　休暇で出かけるようなもんさ……簡単なことじゃないか……聞きわけよくしてくれよ……』ところがおれの考えをわからせようと努めるほど、おれの考え方はあいつに気に入らなくなるのさ。要するに、もうまったく理解の余地なしさ。おれの言葉が本気だと、そいつはおれの偽らない気持だと考えただけで、あいつはもうかあっときちゃうんだ。

　そのうえあいつは、おまえが陰で糸をひいていると思ってるのさ……おれに後ろめたい気持を起こさせて引きとめる手がだめだとわかると、こんどはあいつは別なやり方でおれを引きとめにかかりだしたよ。

『ねえ、レオン』こう言いだすんだ。『納骨室のために、あたしがあんたに執着してるなんてとらないでね！　お金銭《かね》のことなんか、要するにどうでもいいのよ……あたしが望んでるのは、あんたのおそばにいたい……仕合わせでいたいということ……それだけなの……当然のことでしょう……あんたと別れたくないの……あんなに愛し合った者同士が別れるなんて、むごすぎるわ……ねえレオン、せめてこれだけは誓って、すぐ帰って来るんでしょう？……』

　こんな調子で、そいつは、あいつの発作《ヒステリー》は何週間も続いたというわけさ。深情けもこうなると迷惑な話さね……毎晩、気違いじみた睦言《むつごと》のくりかえしさ。結局それでも、あの女は地下室を母親にあずけていいとまで言いだしたよ、もっともおれたちは二人いっしょにパリへ仕事をさがしに行くという条件でね……いつでもいっしょさ！……妙な奴さ！　話のわかる女になりたがっていたんだがね、ただ、おれたちが別れ別れになることだけ除いてね……そのことじゃ手のつけようなしさ……だからあいつが物わかりよく見せようとすればするほど、おれのほうはうんざりする始末さ！

　あいつに聞きわけよくさせようたって無理な話さ。まったくのむだ骨折りか、それとも依怙地にならせるだけだってことが、かえってこの女をますますいきり立たせるだけだってことが、おれにはいやというほどわかったんだ。だからあいつのいう愛とやらから逃げ出すために、おれは手を考えだす必要があったんだ……でおれは、ときどき気が変になると話して奴をこわがらせる手を思いついた、というわけさ……発作的にそいつにやられるんだとね……あの女は、妙な目つきで、おれを横目で眺めたよ……作り話じゃないかもうひとつよくわからなかったんだ……だけどとにかく、以前おれから聞かされたいろんな事件や、戦争でいためつけられた話や、とりわけ最近じゃアンルイユ婆あの一件や、それからまたあいつに対するおれの突然の妙な変わりぐあいなどから、あいつはやっぱり考え込まされたってわけさ。

一週間以上あいつは考え込んでたみたいだよ、そして、おれをそっとしといてくれたよ……そいつを、おれの発作のことを、母親にも漏らしたにちがいないね……ともかく二人とも前ほどおれをしつこく引き止めなくなったよ……（しめしめ）とおれは思ったね、（うまくいきそうだ！　自由の身になれるぞ……）いざこざなしに、落ち着きはらって、ゆうゆうとパリのほうへ引きあげていく自分の姿が、目に見えるようだったね！……だが待てよ！　ひょいとおれは仕上げを思いついたというわけさ……念には念をいれて……そいつに嘘いつわりがないことを奴らにきっぱり証明してみせるうまい手を、見つけ出したように思ったんだ……つまりときどき、おれは正真正銘の気違いになるってことをね……そこである晩おれは、マドロンに向かってこう言いだしたんだ、『さわってみな！　おれの頭の後ろのここんとこを、さわってみなよ、こぶだよ！　上に傷痕《きずあと》があるのがわかるだろう、こんな大きなこぶがあるんだぜ、ええ？』

そいつを、おれは頭の後ろのこぶをさわってみたとき、あいつの驚きようったらなかったね……ところが、どういうことだい、あいつは嫌気がさすどころか、ますますのぼせあがる一方さ……『フランドルでやられた箇所さ、開頭手術の痕なんだ……』こっちは念を入れてみたがね。

『ああ！　レオン！』するとこぶをさわりながら、あいつは、おれにしがみついてくるのさ。『許してちょうだい、あたしのレオン！……いままで疑ってたの、でも、心の底から、お詫びするわ！　目がさめたわ！　ほんとにすまなかったわ！　そうよ！　そうよ！　レオン、あたしはひどい女だったわ！……もう二度と意地悪したりしないわ！　誓います！罪の償いをしたいの！　いますぐ！　ねえ、償いをさしてちょうだい？……あんたを仕合わせにしてみせるわ！　大切に看病するわ！　今日から！　いつも辛抱強くなるわ！　とてもやさしく！　きっとよ、レオン！　あんたを心底から理解して、あんたがもうあたしなしではいられないようにしてみせるわ！　あたしの心をすっかり差しあげるわ、あたしはあんたのものよ！　すっかり！　あたしの生命《いのち》を、すっかりあんたに差しあげる！　でもおっしゃって、あたしを許すとだけ、おっしゃって、レオン？……』

おれは何も言わなかったよ、なんにも。あいつがひとりで喋りまくってたのさ、つまり、あいつがひとりで早合点してたのさ……止めようもなにもあったもんじゃない。

おれの傷口とこぶにさわったために、あいつはたちまち愛で酔っぱらったみたいになっちまったんだ。もう一度そいつを、おれの頭を両手で抱え込んだまま、二度と放さず、そして、おれが望もうが望むまいが、おれを永久に幸福にするつもりだったのさ！　このとき以来、お袋にはもう、おれを罵ることはご法度《はっと》さ。マドロンが承知しないんだ。人が変わったみたいなものさ、とことんまでおれを保護しようってわけさ。

　やりきれたもんじゃねえさ。むろんおれだって円満に別れたかったよ……だけどやってみたってむだなことはわかってるんだ……あいつはますます愛にいかれて、頑固になってるんだから。ある朝、あいつらが、母娘《おやこ》で、用足しに出かけたすきに、おれはおまえがやったみたいに、小さな荷物を作ったのさ、そして、そっと逃げだしたんだ……これだけ聞きゃ、おまえだって、おれに辛抱がたりんなんて言わんだろう？……とにかくどうしようもなかったのさ……これが、一部始終さ……あいつはなんだってやりかねん奴だ、いまにもここまでおれを狩り出しにやって来るかもしれんさ、思いすごしなものか！　気は確かさ！　おれはあの女を知ってるんだ！　気違いといっしょに監禁されてるみたいに見せかけとくほうが安全なんだ……そうすりゃ、もうなんにもわからんふりをしやすいからな……あの女には、この手が必要なんだ……何もわからんふりが……」

　二、三カ月前なら、ロバンソンから聞かされた一部始終は、まだ僕の興味をひきつけただろう、だが、僕はまるで一時に老け込んでしまったみたいだった。

　結局、僕はますますバリトンに似てきたのだ、もうどうでもよかった。ロバンソンから聞かされたトゥルーズでの出来事は、もう僕には切実な危険として受け取れなかった。彼の問題に身を入れようと努めてみたがだめだった、そいつは、彼の問題は黴くさい臭いがするのだった。いくら理屈をこねてみてもだめだ、こちらがきっぱりおさらばするよりまえに、世間のほうが僕らからおさらばしてしまうのだ。

　いちばん執着してきた事柄についてまでも、そのうち僕らはしだいに話題にすることを思い切る、おっくうになる。いつまでも喋りつづけていることに飽きあきするのだ……口数をへらし、……ついには口をつぐむ……三十年も喋りつづけてきたのだ……もう自分を主張しようという気もない。人生の楽しみのあいだに取りのけておいたささやかな座席を守りとおそうという気持すらも失せ去る……自分に飽きあきするのだ……あとはもうわずかばかり食らい、温もり、どこへ行きつくあてもない道中で、せいぜい眠りをむさぼれさえすればよい。意欲を取りもどすためには、また他人の前で表情をつくろわねばならんだろう……がもう自分の持ち芸は精一杯だ。しどろもどろだ。それでもまだそこに仲間といっしょに留まるための要領と口実をさがし求める、がそこにはもう死神が入り込んでいる、僕らのわきに、ぷんぷん臭いながら、いまでは片時も離れず、トランプ占いよりも秘密のないかたちで。手もとに残された貴重なものといってはこまごました嘆きだけだ、年寄りの叔父がまだ生きていたうちにボァ＝コロンブまで会いに出かける暇のなかった嘆き、叔父のつつましい歌は二月のある宵《よい》、永遠に消え去っちまったのだ。人生から僕らに残されたものはこれだけだ。このけっこう激しい小さな悔恨だけ、それ以外は悩みや苦労といっしょに、とにかく途中に吐きすててしまったのだ。いまでは僕らは行き来も絶えた道路の片隅の古びた憶い出の街燈にすぎない。

どうせ退屈するなら、いちばん疲労が少なくてすむのは、まだしも規則正しい習慣で退屈することだ。病院では、僕は全員が十時に就寝することに決めていた。自分で電燈を消して廻った。経営は順調にいっていた。

それに僕らは新しいことをやろうなどという気は毛頭なかった。《精薄児映画教育》というバリトン方式だけで手いっぱいだった。経費きりつめには、もうそれほど意を用いなかった。濫費すれば、心配して院長はもどって来るかもしれぬ、という肚だった。

アコーディオンを買い込んで、夏のあいだはロバンソンに庭で患者たちにダンスをさせることにした。ヴィニイでは一日じゅう患者の面倒をみるのはたいへんな仕事だった。しょっちゅう教会へ送りこんでおくわけにもいかない、そこでは退屈しすぎるからだ。

トゥルーズからは、なんの音沙汰もなかった。プロチスト師も二度と訪ねては来なかった。病院での生活は単調に、ひっそり、規則正しく続いていった。精神的には、落ち着かなかったが。亡霊に悩まされどおしだったからだ。

さらに何カ月かすぎた。ロバンソンは顔色を取り戻しだした。復活祭には患者のあいだにちょっとした騒ぎがあった、庭の向こうを女たちが明るい衣裳《いしょう》で行き来しはじめた。春が早く来た。臭化物の臭いのたちこめる。

《タラプウト座》では、僕がエキストラに出ていたときから、何度も人員が入れ替わっていた。可愛いイギリス娘たちは遥か遠く、繰り出したそうだ。オーストラリアくんだりまで。もう彼女たちと出会うこともあるまい……

タニアとの一件以来僕は楽屋への出入りを差し止められていた。こちらもそれほど未練はなかった。

僕らはほとんどあらゆる土地へ、とくに北の国々の領事館へ手紙を書いて、バリトンのゆくえの手がかりをつかもうとした。役に立つ返事は一通も来なかった。

パラピーヌは、僕の傍らで、落ち着いて、黙々と、技術上の仕事を果たしていた。この二年来、彼は全部合わせたところでほとんど二十以上の言葉を口にしたことはなかった。僕はほとんどひとりで日々の状況に応じて物質上のまた管理上のこまごました処置を決定してゆかねばならなかった。ときにはへまをやることもあった。パラピーヌはそのことでけっして僕を咎めたりはしなかった。お互いに不干渉という点では一致していたのだ。それに患者の十分な回転が施設の物資面を保証していた。出入り商人と家賃の支払いをすませても、たっぷり生活費が残った、もちろん、エーメの養育費もきちきち伯母に支払われていた。

ロバンソンは、来た当座よりはるかに気持が安まったようだった。顔色と、それに体重も、三キロがた取りもどした。要するに、家庭に左巻きの人間が絶えないかぎり、僕らは世間から喜んで迎えられ、それに首都に近いために重宝がられてもいた。病院の庭だけでも遠出の価値があった。夏の天気のいい日などわざわざパリからその庭を、花壇や薔薇の茂みを見物に来るのだった。

そういう六月のある日曜日、最初、散歩客のあいだにまじって、病院の鉄柵の真ん前にたたずんでいるマドロンの姿をかいま見たように思った。

最初、ロバンソンをおびやかさないために、彼女が現われたことは伏せておこうかとも考えた、がやっぱり、思い直して、二、三日後に、ここ当分は、毎日の散歩のおりに、あんまり遠くまで行かないよう忠告した。その忠告は奴を不安がらせた。が、それ以上たって聞こうとはしなかった。七月もおしつまった頃、僕らはバリトンから、数通の葉書を受け取った、今度はフィンランドからだった。嬉しかった、が彼は、バリトンは、帰国のことについてはなにひとつ触れていなかった、ただ、あらためて僕たちの《幸運》を祈り、種々友情にあふれた事柄がしるされていた。

二カ月過ぎ、さらに何カ月か過ぎた……夏の埃は路上におさまった。収容患者の一人が、万聖節《トウーサン》のころ、病院の門前にちょっとした騒動を引き起こした。その患者は、これまでしごく行儀のよい、おとなしい人間だったが、万聖節の葬式じみた雰囲気に堪えられなかったのだ。彼が窓越しに死ぬのはいやだとわめき立てるのを制止するいとまがなかったのだ……表の通行人はおもしろがっていつまでも眺めていた。このふいの騒ぎが起こったとき、またしても、だがこんどは最初のときよりずっとはっきりと、鉄柵の前のちょうど同じ場所に、人群れのいちばん先頭に、マドロンの姿を認めたように思って、僕はぞっとなった。

その夜は、不安でおちおち眠れなかった。見たものを忘れようとつとめた、がいくら忘れようとしてもだめだった。眠ることはあきらめたほうがましだった。

もうだいぶ前から、僕はランシイへ戻っていなかった。どうせ悪夢にうなされるんなら、と考えた、あのあたりでもうろついたほうがましだ、遅かれ早かれあらゆる不幸はみんなあそこから降ってくるんだから……そこに僕は数々の悪夢を置き去りにしてきたのだ……そいつをこっちから迎えに行くことは、かえって、一種の予防策にならないともかぎらんだろう……ランシイへは、ヴィニイから出かける、いちばんの近道は、ジャンヌヴィリエの橋まで河沿いに行く道だ、そこはセーヌ河に張り出した平らな岸だ。ゆるやかな河霧が、水際でちぎれ、ひしめき、たなびき、昇り、揺らめき、欄干《らんかん》の向こう側の酸っぱい匂いのケンケ燈のまわりへ下りてゆく。トラクターの大工場が左岸の大きな暗闇の中に潜んでいる。内部に燃えしきる陰気な火災をのぞかせて窓は開いたままだ。工場を過ぎると、河岸にだれひとり見かけない……が迷うおそれはない……疲れ加減で到着の見当がつくからだ。

あとはブールネエル通りを通ってもう一度左へ曲がれば、すぐそこだ。いつも明かりのついている踏切りの青と赤の信号燈があるので、道をみつけるのは簡単だ。

真っ暗がりの中でも、目をつぶってでも、アンルイユの家まで行き着くことができただろう。しょっちゅう行きなれたものだ、以前は……

　が、その晩、門の前まで来たとき僕は歩みをとめて、考えだした……

　いまじゃここに、この家に住んでいるのは嫁ひとりきりだ、腹の中で考えた……みんな死んじまったのだ、みんな……トゥルーズでの婆さんの死にざまを、あの女は聞いているだろう、あるいは、少なくとも推察しているにちがいない……いったいあの女はどう感じているだろう……？

　歩道の街燈がまるで雪のように玄関の階段の上のガラスの庇《ひさし》を白く見せていた。僕は、そこに、道の片隅に、長いあいだじっと見つめながらたたずんでいた。呼鈴を鳴らしに行くこともできただろう。たぶん中へ通されただろう。要するに、喧嘩《けんか》別れしたわけではないのだ。僕のたたずんでいる場所は凍《い》てついたみたいに冷たかった……

　通りのはずれはやはり水溜りになっていた、僕が出入りしていたころとまったく同じように。道路工事が約束されていたが、まだ着手されていなかった……もうだれひとり通っていなかった。

　あいつが、アンルイユの嫁がおっかなくなったせいじゃない。そうじゃない。でなくて、そこまで来て、急に彼女に会いたい気持がなくなったのだ。わざわざ会いに来たのは間違いだった。その場所で、彼女の家の前で、僕はふいに、もう彼女から学ぶべきものは何ひとつないことに気づきだしたのだ……いまでは彼女の話は退屈なだけだろう、要するに。

僕らの関係はそこまで行きついてしまったのだ。

いまでは僕のほうが、彼女よりもさらに先まで闇の中に突き進んでいたのだ。あの世へ行ったアンルイユ婆さんよりもまだ先まで……もうみんないっしょじゃなかった……互いにきっぱり袂《たもと》を分かってしまったのだ……死によってだけではなく、生によっても……当然の成り行きだ……頼むは自分だけだ！　と考えた……そして、もう一度、自分の方角へ、ヴィニイのほうへ踵《きびす》を返した。

アンルイユの嫁には、これからさき僕について来れるだけの教育がないのだ……性根の強さは、確かに持ち合わせていた……が教育がない！　そいつが難点だった。無教育！　こいつが大事だ、教育が！　だからもう僕を理解する力も、僕らの周囲の出来事を理解する力も持ち合わせないのだ、どれほどこの女が意地悪で強情であろうと……それだけじゃ十分ではない……他人《ひと》より遠くへ行くためには、そのうえに勇気と知識が必要なのだ……サンジョン通りを抜けて、セーヌ河のほうへ引っ返し、つぎにヴァスウ路地へぬけた。治まったのだ、僕の不安は！　ほっとした！　得意だった、もうアンルイユの嫁の方角にこだわる必要のないことがわかったからだ、とうとうこの女もこの悪性《あくしよう》女も途中に置き去りにしてしまったのだ！……なんてしろものだ！　一応共鳴し合ったこともあったが……アンルイユの嫁と理解し合った時期もあるが……長いこと……がいまでは、この女は僕にとって十分な低さにもういなかったのだ、降りて来ることはできなかった！　僕がいるところまで……教育と気力が不足していたのだ。人生は登り道じゃない、下り道だ。この女にはもうその力がなかったのだ。もう僕のいるところまで降りてこれなかったのだ……僕のまわりには彼女にとってあまりにも闇が多すぎた……

　ベベールの伯母が管理人をしていた建物の前を通りかかったとき、僕はまた中に入ってみたい気持にさそわれた、その管理人部屋に、いまどんな連中が住んでいるか見てみるためだけに。以前ベベールを診察した部屋、そしてそこでベベールが亡くなった部屋。寝台の上のほうにはもしかするとまだベベールの通学姿の写真がかけられているかもしれぬ……が人を起こすにはあまりにも時間がおそかった。寄らずに通り過ぎた。

　もうすこし先の、リベルテ通りのはずれで、古物商のベザンの店にまだ明かりがついているのが目にはいった……思いがけなかった……もっとも陳列品のあいだに小さなガス燈がとぼっているだけだった。ベザンなら、たえず酒場へ出入りし、蚤《のみ》の市からマイヨ門まで顔が売れているところから、界隈のからくりと消息をひとつ残らず心得ているはずだった。

　まだ起きているなら、いろんな話を聞かせてくれるだろう。扉を押した。扉の鈴《りん》が鳴った、がだれも応えなかった。店の奥が、台所兼寝室に使われていることはわかっていた……そこに、暗がりの中で、彼もやはりテーブルの上に、両腕で頭をかかえこんで、うつぶしていた、彼を待っている冷えきった夕食のそばに、いんげん豆のそばに、はすかいに腰をおろして。食事の中途だったのだ。戻ってくるなり睡魔におそわれたのだ。ひどいいびきをかいていた。飲んでもいたのだ。忘れもしない、この日は木曜だった、リラで市《いち》の立つ日だ……まだ足もとの床の上に《風呂敷》いっぱい古物をひろげたままだった。

この男には、ベザンには僕はいつも好感を持っていた。文句のつけようがない。愛嬌があって、気さくで。僕は、つまらぬことを聞き出すために、好奇心から、彼を起こす気にはなれなかった……でガス燈をとめて出て行った。

商売の面では、確かに、彼は自分を護るのに苦労していた。がともかくこの男は、眠るのに苦労していなかった。

僕はそれでも悲しい気分でヴィニイのほうへ引き上げて行った。この連中も、この家々も、このきたない陰気な品々も、もはやまるきり、昔のように僕の心にじかに語りかけてくることはないのだ、それにまた僕のほうにも、こんなふうに、ひとりぼっちで、さらに遠くまで進んで行くだけの力がもはや残されてはいないのだ、としみじみ考えながら……

⁂

ヴィニイでは、食事に関しては、僕たちはバリトン時代の習慣をそのままに残していた、つまり一同が食卓に顔をそろえるのだ、が、今では管理人部屋の上にある玉突き部屋を使うことのほうが多かった。英会話の愉快でない憶い出のくすぶっている正式の食堂よりは、このほうが親しめた。それにまた、食堂には豪華な家具が、乳白ガラスをはめ込んだ本物の《一九〇〇年型》がどっさりありすぎた。

玉突き部屋からは、表の出来事がすっかり眺められた。こいつは有益だった。日曜日は一日じゅうその部屋ですごした。ときどき、近所の医者たちを夕食に招くこともあった、が常連客はむしろ交通巡査のギュスターヴだった。この男は、いわば、毎度のことだった。僕たちはいつのまにか窓越しに顔見知りになったのだ、日曜に彼がこの地域の入口の十字路に勤務しているのを眺めているうちに。彼は車を相手に苦労していた。僕たちは最初、一言二言言葉を交わし合った、やがて日曜を重ねるうちにすっかり親しくなってしまった。街で僕は彼の二人の息子を相次いで、麻疹《はしか》とおたふく風邪《かぜ》のために、手当てしてやる機会に恵まれた。この常連客は、ギュスターヴ・マンダムールという名で、カンタル県の出だった。話が少々不自由だった、言葉がいうことをきかないのだ。そいつは見つかることは見つかるが、飛び出してこないのだ、むしろ口の中に残って、もがもが音を立てるのだ。

ある晩ロバンソンが、なんということなしにこの男を玉突きに誘い込んだ、たぶんからかうつもりだったんだろう。がやりだせば続けるのが彼の性分だった、でそれからというもの、ギュスターヴは、毎晩同じ時間、八時に、必ず姿を見せるのだった。僕たちと一緒だとくつろいでおれるのだ、ギュスターヴは、喫茶店にいるよりも。自分でそう言っていた、喫茶店だとよく常連たちのあいだで、政治上の議論で揉めることがあったからだ。その点、僕たちはけっして政治の話はしなかった。ギュスターヴの場合、政治はかなり微妙な問題だった。喫茶店で彼はこのために悶着《もんちゃく》を起こしたこともあった。原則として彼は政治の話をしてはいけなかったのだ、とくに、すこしでも酒がはいっているときは、しかも彼はよく飲むのだ。どころか飲みっぷりでは評判だった、それがこの男の弱点だった。一方、僕らのところでは彼はあらゆる点で安全だった。自分でも認めていた。僕たちはだれひとり飲まなかった。彼は気を許していられるのだ、重大な結果になる恐れはなかった。安心して来れたのだ。

それ以前の境遇とバリトンのところで転がりこんだ境遇とを考え合わせてみると、僕たちは、パラピーヌも僕も、不平をこぼすのは、ぜいたくというものだった、結局のところ、僕たちはいわば奇蹟的な幸運をつかんだのだし、地位から言っても生活の安楽という点から言っても、何ひとつ欠けるところはなかったからだ。

ただ僕は、たえずそいつが、奇蹟が長続きしそうにないように思えるのだった。僕にはよごれた過去があった、そしてすでに、そいつは《運命》のげっぷみたいに僕の胸にもどりはじめていた。すでにヴィニイに来た当初に、僕はひどくいかがわしい脅迫的な匿名《とくめい》の手紙を三通受け取っていた。そしてその後も、同じような厭《いや》みな手紙があとを絶たなかった。もっともヴィニイではしょっちゅう匿名の手紙が舞い込んできたし、日頃はかくべつ気にもとめなかった。そういう手紙はたいてい自宅でまた被害妄想がぶりかえした以前の患者からのものだった。

しかし最近受け取った手紙は、その文面がこれまでより僕を不安に陥れるのだった、今までのとは違って、その弾劾《だんがい》が具体的で、おまけにいつも僕とロバンソンのことだけを問題にしていたからだ。ひと言で言えば、僕たちがいっしょに暮らしていることを非難していた。こいつは想像としても不潔だ。最初のうち僕はロバンソンにそれを伝えるのをはばかった、がやはり思いきって打ち明けることにした、それというのが同じ種類の手紙がいつまでもあとを絶たなかったからだ。僕たちはいっしょに差出し人を検討した。共通の知り合いのうちから可能性のありそうな連中をすっかり並べたててみた。思いあたらなかった。それにこれは根も葉もない中傷だった。僕のほうは、男色《おかま》は趣味じゃなかった、おまけに、ロバンソンときては、性に関することは、どちらの側も、てんで問題にしていなかったからだ。奴になにか悩みがあるとしても、尻《けつ》の問題でないことだけは確実だった。こんな忌わしいことを想像するのは、とにかく、焼きもち女にちがいなかった。

結局、こんないやらしい作り事でヴィニイまで僕たちをつけまわしにやってきかねない人間は、まずマドロンより他には考えられなかった。こんな手紙はいくら寄込されようといっこうに平気だった、が反応のないのを憤って、そのうち、彼女がじきじき僕らのところへどなり込みにやって来て、病院の中でスキャンダルを起こすことになりはせぬかと、それが心配だった。最悪の事態を予期しなくてはならなかった。

　そんな調子で幾週間か過ごしたが、その間じゅう、呼鈴が鳴るたびに僕らは飛び上がる思いをするのだった。マドロンが現われるのを、いや、悪くいけば、《検察庁》が現われるのを僕は覚悟していた。

　巡査のマンダムールがトランプをしに普段よりもすこし早目に現われるたびに、バンドに召喚状をはさんでいるのではあるまいかと怯えるのだった、がこのころはまだ、マンダムールは、とても愛想がよくおだやかだった。彼の態度ががらりと変わりだしたのは、もっと後になってからのことだ。このころはまだ、ほとんど連日あらゆる勝負で負けつづけながら、平然とすましていた。彼の性格が変わったとすれば、それは僕たちの責任としか言いようはない。

　ある晩、不思議に思って、僕はどうして彼が一度もトランプに勝てないのかと尋ねてみた、本当はそんなことを奴に、マンダムールに尋ねる必要はなかったのだ、よけいな詮索《せんさく》というものだ。まして僕らは金銭《かね》を賭けていたわけでもなかったのだから！　さて彼の不運をあれこれ検討するうちに、僕は彼がかなりひどい老眼であることに気がついた。実際、僕たちの部屋の明るさでは、奴は、トランプの上のクラブとダイヤの区別もほとんどつきかねたのだ。そのままには捨てておけなかった。

　ちゃんとした眼鏡を与えて視力を矯正《きょうせい》してやった。最初のうち彼は眼鏡をためしてみてしごくご満悦だった、が長続きしなかった。眼鏡のおかげで、トランプの腕があがると、以前ほどには負けなくなった、するともう絶対に負けたくないと思いだした。無理な願いだ、そこでいんちきをやりだした。そしていんちきをやっても負けることがあると、何時間ものあいだ僕らに当たりちらすのだった。つまり、鼻もちならぬ男に変わったのだ。

困ったことだった、奴は、ギュスターヴは、なんでもないことにも腹を立てるのだった、さらに進んで僕たちにいやがらせをし、不安と心配を与えるのだった。勝負に負けたときには、彼流に腹いせするのだ……ところがくどいようだが、僕たちがやっていたのは賭け勝負ではなかった、気晴らしと腕自慢のためだけだった……それなのに彼はかんかんになって怒るのだった。

そんなわけで、或る晩ついていなかったとき、立ち去りぎわに、僕たちに向かって彼はおどし文句をたたきつけた。「どなたも、用心なさったがいいですよ！　あの手合いを相手なら、わしなら、用心しますね！……こないだうちから病院の前を栗色髪の女が行ったり来たりしてますからね！……わしの考えじゃ、うろうろしすぎてるようですね……わけがあるんじゃないかな！……わしのにらんだとこじゃ、あんた方のうちのだれかと話をつけたいというとこじゃありませんかね！……」

こんなふうに、マンダムールは棘《とげ》のある捨てぜりふを投げつけるのだった。効き目はあった！……それでもすぐに自分を取りもどして、僕は平静に答え返した。「そうかい。ありがとう、ギュスターヴ！　君の言う栗色髪の女がいったい何者か、さっぱり心当たりはないがね……以前の患者のなかにだって、ここの待遇に不満をいだいていそうな女なんて、僕の知るかぎり、一人も考えられないがね……どうせまた哀れな気違い女だろうがね……ひっつかまえてみせるよ……確かに君の言うとおりさ、知っとくにこしたことはないがね……教えてもらってありがとう、もう一度お礼を言うよ……じゃ、おやすみ！」

　ロバンソンはこの打撃で、もう椅子から立ち上がれなかった。巡査が出て行くと、僕たちは彼のもたらした情報を、あらゆる角度から検討した……まだなにも、マドロンときまったわけじゃない……そんなぐあいに療養所の窓の下をうろつきに来る連中は、ほかにもおおぜいいるはずだ……がそれでもやっぱりそれがあの女らしいという深刻な憶測《おくそく》は消え去らなかった、そしてその疑いだけで僕たちをおびえあがらせるのに十分だった。もしもあの女だとすれば、こんどは何を企んでいるのか？　それに第一あの女はこんなに何カ月もパリでどうやって食っているのか？　いつかあの女が直接乗り込んで来るものとすれば、さっそく、気を配り、手筈を整えておかねばならぬ。

「いいか、ロバンソン」そこで、僕は、こう結論を下した。「腹をきめるときだぜ、いさぎよく……どうする気なんだ？　あれといっしょにトゥルーズへ帰るんか？」

「いやだ！　とんでもねえや！」――奴の答えだった。きっぱりしていた。

「よかろう！」僕は言い渡した。「だけど、こうなっちまったからは、おまえが本当にあれと一緒に戻りたくないんなら、いちばんいい手は、おれの考えでは、ともかくここしばらく外国へでも行って暮らすことだろうな。そうすりゃ、きっぱりあの女と手が切れるだろう……まさかそこまで追っかけて行きはすまいからな？……おまえはまだ若いんだ……体ももとどおりになったし……休息もしたし……すこしぐらいの金銭なら立て替えてもいいさ、旅に出るんだな！……悪いことは言わんよ！……それにここはおまえさんのいる場所じゃないさ……いつまでもこんなことを続けておれるもんでもないだろう？……」

　奴が僕の言葉に従ってくれれば、このとき出て行ってくれれば、僕にとって好都合だったし、有難いところだった。が彼はその手には乗らなかった。

「おまえはおれのことなんぞどうだっていいんだろう、フェルディナン！」やり返す……

「おれの年を考えてみろ、殺生なことを言うなよ……おれをよく見ろよ！……」

　彼はもうどこへも出かけたくなかったのだ。要するに散歩に疲れていたのだ。

「もう遠くへ行くのはごめんさ……」繰り返すのだった。「言ってもむださ……いくら言ったって……おれはもう出て行きはしないさ……」

　僕の友誼《ゆうぎ》に対するこれが奴の返事だった。それでもこちらは食いさがった。

「だけどもしもあいつが、マドロンが、もしかしてだよ、アンルイユ婆あの件でおまえを訴えたらどうするんだ？……おまえが自分で言ったんじゃないか、あの女はやりかねないって……」

「そうなりゃ仕方ないさ！　好きにやらしとくさ……」

こんな言葉を口にするなんて、この男も変わったものだ、以前は、《宿命》なんてものはこいつの好みではなかったのだ……

「せめて、なんでもいいからほかで仕事をさがすんだな、工場かどっかに、そうすりゃ、しょっちゅうここに、おれたちといっしょにいなくてすむだろう……だれかがおまえをさがしに来ても知らせてやる間があるだろう……」

パラピーヌもこの問題に関しては僕とまったく同意見だった、どころか今度にかぎって珍しく積極的に意見を述べたほどだ。してみると事の成り行きが彼にはよっぽど重大かつ緊急事に思えたものにちがいない。要するに、ロバンソンの身のふり方をつけ、かくまってやる工夫も考えねばならなかった。僕たちの知り合いの中に、近くの工場主がいた、手のこんだ問題で僕たちからえらく世話になり恩にきている車体製造業者だったが、この男が塗装の手仕事にロバンソンを試験的に使ってみてくれることになった。そいつはそんなにつらくもなく、給料も悪くない、結構な仕事だった。

「レオン」彼が初めて仕事に出かける朝、僕は言いきかした。「こんどの職はとちるなよ、くだらん了見を起こしてにらまれるんじゃないぜ……遅刻するなよ……ほかの連中より先に帰ったりするんじゃないぜ……みんなにこんにちわを言うんだぜ……要するにちゃんとやるんだ。かたぎな工場で働くんだし、保証人つきなんだからな……」

ところが奴はやっぱりたちまちにらまれてしまった、ただし落度がもとではなく、工場主の私室から出てくるところを隣の仕事場のいぬに見つけられたのだ。それだけで十分だった。報告。不心得。くび。

で二、三日後には、ロバンソンはまた、職を失って、僕たちのところへ舞いもどって来た。宿命！

そして、ほとんどその日から、咳《せき》をしはじめた。聴診してみると、右肺の上部一帯に一連の小泡音が認められた。もう部屋にこもっているより仕方なかった。

ある土曜日の夕方、ちょうど夕食のまえだった、だれかが玄関の広間で僕にじきじき会いたがっているという。

女だそうだ。

あの女だった、小さな日よけ帽子をかぶり手袋をはめて。今でもよく覚えている。手加減は無用だ、いいおりに飛び込んで来たわけだ。ぶちまけるまでだ。

「マドロン」僕は相手になにも言うひまを与えなかった。「レオンに会いたいんだったら、最初に断わっとくがね、あきらめたほうがいいね、このままひきとるんだ……あいつは胸と頭をやられてる……それも相当ひどくね……会わすわけにはいかんよ……それにあんたに何も用はないそうだ……」

「あたしが来たと言っても？」ねばる。

「そう、あんたが来ても……とくにあんたにはね……」つけ加えた。

とびかかって来るかと思った。そうではなかった、僕を前に、真剣な顔つきで、しきりに首をひねっていた、そして目で僕の記憶をたずね求めていた。もう僕はその中にいなかったのだ。記憶の中で僕もまた引っ越していたのだ。こんなとき相手が男なら、屈強な男なら、恐ろしかっただろう、が彼女ならなにもこわがることはない。世間で言うように、彼女は僕よりか弱いのだ。前まえから僕は、逆上した頭がこんなときどんなぐあいに変化するかしらべるために、こういう怒りに取り憑かれた頭に一発があんと食らわしてみたい望みを抱いていた。そいつか、さもなければ目のさめるような小切手だ、頭の中をよたよた航行しているもろもろの情念に一挙に梶《かじ》を転じさせるために必要なものは。そいつは時化《しけ》た海上の巧みな帆さばきみたいに胸のすくもんだ。その人間の全身が新しい風に傾くのだ。そいつを僕は見たかったのだ。

　少なくとも二十年来、そいつに、その欲望に、僕はつけまわされていた。街頭で、喫茶店で、喧嘩好きな、こだわりっぽい、高慢ちき連中が、言い争っているのに行きあうたびごとに。だが殴られることを恐れ、とくに殴られたあとの恥辱を恐れ、一度も思いきって行動に移したことはなかった。だが、こんどこそはまたとない機会だ。

「さっさと出て行かんか？」僕は言い渡した、彼女の興奮をいっそう高め、適当な状態へ持ち込むために。

こんな口のきき方をされ、彼女はもう僕に見覚えがなくなったみたいだ。虫酸《むしず》の走るような態度で、にやにやしだした、僕のことをまるで滑稽な、相手にするにたりん奴だと言わんばかりに……「ぴしゃっ！　ぴしゃっ！」僕は驢馬《ろば》をもしびれさせるほどの平手打ちを二発くらわせた。

彼女はむこうの壁ぎわの、大きなピンク色の長椅子の上まではじきとばされ、両手で頭をおさえ、ぶっ倒れた。小刻みに息を吐き、ぶちのめされた小犬みたいにうめいていた。そのうち、思い直したように、突然、身軽に、すっと体を起こすと、そのまま振り向きもせずに戸口から出て行った。結局なにもつかめなかった。またやり直しだ。

＊＊＊

しかし所詮はむだだった、彼女は僕たち皆んなが束になってかかっても及ばぬほど狡猾《こうかつ》だった。その証拠に彼女はロバンソンと再会したのだ、……望みどおりに……二人が一緒にいるところを最初に見つけたのはパラピーヌだった。二人は《東停車場《ガール・デスト》》の正面の喫茶店のテラスにいたのだ。

僕もとっくにそんなことだろうと、二人がまた出会っているのではないかと疑ぐっていた、がもう彼らの関係にすこしでも興味を抱いているふうに見られるのはいやだった。結局、僕に関係のないことだ。ロバンソンは病院の任務をちゃんと果たしていた、麻痺患者を相手の、ひどく汚ならしい仕事で、連中の垢《あか》を落とし、拭い、下着を取り替え、よだれを受けてやるといったものだ。それ以上、彼に注文をつけるのはまちがいというものだ。

用足しにパリへ行かされた午後を彼がマドロンと会うのに利用していたとしても、それは奴の勝手だった。ともかく僕たちは、例の平手打ち以来、彼女を、マドロンを、ヴィニイ＝シュル＝セーヌで二度と見かけなかった。だが僕はあれから彼女がロバンソンに僕のことをせいぜい悪しざまに訴えたにちがいないことは察していた！

もう僕はロバンソンにトゥルーズの話題は持ち出さなかった、まるで何ごともなかったみたいに。

半年が、とにかく、過ぎていった、やがて職員に空席が一つでき、マッサージ術に通じた看護婦が一人どうしても必要になった、以前いたのが結婚するために予告なしにやめてしまったのだ。

その職を得るためにおびただしい数の美しい娘たちが出頭した、おかげで僕たちは、広告が現われるとさっそくヴィニイに押し寄せてきた、あらゆる国籍のおおぜいの体格のいい女たちの中から一人を選ぶのに迷う始末だった。結局、ソフイという名のスロヴァキア人に決めた、彼女の肉づきと、しなやかでやさしい身のこなしと、すばらしい健康ぶりに、正直なところ、僕たちはいかれてしまったのだ。

その女は、ソフイは、フランス語は片言しかできなかった、が僕としては、これなんぞは親切のほんの一部にすぎなかったが、さっそく彼女にフランス語のレッスンをしてやるつもりだった。それにこの初々しい女に触れることで、僕は教育に対する嗜好《しこう》がよみがえるのをおぼえるのだった。バリトンのおかげでそいつにすっかりいやけがさしていたところだったが。性懲《しょうこ》りもなく！　がそれにしてもなんという若々しさだ！　なんという溌《はつ》刺《らつ》さ！　なんという肉づき！　たまらない魅力！　ぴちぴちして！　ひきしまって！　驚くばかり！　そいつは、その美しさは、あまりに西欧的な会話をすっかりぎごちないものに変える、あの真偽さまざまのはにかみによって、すこしも薄められてはいなかった。僕ときては、ひと言で言えば、ただもう彼女に見とれてやまないありさまだった。筋肉から筋肉へ、解剖学的区分に応じて、僕は目を走らせるのだった……筋肉の傾斜をたどり、さまざまな部分をたどり……触れなば逃れるがごとき、またまつわるがごとき束となって、まんべんなくふりまかれている、緊張した、同時に弛緩《しかん》したたくましさ、それを僕は追い求めて飽きないのだった……ビロードのような、張りつめた、ゆるんだ、奇蹟的な皮膚の下に……

強烈な喜びの到来、生理的な、相関的な、いなみがたい大いなる調和の到来はまだまだ先のことだ……肉体、僕のはにかんだ手に撫でまわされるご神体……くそまじめな男の手に、なじみのない司祭の手に……まず〈死神〉と〈言葉〉とに捧げる祈りから……もったいぶった儀式！　象徴の厚い垢にまみれ、芸術的排泄物をしんまで詰め込んだうえで、お上品な男は自慰《せんずり》にとりかかる……あとはどうなとなるがいい！　そこまでかまっておれるか！　要するに憶い出だけに感動しているほうが経済的だ……憶い出なら自分のものになる、美しい、すばらしいやつを永久に買い占めることもできる、憶い出なら……生命のほうはもっと複雑だ、とくに人間の形態をした生命は。無残な冒険。これ以上絶望的な冒険もない。完璧な形態へのこの惑溺《わくでき》にくらべれば、麻薬なんぞは駅長の気晴らし程度だ。

　ところで僕らのソフイのことに話をもどそう！　彼女がいるということ自体が、僕らの陰気な、小心な、うさんくさい病院の中では大胆に近い事柄だった。

　しばらく生活を共にしてみて、看護婦の中に彼女がいるということで、確かに僕たちはいつも仕合わせな気分にはちがいなかったが、いつか彼女が僕らの慎重そのものの暮らしを根こそぎ掻き乱すときがやってくるのではないかと、そういう不安も抱かずにはおれなかった。

　ソフイはまだ僕らの腑甲斐なさの全貌を知らないのだ！　落伍者の集まり！　彼女がそばにいて、立ち上がったり、僕たちの机に近づいたり、遠ざかったりする、ただそれだけのことにも、僕たちは惚《ほ》れぼれと見とれるのだった……彼女は僕たちを魅惑のとりこにしてしまったのだ……

　そして彼女がそんななんでもない動作をするたびごとに、僕たちは驚異と歓喜を味わっていたのだ。彼女がこんなにも美しく、僕たちと違ってこんなにもこだわりのないことに、僕たちは《詩》の動きでも追うように、ただただ見惚れるばかりだった。彼女の生活のリズムは僕たちのとは異なった泉からほとばしり出ていたのだ……いつも濁った、ねばねばした僕たちの泉とは。

頭の先から踝《くるぶし》まで彼女に生気を与えている、きびきびした、しかも物柔らかな、快活な生命力が、僕らの心をかき乱し、不安をおぼえさせるのだった。魅力にみちたやり方にはちがいなかったが、ともかく不安をおぼえさせたことも、確かだ。

本能はその中に喜びを見いだしていたとしても、世間的な事柄に関する僕たちの意地悪い知識が、むしろその喜びに対して不満の色を示すのだった。生活の洞穴の中に逃げこんだ、習慣と経験とによって最悪の事柄に慣らされた、要するに小心な知識がいつも割り込んでくるのだった。

彼女は、ソフイは、よく、というよりほとんどいつも、アメリカ女のうちに見いだされる、あの小鳥のようなしなやかなきびきびした物腰をそなえていた。野心的な快活な生き方で、さらに新たな形の冒険を目指して突き進んで行く、未来の偉大な存在が持つ物腰……《無限》に向かって船出する、やさしく軽快な三本マスト船……

パラピーヌは女性美に関してはあまり感激的なたちではなかったが、その彼までが彼女が部屋から出て行ったあとはひとりでにやにやしている始末だった。彼女を眺めているというただそれだけで、心に幸せが訪れるのだった。とりわけ、正直いうと、欲望の虜《とりこ》になった僕の心には。

彼女の不意を衝き、彼女の気高さ、彼女が、ソフイが僕に対して持っている一種の権力と威光をいくぶんなりと喪失させる目的で、つまり、彼女の箔《はく》をはがし、僕らのみみっちさの程度にまでいくぶんなりとも彼女を引きずり下ろす目的で、彼女が眠っているすきに僕はよく彼女の部屋にしのび込むのだった。

そんなときはソフイはまたすっかり趣の変わった眺めだった、このほうは、うちとけた、それでいてやはり目をみはらせる、同時にまた安堵《あんど》させる眺めだった。見栄もなく、ほとんど毛布もかけず、寝台に斜めに、太腿《ふともも》を敵前にさらけ出し、汗ばんだ肉体をくりひろげ、疲労と組みうちしていた……

彼女は、ソフイは、肉体の奥深くで眠りを追撃していた、いびきをかいていた。これが彼女を完全に僕の手の届くところに見いだす唯一の瞬間だった、もはや魔力もなく。ふざけもなく。真剣そのもの。いわば生活の裏側で、生命の注入に没頭しているみたいだった……この瞬間には彼女は貪欲《どんよく》そのものだった、生命の回復に陶酔していると言ってもよかった、寝ざめのあとの彼女は見ものだった、まだすっかりふくらんだまま、上気した皮膚の下には器官が興奮から醒めきらず。そんなときは彼女はおかしなぐあいで、普通人なみに滑稽だった。まだしばらくはそいつで、仕合わせで足もとが定まらない、やがて日中の明るい光が彼女の上に戻ってくる、すると重い雲を通り抜けたあとみたいに、彼女はまた、晴ればれと、解き放たれ、飛び立つのだ……

そこをつかまえて、やってしまうこともできた。物質が生命に変わるこの瞬間に触れるのは、実際、楽しいもんだ。人類の前にひろがる涯しない高原まで飛翔《ひしょう》するのだ。たまらん。うあっ！　うあっ！　いくらその上を乗り廻して楽しもうがきりはない砂原……

僕たち、彼女の上役というよりも友人のうちでは、僕がいちばん深い仲だった、と思っている。たとえば、彼女は、狂躁《きょうそう》病患者の病棟の看護人である、消防夫あがりの男を相手に、いわば定期的に僕に不貞を働いていたが、それも彼女の弁解によれば僕のためを思ってのことだったのだ、つまり僕のつづけている、彼女の情欲の発作とは折り合いにくい精神的重労働を考慮に入れて、僕を過労に陥れないためだったのだ。ひたすら僕のためを思って。衛生の見地から彼女は僕を寝取《コキュ》られ男にしていたのだ。文句のつけようがない。

こんなことで僕はけっこう楽しい毎日を過ごせたはずだった。ところがマドロンの問題が相変わらず気にかかっていた。とうとうある日、僕はソフイになにもかも打ち明け、意見を求めた。心配事をうちあけていくぶん胸の荷がおりた。実際、いつ果てるともない諍いに、彼らの不幸な恋愛がもとで持ち上がったいがみあいに、ほとほとうんざりしていたのだ。ソフイもその点ではまったく同意見だった。

ロバンソンと僕は、お互い友だち同士なんだから、彼女の考えでは、どちらもこだわりなく、気持よく、せいぜい早く仲なおりすべきだった。これはやさしい心根から出た忠告だった。中央ヨーロッパの人間はこんなふうなやさしい心をたっぷり持ち合わせている。ただ、彼女はこちらの人間の性格と反応にあんまり通じていなかったのだ。悪気なしに、僕にすっかり誤った忠告を与えたのだ。彼女の思い違いに気づいたときは、もうあとの祭りだった。

「もう一度、その方に、マドロンとかにお会いにならなければいけませんわ」こんなふうに忠告するのだ。「おっしゃることをうかがってますと、その方は、根はいい娘さんにちがいありませんわ……ただあなたが、そのひとを怒らせておしまいになったんだわ、そんなひどい、乱暴な仕打ちをなさって！……お詫びしなくちゃいけませんわ、水に流してもらうように、なにか素敵な贈り物《プレゼント》でも差し上げなくちゃいけないくらいだわ」それが彼女の国のやり方なんだ。要するに彼女が奨めた出様は、すこぶる礼儀に適ったものではあったが、実用的ではなかったのだ。

　彼女の忠告に従うことにした、こういうごたごたと、外交的折衝と、駆け引きのすえに、僕は気晴らしの意味で、目先の変わった、二組の男女のちょっとしたお遊びの可能性をねらうようになったのだ。実を言うと、境遇と年齢の圧力のもとに、僕の友情は、遅まきながら、こっそり色情性を帯びだしたのだ。裏切り。ソフイは僕の裏切りに手をかすことになったのだ。危険の魅力に目をつぶるには、彼女は、ソフイは少々好奇心が強すぎた。人生の機会をすこしでも取り逃がすことを好まぬ、人生を疑ぐってかからぬ主義の、これっぽっちも清教臭のない、すばらしい気性だったのだ。僕にうってつけの型《タイプ》だ。それだけにとどまらなかった。お尻《しり》の慰みには変化が必要であることを彼女は悟っていたのだ。確かに、女にしちゃ、珍しい、冒険好きの性質だった。まったくのところ、うまく選び合ったものだ。

　無理もないことだが、彼女は僕からマドロンのいくつかの肉体的詳細を聞き出したがった。内心、フランス女にくらべて不器用に見られることを恐れていたのだ、まして、外国でフランス女に関して授けられている、その方面での芸術家としての大いなる名声のせいで。ロバンソンまでもおまけに加えたのは、それを彼女が承諾したのは、ただ僕の意に従ったまでのことだ。ロバンソンに対してはまったくそんな気が起こらない、と常々言っていた。が結局、話はまとまった。肝要なことはそれだ。上首尾だった。

　全面的和解の意図をロバンソンの耳に入れる適当な機会が訪れるのを、僕は待ち受けた。ある朝、会計で彼が台帳から診断書を写し取っていたとき、ちょうど今が僕の試みにとっていい潮時に思われた。で横合いから声をかけ、単刀直入に、先日うちからのひどいいきさつを水に流すために、僕のほうからマドロンに働きかけたいと思うが、彼の考えはどうか、と尋ねた……ついでに新しい友人のソフイも紹介したいし？　それに僕らがみんなよって一度おだやかにとっくり話し合ってみるべきときだとは思わないか、と。

最初、奴はちょっと渋ってみせた、それから気乗りしない様子で、べつに異議はないと答えた。ほんとうは、そのうち僕のほうからなんらかの口実を設けて彼女に会いたがるだろうと、すでにマドロンから聞かされていたのにちがいない。彼女がヴィニイへ訪ねて来た日の殴打事件については、僕は全くふれなかった。

この場所なら奴から怒鳴りつけられたり、人前で罵られたりする危険はなかったわけだが。古い友人とはいえ、この病院では結局、彼はやっぱり、僕の輩下なんだから。権威が大事だ。

この交渉が一月に行き当たったのは好都合だった。僕らは、そのほうが便利だったので、日曜日に皆んなしてパリで落ち合い、そのあといっしょに映画を見に出かけることに、それに、もしあんまり外が寒くなければ、その前にまず、ちょっと、バチニヨールの縁日に立ち寄ってみることに決めた。彼はマドロンをバチニヨールの縁日に連れて行く約束をしていたのだ。マドロンは縁日が大好きなんだ、と教えてくれた。好都合だ！　最初の再会が、縁日とぶつかるなんて、願ってもない話だ。

＊＊＊

まったくのところ、目の中はお祭り騒ぎでいっぱいだった！　おまけに頭の中も！　ばたん、ばたん！　また、ばたん！　まわれ！　ふっとべ！　ひっくりかえれ！　僕らもみんなして乱痴気騒ぎのお仲間入りだ、照明や、騒音や、なにやかやと入りまじり！　度胸と腕前の見せどころだ、思いきりふざけるのだ！　それ！　めいめい一張羅《いっちょうら》のオーバーにめかし込んで、そのくせさり気ないふりを装って、常々ほかでも遊びつけていることをみせびらかすために、こんなところじゃあなくって、もっとぐんと金のかかるところで、つまり英語で言う《エクスペンシブ》なところで。しゃれた、陽気なおどけ者になりすましていたのだ、北っ風もものかは、気をくじく北っ風も、それにまた、あんまり気前よく遊びすぎて、あくる日、いやことによるとまるまる一週間、そいつを悔やむ羽目に追いこまれる鬱陶《うっとう》しい心配も忘れ。

　メリーゴーラウンドは音楽のでっかいげっぷの真っ最中だ。そいつを、ファウストのワルツを、吐き出すのに、苦心惨憺《さんたん》だ、メリーゴーラウンドは。満艦飾の電球をつけて旋回する円天井のまわりを、そいつは、ワルツは、いつまでも上がったり、下がったりだ。容易なこっちゃあない。そいつは、オルガンは、腹の管につかえた音楽で苦しそうだ。ヌガーはいかが？　せんべいはいかが？　よりどり見どり！……

　僕らの中では、射的じゃ、マドロンだ、帽子をあみだにかぶって、いちばんうまいのは。「ごらん！」ロバンソンに向かってご自慢だ。「あたしは、震えたりしないわよ！　なにさ、あれっぽっちのお酒！」すごい剣幕だ。食堂から出がけだった。「そら、もう一発！」マドロンは賞品を射落とした、シャンパンの瓶《びん》だ！「ぱん、ぱん！　そら命中よ！」すかさず僕はでっかい賭け勝負を申し込んだ、自動車遊びじゃ僕にかなうもんか。「いいわよ！」ご機嫌で答える。「それぞれ得手《えて》があるもんね！」しめしめ！　彼女の承諾は、こっちの思うつぼだ。よりをもどす糸口だ。ソフイの妬《や》きもちのほうは心配ない。妬けた義理じゃないのだ。

　でロバンソンはマドロンといっしょに後ろの座席に、こっちはソフイと前の座席に乗り込んだ。たちまちすさまじい衝突のかけ合いだ！　瘤《こぶ》をでかしてやる！　逃《のが》すもんか！がすぐに僕は気がついた、彼女は、マドロンは、こいつが、ぶち当てられるのが、好きじゃないんだ。それにレオンも、いやけがさしだしたようだ。僕たちといっしょじゃ窮屈らしい。すれちがいざま、甲板の手摺《てすり》につかまった小さな水兵たちが、男も女も、力いっぱい攻撃を挑み、はやし立てる。ぶるぶる。身をすくませる。笑いこける。到るところから、そいつが攻め手がつかみかかる、おまけに音楽に合わせ、はずみをつけ、拍子をとって！車輪つきのちっぽけな樽《たる》の中はものすごい揺れようで、ぶっつかり合うたびごとに目玉が飛び出すみたいだ。要するに大はしゃぎ！　荒っぽい悪ふざけ！　楽しみのアコーディオンだ！　お祭り騒ぎのあいだに、こいつと、マドロンと、仲直りしなくちゃ。なんとかして、だけどこっちの持ちかけに相手はもうてんで返事もしない。だめだ、まるきり。すねてるみたいだ。よそよそしい態度。取りつく島なし。また逆もどり、不機嫌のむし返しだ。

当てはずれだ。それに顔つきまで変わっていた、がらりと。

ソフイのそばではこの女はさっぱり魅力なしだ、くすんで見える。愛嬌《あいきょう》が取柄なのに、だが今じゃ高級なことを心得てござるみたいだ。鼻もちならん。我れに返らすために、それともどんな高級なことを心得てござるか聞きだすために、もう一度ぶんなぐってやりたいところだった。さあさあ、笑顔だ！　祭りだ、くよくよしても始まらん！　楽しむことだ！

このあと、道々、ソフイに打ち明けたところじゃ、彼女は叔母のところで仕事を見つけたんだそうだ。ロシエ通りで、コルセット屋をやっている叔母のところで。本当かどうかはわからんが。

こうなっては目に見えていた、仲直りの点では、この会見は挫折《ざせつ》だった。同時に例の計画のほうも、挫折だった。それどころか大失敗だ。

もう一度出会う気になったのがまちがいだったのだ。ソフイのほうは、まだよく状況がつかめていなかった。もう一度出会って、問題が複雑になったばかりだとは気づいていなかった……ロバンソンは注意してくれるべきだった、この女がこれほど依怙地《いこじ》だってことを……まずかった！　ええい！　畜生！　乗りかけた船だ！　《無限軌道》とかへ、前進だ！　勧めるのは僕だ、支払うのも僕だ、もう一度マドロンに近づく算段をするために。だけど彼女は相変わらず逃げ腰だ、僕を避け、群衆にまぎれロバンソンといっしょに、前の、別な座席に乗り込んだ、してやられたのだ。くりかえし襲いかかる暗闇に戸惑わされる。万事休すか、僕は、結論をつぶやいた。ソフイもついに同意見だ。こんどもまた要するに僕の一人相撲だったことがわかったんだ。「見たかい！　ご機嫌ななめらしいぜ！　二人きりにしたほうがよさそうだな……こっちは、シャバネへでも寄って帰ろうか……」この提案に彼女は、ソフイは、大喜びだった、プラハにいたころから、何度もシャバネの噂を聞いており、そいつを、シャバネを、実地に当たって確かめられることは願ってもない仕合わせだった。が勘定してみると、僕らが持って来ていた金額では、そいつは、シャバネは高くつきすぎそうだった。縁日の遊びが分相応というとこだ。

《無限軌道》にいたあいだにロバンソンはマドロンと一幕あったらしかった。二人ともその《回転木馬》からぷりぷりして降りてきた。まったく、彼女は今夜はすごくご機嫌ななめだった。成り行きを静め取りなすために、僕は気のまぎれる遊びを、罎《びん》の口に環をひっかけて釣り上げる競技をやろうともちかけた。マドロンはしぶしぶやりはじめた。それでも彼女は勝ちっぱなしだった。コルク栓の真上へ環を近づけて、鐘の合図でそいつをひっさらうのだ！　そら！　えい！　一丁あがり。店の親爺《おやじ》は驚いていた。《グラン・デュック・ド・マルヴォアゾン》の小瓶を賞品に差し出した。器用なもんだ、それでも彼女は満足しなかった。「飲みたくないわ……」すぐ言い渡した……「こんな安物……」結局、ロバンソンの奴が栓を抜いて飲んだ。ぐうい！　らっぱ飲みだ！　ロバンソンとしては妙なものだった。いわば一滴もいけん男だったんだから。

　このあとトタン製の結婚式場の前を通った。ぱん！　ぱん！　固い弾丸《たま》にみんな鬱憤をぶちまけた。泣けてくるね、どうしておれはこうも不器用なんだ……奴を、ロバンソンを、誉めてやった。どんな遊びでもおまえさんにはかなわんよ。がそいつも、自分の腕前も奴をにこりともさせない。いやはや、二人ともまったくの苦役をやらされてるみたいだ。元気づけ、陽気にする手はない。「祭りに来てるんだぜ！」怒鳴りつけた、万策つきたのだ。

　が奴らは素知らぬ顔だ、いくらけしかけようが、耳もとで同じようなことをくりかえそうが。聞いちゃいないんだ。「どしたんだ、若い者《もん》が？」問いつめた。「元気がないな……もう遊びはやめかい、若い連中は？　おれはどうすりゃいいんだい、君たちよか十も年上なんだぜ、おれは？　おい、おい！」すると奴らは、マドロンと奴は、僕をまじまじ見つめだした、まるで麻薬患者か、ガス中毒者か、涎《よだれ》くりとでも向かい合ったみたいに、もう返事をするにも及ばんといったふうに……まるでもう僕には話してみるにも及ばん、僕にはもう何を説明してもわかりっこないといったふうに……まるっきりわかりっこないと……ひょっとするとそのとおりじゃないか？　そんなふうに思えだした。心細くなって、自分の周囲を、ほかの連中を眺めわたした。

　が奴らは、ほかの連中は、しかるべくやっていた、楽しみを求め、僕たちみたいなけちくさい嘆きにかかずらわってなどいなかった。とんでもない！　そいつの買占めに夢中だ、連中は、お祭り気分の買占めに！　こっちで一フラン！……あっちで五十サンチーム！……照明……口上、音楽、キャンデー……蠅《はえ》みたいに飛びまわっていた、おまけに小さな幼虫を抱きかかえ、土気色の、蒼ざめた赤ん坊、あんまり色あせて光の氾濫の中でいまにも消え去りそうな赤ん坊。鼻のまわりに、ほんのり薔薇色が残っているだけ、感冒と接吻の箇所にだけ。

屋台店の立ち並んだ中に、通りすがりに、すぐさま僕はそいつに、《国民射的場》に気がついた、たった一つの憶い出、このほかには憶い出の影もなかった。十五年になるのだ――心の中で、ひとりごちた――十五年が過ぎ去ったのだ――犠牲は大きい！　途中でずいぶん道連れを失った！　そいつが《国民射的場》が、あそこと、サン＝クルーの泥んこ道と、そっくりそのままの姿だと思い込みたかった。が、そいつは大いに手入れされ、今じゃ結局、新品同様だった、音楽やら、なにやかやを取りつけて。仕方ない。中では標的めがけて射《う》っていた。今も昔もすたらんものは、射的だ。僕同様、卵も、やっぱりそこにもどっていた、すぐ目の前に、ど真ん中に、ふっ飛ばされに。二フランだった。素通りした、やってみるには寒すぎた、通り過ぎたほうがいい。金銭《かね》がなかったからじゃない、小銭ならポケットにまだいっぱいじゃらじゃらうなってた。

みんなの気分を変えられるものなら、僕はなんだってやってのけただろう、がだれにもその気はなかった。パラピーヌが一緒だったら、もっとひどいことになっていただろう、人中に出るとたんに陰気になるたちだから。さいわい彼は病院の留守番に残っていた。僕としては、やって来たことを大いに後悔しだしていた。とそのとき、ともかくマドロンがげらげら笑いだした、もっともそいつは、彼女の笑いは、さっぱり愉快ではなかったが。ロバンソンもそばで、調子を合わせて薄ら笑いを浮かべだした。ソフイもいっしょに冗談を言いはじめた。処置なしだ。

写真屋の小屋の前を通りかかったとき、写真師が、ためらう僕たちに目をつけた。気乗りしなかった、そいつの、カメラの前に立たされるのは、ソフイだけは別らしかったが。それでもさんざん入口でためらったあげく、奴の機械の前に身をさらした。まだるっこしい指図に従わされた、その場所で、お手製らしい厚紙製の船橋の上で、張りぼて船、《美わしのフランス号》の船橋の上で。偽物の救命帯にそう書いてあった。その姿勢で、未来にいどむ毅然《きぜん》たる眼《まなこ》で真っ正面をにらみすえたまま、いつまでもじっとしていた。僕たちが船橋を降りるのを、ほかの客たちはいらいらしながら待っていた、そして待たされる腹いせに、僕らのあらをさがしだし、おまけにそれを声に出して言うのだった。

身動きできないのを利用したんだ。がマドロンは、平気だった、南仏訛り丸だしで罵り返すのだ。大声で。返答としちゃ見事だった。

フラッシュ。みんなぎくりとなる。めいめい一枚ずつ。ますます見られたざまじゃない。テント越しに雨が降り込みだした。凍《い》てついた疲労が、足もとから襲いかかる。ポーズしているあいだ、風にさらされていた。テントは穴だらけだ、オーバーくらいじゃこたえない。

　また小屋掛けのあいだをぶらつきだした。ヴィニイへ帰ろうとは言い出しかねた。まだ早すぎた。がたがた震えているところへもってきて、メリーゴーラウンドのセンチメンタルなオルガンが、さらに神経をうち震わせる。そいつが、楽器がはやし立てるのは、世界全体の破滅だ。ちゃちな銀色めっきの管の群からそいつをやけくそにわめき立てる。ビュットから下ってくる埃っぽい道路を越えて、その曲はわきの暗闇の中に消えてゆく。

　ブルターニュ出の若い女中たちは、パリに来ただけで、去年の冬よりもよけいに咳きこむというのは、本当だ。木馬の鐙を、いじらしく飾るのは、彼女たちの蒼白くかじかんだ太腿だ。おごり役のオーベルニュ出の若衆たち、堅気な勤め人たちは、サックをはめてしか手をつけない、知れたことだ。二度とお相手する気はないのだ。彼女たちは、女中たちのほうは、メリーゴーラウンドのいやらしいメロディーの騒音の中で、愛をさがしてきょろきょろ見まわす。胸がむかつきそう、それでも彼女たちは六度の寒気の中でしなをつくるんだ、なぜなら、いまが大事な瞬間だ、生涯の恋人に自分の若さを試す瞬間、そいつは、そこに、目の前にいるかもしれない、凍えた臆病な群衆の中にちぢこまって、はや心奪われ。《愛の神《キューピッド》》はまだ躇っている……がすべては映画の中みたいにやって来るものだ、幸福もいっしょに。一夜あたしたちを見染め、二度と離れはしないんだ、金持の息子……前例もあることだ、それだけで十分だ。おまけに善良で、美男で、金持で。

　地下鉄のそばの新聞売店の婆さんのほうは、未来なんてくそくらえだ、慢性結膜炎を引っかいて、爪の先でじわじわ膿《うみ》をしぼり出す。そいつがいわばお楽しみなんだ、ひそかな、無料の楽しみ。もう六年来、そいつは、この眼は続いてるんだ、だんだんかゆくなる。

　暇人《ひまじん》の群れは、身を切るような寒気のためにかたまって、富籤《とみくじ》のまわりに融け合わんばかりにひしめきあっている。そばまでは近寄れず。尻《けつ》の火鉢でぬくもりながら。それから、す早く駆け出し、向かい側の、二つ頭の子牛の前につくられた人だまりの中へ体をぬくめに飛び込んで行く。

　公衆便所の陰にかくれて、失業につきまとわれる若い男が、真っ赤に動転した田舎者の夫婦をゆすっている。風紀取締りの巡査は、このくわだてを見抜いたが、知らん顔だ。彼のさしあたっての張り込みはカフェ・ミズウの出入口だ。一週間来、そこを、カフェ・ミズウをうかがっている。そいつは煙草屋（フランスではカフェは煙草屋をかねている）か、それとも隣のいかがわしい本屋の店裏か、どっちかで行なわれているにちがいないのだ。ともかく、ずいぶんまえから情報が入っている。一軒のうちどちらかが、聞き込みでは、花売り娘を装った未成年の女を雇っているのだ。こんども投書だ。角っこの「栗《マロン》」も、別にやっぱり〈くさい〉という。仕方がない。舗道の上のことはなんでも警察のお役目とくるんだから。

　むこうのほうから機関銃の一斉射撃みたいなけたたましい物音が聞こえて来る。なんのことはない、《死の円盤》の軽業師《かるわざし》のオートバイだ。《脱獄囚》だという噂だが、確かじゃない。ともかく、もう二度も自分の掘立小屋をぶっこわしている、ここと、それからもう二年になるが、トゥルーズで。こんどこそ奴の機械もろともけりがついちまえばいい！　ひと思いに面《つら》をたたき割っちまえばいいんだ、柱もろとも、そして奴の噂はもう願い下げにしてもらいたい！　あいつを聞くとむなくそが悪くなる！　それに市街電車だって、あんなふうに警笛をつけていても、やっぱりここの小屋掛けのすぐ近くで、ひと月たらずのうちに、養老院の老人を二人もひき殺してる。そこへいくと、バスは、あいつは、おとなしいもんだ。ゆっくりピガール広場にご到着だ、とびきり慎重に、まるでよたよたと、らっぱを鳴らし、息をきらせ、中には四、五人ばかりの乗客を乗せて、聖歌隊の子供みたいにのろのろお出ましになる用心深い乗客を。

　露店から人だかりへ、メリーゴーラウンドから賭け事へ、さんざん歩きまわったあげく、縁日のはずれ、家族連れの連中が小便をしにやって来る、真っ暗な大きな空地へ来てしまった……まわれ右だ！　もと来たほうへ帰る途中で、口の中をさっぱりさすために栗を食べた。口の中はいがらっぽくなったが、さっぱりはしなかった。栗の中には蛆《うじ》までいた、かわいいやつが。そいつが当たったのはマドロンだった、よりにもよって。たしかにこのときからだ、僕らのあいだがもうどうにもならなくなりだしたのは、それまではみんなまだすこしは堪《こら》えていた、が栗の一件、こいつが完全に彼女をたけり狂わせてしまったのだ。

彼女が溝にそいつを、蛆を吐きに行こうとしたときに、レオンがおまけに何かそうさせまいとするようなことを言ったのだ、何を言ったか、どうするつもりだったかも、覚えていない、とにかくこの吐きに行き方、こいつが突然レオンの気にさわったんだ。種でもあったのかい、とぶっきらぼうに尋ねた……まずい聞き方をしたもんだ……と今度はソフイが二人の口論に割り込みだした、なんのために争っているのか解せなかったんだ……知りたかったのだ。

こいつが、ソフイに口だしされたことが、ますます二人をいらだたせたのだ、なんにしたところで、よそ者だ。そのとき騒がしい一団が僕らのあいだを通り抜け、僕らは離ればなれにさせられた。実は客寄せの若者たちだったが、身ぶりまじりに、笛を吹き鳴らし、ぎょうさんな叫びをあげていた。もう一度いっしょになれたとき、まだ二人は、ロバンソンと彼女は言い争っていた。

いよいよ引き上げ時だ、考えた。これ以上いっしょにここにおいとけば、こいつらは、この人だかりのど真ん中で、おれたちに恥をかかすだろう……今日《きょう》んところはこれで、たくさんだ！——なにもかもおじゃんだ、認めないわけにはいかなかった。「出かけようか？」奴をさそった。びっくりした様子で僕を見る。そいつがいちばん賢明な、いちばん適切な決断に思えたんだが。「まだ遊びたりんとでもいうのかい？」つけ加えた。するとまずマドロンの意見を聞いてくれ、という身振りをする。マドロンの意見も結構だ、があんまり気乗りしなかった。

「いっしょに連れてきゃいいだろう、マドロンも?……」仕方なしに言った。

「連れてくって?　いったいどこへ連れてくんだ?」やり返す。

「ヴィニイへさ、きまってるじゃないか?」答えた。

どじだった!……またしても。が、いまさら取り消すわけにはいかない、口に出しちまったんだ。

「ヴィニイへもどれば、彼女《あれ》の泊まる部屋くらいあるさ!」つけ加えた。「部屋なら こと欠かんからな!……それに寝るまえに、みんなで簡単な夜食くらいくえるだろうよ……いつまでねばってみたところで面白いこともないさ、二時間もまえから、がたがた震えてるだけだ!　切り上げたほうが賢いさ……」僕の提案に彼女は、マドロンは、なんの返事もしなかった。僕が話しているあいだ、僕のほうを見向きもしなかった、それでも僕が言ったことはひと言も聞きのがしてはいなかったのだ。ともかく、言い出したことは、引っ込められない。

　僕がすこし離れたところにいたとき、彼女はそっと僕に近づいて来て、自分をヴィニイに誘ったのは、もしかして、またわるさをするためじゃないか、と尋ねた。僕は何とも答えなかった。こんな妬きもち女に道理を説いたところで仕方ない、また果てしない悶着の種になるだけだ。それに彼女がだれに、何に妬きもちをやいているのかもはっきりしなかった。それは時によると明らかにしがたいものだ、妬きもちから来る感情というやつは。要するになにもかも、彼女は妬きもちをやいていたんだ、だれでもそうだが。

　ソフイはもうどうしていいかわからなかった、それでも相変わらず愛想よくしようと努めていた。マドロンの腕を取りさえした、がマドロンのほうは、おそろしくいきり立ち、おまけに、いきり立っていることに満足して、やさしいしぐさでなだめられたりはしなかった。非常な苦労で人波をかきわけ、僕たちは、クリシイ広場の電車までたどり着いた。そいつに、電車に乗りこむ寸前に広場の上で雲が裂け、雨が滝のように降りはじめた。空がぶちまけたのだ。

　たちまち自動車は一台残らず奪い占められた。「あんたまでみんなの前であたしに恥をかかせるんじゃないでしょうね?……どうなの、レオン?」そばでマドロンがまたしても奴を小声で詰《なじ》っているのが聞こえた。うまくいっていなかったんだ。「もう嫌気がさしたのね、そうでしょう、あたしが?……いやならいやとはっきり言えばいいでしょう?」ねばっていた。「なぜ言わないの?　あたしとはたまにしきゃ会わないのにさ!……どうせあの二人と三人きりになりたいんでしょう?……あたしがいなきゃあ、きっと、三人いっしょに寝るとこなんだ……あたしといるより、あいつらといるほうがいいんだって、言ってちょうだい!……そう言えばいいんだ、はっきりあたしの前で……」そしてあとはおし黙ってしまった、顔は鼻のまわりに渋面をつくってこわばり、そして鼻はふくれ上がり、口のほうへ向かってひきつれていた。歩道ぎわで待っているところだった。「わかったでしょう、あんたの友だちのあたしに対する仕打ち?……どう、レオン」また言いだした。が、奴は、レオンは、感心に、言い返しもしなかった。衝突を避け、そっぽを向いていた、建物を、大通りを、車の群れを眺めていた。

　場合によっちゃ手の早い男だったんだが、レオンの奴は。この種の嚇《おど》しが無駄だと見てとると、こんどは彼女は、方法を改め、待っているあいだ、泣き落としにかかりだした。「あんたが好きだからよ、ねえレオン、聞いてるの、あんたが好きだからよ……あたしがどれほどあんたのために尽くしたか、わかってるでしょう?……今日はあたしは来なけりゃよかったのね?……でもちょっとくらいは愛してくれてるわね、レオン?　ちょっとも愛していないなんて、考えられないわ……あんただって心があるんでしょ、ねえレオン、いくらなんでも、ちょっとくらいは心があるんでしょう?……じゃあ、なぜあたしの愛をばかにすんのよ?……二人で楽しい夢を描いたじゃないの……なんにしても、あんたってひどい人よ!……あんたはばかにしたのよ、あたしの夢を、レオン!　踏みにじっちまったのよ!……あたしの理想をめちゃくちゃにしたのもいっしょよ……もう愛を信じちゃあいけないって言うのね……もうあたしに用はなくなったって言うのね?　そうなんでしょう?……」くどくど問いつめていた、雨がカフェの日よけをとおして降り込んでいるあいだ。

そいつを人なかで厭《いや》みったらしく言い立てるのだ。まったくロバンソンから聞かされていたとおりの女だった。何ひとつ作り話はなかったんだ、彼女の本当の性格については。彼らがこれほど早くこれほど切迫した感情に到達していようとは想像もしないことだった、だけどそれが真相だったのだ。

　自動車やあらゆる種類の乗物が周囲に騒々しい物音を立てていたので、とにかくそいつを利用して僕は現在の状況について奴に、ロバンソンに耳うちした、いいかげんに彼女から離れるように、失敗とわかったうえは、せいぜい早くけりをつけ、万事が深刻化せぬうちに、致命的な争いにならぬうちに――そうなりかねなかった――そっと退散するように。「なんかおれが口実を見つけてやろうか？」ささやいた。「そしてみんな別々に別れようじゃないか？」――「とんでもねえ！」奴の答えだ。「とんでもねえ！　あいつはその場でヒステリーを起こすぐらい平気だろうさ、そうなりゃもう処置なしさ！」あきらめた。

　結局のところ、人前で罵られるのが、この男には、ロバンソンにはお気に召しているらしかった、それにまた奴のほうが僕よりはよくこの女を知っていた。俄か雨もおさまりだし、タクシーが見つかった。駆け込んで、僕たちはくっつき合っておさまった。最初のうち、何も言わなかった。互いにうんざりしていた、それに僕としてはもうすでに十分へまをやらかしていた。あわててまたへまをくりかえすこともない。

　僕とレオンは前の折り畳み椅子にすわり、女二人は車体の奥を占領した。縁日の晩には、アルジャンタイユの道路はひどく混雑する、とくにポルト・アルジャンタイユまでが。そのあと、車の混み方を考えるとヴィニイに着くまでに、たっぷり一時間はみなくちゃならん。一時間も互いに何も言わず、向かい合って、にらみ合っているのは気疲れだ、とくにあたりが暗く、互いに相手に信用おけないときては。

それでも、もし僕たちがこんなふうに、気を悪くしたままで、だが自分のことだけにかまけておれば、何ごとも起こらなかっただろう。今でもそんな気がする。

結局それは僕のせいだ、僕たちがまた互いに口をききだしたのは、そしてたちまちすごく派手な口論がおっぱじまったのは。言葉というものはいくら警戒してもしたりんものだ、そいつは、言葉は、なんでもない様子に見える、もちろん、危険な様子なぞない、むしろ、耳に達するやいなや、退屈しきってだらけた灰色の脳髄に難なくバトンタッチされる、心地よいそよ風、かろやかなつぶやき、その程度に思えるものだ。そいつを、言葉を僕たちは警戒しない、そして不幸がやってくるのだ。

言葉のうちには、気づかずに紛れ込む言葉というのがある。そんなのには、あまり注意を払わない、ところが突然そいつが僕らの生活を屋台骨からゆさぶるのだ、隅から隅まで、弱点も長所も……そうなれば大恐慌だ……雪崩《なだれ》だ……心の動揺を見降ろして、首吊りみたいに茫然自失するしかない……嵐が襲い去ったのだ、僕らの手に負えない、あまりに猛烈な、感情だけでこんな嵐が起こりえようとは思いもかけなかったほどの……要するに、言葉に対する警戒がたりないんだ、結論は。だが、まず話を進めよう……タクシーは道路工事のために電車のあとからゆっくりと進んで行った……〈ルロン……ルロン〉と音をたてて。百メートルごとに溝がある。……ただ僕には前方の電車だけではものたりなかった。いつもおしゃべりで子供じみた僕は、いらいらしていた。この葬式行列みたいな足どりと周囲全体のぐずつきが耐えられなかった……そいつを、沈黙を早くぶちこわして、その背後にいったい何があるか知りたかった。タクシーの奥の、左手の隅に、僕は、マドロンを観察した、いや、観察しようと試みた。というのは車内はすでに暗かったからだ。彼女は顔を外に、風景のほうに、正確に言えば闇のほうに、向けていた。彼女が相変わらず頑なな様子なのを確かめて、僕は腹立たしくなった。考えてみれば、われながら、おせっかいな男だ。ただ彼女の顔をこっちに向けさせるためだけに、僕は声をかけたのだ。

「ねえ、マドロン！」聞いた。「どこかおもしろいとこを知らないかね、遠慮せずに言ってくれよ？　どっかで車を止めようか、このまま帰っちまわないで？　今のうちに言ってくれよ……」

「おもしろいとこ、おもしろいとこってなにさ！」彼女は侮辱されたみたいに言い返した。「あんたたちはそれしか考えないのね！　遊ぶことしか！……」同時に、ながながと溜息《ためいき》をついた、でっかいやつを、これほど思い入れたっぷりのはめったに聞いたことがないような。

「なんだってやるさ！」こっちもやり返した。「日曜日ぐらい！」

「じゃあんたはどうなの、レオン？」こんどは奴に尋ねる。――「あんたもなんだってやるくちなの？」一撃を食らわしたんだ。

「うるせえな！」奴はやり返した。

街燈の前を通るとき、二人を観察した。怒りがみなぎっていた。やがてマドロンは体をかがめ彼に接吻しようとした。まったく、今夜はすることなすことみんなへまときまってた。

前方にいっぱい連なったトラックのせいで、タクシーはまたのろのろ進みだしていた。そいつは、接吻されたことは、折りあしく、奴を苛立たせたのだ、彼女をかなり乱暴に突き飛ばした。どうみても、やさしい素振りとは言えなかった、まして僕たち皆んなのいる前で。

クリシイ通りのはずれ、城壁の門まで来たときには、もうとっぷり日は暮れて、店に明かりがとぼっていた。いつも激しい響きをたてている鉄橋《ガード》の下を通ったとき、それでも彼女がまた尋ねるのが聞こえた、「接吻《キス》してくれないの、レオン？」またむし返していた。奴のほうは相変わらず返事をしなかった。すると、彼女は僕のほうに向きなおり、じかに僕をどなりだした。我慢ならん侮辱だったのだ。

「このひとがこんなに意地悪になるなんて、あんた、またレオンに何かたきつけたのね？

言ってちょうだい！……またどんなでたらめを喋ったの？……」こんな調子で挑みかかる。
「冗談じゃない！」僕はやり返した。「何もしゃべるもんか！……おまえさんたちの喧嘩のことなんか知っちゃあいないさ！……」

迷惑もはなはだしい、正直なところ、奴に、レオンに、僕は彼女のことなどこれっぽっちも喋ったおぼえはなかった。奴の自由だ。彼女といっしょに留まるか、それとも離れるか、それは彼の問題だ。僕に関係のないことだった、だが彼女を説得しようとしてもむだだった、もはや聞く耳は持たなかった、で僕たちはまたタクシーの中で向かい合って黙りこくった、が空気は罵倒《ばとう》の危機をはらんで、いつまでもつか疑問だった。僕に話すのに彼女はいままで聞いたこともないようなかぼそい声、それにすっかり肚をすえた人間のような一本調子な声を装っていた。後ろに引っ込んで彼女はタクシーの隅っこに座っていたので、僕はもうほとんど彼女のしぐさを見ることができなかった、こいつは閉口だった。

そのあいだソフイはずっと僕の手をにぎりしめていた。事の成り行きに、身の置きどころのないありさまだった、かわいそうに、ソフイは。

サン＝トゥアンを過ぎたころ、マドロンはまたレオンに対する苦情を並べだした、狂乱としか思えぬ勢いで、彼の愛情と誠意について声に出して果てしない質問を彼にあびせかけた。僕たち二人には、ソフイと僕にはなんとも迷惑しごくだった。が彼女はすっかり頭にきていたので、僕らが聞いていようがまったく平気だった。確かに、この箱の中に彼女をいっしょに閉じ込めたことも、僕としたことが、まずい話だった、彼女の声は車中に響きわたった、そしてそのことから彼女の性格として僕たちを前に一幕やらかそうという気を起こしたのだ。こいつもまた僕の結構な発案だった、タクシーに乗ろうなんて言い出したのは。

レオンのほうは、もうなんの反応も示さなかった。第一、彼はいっしょに過ごした午後で疲れきっていた、それにいつだって彼は寝不足ぎみだったんだ、それが彼の持病だった。「気をしずめて、さあ！」やっと僕はマドロンに言ってきかせた。「着いてから二人で話し合えばいいだろう……時間はたっぷりあるよ……」

「着いてから！　着いてから！」すると彼女は想像もできない調子でやり返した。「着いてからだって？　絶対に着くもんか、言っときますがね！……それに、もうたくさんだわ、あんたたちのきたないやり口は、どれもこれも！」続けざまに。「あたしは清潔な娘よ！……あんたたちがみんな寄ったって、あたし一人の値打ちもあるもんか！……げす野郎……ばかにしやがって……あんたたちにあたしのことがわかってたまるものか！……あんたたちみたいな汚らわしい連中に、あたしの気持なぞわかるもんか！……清潔なものや、美しいものは、あんたたちは、何ひとつ理解できないのさ！」

要するに僕たちの自尊心を手はじめに、つぎつぎ攻撃を仕向けるのだ。僕は折り畳み椅子にせいぜい行儀よくちぢこまり、これ以上彼女を刺激しないように溜息ひとつもらさなかった。がその甲斐はなかった。タクシーの速度が変わるたびに、彼女はやっぱりぶり返すのだった。こんなとき最悪の事態を招くにはほんのちょっとしたことで十分だ。それに彼女はまるで僕たちに不快を与えるだけで楽しいみたいな様子だった、ずるずると自分の性質の極限にまで行きつくのを、もはや自分でひかえることができなかったのだ。

「これだけですむと思ったら大まちがいよ！」おどしつづけた。「小娘ひとり追っぱらうくらいなんでもないって！　どういたしまして！　よく覚えとくがいい！　おあいにくさま、そうは思いどおりにさすもんかね！　よくもみんな寄ってたかって……さんざん人を泣かしといて！　思い知らせてやるから、悪党ども！……」

　言うなり彼女はロバンソンのほうに身をかがめ、彼のオーバーをひっつかみ、両手でゆさぶりはじめた。彼はもぎ放そうともしなかった。僕は素知らぬふりをとおしていた。自分のことで彼女がすこしでもよけいに興奮するのを見るのが、奴には、ロバンソンには楽しいのだと受け取れかねないほどだった。彼は嘲笑《あざわら》っていた、不自然だった、彼女が怒鳴りつけているあいだ、うつむいて、操り人形みたいに首をふらふらさせ、腰掛けの上で左右に揺れていた。

　とにかくそういう乱暴をよさせようと僕がちょっとしたお説教のしぐさをしかけたとたん、彼女は反抗し、僕に向かってぶちまけだしたのだ……長いあいだ腹に持っていたことを……いやはやこんどは僕の番だった！　それもみんなの面前で。「おまえさんは黙っといで、助平野郎！」こんな調子だ。「レオンとあたしのあいだのことよ、おまえさんは関係ないじゃないか！　乱暴は、もう承知しないからね！　聞こえたのかい？　ええ？　承知しないからね！　もう一度あたしに手をふり上げてごらん、マドロンさんが、お行儀を教えてあげるからね！……友だちの女を寝取りやがって、そのあとで女をなぐりつけるなんて！……なんて恥知らずなあつかましい野郎なんだ！　恥ずかしくないのかい？」レオンのほうはこの事実を聞いて、すこし気が動いたようだった。嘲笑うのをよした。一瞬、僕はみんなが挑み合い、なぐり合うんじゃないかとさえ思ったほどだ、が第一、喧嘩しようにも場所がなかった、四人でタクシーに乗り込んでいたんだ。胸をなでおろした。なにしろ狭すぎた。

　おまけに今では車はセーヌ通りの舗道をかなりの速度で走っていて、激しく揺れていた、身動きもしにくいほど……

「いらっしゃい、レオン！」すると彼女は彼に命令した！「いらっしゃい、これが最後の頼みよ、聞いてんの、来るの？　このひとたちはほっときなさい！　あたしの言ってること聞こえないの？」――まったく喜劇だ。

「さあ、車をとめて、レオン！　とめて、でなきゃあ、あたしが自分でとめるから！」

が奴は、レオンは、やっぱり腰掛けから身動きもしなかった。釘づけになっていた。

「じゃあ、来る気がないのね？」またはじめた。「来る気がないのね？」

　僕のほうはさきほど彼女から口出しを止められたところだった。もっけのさいわいだ。「来ないの？」彼女はくりかえしていた。タクシーはスピードを出して走りつづけていた、いまでは道路の前方はすいていた、ますますひどく揺すぶられた。荷物みたいに、あっち、こっち。

「いいわ」奴がひと言も返事しないので、彼女はけりをつけた。「結構よ！　それならそれで！　あんたが自分で望んだのよ！　明日になってごらん！　聞いてるの、あしたさっそく警察へ出かけてやるから、そして、言ってやるわ、警察の人に、婆さんが、アンルイユ婆さんが、どんなふうに階段から落っこちたか！　聞こえたようね、こんどは、どう、レオン？……気がすんだ？……もう、聾《つんぼ》の真似はやめたの？　すぐあたしといっしょに来るか、でなきゃ、明日の朝、警察へ出かけてやるから！……さあ、来るの、それとも来ないの？　はっきりおっしゃい！……」脅迫としてはきっぱりしたものだった。

　とうとう奴はしぶしぶ答えた。

「だけど、おまえだって、ぐるじゃないか、そうだろう！」やり返した。「言えた義理かい……」

　やり返されても、彼女はいっこうにひるまなかった、反対だ。「平気さ！」答えた。「ぐるだって？　二人とも監獄行きだって言いたいのかい？……あたしも共犯だって？……そう言いたいのね？……ところが、こっちは願ったりかなったりさ！……」

そして嘲笑いだした。ヒステリー女みたいに、これ以上愉快なことにはお目にかかったことがないと言わんばかりに……

「願ったりかなったりさ、もう一度言いますがね！　監獄、大いに結構よ！……監獄と聞いて、しりごみすると思ったら、あてちがいよ！……いくらなとまいりますからね、あたしは、監獄くらい！　だけどそのときはあんたも一緒さ、卑怯者……これ以上ばかにおしでないよ、わかったかい！……あたしはあんたのものさ、そうさ！　むこうに一緒に残ってりゃ、こんなことにもならなかったのにさ！　あたしは一つしか愛は知りませんからね、いいですか！　売女《ばいた》じゃないんですからね、あたしは！」

　こいつは同時に、ソフイと僕に対する当てこすりだった。こんなことを言いだしたのは、誠実を誇り、尊敬をうながすためだったのだ。

　そんなことにはおかまいなしに車は走りつづけていた。そして奴はやっぱりタクシーを止める気にはならなかった。

「じゃあ、来ないのね？　刑務所行きのほうがいいの？　そうお！……知っちゃいないってわけね、あたしが訴えて出ようと？……あんたを好きだろうと？　それも知っちゃあいないってわけね？……あたしの将来のことも知っちゃあいないのね？……なにもかもどうなってもいいってのね？　そうなんでしょう？」

「まあね」奴は答えた。「……そう取られたって仕方ないさ。だけど、ほかの奴のことにくらべて、おまえさんのことが特別どうでもよくなった、そういうわけじゃないんだ……侮辱されたと取られちゃ困るんだ！……おまえさんの親切はわかっとるよ……だけどおれはもう惚れたはれたは結構なんだ……ぞっとするんだ！……」

　こんなことを、その場で、面と向かって、言われようとは、彼女の予期しないことだった、であんまり度肝をぬかれ、罵倒の続きをどこから始めていいかわからないみたいだった。すっかり面くらっていた、それでもやはりやり始めた。「そう！　ぞっとするの！　どんなふうにぞっとするか、言ってもらいたいわ？……はっきりおっしゃい、恩知らず！……」

「ちがうんだ！　おまえだけのことじゃないんだ、なにもかもなんだ、ぞっとするのは！」奴は答えた。「欲望がなくなったのさ……おれのせいじゃないんだ……」

「なんですって？　もういっぺん言ってちょうだい？……あたしも、なにもかも、だって？」——意味を知りたがった。——「あたしも、なにもかも？　どういうことか教えてちょうだい？　どういう意味？　あたしも、なにもかも？……シナ語はやめて！　フランス語で言ってちょうだい、みんなの前で、ぞっとするわけを。じゃあ、一人前に立たないとでもいうの、あれをするときも、よくもぬけぬけと？　ほんとに立たないの、ええ？……はっきり言えるの？……みんなの前でさ、立たないって？……」

　その憤慨ぶりにもかかわらず、彼女がこういうすっぱ抜きで身をまもるやり方は、いささか滑稽をまぬがれなかった。が長く面白がっている暇はなかった、またとばっちりがふりかかってきたのだ。「それに、いいかい、この男は」言いだした。「あたしをこっそりつかまえちゃ、おもちゃにしてるんさ！　畜生！　助平野郎、そうじゃあないって言うのかい？……二人とも言ったらいい、変えたいんだって！……白状するがいい！……新しいのが欲しいんだって！　尻軽女が……さらのがほしいんだろう？　変態！　助平！　どうして言いわけするのさ？……あんたたちは飽きがきた、それだけのことさ！　自分の助平根性を認める勇気もないのさ！　恐ろしいのさ、自分の助平さかげんが！」

　するとロバンソンが返答役をかって出た。奴もついに頭にきたんだ、彼女とかわらぬ激しさで罵りだした。

「なんだと！」やり返した。「勇気がないだと！　そいつはてめえのほうじゃないか！……そんなに聞きてえんなら言ってやろう……どうしても聞きてえんなら……おれはただ、いいか、もうなにもかも、いやけがさして、ぞっとするんだ！　てめえにかぎったことじゃない！……なにもかもさ！……とりわけ愛情ってやつがね！……てめえの愛情も、ほかの奴らの愛情も……てめえにいちゃつかれるたんびにおれがどんな気分になるか言ってやろうか？　雪隠《せっちん》でおまんこしてるみてえな気持さ！　これでわかったかい、おれの言う意味が？……おれをくっつけとくために、てめえはべたべたしてるつもりか知らねえが、言っとくがこっちにすりゃ、ばかにされたとしきゃ取れないんだ……だけど、てめえはそんなことは気がつきもしねえのさ、そいつがわからねえのは、てめえの根性がいやらしいからさ……気がつきもしねえのさ、自分がどれだけいやらしい女か！……世間の奴らの寝言をおしいただいて満足しとるんだ……そいつをあたりまえのことに考えとるんだ……ご満悦なんだ、ほかの奴から、愛情ほどいいものはない、そいつはだれにだって、いつだって、いいもんだと聞かされて……ところで、おれはくそくらえさ、世間の奴らの愛情なんて！……わかるかい？　おれにはもうそんなものは縁がないんだ……連中のねちねちした愛情なんて！……おまえは間《ま》が悪かったんさ！……来るのが遅すぎたんだ！　俺はもうそいつとは縁が切れたんだ、それだけのことさ！……おめえがヒスを起こしてるのもそのためさ！……これでもまだ、おまんこしたいというんかい？……これだけ聞いても？……それとも、聞こえんふりかい？……そんなことはかまっちゃあおれんてえのかい！……純情そうな面《つら》をして、あきれた獣《けだもの》さ……腐った肉が食らいてえのか？　愛情風のソースをふりかけてな？……どうだい口当たりは？……おれは真っ平さ！……臭わねえとしたら結構なことさ！　鼻が詰まってんだろう！　あいつでむかつかないたあ、おめえさんたちはよっぽどぼけてんのさ……おまえとおれの違いが知りたいってえのかい？……そうさね、人生観のちがいってとこかね……そのへんでご勘弁願えませんかい？」

「あたしの体は清潔よ」彼女はやり返した……「貧乏だって不潔とはかぎらないわよ！　いつ見たのよ、あたしのが清潔じゃないって？　そのことなんかい、あたしを侮辱するために言いたいのは？……はばかりさま、あたしのお尻は清潔ですからね、あたしのは！……あんたのはそうはいくまいがね！……その足だって！」

「なにもそんなことを言ってるんじゃないさ、マドロン！　そんなこと全然言っちゃおらんさ！……おまえのが清潔じゃないって？……なにもわかっちゃいないんだな！」――彼女をなだめるために彼が見つけ出した言いわけはこれだけだった。

「じゃあ、なんにも言わなかったっての？　なんにも言わなかったって？　どう、しらじらしい、こいつはひとをくそみそに侮辱しといて、なんにも言わなかったって言い張るんだから！　こいつに嘘をつけないようにするには、息の根を止めてしまわなくちゃだめだわ！　監獄ぐらいじゃこたえないよ、この豚野郎は！　このごろつきは！　それくらいじゃ、こたえないのさ！……こいつにいるのは死刑台さ！」

　仲裁には耳もかさなかった。もうタクシーの中で彼らの諍いはてんでわからなかった。自動車のたてる騒音と、扉にたたきつける雨風の中のタイヤのきしみにかき消されて、荒っぽい言葉しか聞こえなかった。荒れ模様、僕らのあいだにはそいつがいっぱいにみなぎっていた。「よくも、よくも……」彼女は何度もくりかえしていた。もうほかに言葉はなかったんだ……「よくもよくも！」それから彼女は最後の賭《かけ》を試みた。「来るの？」彼に向かって言った。「来るの？　レオン？　ひとおつ？……来るわね？　ふたつ？……」間をおいた。「みっつ？……じゃあ来ないの？……」「いやだ！」奴は答えた、頑《がん》として。

「勝手にするがいい！」おまけを添えまでした。それが返事だった。

奥の座席で彼女は後ろにすこし身を引いたのにちがいない、というのは、火が吹いたとき、そいつはまるで彼女の腹からまっすぐ飛び出してくるみたいだった。ついでほとんど同時に、また二発、二度つづけざまに……きな臭い煙がタクシーの中いっぱいにたちこめた。

それでも車は走りつづけていた。僕のほうに、奴は、ロバンソンは倒れかかった、横倒れに、傾きながら、なにやらうめきながら。「うふ！　うふ！」うめきやまなかった。運転手も聞きつけたにちがいない。

なにごとか知るために、最初すこし速度をおとした。ついにガス燈の前で完全に停車した。

運転手が扉を開くやいなや、マドロンは彼を乱暴に押しのけ、外へ飛び出した。急斜面の土手を転がり降りた。ぬかるみの野原の暗がりの中を一目散に逃げだした。呼びとめてみたがむだだった。もう遠くへ消えてしまっていた。

怪我人を抱えこんで、僕はもうどうしていいかわからなかった。市中へ連れもどす、そのほうが、考えようでは便利みたいだった。が僕たちはもう家からそう遠くないところまで来てしまっていた……土地の連中なら細工をのみこんでくれるだろう……でソフィと二人で彼をオーバーにくるみ、マドロンが引き金を引くためにちょうどその片隅へ押し込んだ。「ゆっくりやってくれ！」僕は運転手に頼み込んだ。それでもまだ奴はひどく早く走った。急《せ》いてたんだ。振動がなおさらロバンソンにうめき声を立てさせた。

家の前に着くと、運転手は自分の名前を告げるのさえしぶった、警察とかかり合いになる面倒を恐れていたのだ、証言とか……

クッションに血のしみがついたにちがいないとも言った。すぐに引っ返したがった。が僕はナンバーをひかえ取った。

腹に二発、ロバンソンは弾丸をくらっていた、三発かもしれなかったが、まだ正確に何発かはわからなかった。

彼女は真っ正面に向かって引き金を引いた、そいつは僕がこの目で見ていた。出血はなかった、傷口からは。ソフイと僕で両側から支えたが、それでも彼はひどくぐらついた。頭がふらふらした。何か言っていたが、よくわからなかった。すでに譫妄《せんもう》状態だった。「うふ！　うふ！」低くうめきつづけていた。着くまでにこときれそうだった。

道は新しく舗装されたところだった。病院の鉄門の前まで着くと、僕はすぐさま管理人に大急ぎでパラピーヌを部屋まで呼びにやった。彼はすぐ降りて来た、そして彼と看護人の手をかりて、やっとレオンを寝床まで運び上げることができた。服を脱がせ、さっそく調べにとりかかり、腹の表面をさすることができた。触診では、指の下で皮膚の表面はすでに相当ひきつれており、ところどころ死んでさえいた。二つの穴が上下して見つかった、三つめはなかった、一弾ははずれたのだろう。

もしも僕がレオンの立場なら、内出血のほうを願っただろう、それなら腹は血であふれ、てっとり早く片づく。腹膜はふさがり、それでおしまいだ。ところが腹膜炎となると、そいつは先のほうでの感染だ、長くかかる。

　片づくまでに、残された苦しみが予想された。腹はふくれ上がっていた、すでにすわった目つきで、奴は、レオンは、僕らを見つめるのだった、ぶつぶつ言っていたが、言葉はわずかだった。一種の落ち着きが現われていた。これまでにも僕は、彼が重い病気にかかるのを目撃してきた、方々の土地で、だがこんどの場合はすっかり別だった、吐息から、目つきから、何から何まで。もはや引き止めるすべはなさそうだった、刻々に彼は去りつつあった。玉の汗をたらし、まるで顔じゅう泣きぬらしたみたいだった。こんなおりには、こっちがこれほど微力で無情な人間になってしまったことが、いささか気がとがめる。他人の死にぎわに役立つものはまるで何ひとつ持ち合わせてはいないのだ。いまではもうほとんど自分の中に、日々の暮らし、安楽な暮らし、ただ自分だけの暮らしに役立つものしか持ち合わせていない、ひどいもんだ。信頼を途中で捨て去ったのだ。残された同情を虐待し、追い立てたのだ、にがい丸薬みたいに念入りに体の底へ。そいつを、同情を糞といっしょくたに腸《はらわた》の端へ押し出してしまったのだ。あの辺に詰まってやがる、そう心につぶやくだけだ。

で僕はとどまっていた、レオンを前に、なんとか同情を示そうと、これほどぐあいの悪い思いは、初めてだった。どうしてもだめだった……奴には僕が目にはいらないらしかった……やきもきしていた……死んで行くために、安心して死んでいく支えに、きっと、僕よりもはるかに偉大な、もう一人のフェルディナンをさがし求めていたのにちがいない。世界がひょっとして進歩したのではないか、確かめたがっていた。頭の中で、いじらしく、決算表を作っていたのだ……自分の一生のあいだに、彼らが、人間どもが、すこしは、よいほうに変わったのではないか、連中に対して自分がうっかり公平を欠きはしなかったか……だが、彼のそばには、僕しか、まぎれもないこの僕しか、僕だけしかいなかった、人間を自分一個のしがない生命以上に高めるもの、すなわち他人の生命への愛、そんなものとはおよそ縁もゆかりもない正真正銘のフェルディナンしか。そんなものは、僕は持ち合わせてはいなかった、それとも、あんまりわずかで見せびらかすほどのこともなかったのだ。僕は死神に太刀打ちできるほど偉大な人間ではなかった。はるかにちっぽけな人間だった。僕には偉大な人間的理念が欠けていた。こいつに対してよりも、ロバンソンに対してよりも、瀕死の犬のほうに、いっそう同情を感じただろうと思えるほどだ、だって犬は意地悪じゃあない、ところがこいつときては、レオンときては、なんてったって意地悪でないとは言いきれないのだ。僕もまた意地悪だった、人間はみんな意地悪だ……それ以外のものは、人生の途中でどっかへ消えちまったんだ、死にぎわの人間のそばでまだ使い物になる作り顔、それすら僕はなくしてしまっていた、僕はまさしく途中ですべてをなくしてしまっていたのだ、くたばるために必要なものを何ひとつ、悪意以外は何ひとつ、見つけ出せなかった。僕の感情、そんなものは休暇にしか出かけない家みたいなものだ。満足に住めたものじゃない。それに断末魔の人間は欲ばりだ。苦しむだけじゃ足りないんだ。くたばりながら同時に楽しまなくちゃおさまらない、最後のしゃっくりをしながら、動脈いっぱいに尿素をためながら、生命のどん底で、まだ楽しみたいんだ。

ぞんぶんに楽しめないといって、往生ぎわまで、めそめそ嘆くのだ……要求し……文句をつける。生から死への引っ越しをあせる、不幸の喜劇。

パラピーヌがモルヒネの注射を打ってやると彼はすこし意識を取り戻した。こんどの出来事についてあれこれ語りさえした。「こうなったほうがいいのさ……」とも言った、それから「思ったほど苦しくないもんだな……」パラピーヌが正確にどの場所が痛むかたずねたとき、もう奴はいくらかあの世へ行ってしまっていることがわかった、がそれでもまだ僕たちに何か言おうとつとめていた……力も、手段《てだて》も欠けていた。泣き、息を詰まらせ、かと思うとだしぬけに笑いだすのだった。並みの病人とはちがっていた、どう扱えばいいかわからなかった。

いままでは奴のほうが僕らを励ましているみたいだった。生き残る楽しみを僕らのためにさがし求めているみたいだった。僕らの手を握りしめた。二人の手を片方ずつ。僕は接吻した。こんな場合に自分をあざむかずにできることといえばもうこれくらいだ。僕らは待った。彼はもう何も言わなかった。しばらくたって、たぶん一時間とはたたなかっただろう、出血がついに運命に決着をつけた、こんどは、内側からの、あふれるような、多量の出血が。それが彼を運び去った。

　彼の心臓はますます早く鼓動しはじめた。ついで非常な早さで。それは、彼の心臓は、血液を追っかけていた、涸《か》れ尽くし、先のほうで、いまではほんのちょっぴり、動脈の末端で、指先で、震えている血液を。土気色が襟《えり》もとから立ちのぼり、顔全体にひろがった。息を詰まらせ、彼はこと切れた。飛び立つように一挙に立ち去った、両方の腕で、僕たちにすがりつきながら。

　それから彼は、またすぐ、そこに、僕たちの前に、もどって来た、体をひきつらせ、すでに死者の重みをすっかり身につけだしていた。

　僕らは立ち上がり、彼の手から身をほどいた。それは、彼の手は、すっかり硬直して、電燈の下で青黄色く突っ立って、宙にとどまっていた。

　その部屋の中でロバンソンはいまでは異邦人のように、恐ろしい国からやって来た、だれもう話しかける気になれない異邦人のように見えた。

⁂

パラピーヌは分別を失っていなかった。なんとか交番へ人を呼びにやった。ちょうどギュスターヴ、例のギュスターヴが、交通整理を終えて張り番についていたところだった。「ああ、またやっかいが持ち上がったね！」部屋にはいって、見るなり、奴は、ギュスターヴは、こう言った。

それから、わきに腰をおろして一息いれ、ついでにまだ取り片づけてなかった看護人たちの食卓で一杯ひっかけた。「傷害事件だから、警察署へ運んだほうがいいだろうね」すすめた、そしてつけ加えた。「いい奴だったのにな、ロバンソンは、蝿一匹いじめられん男だった。どうして殺す気になったのか、わからんよ……」そしてまた飲んだ。控えるべきだった。酒に弱かったのだ。が酒好きときていた。そいつが欠点だった。

彼といっしょに、上の倉庫へ担架《たんか》をさがしに行った。職員をわずらわすには時間がおそすぎた、僕たちだけで警察まで死体を運ぶことにした。警察は遠く離れた、踏切りを越えた向こう側の、いちばんはずれの建物だった。

こうして僕たちは出発した。パラピーヌが担架の前方を、ギュスターヴ・マンダムールがもう一方の端を支えた。が彼らはどちらもあんまりまっすぐな足どりとは言いにくかった。狭い階段を降りるときは、ソフイがすこし手をかしてやらねばならなかったほどだ。そのとき、僕は、彼女に、ソフイに、それほど興奮した様子が見受けられないことに気がついた。そのくせそいつは彼女のすぐそばで起こったんだ、悪くするとあの気違い女が発砲しているあいだに弾《たま》の一つもくらいかねないほど間近で。がソフイは、すでに別の場合にも気づいたことだが、感じるまでに暇どるのだ。冷淡な女だからではない――その証拠にそいつはまるで嵐のように彼女に襲いかかるのだ――ただ暇がかかるだけだ。

　いましばらく、死体につきそって、完全にこと切れているかどうか確かめたかった。が神妙に担架のあとに付き従うかわりに、僕はたえず道草を続け、とうとう踏切りわきの大きな学校を過ぎたあたりで、小さな道へまぎれ込んでしまった、最初のうちは垣根のあいだを、次いでセーヌ河に向かって急勾配にくだって行く小道だ。

　学校の鉄柵越しに、彼らが担架をかついで遠ざかって行く姿が見えた、背後から徐々にからみつく霧の襟巻に包まれて彼らは息苦しそうに歩いていた。岸には、水かさの増加にそなえてしっかりつなぎ合わされた小船に、流れがはげしく打ちあたっていた。さらにジエンヌヴィリエの平野から、ときおり肌《はだ》をさす寒風が渦巻く河波の上に吹きつけ、橋桁《はしげた》のあいだの河面を光らせていた。

　はるか、かなたに、海が見えた。だが、それについて、海について、いまではもうなんの空想も働かなかった。なすべきことはほかにあったからだ。自分の生活に二度と直面せぬために、姿をくらます努力を試みてみたが、無駄だった、いたるところでたやすくそいつに出くわすのだ。自分に戻るのだ。僕の放浪《さすらい》、そいつはもうおしまいだった。ほかの奴らの番だ！……世界はもう一度閉ざされてしまったのだ！　果てまで来ちまったのだ、僕たちは！　縁日といっしょだ！……悲哀をいだくだけでは不十分だ、もう一度音楽を始め、さらに悲哀を求めて出かけるだけの元気がなければだめだ……だけどほかの連中の番だ！……要するに、それは青春の回復を願う気持の表われだ……僕に気兼ねは無用だ……第一、僕にはもうそれ以上耐えしのぶ覚悟もなかった！……そのくせ僕は人生でロバンソンほど遠くまで行きついてもいなかったのだ！……結局、成功しなかったのだ。奴が痛めつけられる目的で身につけたような、頑としてゆるがぬ一つの思想を、僕はついに物にすることはできなかったのだ。僕のでっかい頭よりもまだでっかい思想、その中に詰まった恐怖全体よりもでっかい思想、みごとな、堂々たる、おまけに死んで行くのにすこぶる重宝《ちようほう》な思想……つまり、この世のなにものよりも強力な思想を自分につくりあげるためには、僕には生命《いのち》がいくつあればたりるのだろう？……答えられなかった！　失敗だった！　僕の思想ときては、隙間だらけの頭の中でぐらぐらしていた。そいつは忌わしい恐ろしい世界の真っ只中で、生涯震え、またたきつづける、みすぼらしい、ちっぽけな蠟燭みたいだった……

二十年前よりはたぶんいくらかはましだろう、進歩の兆《きざし》を示していないとは言えなかった、がそれにしたところで、ロバンソンみたいに、ただひとつの思想、そのかわり完全に死よりも強い堂々たる思想を、僕が自分の頭いっぱいに詰め込む日が、そして僕の思想だけでいたるところに、喜びと、自信と、勇気をまきちらす日が訪れるのは、まず望むべくもないことだった。颯爽《さっそう》たる英雄にはなれっこないのだ。

　そうなれば僕は勇気ではちきれるだろう。さらに、いたるところにそいつを、勇気をしたたらせ、そしてついには人生全体が完全に勇敢な一つの思想に統一され、それによってこの世の人も物も、すべてが順調に運ぶ日が訪れるだろう。同時に愛も安価に、ふんだんに手にはいり、《死神》までが、その中に、愛といっしょに閉じ込められ、ぬくぬくした居心地のよさに、そいつまでがついにはみんなと愛を楽しむにいたるだろう。これこそは楽しい世界！　すばらしい世界だ！　一大決心をふるい起こす手管《てくだ》をあれこれ思いめぐらしながら、河っぷちで僕はひとり悦に入っていた。あきれ果てた理想主義者！　要するに熱のせいだ。

　少なくとも一時間も前から、仲間は、僕をさがしまわっていたのだ！　とくに別れぎわの僕の様子がさえなかったことを見ていたから……ガス燈の下に最初に僕を見つけ出したのは、ギュスターヴ・マンダムールだった。「おうい、先生！」呼びかけた。まったくなんて声だ。「こっちですよ！　署長が先生に来てほしいんですって！　証言がいるんですよ！——それにしても先生……」つけ加えた、こんどは耳もとで。「先生、ほんとに顔色がよくありませんぜ!」僕と一緒について来た。歩くのに僕を支えまでしてくれた。僕を好きだったんだ、ギュスターヴは。酒のことで、僕は一度だって彼を非難したことはなかった。万事を大目に見てやっていたのだ、僕は。それにひきかえパラピーヌのほうは少々厳格だった。ときどき酒のことでギュスターヴを詰《なじ》るのだった。僕のためならギュスターヴは水火をも辞さないだろう。僕に敬服してさえいたのだ。そう言っていた。理由はご当人にもわからなかったが。僕にもわからない。とにかく敬服していたんだ。そんな奴はこの男ひとりだけだ。

　連れ立って通りを二つ三つ曲がり警察の門燈の見えるところまでやって来た。もう逃れようはない。ギュスターヴを悩ましていたのは報告書の作成だった。僕には打ち明けなかったが。すでに報告書の下欄に皆んなの署名をとっていた、それでもまだ報告書には不備な点がたくさんあった。

　この男も、ギュスターヴも、僕に似た、でっかい頭をしていた、僕が彼の警官帽をかぶれさえしたほどだ、推して知るべしだ。が、こまかいことを簡単に忘れ去るのだった。簡単に思い出せず、言葉を見つけるのに苦労するのだった、書くとなればなおさらだ。パラピーヌなら書類作成はお手のものだろう、が事件の成り行きを全然見ていなかった、パラピーヌは。でっちあげるより仕方ない、が署長は報告書をでっちあげられるのを好まなかった、彼の言葉を借りれば、真実だけが必要なんだ。

警察署の狭い階段を上りながら、僕は震えていた。僕もまた署長に大して話すことはなかった、ほんとうに、気分がすぐれなかった。

ロバンソンの死体、そいつはそこに置かれていた、警察の大きな整理棚の並んだ前に。

腰掛けのまわり、いたるところに貼り紙と、煙草のすいがら、十分消されていない《警官《でか》くたばれ》の落書き。

「道に迷われたんですか、先生?」やっと僕が到着したとき、書記がそれでも懇ろに尋ねた。僕たちはみんな疲れきっていたので、てんでに支離滅裂なことを喋り立てた。

やっと、表現および弾丸の方向について意見が一致した。一発はまだ脊柱《せきちゅう》の中に食い込んだままだった。そいつは取り出せなかった。いっしょに埋めることになりそうだ。残りの弾丸は目下探索中だ。タクシーに打ち込まれていたのだ、残りは。強力なピストルだった。

ソフイが戻って来た、僕のオーバーを取りに行っていたんだ。僕に接吻し、抱きしめた。こんどは僕が死ぬか、飛び去ってしまいでもするかのように。「なあに、どこにも行きゃしないよ!」彼女に向かって、僕は懸命に繰り返すのだった。「どこへも行きゃせんたら、ソフイ!」彼女を安心させることはできなかった。

担架を囲んで僕たちは署長秘書とおしゃべりを始めた、その男は、自分で言うところでは、こんなのはほかにもたくさん見なれていたのだ、犯行や、犯行でないのや、それに悲惨な事件も。そして自分の見聞を僕らに残らずいっときに語りたがった。彼の気持を損ねないために、僕らは立ち去りかねた。とっても愛想がよかったからだ。この機会に教育のある連中と言葉をかわせるのが彼はうれしかったのだ、やくざ連中とではなく。そんなわけで、この男への気兼ねから僕たちは彼の持ち場でぐずついていた。

パラピーヌも気をゆるめていた。ギュスターヴは僕たちの話に知性を刺激された。口をあけ、太い首筋をまるで車でもひいているように緊張させていた。パラピーヌがこれほど言葉豊富に話すのを聞くのは何年かぶりだった、まったく、僕の学生時代以来だ。この日のさまざまの出来事、それが彼を酔わせたのだ。それでも僕らは家に戻ることにきめた。

マンダムールもいっしょに連れて帰ることにした、それにソフイも、彼女はまだときどき僕を抱きしめるのだった、体じゅう不安と愛情の力で張りつめていたのだ、さらに心の中も、到るところ、すばらしい力で。僕は全身にそれを、彼女の力を感じるのだった。もひとつしっくりしなかった、それは僕の力ではなかった、ところが、僕がいつか、ロバンソンみたいに、堂々とくたばるために必要なもの、そいつは僕の力なんだ。泣き面でむだにしている暇などないのだ。仕事だ！　そう自分に呼びかけた。が効き目はなかった。

僕がもう一度死体を眺めにあともどりするのも彼女はいやがった。で僕は振り返りもせずに部屋を出た。《戸をおしめください》掲示が目についた。パラピーヌは喉《のど》の渇きがとまらなかった。喋りすぎたせいだろう。彼にしてはしゃべりすぎたのだ。水路ぞいの小さな酒場の前を通りかかったので、僕たちはしばらくその鎧戸《よろいど》をノックした。戦時中のノワルスールの道路を思い出した。戸口の上部からもれているいまにも消えうせそうなほのかな光も、あのときとそっくりだ。やっと、亭主が自分で現われ、戸を開いた。事件を知らなかった。すっかり話してやった、惨劇の知らせもいっしょに。「情痴劇だよ」ギュスターヴがそう名づけた。

　河ぞいの酒場は船頭たちのために夜明けまえに店を開く。夜が白みだすころ水門はゆるやかに回転を開始する。ついで景色全体が活気づき、労働が始まる。河岸が徐々に河面から別れ、流れの両側に浮かび上がる。暗闇から労働が現われる。再びすべてが、平凡にくっきり見えはじめる。こちらに巻揚機、あすこに仕事場の柵《さく》、そして遠くの路上にはさらに遠くから今日もやって来る連中の姿。彼らは凍えた小さなかたまりになって薄汚れた陽差しの中にもぐり込む。まず顔いっぱいに日光を浴びて朝日の前を通り過ぎる。さらに先までも進んで行く。蒼ざめた単純な顔つきだけしかよく見えない。残りはまだ夜に包まれたままだ。この連中もやはり皆いつかはくたばらねばならんのだ。どんなくたばり方をすることやら？

　彼らは橋のほうを目指して行く。彼らが徐々に平野の中へ消えて行くあとには、相変わらず、ほかの連中がやって来る、日光が方々に登るにつれて、いっそう蒼ざめて見える男たち。いったいこの連中は何を考えているのか？

酒場の主《あるじ》は事件について、情況についてすべてを知りたがった、すべてを聞きたがった。ヴォデスカルという名だ、亭主は、まぎれもない北仏人だ。

ギュスターヴはそこでくわしく話してきかせた。

情況をギュスターヴはくどくどと述べたてるのだった、が肝心な点は逃していた。すでに言葉が乱れだしていた。それに、酔いがまわるにつれて、同じことを繰り返すのだった。もう何を言ってるのかもさっぱりわからなかった。それでも、僕ひとりなら、居眠りでもしているつもりで、しばらく、おとなしく、彼の話を聞き流していただろう、ところが、ほかの連中が文句をつけだした、それを聞くと彼はかんかんになって怒りだした。

憤然として、小さなストーブに近づくと、一撃をくらわした。なにもかもくずれ、ひっくり返った。煙突、火格子、燃えた石炭。恐ろしいばか力だった、マンダムールは。

おまけに、彼は僕たちに本物の《火の舞踊》を見せたいと思い出した！　靴をぬぎ去り、燃えさしの石炭の真っ只中へ躍り込んだ。

亭主を相手に、皆んなはいんちきな《パチンコ器械》のことでもめ合っていた……腹黒い男だったんだ、ヴォデスカルは。本当の正直者にしてはいつもあんまり清潔すぎるシャツを着込んでいる奴は、警戒しなくちゃあならん。腹に一物ある男か、警察《さつ》のいぬだ。河岸にはこの手のがうんといる。

マンダムールが酔っぱらったのを利用して、免職させるために、亭主はわざと事をかまえる気ではないか、とパラピーヌは勘ぐった。

彼は、マンダムールがそいつを、《火の舞踊》をやるのをさまたげた、説教した。マンダムールはテーブルのはしっこへ押しやられた。とうとう彼はそこにくずおれてしまった、すっかりおとなしくなって、とほうもない吐息と悪臭の中で眠り込んでしまった。

遠く、曳き船《タグボート》が汽笛を鳴らした、その呼び声は橋を越え、つぎつぎと橋弧を、水門を、また橋を越え、遠く、さらに遠く、のびていく……それは自分のもとへ呼び寄せていた、河上のすべての小船を、一隻のこらず、さらに街全体を、大空を、野原を、そして僕たちを、すべてを、セーヌ河をも、すべてを、それはさらっていった、もう何も言うことはない。

解説

一九三二年、処女作『夜の果てへの旅』で、文字どおり彗星のようにフランス文学の地平に出現し、その破格な文体と衝撃的内容によって、世界の読書界に一大旋風を巻き起こした文壇の招かれざる〈闖入者〉セリーヌ。

ついで猛烈な〈反ソ〉文書をたたきつける一方、〈拝金〉と〈好戦〉の象徴としてのユダヤ人糾弾に鋭い筆鋒を向け、戦後は、〈戦犯〉として投獄され、その死に際しては司祭から葬儀の執行を拒否され、こんにちもなお完全なかたちの作品集の公刊を阻まれつづけている〈国賊作家〉セリーヌ。

『旅』にはじまり、長篇小説『なしくずしの死』『ギニョルズ・バンド』、政治評論『虫けらどもをひねりつぶせ』『死体派』を経て、いわゆる亡命三部作『城から城』『北』『リゴドン』にいたるセリーヌの作品は、はたして、文学の発言権を越えた許しがたい害毒の書なのか？

『夜の果てへの旅』の戦後新版のため新たに書き加えた序文の中で、作者は慨嘆する。

——ああ！　『旅』をもういっぺん出発させるって。

ちょっと考えもんだ。

あれから十五年いろんな目に出会った…………

こんなに逼塞《ひっそく》してるんでなけりゃ、飯代《めしだい》を稼ぐ必要さえなけりゃ、一も二もなく、ぜんぶ破り棄ててしまいたいところだ。もうたったの一行だって人前にさらすもんか。

すっかり悪いふうに受取られちまった。あまりにたくさん禍《わざわ》いを産み出しすぎた。

ちょっと見てみたまえ、どっちを向いても累々たる死骸、おびただしい憎しみ……裏切り……こいつが産み出した塵屑《ごみくず》の山……血も涙もない人間ども……

ああ、よっぽど盲か、それとも聾でなくちゃ！

〈あれから十五年〉……『夜の果てへの旅』が刊行と同時にすさまじい反響をまきおこし、読書界の話題を独占して、ゴンクール賞の最有力候補に数えられたとき、無名の新人ルイ＝フェルディナン・セリーヌの登場は、特異な左翼作家の誕生として、とりわけ進歩的陣営から圧倒的に歓迎された。

半自伝的長篇小説『夜の果てへの旅』は、アナーキスト的放浪者フェルディナン・バルダミュの独白を中心に展開する叙事詩的遍歴譚の一種で、従来のフランス文学に見られなかった俗語的な破格の文体で一貫され、露骨・大胆な表現と、反社会的思想で充満した、激烈な八方破れの作品である。主人公の体験を通じて戦争のおぞましさと愚劣さ、植民地に蔓延する恥知らずな卑劣な搾取、フォード自動車工場の内部を借りて暴き出される資本主義の非人間性、さいごはパリの場末町に舞台を移し、そこに虫けらのようにうごめく民衆の救いがたい無気力さにたいして仮借ない批判の毒舌が浴せられる。現代社会の病根をセリーヌは完膚なきまでに摘出し、明るみにさらけ出す。これはまさしく社会主義が世界を変革することによって、民衆の生活を改新することによって実現せんと企てるものであり、コミュニストたちの幻想の中では、ソヴィエート連邦がその政策の中ですでに実際に着手しつつあるものであり、セリーヌが数多い左翼的文化人の一人と目されたのも、当時としては無理からぬ状況であった。

　トロツキーだけはさすがに慎重な洞察眼を以てこの異端左翼の本質を見抜いていた。作家としては賞讃に価するが、セリーヌが社会主義の闘士に変貌しうるという考えかたには、トロツキーは大いなる疑問を突きつける。『文学と革命』の理論家は言う。社会主義は希望を前提とする、ところがセリーヌの作品には希望がない……。〈『夜の果てへの旅』はペシミズムの書、人生を前にしての恐怖と、そして反逆よりもむしろ人生への嫌悪によって口述された書物である。積極的反逆は希望と結びつく、セリーヌの書物のなかには希望がない……セリーヌは革命家ではない、また革命家たらんとする気持もない。彼は社会を改造しようとは心掛けない、そんなものは彼の目にはまったくの幻想である。彼はただ自分をおびやかし迫害する一切のものにまつわる威信を剝ぎとりたいと願うだけだ。人生を前にして覚える恐怖の自覚を軽減するために、この貧民窟の医師は新しい文体的手法に頼らねばならなかった。彼は小説の革命家として現われた……。セリーヌのちからは、一切の綱領をかなぐり捨て、一切の慣例を踏みにじり、さらに人生の衣を剝ぎ取るだけではあきたらず、その生皮まで剝ぎ取ることにある……自分自身にたいしても情容赦なく、鏡に映じる己れの姿に嫌悪をおぼえ、鏡をたたき割って己れの手を引き裂くモラリストにもたとえようか〉（トロツキー「小説家と政治家」）

セリーヌはけっきょく社会主義者でもなければ、アナーキストでもない、またファシストでもない。ましてや彼の思想の基盤は後年批判の対象となり、戦犯説の根拠に利用されるに到る極右主義なんぞではない。セリーヌにとっては、世界を変革することがねらいではない、かといってそれを現状のままで維持することでもない。彼に言わせれば、どちらの方向へむかおうが、世界はいまより良くも悪くもなり得ない。それはつねに醜く、つねに生きるに値しない。おまけに一般の左翼作家と異なり、セリーヌの作品の絶望と反逆は、理論的に習得したイデオロギーというよりも、個人的体験によって色濃く染めぬかれている。

ルイ＝フェルディナン・セリーヌ Louis-Ferdinand Céline（本名L・F・デトゥシュ）は一八九四年、セーヌ県の首都クールブヴォワで生れた。パリの場末で貧しい少年時代を過ごし、苦学して勉強を続け、医師免状を手に入れた。第一次大戦勃発と同時に志願入隊、騎兵隊下士官に昇進し、武勲を立てたが、重傷を負い、強い反戦思想を植えつけられる。復員後は、国際連盟事務局に就職し、衛生事情視察の目的で、イギリス、アメリカ、キューバなどを遍歴。その後、パリの場末町クリシーに住みつき〈貧民治療のために〉医者を開業、作家生活と平行して、終生医業をつづけた。

　三二年、豊富な生活体験をもとに、自伝的小説『夜の果てへの旅』を発表、フランスのみならず全世界の文壇に、賛否両論の大反響を巻き起こし、いっきょに作家としての名声を確立する。その後の主な小説作品には、『夜の果てへの旅』につづく自伝的連作『なしくずしの死』（三六年）、『ギニョルズ・バンド』（四四年）、『戦争』（四九年）、および反資本主義、反ユダヤ主義の立場からフランスの現状を痛罵した時事論文集『虫けらどもをひねりつぶせ』（三六年）、『死体派』（三八年）、『苦境』（四一年）などがある。

　第二次大戦、つづいてドイツ軍占領中は、パリ周辺の無料診療所の主任医師として政治に関係しなかったが、前記の反ユダヤ主義的著作と、一新聞が無断で発表した親独的書簡のために、戦後、戦犯の罪に問われ、デンマークに亡命し、その地で逮捕、投獄された。

五一年特赦によって帰国。戦後の作品には、亡命の苦しい体験を物語った『城から城』（五七年）、『北』（六〇年）などがある。晩年は文壇から故意に黙殺され、一九六一年、不遇と貧困のうちに世を去った。

医師としての日常体験を通じて、セリーヌ＝デトゥシュは、死と人間の醜悪さの観念にたえず取りつかれていた。さらに第一次大戦の戦場で蒙った負傷は、不眠と、頭痛と、絶え間ない耳鳴りとなって最後まで彼を悩ませた。いっぽう、幼時からそのあいだにかこまれて育ったプチ・ブルと庶民の心情をとおして、彼らのシニシズム、深い同胞不信、救いがたいエゴイズムをいやというほど見せつけられたことも、セリーヌの文学の暗さを理解するうえに見逃がしてはならない重要な要素である。この体験をセリーヌは作品の中で普遍化したといっていい。そしてこの実感的人間観の範囲からはみ出した個人の存在を彼は認めない。従来の文学は人間の卑劣さを回避し、人間性を美化してきた。彼の経験こそ真実であり、それを物語るのが作家としての使命である、とセリーヌは固く信じて揺るがない。彼の創作目的は、人間の真実を伝えること、すなわち、〈黒く塗りたくること、自分をも黒く塗りたくること〉である。社会は、人間は変らない。しかし人間の汚なさについて全真実が語られたとき、われわれはいまより幾分か自由になれるだろう。

尤も、真実を語るとはいえ、セリーヌは写実主義作家とも、また自然主義者とも一線を劃している。作者自ら自伝的作品と認める『旅』の中ですら、主人公バルダミュ＝セリーヌは、二十世紀の現在、アフリカからニューヨークまでの船旅を、なんと、鎖につながれ、奴隷船の船底で呻吟する！

アンドレ・ジイドがいみじくも指摘したように、〈セリーヌが描き出すのは現実ではない、現実が生み出す幻覚〉である。セリーヌ自身も、〈錯乱の次元〉への転位という言葉を使って、その文学的手法を説明している。対象《オブジェ》ではなく、感動《エモーション》をとらえることこそねらいである。『夜の果てへの旅』の作者は出来事をけっして客観的に描写し記述しない。どの事物も、事件も、それらが惹き起こす情感と分かちがたくとけ合っている。いうなれば過敏症的リアリズム。

> 列車が駅にはいった、機関車を見たとたん、僕はもう自分の冒険に自信がなくなった。僕はやせこけた体にあるだけの勇気をふるってモリーに接吻した。こんどばかりは、苦痛を、真の苦痛を覚えた、みんなに対して、自分に対して、彼女に対して、すべての人間に対して。
>
> 僕らが一生通じてさがし求めるものは、たぶんこれなのだ、ただこれだけなのだ。つまり生命の実感を味わうための身を切るような悲しみ。（本書上巻、三八〇頁）

この過敏症的リアリズム、幻想的リアリズムが、従来の客観的リアリズム以上に、深く現実の真相をとらえる武器として役立つことも、文学の次元においては否定しえないだろう。

いずれにせよ、セリーヌの黙示録的預言のいくつかが、その後のヨーロッパの自滅へ向かっての歩みを先取りしていたことは、そして『夜の果てへの旅』が今世紀最高の小説の一つとして現代世界文学の中で揺るぎない位置を占めていることは、まぎれもない事実である。

この翻訳は中央公論社より「世界の文学」第四十二巻として、大槻鉄男氏との共訳で刊行されたものであるが、今回「中公文庫」に収めるに当って、生田が単独に全面的改訳を施し、大槻氏の了解のもとに個人訳として発表することに改めた。大槻氏の寛宥に衷心からの感謝を捧げたい。なお訳者がセリーヌに関して記した何篇かの紹介文はまとめて拙著『るさんちまん』（人文書院刊）に収録されているので、この解説の補いとしてご参考にしていただければ幸いである。

生田耕作

巻末エッセイ

夜の果ての旅

四方田犬彦

一九六〇年代の終わりごろ、わたしが高校生であったとき、身近には三種類の世界文学全集が存在していて、今日では考えられないことだろうが、書店の奥の一角に大きな場所を占めていた。ひとつは河出書房新社から刊行されている『グリーン版』で、これは三回にわたって編纂されていたため、今日から考えてみるとけっして一貫した選択の方針が立てられたものとはいえなかったが、中学生時代にわたしがもっとも親しみを感じていたシリーズであった。この全集のおかげて十五歳にしてエルサ・モランテというローマの女性小説家の存在を知ったことを、わたしは感謝の気持ちを込めて思い出している。現在、彼女の親友であったパゾリーニの翻訳に従事しているためである。

二番目のものは集英社から刊行されていたもので、これは篠田一士《はじめ》が中心となって二十世紀の前衛作家や詩人、評論家だけから選んだ優れたアンソロジーであった。本書の後の方で取り上げることになるボルヘスを、わたしはこのシリーズで知った。

三番目のもの、つまり中央公論社から刊行されていた『世界の文学』シリーズは、コンパクトで赤い表紙がなんとも可愛らしくて、『グリーン版』の無愛想でザラザラとした外見とは対照的だった。このふたつのシリーズは少なからぬ作品が重複していた。そこでわたしは『グリーン版』に収録されていない作品にかぎって、『世界の文学』を手にとることに決めた。ルイ＝フェルディナン・セリーヌの名前を知ったのは、こうした経緯からであった。

『夜の果ての旅』を読み終えたときに自分を突然に襲った圧倒的な虚脱感のことを、わたしは死ぬまで忘れないだろう。それは十七歳の夏のことであったが、三日ほどかけて一気に読み進み、最後に主人公が相棒のロバンソンの死体に向き直るところまで到達したとき、わたしはこれまで一度として感じたことのない、無惨にして寄る辺ない気持ちに見舞われてしまったことを記憶している。長編を読み終わったという爽快感というのではない。感傷に足を掬《すく》われて涙を流したというのでもない。ただ、自分がこれまで手にしてきたと無邪気に信じてきた多くのものが、形を喪《うしな》って崩れ、なすすべもなく掌から零《こぼ》れ落《お》ちてゆくさまを、見つめてゆくしかなかったといえる。わたしはすっかり途方に暮れてしまった。転倒した姿勢をなんとか持ち直して、軀《からだ》を支えようとした。だがセリーヌはそのわたしの立つ床をも外してしまい、さらなる転倒を仕掛けた。わたしは次々と床を踏み落としながら、落下を続けてゆくばかりだった。もう頼るべき杭《くい》や梯子《はしご》など、どこにもないように思われた。

生田耕作と大槻鉄男《おおつきてつお》によるこの訳書を同時期に読んで、強い衝撃を受けたのは、おそらくわたしだけではなかったはずだ。あのときセリーヌを読んでいなかったら俺は小説など書いていなかっただろうと、かつて中上健次はわたしに語ったことがあった。鈴木いづみも、原将人《まさと》も、坂本龍一も、おそらくはわたしと同じ『世界の文学』第四十二巻を通して、この呪われた作家の世界に触れ、もはや引き返すことができないほどの影響を受けているはずである。

そう、それはまさしく一気に読み通すべき文体の勢いと、世界全体に向けられた憎悪とに満ち満ちた長編小説だった。雪崩《なだれ》のように押し寄せてくる卑語や罵倒語の過剰さと、耳元で臭い息や唾とともに途切れなく発せられるかのような叫び声、ひそひそ声、笑い声。セリーヌはけっしてわたしに、立ち止まって周囲の風景を見直してみるようになど、達観した指示など与えてくれなかった。ひとたび書物の頁を開いてしまえば、ただ機関銃のように連発されてゆく語彙《ごい》の洪水に身を浸し、流れに押し流されて、これまで聞いたこともないような場所に連れ去られてゆく自分を受け入れることしか、読者には許されていないのだ。いったいこんな小説を知ってしまった後で、これから先をどう生きてゆけばいいのか。わたしはまだ一度も人生の荒海のなかに漕ぎ出したことはなかったが、すでにその痛ましさと虚しさを額に刻印されたような気分になった。「肉欲に童貞があるように『恐怖』にも童貞があるもんだ」と、セリーヌは書いている。同じように、わたしはこの書物を通過することで、なにごとかの童貞を突破してしまったというべきだろう。

今、三十年以上が経過して、もう一度、今度は生田耕作の単独訳として刊行された『夜の果ての旅』（中公文庫）を、かたわらにガリマール社から刊行された原書を並べながら読み直してみた。これはわたしにはスリルのある体験だった。わたしははたして自分がかつてのように深い虚脱感に見舞われるだろうかと、考えていた。というのも、もう一度という問題をめぐって、セリーヌがこう書いているからである。

「僕たちのまわりはなにもかも変わっていた。むろん、品物の場所が変わったわけじゃない、でなくて物そのものが、奥深いところで変わったのだ。つぎに見出したときには物はもう同じものではない。それらは、いわば、僕たちの心の中にこれまでよりもいっそう悲しく、さらにいっそう深く、いっそう密《ひそ》かに忍び込む力を手に入れるのだ、そして僕たちの中で徐々に、体裁よく、日々腑甲斐なく造られてゆく、それに対して僕たちが毎日すこしずつ身を守る張りを失ってゆく、あの一種の死と、それらは解け合うのだ」

いっそう悲しく、さらにいっそう深く。もしわたしが『夜の果ての旅』をそのように読み直したとすれば、それはこの三十年の間に自分がものごとの崩壊や決潰の現場に、いささかでも居合わせたことが左右しているはずである。いや、より端的にいえば、この引用にあるように、自分が高校時代には考えてもいなかった、死という観念と「解け合う」時期が、はるかに身近に迫っているからだといってもよい。

　だが一方で、わたしはこの長編を相対化する少なからぬ手立てを、すでにわが身の側に待機させている。わたしはその後のセリーヌが作家としてどのような歩みを続けていったかを知っている。『夜の果ての旅』の続編ともいえる『なしくずしの死』を読むこともできたし、同じ作者が後に書き綴った反ユダヤ主義的パンフレットにも目を通している。これはフランスでは今日に至るまで刊行されないでいるという代物である。わたしは、最近翻訳が刊行されたフレデリック・ヴィトゥーの七百頁近い伝記を通して、作者の神話と実像とがいかに異なっていたかを教えられもした。加えて『夜の果ての旅』の一冊の訳書しかなかった一九六〇年代と比べて、現在の日本のセリーヌ研究は、いつしか重箱の隅を突《つっ》くまでに発展しているのである。

　結論からいうと、この再読はやはり刺激的な体験だった。わたしは初めのうち、ノオトを取りながら冷静に読んでいたのだが、後半に主人公がパリの貧民窟で診療所を開くあたりからは、やはり熱病に取り憑かれたような気分になり、他の雑事をさておいて一気に読み終えてしまった。十七歳のときと違った読後感をもったことは、当然である。わたしはもはや一方的に言語の洪水に押し流されているわけではなかった。押し寄せてくる水の方向を読み取り、その運動の構造を冷静に見つめることに、より大きな関心を抱くようになっていたからだろう。

　ここらで『夜の果ての旅』の粗筋を、簡単に説明しておきたい。

　主人公の語り手は、フェルディナンというフランス人の医学生である。あるとき彼はキャフェで友人とフランス民族の優劣の話をしていて、興奮冷めやらぬままに、たまたま側を通りかかった軍楽隊の行進についていってしまう。最初は街角ごとに人々が熱狂的な声援を送り、主人公も気分よく参加しているのだが、雨が降り出すと途端に誰もいなくなってしまう。音楽が止み、気が付くと彼の後ろで門が閉められてしまっている。時すでに遅く、フェルディナンは志願兵として、第一次大戦の前線で戦うはめになってしまう。このプロローグの終わり方がなんともいい。無責任で不定形な群衆と、厳粛な軍隊という、まったく性格の異なる集団の恐ろしさを端的に示すとともに、読者を一気に寄る辺ない場所に連れ去ってしまう。

　戦場は地獄そのものである。そこには崇高な英雄主義も、義憤に満ちたロマン主義も、いっさい入りこむ隙間がない。語り手はそこで、砲撃で吹き飛ばされた兵士たちの臓物や肉片がいたるところに散乱し、夏の太陽の下で腐乱してゆくさまを目の当たりにする。彼はそこでロバンソンという兵士に出会い、すっかり戦争が嫌になった二人は揃ってドイツ軍に投降しようとするが、うまくいかない。やがて負傷した主人公は勲章をもらい、パリ郊外の病院で治療を受ける。彼はただちにアメリカ人の看護婦のローラと恋に落ちる。このあたりの、いかにも通俗的で出鱈目《でたらめ》な物語進行が、この長編を二十世紀で特異なピカレスク小説に仕立てあげている。

　だが、ローラとの幸福は束の間で終わる。射撃場に遊びにいった主人公は、誰もが自分を狙って銃を向けているという妄想に襲われ、精神病院に収容されてしまう。唾を飛ばして厭戦思想を説くフェルディナンにローラは愛想をつかし、彼を臆病者の狂人だと罵倒して、出ていってしまう。彼は自分が骨の髄から lâché つまり腰抜けの卑怯者であることを認め、それを人生の指針とすることを受け入れる。いくたびかの電気ショック治療を経て退院した主人公は、次々と職業や同棲相手を替えたりして、人生の虚しさのなかに突入する。「人間が底意地悪くなるとすれば、おそらく考えられる理由は一つだけ、苦労を味わったがためだ。ところが、苦労が終わった瞬間から、その人間が善良になるまでのあいだには長い時間が必要なものだ」。たまたま宝石商の使い走りの仕事にありついた彼は、またしてもさしたる計画もなしにアフリカの植民地に、ある商事会社の契約社員として赴くことになる。

　アフリカもまた戦場同様に、いやそれ以上に地獄である。フェルディナンは風土病に罹《かか》った白人が、現地の黒人たちをいかに侮蔑的に扱い、彼らを搾取してやまないかを、延々と描写する。ここで彼は奇しくも戦友のロバンソンに再会するが、彼はただちにフェルディナンを裏切って失踪する。大雨で商品は水浸し、熱病から来る高熱に苦しみ、しかも食べ物は本国から送られた夥《おびただ》しい缶詰だけという状況に、さすがの主人公も脱走を企て、命からがら密林を抜けて、スペイン人の統治する港へ辿り着く。ここで彼はなんとガレー船に繋がれ、奴隷よろしく船を漕ぎ出してアメリカに向かう。荒唐無稽といえば切りがないが、文体の勢いがそれを少しも不自然に感じさせないところが、さすがセリーヌだとしかいいようがない。ニューヨークについたフェルディナンは、ただちに昔の恋人であったローラのもとを訪れる。だが彼女はつれない素振りで、ピストルを片手に彼を追い出す。わずかに無声映画に心を慰められる日々が続く。やがて舞台はデトロイトへ。フェルディナンは自動車工場の工員として、英語など誰もわからぬ移民の工員たちに混じって、際限ない組み立て作業を続ける。大変な冒険物語であるが、実はここまでが第一部にすぎないのである。

『夜の果ての旅』の前半では、これまで見てきたように、早いテンポで場面が転換し、主人公の身に次々と荒唐無稽な事件が巻き起こる。

「人間は、結局、腐りかけの代物にすぎない」というのが、セリーヌの信念である。であるならば、少しでもその腐敗を先送りにするために、人は一所になど留まっていてはいけない。深い思慮などいらない。偶然に身を任せて、鉄砲玉のように世界の果てにまで飛び出していかなければならない。人間は本来的に形のない存在であって、悪臭を放って崩れ出してしまわないうちに、できるだけ遠くに足を向ける必要があるのだ。

ところが作品の後半では、がらりと調子が変化する。主人公は「身にこびりついた前進欲」をもはや喪失してしまい、何をしていいのか、わからなくなってしまう。医師の免状を受けると、パリの場末に小さな診療所を開き、その日のパンにも困る下層の庶民たちのなかで、人生の救い難い貧苦と絶望を、次々と目の当たりにする。いくたびめかの妊娠中絶に失敗して、下腹を「血のかたまり」のようにして死んでゆく娘。ゴヤの版画から抜け出してきたような、死と隣り合わせの陽気さを備えた老婆。偽善に満ちたカトリックの司祭。界隈でただひとつの希望は、ベベールという少年の顔に浮かぶ、無垢で情愛のこもった微笑みに接するときである。だがこの少年もまた悪性のチフスのために痩せ細り、何十日もの闘病の果てに息絶えてしまう。主人公はすべての悲惨を前にして、ただただ己の無力を思い知らされるしかない。もはや彼は行動の人ではない。定点に立ち止まり、事態のいっさいをもの悲しげな眼差しのもとに観察するだけの存在である。

そんなある日、フェルディナンの分身ともいえるロバンソンが、「苦労でよごれきった面《つら》」をして咳きこみながら、ひょっこりと彼の前に現れる。いつもながらに小悪党ぶりを発揮するのだが、今度は主人公の隣人である老婆を兎小屋で爆破して、財産を巻き上げようという腹である。もっともこの計画はみごとに失敗し、ロバンソンは失明してしまう。この男も行き着く果てまで来てしまったのだと、フェルディナンは思う。わが身に起こりうる一切の事柄の果てに到達してしまった者の孤独。もはや悲しみさえもが自分に答えてくれないような極限に達してしまった人間は、もう一度なりふり構わぬ形で人間たちの世界に引き返さなければならないのだが、どうやってそれをしていいのか、もはやわからなくなってしまっているのだ。やがて主人公は結核患者のための無料診療所の医師に任命されて、仕事場所を移り、それきりロバンソンとも疎遠になってしまう。

　ロバンソンは卑怯者だと、フェルディナンは思う。だが、そういう自分はどうなのだ。もはや思い出のなかにも何も残っていない。かつての女友だちを思い出そうとするのだが、名前も、習慣も、住所も忘れてしまっている。思い出にすら青春というものがあり、自分はそのすべてを喪ってしまったのだと、彼は思い知らされる。支えるのにあまりに重すぎる人生の物語から見捨てられてしまった瞬間から、誰もが卑怯者めいた、臆病者めいたようすで留まることになる。もっとも卑怯者なのは見かけのことで、ただ納得がいかないだけのことなのである。

　すべてはお笑い種《ぐさ》ではないかと、彼はさらに独語を続ける。「空中に、人前にさらせば、僕らの秘密の末路もこんなものだ。僕らの心の中のことも、この世のことも、またおそらくあの世のことも、恐ろしいのはまだ口にされない事柄だけだ。思いきって、一切を口にしたとき初めて僕らは落ち着くことができるのだ、そのときやっと僕らは口をつぐみ、沈黙を恐れなくなるのだ」。

『夜の果ての旅』は、フェルディナンの眼前でロバンソンが射殺されるところで、突然に終わっている。それはおよそ考えられるかぎりにおいて、摩滅しきった人生の終焉である。分身の死を見届けたフェルディナンの「もうなにもいうことはない」という言葉で、小説は幕を閉じる。

　久しぶりに読み返して思ったのは、この作家が肉体や事物の溶融や腐敗に対して、実に豊かでグロテスクなヴィジョンを抱いているということだった。たとえばフェルディナンが軍の病院で隣り合わせとなった伍長は、戦争が終結したあとで家族たちが、幸せそうに夏の日曜日に芝生のうえを歩いているさまを空想しながら、ただちにこう付け加える。「ところがその三尺下では、このパパさんが、蛆虫《うじむし》でどろどろにとけ、祭日の大きな糞よりもまだ臭《にお》って、裏切られたでっかい図体ごと、この世のものとも思えん姿で腐っていくのさ……名も知らぬどん百姓の畑の肥やしになること、それが真の兵士の真の行く末というやつさ！」。

　アフリカに向かおうとする主人公は、まだ船のなかにいる時分から、次のように毒づき始める。「緑に囲まれると、とくに猛烈な暑さの中では、人間は早く腐りやすい……植民地人は上陸の翌日にはもう蛆虫でいっぱいだ。そいつらは、このすばらしい働き者のそうめんどもは、手ぐすねひいて待っていたのだ、そして食らいついたが最後この世の先まで離れやしない。蛆虫でつまった袋みたいなものだ」。

アフリカの夜の暗闇のなかでフェルディナンがロバンソンに再会する場面では、「時間の地下墓地の中に置き忘れられた生者は、死者と仲よく眠りについて、早くも同じ闇の中に溶け込んでしまっているのだ。年をとるにつれて、もはや生者か死者か、誰を呼び起こしてよいのかわからなくなるものだ」。

『夜の果ての旅』のなかでは、こうしてあらゆるものが溶融してしまう。人間の肉体も、生死を隔てる境界も、肉体の内側と外側を分かつ皮膚も。人間は無限に増殖する蛆虫を詰めたソーセージに他ならず、すべてが行きつくところは臭いである。「一番頼りになるのは、糞《くそ》の臭いだ」という一行で、セリーヌは戦場を描写する。女が白いブラウスを脱ぐことも、死体の皮膚が内側のガスのおかげで破れることも、突然の嘔吐感に見舞われた者が吐瀉物《としゃぶつ》を表に晒《さら》すことも、この作品のなかではなべて対等の現象として扱われている。すべての事物がこうして破裂し、崩壊してゆく過程こそ生であるというのが、すぐれてセリーヌのヴィジョンであり、そこではいかなる意味でも超越的な視座が否定されているのだった。

セリーヌについて書いているのだから、やはりわたしは『夜の果ての旅』以降の彼が、文学者としていかに不幸な経路を辿ったかということについて、現在の自分の意見を述べておくべきだろう。

一九三二年にこの長編がパリで発表されると、それは「反戦小説」「左翼小説」としてたちまちベストセラーとなり、作者はただちに続編に相当する『なしくずしの死』にとりかかった。『夜の果ての旅』はルイ・アラゴン夫妻によってロシア語訳まで刊行され、その印税でセリーヌはソ連旅行を行った。だが、そのころからセリーヌの言動に、激しい反ユダヤ主義の調子が現れてくる。『虫けらどもをひねりつぶせ』や『死体派』といった不気味な題名の政治パンフレットが次々と執筆され、そのなかではユダヤ人の国際的陰謀への告発とナチズムへの親近感が、あからさまに語られている。やがてドイツがパリを占領する。彼はあいかわらずパリ場末の無料診療所で医師を続けるが、戦局が連合国側に傾いてくるとデンマークへ避難。戦後は投獄され、特赦を受けてパリ郊外にひっそりと住むことになる。亡命三部作を完成したセリーヌが六十七歳の生涯を閉じたのは、一九六一年のことであった。その呪われた生涯は、エズラ・パウンドやドリュ・ラ・ロッシェルとともに、ファシズムに加担した二十世紀の天才文学者の悲劇の代表として、今日まで語り伝えられている。

わたしは『夜の果ての旅』の以前から、セリーヌが潜在的に反ユダヤ主義の魂を抱いていて、処女作では文壇事情を鑑みそれを巧みに隠し通したという、昨今フランスで流行している説を採らない。しかし、だからといって彼が三〇年代中頃から急速に傾倒しだしたこの主張に、彼の小説作品ほどの独創性があったと考えているわけでもない。また政治パンフレットと文学作品の間に厳格な分断線を引いて、『夜の果ての旅』の無垢を弁護しようという立場にも、異を唱えざるをえない。では反ユダヤ主義が運悪く作家に偶然に取り憑いた業病かというと、かならずしもそうとも考えていない。すでに『夜の果ての旅』のなかには、汚穢と嘔吐のシステムが構造化されていて、その図式が後にユダヤ人という具体的な標的を見つけたとき、想像上のホロコーストが彼の脳裏においてなされたと考えるからだ。

戦場に赴いたフェルディナンは、悪臭を立てながら散乱する兵士たちの臓物に、思わず嘔吐する。だが、そもそもが外部の汚穢を要因として、内部の吐瀉が引き出されるかぎりにおいて、嘔吐とは矛盾した現象である。セリーヌは『夜の果ての旅』において、自分の内側にあるとひとたび信じえた汚穢を、やがて外部の他者に投影するようになった。それがユダヤ人であり、いまや全世界は彼らを嘔吐しなければならないという狂信的な言説がそこから生まれた。結果として残されたのは、文学の世界から嘔吐されるべき対象と見なされ、汚穢に満ちたセリーヌという存在だった。忌避を唱えた者が最終的に忌避の対象となるという逆理そのものが、彼の宿命となった問題である。

十年ほど前であったが、わたしは一度、セリーヌの訳者である生田耕作に会いに、京都を訪ねたことがあった。ポール・ボウルズの『蜘蛛の家』を日本語に直すにあたって、ひとつ長編小説を翻訳する心構えなるものを聞いておきたかったのである。生田さんは「長編はいけません。短編だけにしておきなさい」と、即座にいった。長編を訳すというのは恥多いことであって、自分はいまだに『夜の果ての旅』の訳稿を読み直してみて、至らない箇所を発見し、顔が真赤になる。翻訳というのは死ぬまで書き直すことですよ。彼はそれだけをいい放つと、着流しの格好で祇園の街角へと消えて行った。ほどなくしてわたしは彼の逝去の報を受け取った。

　二十世紀がもうすぐ終わろうとしている現在、セリーヌという問題をめぐっては、ぽっかりと黒々とした虚無の穴だけが開いているばかりで、とうとう誰もこれに納得のいくかたちで解決をつけることができなかったという思いがしている。「セリーヌが言語に対して身を開いたのは、憎悪するためである」とル・クレジオは語っているが、その憎悪は彼の死後もいささかも軽減されておらず、イスラエルで、カンボジアで、ルワンダで、形を変えて蓄積され、耐えがたい腐臭を周囲に撒き散らしているからだ。いや、それは眼に見えない形で、今日の日本の天空を覆っているかもしれないのである。

　わたしはいつか、『城から城』『北』『リゴドン』といった、彼の最晩年の長編三部作について、書くことがあるだろうか。

（よもた・いぬひこ　批評家、詩人）

（『ハイスクール・ブッキッシュライフ』二〇〇一年　講談社刊）

『夜の果ての旅』
「世界の文学」四十二巻　中央公論社　一九六四年刊
中公文庫　一九七八年刊
『夜の果てへの旅』（改版）
中公文庫　二〇〇三年刊

編集付記

一、『夜の果ての旅』は一九七八年、下巻「解説」に示した経緯を経て、生田耕作訳にて中公文庫に収録された。訳者はその後、没する直前まで改訳作業を続けていたが、訳了を見ずに物故（一九九四年）した。『夜の果てへの旅』（二〇〇三年刊）は訳者の残した改訳部分を反映させ（上巻一八〇頁まで）、その意向に従って改題、改版したものである。

一、本書は『夜の果てへの旅』（改版五刷　二〇一五年刊）を底本とした。上巻に座談会「根源での爆発、そして毒　政治以前の下町庶民の立場から」、下巻に巻末エッセイ「夜の果ての旅」をそれぞれ付録として収録し、新装版とした。

一、本作品は「解説」に見られるように、「俗語的な破格の文体で一貫され、露骨・大胆な表現と、反社会的思想で充満」させることをもって、「現代社会の病根を完膚なきまでに摘出」した文学作品である。日本語訳にあたっては、原文のもつ表現を忠実に翻訳することを方針としている。本文中に、現代では差別的とされる表現が多々見られるが、これは人間の内面を抉る原作の文学的意図であり、差別を助長・拡大するものではないと判断した。読者が本作品の意図を汲み取られることを願い、原文のニュアンスをそのまま掲載することとした。

中公文庫

夜《よる》の果《は》てへの旅《たび》（下《げ》）
——新装版《しんそうばん》

1978年5月10日　初版発行
2003年12月20日　改版発行
2021年12月25日　新装版発行

著　者　セリーヌ
訳　者　生《いく》田《た》耕《こう》作《さく》
発行者　松田陽三
発行所　中央公論新社
〒100-8152　東京都千代田区大手町1-7-1
電話　販売 03-5299-1730　編集 03-5299-1890
URL http://www.chuko.co.jp/

ＤＴＰ　嵐下英治
印　刷　三晃印刷
製　本　小泉製本

Published by CHUOKORON-SHINSHA, INC.
Printed in Japan　ISBN978-4-12-207161-2 C1197